国家社科基金一般项目：
英国文学中的"趣味"理论变迁研究（16BWW011）

英国文学"趣味"观念探源

何畅 著

中国社会科学出版社

图书在版编目(CIP)数据

英国文学"趣味"观念探源／何畅著 .—北京：中国社会科学出版社，2024.7

ISBN 978-7-5227-3422-4

Ⅰ.①英… Ⅱ.①何… Ⅲ.①英国文学—文学研究 Ⅳ.①I561.06

中国国家版本馆 CIP 数据核字（2024）第 073670 号

出 版 人	赵剑英
责任编辑	张　浩
责任校对	姜志菊
责任印制	李寡寡

出　　版	中国社会科学出版社
社　　址	北京鼓楼西大街甲 158 号
邮　　编	100720
网　　址	http://www.csspw.cn
发 行 部	010-84083685
门 市 部	010-84029450
经　　销	新华书店及其他书店
印　　刷	北京明恒达印务有限公司
装　　订	廊坊市广阳区广增装订厂
版　　次	2024 年 7 月第 1 版
印　　次	2024 年 7 月第 1 次印刷
开　　本	710×1000　1/16
印　　张	19.25
插　　页	2
字　　数	289 千字
定　　价	108.00 元

凡购买中国社会科学出版社图书，如有质量问题请与本社营销中心联系调换

电话：010-84083683

版权所有　侵权必究

目 录

绪 论 …………………………………………………………………… 1

第一章 "趣味"观念的来龙去脉 ………………………………… 23
第一节 "趣味"观念的词源追述 ………………………………… 23
第二节 "趣味"观念在 18 世纪的情感转向 …………………… 29
第三节 融入文化批评传统的"趣味"观念 …………………… 44
第四节 "解构"还是"回归":现代性语境下的"趣味"观念 …… 61

第二章 情感·文雅·习俗:沙夫茨伯里的趣味观 ……………… 80
第一节 "趣味"与"知音之耳" ………………………………… 81
第二节 "作家"与"文雅哲学" ………………………………… 88
第三节 "为什么一个人在夜里也应该真诚?" ………………… 93

第三章 "言不由衷"的艾迪生:《旁观者》中的趣味观 ……… 100
第一节 文雅写作的趣味:词语焦虑与文化共识 ……………… 102
第二节 中国园林的趣味:从理性到感性 ……………………… 108
第三节 "欲说还休"的艾迪生:趣味变革和转向 ……………… 116

第四章 趣味之争还是性别之争？——女性趣味的有无之辩 122
第一节 从"有趣味的人"到"有趣味的女性" 124
第二节 变迁中的18世纪英国女性气质 129
第三节 从忽视到共识：有无之辩及其余音 134

第五章 完美点与文学批评：阿诺德的"雅趣之士" 139
第一节 趣味：阿诺德文化蓝图的中枢 140
第二节 权威与标准 145
第三节 完美点与"雅趣之士" 151

第六章 道是有情却无情：罗斯金趣味观背后的贫困美学 157
第一节 斯坦菲尔德的风车磨坊：次等如画趣味 158
第二节 风车磨坊背后的贫困美学 162
第三节 贫困美学的政治底色 170

第七章 道是无情却有情：罗斯金趣味观背后的伦理美学 176
第一节 特纳的风车磨坊：罗斯金论高尚如画趣味 176
第二节 返魅的沉思趣味：罗斯金论达尔文 182
第三节 慷慨的消费趣味：罗斯金论古典政治经济学 188

第八章 从"味"到"味"：伍尔夫趣味观的印度底色 198
第一节 印度"味"论与西方"趣味"观念 200
第二节 伍尔夫与印度味论 207
第三节 感官的弥合与伍尔夫短篇中的"味" 213

第九章 令人不快的"好"趣味：贝杰曼趣味观背后的国家意识 221
第一节 个人趣味与自我意识的膨胀 222

第二节　公共趣味与时代精神的形塑 …………………………… 226
　　第三节　好坏之辩背后的共同体意识 …………………………… 231

第十章　另一种"伊格尔顿体":伊格尔顿的趣味观 ………………… 239
　　第一节　甄别的辩证法 …………………………………………… 240
　　第二节　走向公共精神 …………………………………………… 247

第十一章　从倭斯弗到严复:中西互译中的趣味观 ……………… 255
　　第一节　观念层面的对话:从鉴味到"娱赏" ……………………… 257
　　第二节　功能层面的对话:从公共口味到"公性情" ……………… 261
　　第三节　技巧层面的对话:从理念说到"不可象而为可象" ……… 266

余谈　"趣味"还是"品味"? …………………………………………… 272

引用文献 …………………………………………………………… 278

跋　文 ……………………………………………………………… 300

绪　　论

从 17 世纪起,"趣味"(Taste)成为批评术语。让·德·拉布吕耶尔(Jean de La Bruyère)在《品格论》(Les Caracteres, 1688)中指出,在艺术领域存在着好的趣味和坏的趣味。他还写道:

> 在艺术中,有一个完美的点,正如在自然中有一个至善与完全的点。每一个能感受到这个点,热爱这个点的人,都拥有完美的趣味。而感觉不到这个点,且所爱之物达不到或超过了这个点的人,则缺乏趣味。因此,趣味的优劣是存在的,而我们讨论趣味优劣的区别,也是应该的。①

然而,要找到拉布吕耶尔所谓的"完美点"不容易,要找到"拥有完美趣味"的人更是难上加难。更重要的是,究竟什么是"趣味"呢？在很大程度上,本书的所有努力都在于试图回答这个问题。

在笔者看来,我们常常挂在嘴边的词——"趣味",是美国学者诺夫乔伊(Arthur Oncken Lovejoy, 1873-1962)所说的"观念单元"(unit-ideas)之一。诺夫乔伊在《存在巨链：观念史研究》(The Great Chain of Being: A Study of the History of an Idea, 1936)中指出,西方思想传统中

---

① See Giorgio Agamben, *The Man without Content*, Quodlibet, 1994, p. 9.

存在着一些基本的观念单元，即"在个体或一代人思想中起作用的、或多或少未意识到的思想习惯"①。了解这些观念有着非常重要的意义，因为它们往往是历史经验最精确的测震器，也是文化变迁最精准的显微镜。换言之，观念史具有天然的跨学科性质。通过聚焦"观念单元"，我们得以将其背后的思想流变与其所处的文化传统、历史语境接榫。而只有通过了解观念史的转折与突变，我们才能深入了解并批判性地借鉴自古希腊以来的西方文论思想。这也是我们在此讨论英国文学中的"趣味"观的主要目的所在。

通过追寻"趣味"观念在英国文学中（主要集中在18—20世纪）的脉络流变轨迹，笔者试图重新审视两个有关"趣味"的一偏之见：

其一，将"趣味"观念视为单一的美学观念。这主要来自两方面的原因。首先，德国哲学家鲍姆加登（Alexander Baumgarten，1714-1762）在1750年首次明确提出"美学"（Aesthetics）这个概念，预示着美学这个学科逐渐从哲学中剥离出去。鲍姆加登还参与了他那个时代关于美和趣味的讨论，并由此启发康德（Immanuel Kant，1724-1804）在《判断力批判》（*Kritik der Urteilskraft*）一书中"将趣味判断写为感性判断，而康德所谓的纯粹感性判断（基于无利害的好恶的判断），正是我们今天所谓的审美判断"②。1892年，英国黑格尔主义哲学家鲍桑葵（Bernard Bosanquet，1848-1923）的《美学史》（*A History of Aesthetic*，1892）出版，标记着美学这个学科开始具有成熟的自我意识。可见，从美学学科化的轨迹来看，它和"趣味"观念有着千丝万缕的联系，无怪乎"趣味"一直被当作是一个纯粹的美学概念。其次，英国经验主义思想家对"趣味"的讨论也大量涉及对"美"的讨论。虽然在18世纪早期，美学这个概念还尚未出现，美学这个学科也未见雏形，

---

① ［美］诺夫乔伊：《存在巨链：对一个观念的历史的研究》，张传有、高秉江译，江西教育出版社2002年版，第5页。

② 陈岸瑛：《艺术美学》，丁宁主编，上海人民美术出版社2020年版，第17页。

但是关于真、善、美的讨论却源自西方理性主义传统。英国经验主义思想家对"趣味"的讨论建立在对人的自然情感的反思之上,"情动"是其主旋律,是对西方理性主义传统的推敲,也是对18世纪启蒙理性的补充。在上述讨论中,"审美无功利"是其核心思想,沙夫茨伯里(Anthony Ashley Cooper, 3rd Earl of Shaftesbury, 1671-1713)、哈奇生(Francis Hutcheson, 1694-1746)等人对"内在感官"论的强调和发展意在说明有"一种来源于人的非自我中心主义的自然冲动",可以令人们"通过这种感官形成对审美对象直接而非功利的把握"①。上述"审美无利害"论的提出进一步促使美学思想在18世纪学科化,并在19世纪逐渐发展成为王尔德(Oscar Wilde, 1854-1900)等人所倡导的"美学自足"论。因此,伴随着美学在18世纪的发展,"趣味"与美学之间的关系不断深化,甚至有学者认为"趣味"观念在18世纪实现了其美学转向②。而在18世纪大量讨论美学的书籍中,我们也可以看到,"审美"和"趣味"两词总是携手共行。

其二,将"趣味"观念视作阶级区分的手段。关于"趣味"的"区分"作用,威廉斯(Raymond Williams, 1921-1988)在梳理"趣味"一词的意义嬗变时,已经指出:从17世纪开始,该词变得日益重要,并几乎等同于"区别"(discrimination),"它……意味着明察秋毫的禀赋或智力,我们借此甄别良莠,区分高低"③。而法国社会学家布迪厄(Pierre Boudieu, 1930-2002)则将上述"区分"援引至社会学领域,将其和"阶级分层"相关联。在《区隔:关于趣味判断的社会批判》(*Distinction: A Social Critique of the Judgement of Taste*, 1979)一书中,他表示"趣味"能起到从本质上区分他人的作用,因为"你所拥

---

① 高建平:《"美学"的起源》,《社会科学战线》2008年第10期。
② 何畅:《19世纪英国文学中的趣味焦虑》,中国社会科学出版社2018年版,第5页。
③ Raymond Williams, *Keywords: A Vocabulary of Culture and Society*, New York: Oxford University Press, 1985, p.313.

有的一切事物，不管是人还是事物，甚至你在别人眼里的全部意义，都是以'趣味'为基础的。你以'趣味'来归类自己，他人以'趣味'来归类你"①。换言之，人的趣味和格调决定了其所属的社会阶层。这种"区分"不一定是坏事，因为"趣味"往往可以通过后天习得，这就在一定程度上促进了人们提升自我的愿望。但这种"区分"也带来了一系列难以意料的后果。比如，它在一定程度上将消费导向炫耀，将消费主体导向虚荣、浮躁和膨胀。正因为这样，代表有闲阶层的奢侈品从来不乏拥趸。此外，既然"趣味"意味着"差异"，那么，合法化一个阶层的"趣味"就必须以排斥、否定其他阶层的"趣味"为代价。这就难免产生阶层固化和阶层对立的副作用，不利于社会的和谐发展。

正是基于"趣味"的"区分"作用，美国学者福塞尔（Paul Fussell，1924-2012）在《格调》（Class: A Guide Through the American Status System，1983）一书中根据穿着、家居摆设、房子的样式和格局、休闲和运动方式、说话和语调等生活的方方面面，将美国民众分为九个等级②。这种分级让人如此沮丧，因为它将人固化在一定的社会等级之内，动弹不得。有学者打趣道，与其说福塞尔的书是一本"格调指南"，还不如说它更像一个阶层导航仪。更糟糕的是，这种"趣味"区分会让大部分社会成员（尤其是中产阶层）生活在焦虑之中。福塞尔在书的最后收录了不少读者来信。这其中包括"请问壁炉是否比车库更能提高我们的身份？""我发现自己必须搬到德克萨斯的德尔里奥去，我会失去已经得到的社会地位吗？"等等问题，忐忑之情溢于纸上。不可否认，当你时刻被他人以"趣味"区分归类时，你很难做到不战战兢兢，你甚至会变得谨小慎微而不知所措。虽然福塞尔讨论的是美国社会，但是由"趣味"产生的焦虑难道中国没有吗？伴随着中国逐步步

---

① Pierre Boudieu, *Distinction: A Social Critique of the Judgement of Taste*, trans. Richard Nice, London and New York: Routledge, 2010, p. 49.

② 详见［美］保罗·福塞尔《格调》，梁丽真等译，世界图书出版公司2011年版。

入商业社会和消费社会，由"趣味"产生的奢侈与炫耀性消费难道我们没有吗？有鉴于此，我们更加需要纠正有关"趣味"的种种偏见。

这就首先要探究偏见产生的原因。笔者以为，这和研究思路有关。过往的大部分学者并没有把"趣味"当作诺夫乔伊所说的"观念单元"来看待，也没有采用观念史的研究方法。这就导致他们孤立地看待"趣味"问题，不仅没有把它还原至它脱胎于其中的历史、文化、伦理和政治语境中去，也没有把它和同一时期的其他观念结合在一起思考。而只有通过与关联和衍生性观念的组合，我们才可以看到"趣味"观念在整个历史中的嬗递过程，我们才得以洞见"趣味"观念与原子论、经验主义思潮、美学学科化、文化批评传统、共同体意识、审美现代性等话题之间复杂又微妙的关联，并见证其从美学领域延伸至伦理学、社会学以及文化研究等其他领域，从而发展成为一个具有旺盛生命力的理论热点。而且，我们只有看到"趣味"观念的跨学科性，才能意识到其并非千古一辙，而是流动不居的。

有鉴于此，本书以观念史的研究方法，再现"趣味"观念在英国文学中的三次转向，即从18世纪的情感转向，到19世纪的文化转向，再至20世纪之后充分融入关于两种"现代性"的讨论之中。同时，各个研究部分采用美学、社会学、身体研究、性别研究、伦理批评、西方马克思主义批评等角度，将"趣味"观念置于和其他相关重要思想史观念（如"审美无利害""教化/心智培育""感受力""身体"）的互动之中予以整体观照，从而较为全面地勾勒出"趣味"观念在18—20世纪之间的整体运动轨迹（如图1所示）。

因此，笔者试图突破将"趣味"狭义地理解为美学观念或社会学观念的研究现状，拟指出在社会、历史语境的作用之下，"趣味"观念具有跨学科的复杂属性：它关系到阶层图景，又与社会和谐发展的愿景密切相关；它是消费文明的产物，又有机地融入英国文化批评的传统之中，并成为对抗转型期焦虑的重要维度；它是现代性的衍生物，却又构

图 1　概念的联动

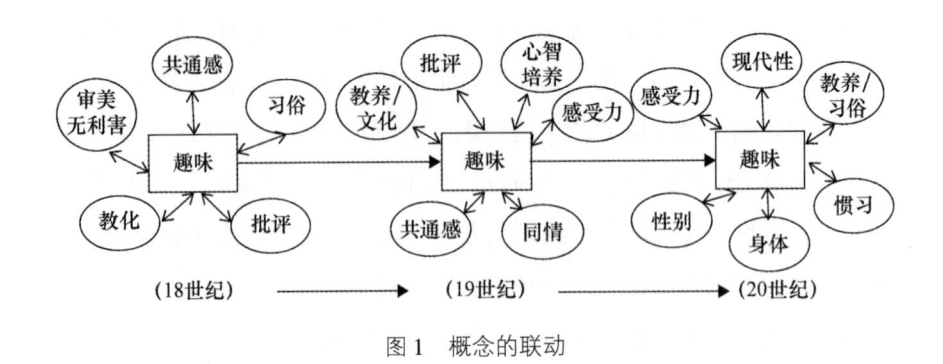

成美学现代性，并以后现代的方式"推敲"现代性的理性体系。

不可否认，"趣味"一词自滥觞以来便引起了广泛讨论。它不仅是西方思想史和文化史的重要概念，也频繁出现在美学、文学、伦理学、哲学、社会学、马克思主义批评，乃至心理学和现代神经学等众多领域。尤其在进入 20 世纪以后，伴随着伽达默尔（Hans-Georg Gadamer, 1900-2002）、阿伦特（Hannah Arendt, 1906-1975）、布迪厄、桑塔格（Susan Sontag, 1933-2004）、阿甘本（Giorgio Agamben, 1942-）以及伊格尔顿（Terry Eagleton, 1943-）等现代主义思想家和文化批评家对该词的关注，有关"趣味"观念的学术讨论经久不衰，使该词逐步成为现代批评体系中的核心词汇。可以说，国外学界始终对"趣味"保持着浓厚的研究兴趣。对国内学界而言，关于"趣味"的研究虽不成体系，但也呈现出逐步升温的态势。我们先来看看国外研究的情况。

"趣味"一词滥觞于 17 世纪下半叶。一般认为，西班牙哲学家葛拉西安（Baltasar Gracián）率先使"趣味"观念成为批评术语。随后，诸多 18 世纪英国经验主义思想家纷纷对"趣味"展开广泛讨论。进入 19 世纪之后，处于转型期的英国见证了"趣味"与资本主义工业革命和消费主义浪潮之间的博弈。与此同时，"趣味"观念以对资本主义文明的批判姿态，揭示了现代社会中劳动的异化和情感的疏离等问题，成为英国文化批评传统的关键词。而自20世纪以降，有关"趣味"的讨论则以"启蒙精神"为向导，在颠覆和跨界之中融入两种现代性（"审美现代性"和"资产阶级现代性"）之争，并被不断放大成为一个包罗万象的文化概念。

纵观国外学界的相关研究，有关"趣味"的讨论主要集中于以下几个方面：

第一，美学方面。从"趣味"观念问世伊始，许多美学家就对它展开过丰富的辩论。这其中包括沙夫茨伯里，他在《人、风俗、意见与时代之特征》（*Characteristics of Men, Manners, Opinions, Times*, 1711）中引入了"审美无利害""内在感官""共通感"等概念，并使它们成为18世纪英国思想史的重要组成部分，对后续有关"趣味"的讨论产生重要影响。随后，哈奇森在其《论美与道德观念的起源》（*An Inquiry into the Original of Our Ideas of Beauty and Virtue*, 1725）中率先对"趣味"进行了系统而富有哲理性的论述。他继承并发展了沙夫茨伯里的"内在感官"论，并指出：正因为具有这种情感能力，所有人都能对美感到愉悦。更重要的是，这种"内在感官"具有直接性而不受思考、欲望、兴趣的影响。休谟（David Hume, 1711-1776）通过《论趣味的标准》（"Of the Standard of Taste", 1757）一文进一步发展了其人性论，试图为人们迥乎不同的"趣味"制定一个标准。伯克（Edmund Burke, 1729-1797）在《关于我们崇高与美观念之根源的哲学探讨》（*A Philosophical Enquiry into the Origin of our Ideas of the Sublime and Beautiful*, 1756）第二版中特意增加《论趣味》（"Introduction on Taste"）一文为序言，提出"趣味"源自以下三要素：感觉、想象力和理性判断。杰勒德（Alexander Gerard）在《论趣味》（*An Essay on Taste*, 1759）中剖析了"趣味"的本质，探讨了感官如何影响"趣味"的形成，并试图说明何为"好的趣味"。艾利森（Archibald Alison, 1792-1867）在《论趣味的本质与原则》（*Essays on the Nature and Principles of Taste*, 1790）中将

"趣味"定义为"对崇高和美感到愉悦的能力",他将这种愉悦命名为"审美情感"。康德在《判断力批判》中重新强调趣味判断是无功利的,但同时他又通过分析"共通感"这个西方哲学关键词指出趣味判断是主观的客观化过程。可以说,他对"趣味"观念做出了划时代的贡献。奈特(Richard Payne Knight)在《对"趣味"的分析性研究》(*An Analytical Inquiry into the Principles of Taste*, 1805)中探讨了联想对审美判断的影响。伊格尔顿在其《审美意识形态》(*The Ideology of the Aesthetic*, 1990)中回顾了包括沙夫茨伯里、休谟以及伯克在内的经验主义美学家和康德对于"趣味"观念的讨论。迪基(George Dickie)在《趣味的世纪》(*The Century of Taste*, 1996)一书中称18世纪为"'趣味'的世纪",并对哈奇森、杰勒德、艾利森、康德以及休谟对于"趣味"观念的发展进行了总结,并从心理语言学角度出发,分析了"趣味"和"联想"(association)以及"符号"之间的关联。马歇尔(David Marshall)在《沙夫茨伯里与艾迪生:批评与公共趣味》("Shaftesbury and Addison: Criticism and the Public Taste")一文中总结了沙夫茨伯里和艾迪生在美学上的共同点,并指出两人均希望借助"公共趣味"来促成文化共识和阶级联合。瑞斯(Hans Reiss)在《美学的兴起:从鲍姆嘉通到洪堡特》("The Rise of Aesthetics from Baumgarten to Humboldt")一文中追溯了美学的发展,分析包括温克尔曼(Johann Joachim Winckelmann)、康德、席勒(Egon Schiele)在内的学者对趣味的探讨和对美学产生的影响。古耶(Paul Guyer)的《康德和趣味主张》(*Kant and the Claims of Taste*, 1997)详细阐述了康德关于趣味判断、审美愉悦的观点。考斯梅尔(Carolyn Korsmeyer)在其《理解味觉》(*Making Sense of Taste*, 1999)一书中对本义的趣味概念(即味觉)进行哲学探索。她指出趣味概念的隐喻意义和本义——审美趣味与味觉——之间存在着一种紧张关系,因为"完备的鉴别力是借助于快感完成的,不过这一快感本身太过具有感官的性质,因而不能算作是审美的"①。更重要的是,卡罗琳在哲学探索中打破了自古希腊开始的感官等级概念,并将原本排在等级末尾的味觉抬到了至关重要的位置。汤森(Davney Townsend)在《休谟的美学理论:趣味与情感》(Hume's Aesthetic Theory: Taste and Sentiment, 2001)中从趣味和情感这两个概念出发来讨论休谟的美学理论。阿利森(Henry E. Allison)的《康德的趣味理论:解读审美批判》(Kant's Theory of Taste: A Reading of the Critique of Aesthetic Judgment, 2001)通过聚焦康德对"趣味"的讨论,对他的美学观点做出了系统而全面的阐述。诺格(James Noggle)在其《18世纪英国文学中趣味的时间性》(The Temporality of Taste in Eighteenth-Century British Writing, 2012)中探讨了如何以两种时间模式(temporal modes)来理解"趣味"。"趣味"不仅是即时概念,体现了个体欣赏、判断事物时直接的、瞬时的、不受干扰的独特感知能力,也是复合概念,体现了社会在时间延展中缓慢形成的集体经历和共同成果,它们往往凝聚成诸如"现代趣味""哥特式趣味""古典趣味""英式趣味""中国趣味""男性趣味"和"女性趣味"这样的观念。针对布迪厄对欧洲十八世纪趣味的分析,诺格坦言,正是"趣味"的双重时间性才得以让当代作家利用"趣味"来批判所谓的意识形态建构问题。诺格认为,"趣味"不该像那些文化批评家认为的那样被简化成为意识形态霸权服务的概念,也不该被粗暴地视为孤立于社会、历史环境之外的美学话语。因此,他要为趣味的本体存在辩护,他的书就是一本趣味辩护书。科斯特洛(Timothy M. Costelloe)在其《英国的美学传统:从沙夫茨伯里到维特根斯坦》(The British Aesthetic Tradition From Shaftesbury to Wittgenstein, 2013)一书中将对"趣味"进行探讨的美学家划分为三类:内部感觉派(inter-

---

① [美]卡罗琳·考斯梅尔:《味觉》,吴琼、叶勤、张雷译,中国友谊出版公司2001年版,第10页。

nal sense theorists)、想象派（imagination theorists）、联想派（association theorists），并阐述他们通过探讨"趣味"对美学做出的贡献。布宁斯基（Julia Bninski）在《趣味的诸多功能：19世纪英国的美学、伦理和欲望》（"The Many Functions of Taste: Aesthetics, Ethics, and Desire in Nineteenth-Century England"）中探究了"趣味"观念在19世纪的发展历程。她对"趣味"从道德哲学向美学的演变进行剖析，追溯了"无功利"这一美学概念的发展历史，分析了包括伯克、华兹华斯（William Wordsworth, 1770-1850）、柯勒律治（Samuel Taylor Coleridge, 1772-1834）等人在内对"趣味作为一种审美愉悦的理论"[①] 的发展。

第二，性别方面。《十八世纪早期关于"趣味"的随笔》（Early Eighteenth-Century Essays on Taste, 1972）一书中收录了三首在当时流行一时的诗歌，以打趣戏谑的笔触回应了亚历山大·蒲伯（Alexander Pope, 1688-1744）引发的"趣味之战"[②]，并且首次就有趣味的男性（man of taste）、有趣味的女性（woman of taste）这两个话题展开讨论。玛丽·沃斯通克拉夫特（Mary Wollstonecraft, 1759-1797）的《女权辩护：关于政治和道德问题的批评》（A Vindication of the Rights of Woman: with Strictures on Political and Moral Subjects, 1792）、吉纳维夫·劳埃德（Genevieve Lloyd）的《理性的人：西方哲学中的男性与女性》（The Man of Reason: Male and Female in Western Philosophy, 1985）、玛丽·普维（Mary Poovey）的《淑女与女作家》（The Proper Lady and the Woman Writer, 1985）以及爱尔斯坦（Jean Bethke Elshtain）的《公共的男人，私人的女人：社会和政治思想中的女性》（Public Man, Private Woman: Women

---

① Julia Bninski, The Many Functions of Taste: Aesthetics, Ethics, and Desire in Nineteenth-Century England, M. A. dissertation, Chicago: The Loyola University Chicago, 2013, p. 41.

② 蒲柏在1731年时曾发表过一首名为《假趣味》（"False Taste"）的诗来讽刺一个没有趣味的富豪。据说，这首诗针对的是钱多斯公爵，他富有而且极其看重排面。该诗发表不久，画家威廉·霍加斯随即画了一幅画来展示公爵府邸的大门。霍加斯在大门上加上了"趣味"两字以示对公爵的讥讽。

in Social and Political Thought，1993）纷纷提到由于女性容易被激情所控制，她们往往难以结合理性来做出趣味鉴赏判断。而正因为如此，西方思想传统很少提及女性的趣味问题。罗伯特·琼斯（Robert Jones）在《性别与趣味在十八世纪英国的形成》（*Gender and the Formation of Taste in Eighteenth-Century Britain*，1998）中谈到美及"趣味"频繁被提及以确定女性的行为规范。索林杰（Jason Solinger）在《成为绅士：英国文学和现代男性气概的开始》（*Becoming the Gentleman：British Literature and the Invention of Modern Masculinity*，2012）中通过解读18世纪不同体裁的文学作品中的男性形象来分析何为理想的男性气质，以揭示当时人们"性别趣味"的变化。威勒肯斯（Mart Willekens）和利文斯（John Lievens）在《职场中的边界趣味：职场权威与性别对衣着和食物趣味的影响》（*Boundary Tastes at Work：The Gendered Effect of Authority Positions in the Workplace on Taste in Clothing and Food*，2015）一书中以案例分析和研究为基础，检验了社会学家兰德尔·柯林斯（Randall Collins）提出的性别以及职场地位会影响趣味选择的假说。

第三，文学史和思想史（断代史）方面。从理论史的角度出发，专题讨论"趣味"观念的研究并不多见，而且基本集中在18世纪。比如，沃尔特·杰克森·贝特（Walter Jackson Bate）在《从古典到浪漫：18世纪英国趣味的前提》（*From Classic to Romantic：Premises of Taste in Eighteenth-Century England*，1946）中阐述了英国古典主义和浪漫主义中趣味和审美判断存在的基本前提。菲奥纳·普赖斯（Fiona Price）在《趣味革命，1773—1818》（*Revolutions in Taste*，1773-1818，2009）中对包括沃斯通克拉夫特在内的若干女作家关于"趣味"的描述进行总结，并指出她们对"趣味"的讨论不仅对当时的浪漫主义美学产生影响，对政治也产生了一定作用。丹尼斯·吉甘特（Denise Gigante）在《趣味：一部文学史》（*Taste：a Literary History*，2005）中论述了英国文学中饮食、食欲与审美趣味之间的关联，着重强调了英国浪漫主义思潮对"趣味"观念的贡献。布宁斯基在《趣味的诸多功能：19世纪英国的美学、伦理和欲望》中探索了罗斯金（John Ruskin, 1819-1900）、阿诺德（Matthew Arnold, 1822-1888）和王尔德笔下的"趣味"与美学、伦理之间的联系，以及它如何在感知主体与审美对象、艺术与生活、个人与集体等关系中获得意义的延续和演变。伽达默尔在《真理与方法》（Wahrheit und Methode, 2011）中解释了"趣味"观念，并对其发展史进行梳理。

第四，阶级方面。关于"趣味"的"区分"作用，雷蒙德·威廉斯在其《关键词：文化与社会的词汇》（Keywords: A Vocabulary of Culture and Society, 1983）中追溯"趣味"自13世纪开始的流变，并指出，"趣味"一词从17世纪开始就变得日益重要，并几乎等同于"区别"，"它……意味着明察秋毫的禀赋或智力，我们借此甄别良莠，区分高低"[1]。特里·伊格尔顿在其《审美意识形态》中解释了审美对于阶级塑造的作用。他指出，对于康德来说，只有在美学中"才能共同建立起一个亲密的共同体"[2]。麦基（Erin S. Mackie）在《时尚的市场：〈闲读者〉与〈旁观者〉中的时尚、商品与性别》（Market a' La Mode: Fashion, Commodity, and Gender in The Tatler and The Spectator, 1997）中曾指出，18世纪时，《闲读者》与《旁观者》等报刊通过广泛讨论日常生活、提倡某种流行的生活方式来操控趣味标准，并对读者群体（主要是中产阶级）的消费行为、态度和观念都产生巨大影响，麦基总结道："这些期刊是定义那个阶级（即中产阶级）的文化理想的关键媒介"[3]。琼斯在《性别与趣味在十八世纪英国的形成》中展示了"趣

---

[1] Raymond Williams, Keywords: A Vocabulary of Culture and Society, p. 313.
[2] Terry Eagleton, The Ideology of the Aesthetic, Oxford: Blackwell Publishing Ltd., 1990, p. 75.
[3] Erin S. Mackie, Market a' La Mode: Fashion, Commodity, and Gender in The Tatler and The Spectator, Baltimore: John Hopkins University, 1997, p. 2.

味"如何在当时的批评话语影响下,重新定义文化,并使之符合中产阶级的行为规范。加森(Marjorie Garson)的《道德趣味:19世纪小说中的美学、主体性和社会力量》(*Moral Taste: Aesthetics, Subjectivity, and Social Power in the Nineteenth-Century Novel*,2009)着重讨论了维多利亚小说中的"趣味"、道德敏感度和中产阶级文化身份建构这三者之间的关系。加森指出,中产阶层希望通过重新定义"趣味",在"良好的趣味"和"道德敏感性"(或者说,道德情感)之间形成崭新的关联,以此区分贵族阶层的道德衰败与劳工阶层的粗俗。吉康第(Simon Gikandi)在其《奴隶制与趣味文化》(*Slavery and the Culture of Taste*,2011)中将奴隶制与"趣味"文化这两个看似迥异的领域相连,探讨了奴隶制对"趣味"观念的影响。福塞尔的《格调:社会等级与生活品位》一书通过剖析美国人在衣食住行乃至阅读等各方面展现出的迥异"趣味"来为他们进行阶级划分。斯坦巴克(Susie Steinbach)在《了解19世纪英国维多利亚时代的政治、文化和社会》(*Understanding the Victorians Politics, Culture and Society in 19th Century Britain*,2012)中,通过分析维多利亚人生活中的方方面面(如他们偏爱的建筑特色、消费方式等)来揭示维多利亚时代的中产阶级如何以"趣味"之名建构阶级身份以及进行阶级表达。

五、社会学研究和文化批评方面。坎贝尔(Colin Campbell)在《浪漫伦理与现代消费主义精神》(*The Romantic Ethic and the Spirit of Modern Consumerism*,1987)一书中揭示了时尚与"趣味"之间的重要联系。他指出,时尚为"趣味"提供了一种有效的社会标准,该标准往往基于个人偏好和部分"趣味共同体"成员的选择。格罗瑙(Jukka Gronow)在《趣味社会学》(*The Sociology of Taste*,1997)中进一步分析了时尚背后运作的社会机制,探讨了"趣味共同体"在社会生活中起到的作用。许京(L. L. Schücking)以《文学史与趣味史:试论一个新的问题》("Literaturgeschichte und Geschmacksgeschichte. Ein Versuch zu einer neuen Problemstellung")一文开启了文学趣味的社会学研究。随后，他在《文学趣味社会学》（*The Sociology of Literary Taste*，1923）专著中展现了包括"生活风尚、精神风格、思维形式和各种思潮等'趣味'对文学艺术的巨大影响力"①，在社会变迁中考察"趣味"的变化。桑塔格的《反对阐释》（*Against Interpretation and Other Essays*，2003）挖掘了各种艺术形式中的"坎普趣味"，通过为"坎普"下定义、追溯其发展、总结其特点，深入探讨了"坎普趣味"。布迪厄在《区隔：趣味判断的社会批判》中将"趣味判断"与阶级建构相联系。他认为"你所拥有的一切事物，不管是人还是事物，甚至你在别人眼里的全部意义，都是以'趣味'为基础的。你以'趣味'来归类自己，他人以'趣味'来归类你"②。正因为"趣味"意味着"差异"，合法化一种"趣味"意味着否定其他趣味，因此，"趣味"具有阶级分层的作用。阿甘本的《品味》（*Gusto*，2019）则从"趣味"的词源出发，在科学与快感的张力中探究"趣味"在人类文明史中的演变，并指出"趣味"既是各种二元对立的弥合点，也是各种一分为二的二元对立的"门槛"。它通过悬置一切用以区分的概念来使概念无效。可以说，通过回溯柏拉图的埃洛斯（Eros）理论，阿甘本试图以感官和情感的愉悦来修复启蒙理性和现代文明带来的诸多弊端。

与国外研究相比，国内对"趣味"观念的研究尚处于摸索阶段，成果寥寥，且基本以单篇论文或硕博论文为主，不成体系。主要可以分为以下几个方面：

其一，美学方面。范玉吉的博士论文《试论西方美学史上趣味理论的变迁》将"趣味"的变迁划分为三个不同的时期即前美学阶段、美学阶段和社会学阶段，对"趣味"观念在西方美学史上的发展做了简

---

① 许京、方维规：《文学史与趣味史：试论一个新的问题》，《文化与诗学》2013年第2期。

② Pierre Bourdieu, *Distinction: A Social Critique of the Judgement of Taste*, p. 49.

单的理论梳理。彭立勋的著作《趣味与理性：西方近代两大美学思潮》以历史唯物主义观点为指导，对16世纪末至18世纪的西方美学思想进行了全面的观察探讨。郜静在《英国近代经验主义美学的审美趣味理论研究》一文中梳理了"趣味"观念在英国经验主义美学思潮中的发展。此外，她还总结了布迪厄文化社会学视角的超越性与不足之处。陈昊在《"趣味"与"利害"——沙夫茨伯里美学思想新析》中重读沙夫茨伯里的原作以重新审视"审美无利害性"这个概念，并试图厘清其中的经验主义色彩。除此之外，他还在《规则与标准——重析休谟"趣味标准"的双重内涵》一文中重新解读大卫·休谟提出的"趣味标准"的双重内涵，在《趣味与常识——T.里德美学思想研究》中介绍了苏格兰启蒙常识派代表人物T.里德对于英国经验主义哲学的批判以及里德的美学思想。

其二，文学史（断代史）方面。何畅的《19世纪英国文学中的趣味焦虑》作为国内唯一一本关于19世纪英国社会"趣味"观的专著，以若干具有典型意义的小说文本为中心，考察了"趣味"在19世纪英国文学中的发展轨迹，尤其关注阶级焦虑与各种社会意识形态之间的对话，来剖析中产阶级在日益壮大的过程中如何获得自身的文化认同、成为英国19世纪文化观的有机组成部分。胡强认为，通过分析20世纪上半叶英国文学中的文化观念变迁，可以发现"一种全新的趣味'追逐'的形成"[①]。

其三，社会学研究和文化批评方面。这方面的研究基本集中在对布迪厄的系列关键词，即"趣味""场域""惯习""文化资本"等概念的讨论之上。姚富瑞的硕士论文《布迪厄"趣味"理论研究——以〈区隔〉为中心》、赵超的《知识、趣味与区隔——〈区分：判断力的

---

① 胡强：《消费社会、生活方式与趣味"追逐"——20世纪上半叶英国文学中的文化观念变迁》，《外国语言与文化》2019年第2期。

社会批判〉评介》、刘晖的《从趣味分析到阶级构建：布尔迪厄的"区分"理论》都对布迪厄的"趣味"观念做出了介绍和评价。戴陆的硕士论文《区隔——布迪厄对"趣味"的社会学批判》、刘楠的硕士论文《从趣味判断到趣味区隔——布迪厄对康德趣味美学的反思》讨论了布迪厄对康德美学的批判。陆扬的《文化资本与艺术趣味》以布迪厄的"文化资本"理论为切入点，探讨艺术趣味如何形成于文化资本的操作与承袭。黄仲山在其博士论文《权力视野下的审美趣味研究》中试图说明"趣味"在各阶层中形成的结构模式与社会权力和阶级建构密切相关。方维规的《"究竟是谁能够体现时代？"——论许京的文学趣味社会学及其影响》介绍了许京"文学趣味社会学"的基本理论及其影响。陈皓钰的硕士论文《布尔迪厄趣味理论及其身份认同问题研究》根据布迪厄的"趣味"理论对审美趣味的配置与身份建构进行考察。何畅在《情感·文雅·习俗——沙夫茨伯里的"趣味"观》中回顾了沙夫茨伯里的"趣味"观，并提出应当将英国的文化批评传统追溯至沙氏。

其四，比较文学方面。吕宏波的《"趣味"范畴与中国美学现代性》一文考察和厘定了中国古典美学概念中的"趣味观"与西方美学中的"趣味观"的异同。何畅在《情感·文雅·习俗——沙夫茨伯里的"趣味"观》一文中对沙夫茨伯里和梁启超"趣味"观之共同点略有涉及。

需要重点提及的是，近年来，国内学者开始表现出对梁启超和朱光潜的"趣味论"的学术兴趣。方红梅的博士论文《梁启超趣味论研究》讨论了梁启超的"趣味"论，探寻了其独特内涵和启示意义。袁陈媛的硕士论文《梁启超的启蒙文学观与美学思想》分析了梁启超的启蒙文学观与他以"趣味"为中心的美学思想之间的关系。吴泽泉的《梁启超"趣味"论探源》除了论述梁氏"趣味"观的核心思想以外，还探究了他的"趣味"观与梁氏本人的人生态度之间的关系，并进一步将梁氏的观点与以康德为代表的西方美学思想进行比较。冯学勤在《梁启超"趣味主义"的心性之学渊源》中认为，梁启超的"趣味主义"

是儒家心性之学与中国现代美学之间最清晰的连接点①。曹谦的《论朱光潜的"趣味"文学观》介绍了作为朱光潜文学观之核心的"趣味"观念，并总结道"这一文艺观的出现也是对当时风起云涌的左翼文学的一次有现实针对性的回应"②。除去对梁启超和朱光潜"趣味论"的关注以外，郑萍的硕士论文《论周作人的趣味观》以"趣"和"味"着眼，探讨周作人散文的风格和意境，以及促使其趣味观生成的文化机制和时代精神。

综上所述，虽然近年来关于"趣味"观念的研究逐步升温，但至少在以下两个方面尚有待开拓：第一，国内外学界对"趣味"观的阐释基本以笼统的"西方"为研究对象，对该理论在具体国别文学史中的体现缺乏详细的文本分析。因此，目前的学术讨论并未真正地将"趣味"观念的变迁与具体的国别文化土壤相联系，也并未在各个国家的"趣味"观念史之间，尤其在中国与英国的文学传统中展开比较和讨论。第二，国内外学界对"趣味"观念的探讨基本集中在美学和道德领域，将"趣味"视作美学概念来研究，强调其审美判断和伦理判断的涵义，但并未在其他领域对"趣味"展开充分论述。可以说，其美学和道德意义（尤其集中在18世纪和19世纪）遮蔽了其作为政治隐喻、性别隐喻、文化隐喻和阶级隐喻的功能。上述遗憾与对"趣味"观念缺乏系统的观念史和理论史梳理有关。因此，关于"趣味"观念的当下研究亟须以观念梳理的方法厘清其理论发展轨迹，并从不同角度重塑"有血有肉"的趣味观。这正是笔者操觚染翰、勉力成文的原因所在。

本书的主体包括十一个章节。

第一章是全文的总论部分，详细追述了"趣味"一词在古希伯来语、古希腊语、古拉丁语，乃至法语、德语和英语中的词源和意义。此

---

① 详见冯学勤《梁启超"趣味主义"的心性之学渊源》，《文学评论》2015年第5期。
② 曹谦：《论朱光潜的"趣味"文学观》，《首都师范大学学报（社会科学版）》2018年第4期。

外，该章重点阐释了"趣味"观念在英国文学中的三次转向，即从18世纪的情感转向，到19世纪的文化转向，再至20世纪之后充分融入关于两种"现代性"的讨论之中。本章内容涉及大量18世纪经验主义思想家，如沙夫茨伯里伯爵三世、弗朗西斯·哈奇森、亚历山大·杰拉德（Alexander Gerald）、阿奇博尔德·阿利森、大卫·休谟以及埃德蒙·伯克；英国文化和文学批评家，如玛丽·沃斯通克拉夫特、马修·阿诺德、约翰·罗斯金、弗吉尼亚·伍尔夫（Virginia Woolf, 1882-1941）、特里·伊格尔顿、约翰·贝杰曼（Sir John Betjeman, 1906-1984）；英国浪漫主义诗人，如华兹华斯、柯勒律治、哈兹里特（William Hazlitt, 1778-1830）等。出于讨论的需要，本章还涉及了英国以外的文学批评家，如德国哲学家康德、法国社会学家布迪厄、美国美学批评家卡罗琳·考斯梅尔，美国思想家苏珊·桑塔格，以及意大利哲学家吉奥乔·阿甘本。该章从柏拉图的《蒂迈欧篇》开始，又以阿甘本论柏拉图的埃洛斯（Eros）理论结束，充分体现了观念史、思想史、文化批评史和文学史的交融。

第二章紧扣经验主义思想家沙夫茨伯里伯爵对"趣味"的讨论，指出其"趣味"观源自对个体"自然情感"的讨论，又与其提倡的"文雅哲学"密切相关。正是通过自我观复与交往对话，情感得以沟通，趣味得以磨砺，公共精神得以造就，并最终达到移风易俗的效果。在沙夫茨伯里看来，唯有将"趣味"内化为稳定的风俗习惯，并融入"作为生活方式的文化"之中，才能达到提升社会整体道德感的效果。因此，"趣味"更关乎文化实践。沙夫茨伯里三世对"趣味"的讨论体现了苏格兰启蒙哲学家们试图通过文学批评形塑社会趣味，改良社会风俗的良好愿望。此外，他们所推崇的"文雅哲学"符合18世纪英国的商业精神，与英国社会的商业化进程并行不悖。

第三章聚焦《旁观者》报对"趣味"的讨论。艾迪生（Joseph Addison, 1672-1719）认为，人拥有感知"趣味"的感官，它不仅有大脑的特性，也有灵魂的特性。从其对"文雅写作"的讨论来看，他的"趣味"观旨在从符号层面实现语言的同质化，并由此增进传统贵族阶层与新兴商业阶层之间的文化共识。但从其笔下的中国园林来看，他对"趣味"的讨论则另有深意。聚焦《旁观者》中的"趣味"观，我们发现艾迪生一方面推崇理性的力量，寻求文化共识背后的政治联盟，另一方面却又转而讨论不规则的、让想象自由驰骋的感性之美。艾迪生的言论虽看似自相矛盾，却预示着与18世纪主流古典审美理想相区别的趣味变革，并在张力中折射出英国中产阶层在阶级融合中谋求自身文化身份的复杂心态。可以说，艾迪生的"趣味"观再现了18世纪英国兼具共性与特性、理性与感性的独特意识形态景观。

第四章借助英国18世纪诗人纽科姆的打油诗《有趣味的女性》，尝试从女性主义的视角分析当时的趣味观。18世纪英国对传统女性气质的界定将女性排除在"有趣味的人"之外，并因此遮蔽了"趣味"这一概念的性别维度。这也正是18世纪诗人借助"女哲学家"、"女勇士"等形象介入趣味之争，并进而重新定义女性气质的原因所在。当趣味之争的战场从建筑、园林等美学领域转向性别领域之时，对"新"女性气质的诉求呼之欲出。从趣味之争到性别之争，我们得以洞见，一种强调身体与心灵同步发展、理性与情感兼容并蓄、私人与公共互为依存的女性气质日益成形。

第五章将关注点转向文化批评家阿诺德。该章节指出，欲熟谙阿诺德文学批评的精髓，须着眼于作为他文化蓝图中枢的趣味。他主张建立一个"趣味中心"，主张"集体标准和理想"，这不仅是为了防止个人趣味的盲目性和武断性，更是为了防止整个国家妄自尊大。我们可以借用阿甘本的"完美点"一说，来形容阿诺德的批评实践。理由是阿诺德虽然没有用这一概念表述他的标准，但实际上正是依循着是否具备"完美点"来评价文学作品，从而展示"完美点"所体现的趣味。

第六章及第七章属于上、下两部分。通过比较特纳的风车磨坊和斯坦菲尔德的风车磨坊,该部分试图在19世纪的文化语境中多维度地审视罗斯金的趣味概念,并指出:罗斯金对"如画"的批判和重构与其趣味观念背后的贫困美学和伦理美学密切相关。应该说,罗斯金传承了沙夫茨伯里三世以来的"社会情感论",将趣味纳入18世纪的情感主义道德哲学体系中进行考量,视"同情"为趣味观念的核心。在他看来,同情是一种充分调动主体感受力(sensibility)的"心灵情感",主体唯有具备敏锐的感受力,才能形成良好的趣味,进而协调自我与他者、个人与社会的关系。正是基于上述视角,罗斯金聚焦吉尔平以来的如画趣味,揭示资本主义文明如何美化贫困和贫民窟,罔顾底层个体的苦难;他又反击达尔文的功利主义趣味,揭示科学物质主义如何遮蔽万物的伦理关系和灵韵之美;最后,他聚焦古典政治经济学所推崇的消费趣味,揭示"奢侈"与经济自由主义如何抹杀消费主体所应承担的伦理责任。简而言之,罗斯金的趣味观既是伦理焦虑,也是转型焦虑。在阶级矛盾、科学物质主义、经济自由主义日渐甚嚣尘上的19世纪,罗斯金试图以真正兼顾他人的良好趣味来唤醒麻木、冷漠的心灵,以此修复与物质文明的发展相伴而生的种种分裂。

第八章紧扣伍尔夫创作中对"趣味"观念的实践,指出其"趣味"观一方面得益于18世纪英国经验主义思潮,另一方面则受益于印度"味"论。该章节不仅考证了伍尔夫如何在私人阅读、写作以及与友人(尤指布鲁姆斯伯里文化圈)的交流中受印度"味"论的影响,而且将伍尔夫对"趣味"的实践放在宏观的历史背景中加以审视,并指出:20世纪初(1910年左右起始)英国现代主义作家圈中的"印度热"也激发了伍尔夫借鉴印度"味"论,以"联觉"再现生命感官体验的创作冲动。印度"味"论注重感官的互通,并希望以此来展现人类经验的"整体性",印度传统绘画中的"拉格"就是典型的例子。伍尔夫显然看到了这一点,这也是她在创作中大量使用"联觉"的原因所在。在她看来,大部分现代人的感知早已四分五裂,破碎不堪。因此,对生命整体经验的再现可以帮助现代主体恢复其感受力，从而洞见被工业文明遮蔽的"事物本质"，而"联觉"恰恰能像印度"味"论一样，以弥合整体感受力的方式来对抗日益严重的异化问题和分裂问题。

第九章将焦点从印度绘画移向英国的建筑。该章紧扣约翰·贝杰曼爵士笔下的建筑"趣味"，探讨以下话题，即"为什么'好趣味'反而令人不快？"贝杰曼是桂冠诗人，也是20世纪著名的艺术批评家，但更让他知名的是建筑批评家的身份。该章指出，《令人不快的好趣味，或英国建筑兴衰的忧郁史》（*Ghastly Good Taste, Or a Depressing Story of the Rise and Fall of English Architecture*, 1933）一书中出现最频繁的词是"自我意识"，专指普通建筑师以自我为中心的个人趣味。贝杰曼对此颇为不满。在他看来，当下英国社会（指20世纪30年代前半期）经济萧条，全国士气低沉，因此，真正好的建筑应给予普通人充足的信心，教会他们体味时代精神，并塑造良好的公共趣味及相应的共同体意识。尤其对建筑师而言，他们更需将个人意识上升至国家意识层面，将沉溺于自我的个人趣味提升至以共同体意识为内涵的共同趣味。唯有此，"趣味"才是令人愉快的"好趣味"。

第十章紧扣伊格尔顿对"趣味"的论述，指出其"趣味"观不仅体现于其理论表述的趣味性，而且体现于其文学批评的目的性。有鉴于此，本章从他的理论著述和批评实践两方面入手，探究"伊格尔顿体"含有的趣味。对伊格尔顿来说，理论辨析的趣味性旨在推进其批评实践，并使其为普通读者接受，进而形塑一种激励人心的公共精神。可以说，在伊格尔顿这里，"趣味"的最高境界就是公共精神，也是博大的胸怀。和前一章提到的贝杰曼爵士一样，他认为"趣味"必须有公共精神的维度。只有这样，狭隘的私人趣味才能升华至以公共意识为内涵的共同趣味。由此反观，我们不难理解伊格尔顿对理论表述的重视。对他而言，语言文字的趣味性在本质上是一个政治或社会问题。

第十一章以二十世纪末英国批评家倭斯弗的《文学判断力》为讨

论对象，结合晚清严复编译的《美术通诠》，以跨文化的视角阐释中西味论。本章指出，严复以中国文学中与"味"范畴相关的概念对译西方美学中的"趣味"概念，呈现了中西文学传统之间关于"趣味"一词在观念、功能、技巧三个层面的对话。严复对《文学判断力》的翻译在展现中国诗味论中以"味"论美的隐喻传统之余，对"味"的社会功能也进行了系统探讨。此外，他又将"味外之至，象外之旨"论与西方"理式"说相对照，从而对"托意写诚"的创作技巧进行了阐释。可以说，此译本体现了严复在中国诗味论与西方"趣味"观之间探寻涵义会通的文化尝试。

本书在"余谈"部分又回到了"绪论"中提出的问题：究竟该如何理解"趣味"这个概念？事实上，对上述问题的探求还衍生了其他问题，即对中国读者而言，这个与英国文学史、思想史和文化史密切相关的概念究竟该如何翻译？由于对 Taste 一词的讨论始终贯穿于从 18 世纪到 20 世纪的英国文学之中，任何涉及上述概念的定义与讨论皆需兼顾历史语境和文化语境两个层面，如此复杂的语境化处理必然导致其不可译性。尽管如此，在观念探源之外，我们应尝试在概念史研究的基础之上进行文化对译，即以中国文化的框架来承载丰富语义的西方文化，并在中国文论传统中寻找对应之物。其实，本书最后一个章节已略作初探。陈寅恪曾说过："凡解释一字即是做一部文化史。"[①] 同样，凡翻译一词即是做一部文化史，因为文化对译不仅意味着言语或符号的转换，它更是思想的旅行、落地和再生。正是从这个层面讲，概念史研究也应包含文化对译的视角。笔者认为，观念探源只是开始，而通过探源推进概念的文化对译更是本书的意义所在，因为概念具有建构能力，而概念史研究则是建构中国话语不可或缺的一部分。

---

① 沈兼士：《"鬼"字原始意义之试探》附录，原刊《国学季刊》五卷三号（1935 年），第 45—60 页；完成于 1936 年，后收入葛益信、启功编：《沈兼士学术论文集》，中华书局 1986 年版，第 202 页。

第一章

"趣味"观念的来龙去脉

第一节 "趣味"观念的词源追述[①]

"趣味"（Taste）一词在很多语言中都意义深远，且该词的词义演变与其在不同语言中的词源有着千丝万缕的联系。因此，在详述"趣味"观念的流变轨迹之前，我们有必要追述该词在古希伯来语、古希腊语乃至古拉丁语中的意义。

首先，在古希伯来语中，与"趣味"（Taste）最接近的词源为"taam"和"teem"，后者由前者发展而来。动词 taam 主要指品尝（食物）。例如，在《撒母耳记（上）》（14：29）中："你看，我尝了（taamti/tasted）这一点蜜，眼睛就明亮了"；以及在《约拿书》（3：4）中："人不可尝（yitamu/let taste）任何东西，牲畜、牛羊也不可吃草，也不可喝水。"Taam 也可做名词，同样有滋味之意。例如，在《出埃及记》（16：19）中："这食物，以色列人叫吗哪（《旧约》中提到的一种食物，英文

[①] 该部分的词源考证部分特别感谢中山大学肖剑老师以及杭州师范大学时霄老师的帮助。拉丁词源来自 Lewis and Short 线上词典：https://alatius.com/ls/index.php 希腊词源来自 LSJ 线上词典：http://stephanus.tlg.uci.edu/lsj/#eid=1

是 manna）……滋味如同搀蜜的薄饼"；以及在《民数记》（11：8）中："百姓周围行走，把吗哪收起来……又做成饼，滋味好像新油。"除此之外，taam 还从由嘴巴"品尝"（食物）引申出以全身心"感知"的意思。例如，在《诗篇》（34：8）中，我们看到这样的句子："你们要感知（taamu/oh，taste）主恩的滋味，便知他是美善。"正是在此基础上，taam 还衍生出判断（judgement）、审慎（discretion）和明辨（discernment）等比喻义。例如，在《撒母耳记（上）》（25：33）中："你和你的见识也当称赞"（May you be blessed for your good judgment）；在《箴言》（11：22）中："妇女美貌而无见识（taam/discretion），如同金环带在猪鼻上"；在《诗篇》（119：66）中："求你将精明（taam tub/good judgement）和知识赐给我，因我信了你的命令。"

　　古希伯来词 teem 在形式和意义上都与 taam 相近。它同样表示以嘴品尝之意。例如，在《但以理书》（5：2）中，表示品尝酒的滋味："伯沙撒王欢饮（biṭ·'êm）之间……"从比喻义来看，它也可表示判断和审慎。例如，在《但以理书》（2：10）中："王的护卫长亚略出来，要杀巴比伦的哲士，但以理就婉言（ū·ṭə·'êm/with wisdom）回答他。"在《以斯拉记》中，teem 多次出现，均表示上帝或国王在判断的基础之上所下达的命令。例如："他们遵照以色列神的命令（ū·miṭ·ṭə·'êm）和波斯王……的旨意，建造完毕"（6：14）；"凡天上之神所吩咐的"（7：23）。

　　其次，在古希腊语中，与"趣味"最接近的词语是"γεύομαι（géyomai）"、"γεύση（géfsi）"和"γούστο（goústo）"。古希腊动词 γεύομαι（géyomai）指"吃饭""品尝"。例如，在《新约·使徒行传》中（10：10）："γένετο δὲ πρόσπεινος, καὶ ἤθελεν γεύσασθαι"（他觉得饿了，想要吃）。在修昔底德《伯罗奔尼撒战争史》中出现过这个动词的过去完成时形式："ἀλλήλων ἐγέγευντο（他们曾品尝）"。此外，

第一章 "趣味"观念的来龙去脉

这个词也有尝试、经历、感受、享受等比喻义。例如《奥德赛》（II. 20. 258）："ἀλλ ἄγε .. γευσόμεθ ἄλλων ἐγχείσιν"（让我们用长矛逐一尝试）；老普尼林《自然史》（6.24）"γ. πόνων"（为了感受它们）。索福克勒斯在他的戏剧《埃阿斯》（844）中使用过这个词，具有"感官享受"之意，由此衍生出拉丁动语 gusto。

古希腊词 γεύση（géfsi）既可作动词也可做名词，表"品尝"和"滋味"之意。例如，在《新约·歌罗西书》（2：21）中，我们读到以下句子："不可拿、不可尝（μηδὲγεύση）、不可摸。"它也可被引申为"印象"之意，例如 Μου άφησε πολύάσΧημη γεύση（他留下了坏的印象）；还可指"经历"：Πήραμε μια γεύση της ελληνικής ζωής（我们有了希腊生活的经历）。显然，"印象"之意与"经历"和"感受"相关。希腊语名词 γούστο（goústo）与前面两个词语略有不同，侧重表示"判断"和"鉴别"之意。例如，Έχεις θαυμά σιο γού στο στη μουσική（你对音乐有好的品味）。抑或，Έχει γούστο ο φίλος σου（你的朋友非常有趣）。

我们再来看看古拉丁语。与"趣味"最接近的词源有"gusto"和"gustatus"，后者衍生自前者。动词 gusto 有"吃""品尝"之意。例如，在凯撒创作的《高卢战记》（5：11）中："leporem et gallinam et anserem gustare fas non putant（他们认为不应该吃野兔、公鸡和大雁）"；在西塞罗的《反腓力辞》（2.29.71）中："gustaras civilem sanguinem vel potius exsorbueras"（你已尝过，甚至吞噬过同胞的鲜血）。此外，gusto 还有"尝试""感受""经历"和"享受"等比喻义。例如，在西塞罗《论神性》（1.8.20）中："primis, ut dicitur, labris gustare physiologiam"（据说，首先应尝试涉猎自然哲学）。在西塞罗的《论善与恶的边界》（1.18.58）中："gustare partem ullam liquidate voluptatis et liberae potest"（能够享用快乐与自由之泉的任何部分）。

古拉丁语名词 gustatus 衍生自动词 gusto。它意为"味觉"，是五感中的一种。和 gusto 一样，它有品尝之意。例如，在西塞罗《论神性》（2.56.141）中有这样的描述："gustatus, qui sentire eorum, quibus vescimur, genera debet, habitat in ea parte oris, qua esculentis et poculentis iter natura patefecit"（味觉，嘴以此感知人赖以为生的食物——自然以此为进食和饮水打开通道）。再如西塞罗在《论老年》（15.53）中这样说道："(uva) primo est peracerba gustatu"（野葡萄酒初尝起来口感涩烈）。值得一提的是，gustatus 在古罗马时期已引申出"判断"和"品鉴"的意思。例如西塞罗在《反腓力辞》（2.45.115）批评罗马人对"荣誉"缺乏良好判断时就使用了该词："sed nimirum, ut quidam morbo aliquo et sensus stupore suavitatem cibo non sentiunt, sic libidinosi, avari, facinerosi verae laudis gustatum non habent"（正如受疾病影响而丧失品尝能力的人，那些被肉欲主宰的人、贪婪的人和恶行累累的人都无法拥有对荣誉的品鉴力）。

　　从对上述词源的分析来看，无论是在古希伯来语、古希腊语，还是在古拉丁语中，"趣味"一词的意思主要集中在三个层面。第一，它指通过嘴品尝；第二，它指通过感官感受、体验，甚至享受；第三，在以上两个意思的基础上，它又以隐喻的方式表判断、品鉴和区分。从对上述词源的分析来看，判断与品鉴并非完全依靠理性，感官体验也是依据之一。这一发现与"趣味"一词在英语中的词义发展轨迹不谋而合。究其原因，该词曾与古法语以及古拉丁语都有不容忽视的交集。

　　我们知道，英语动词 taste 约于 1300 年左右出现，源自古法语 taster（表品尝、享受），而法语 taster 则来自古拉丁语 tastare，其变体 taxtare 源自古拉丁语动词 tango（表触摸），它在形式上又极有可能受到另一个古拉丁语单词 gustare（表品尝，前文已经提到）的影响，因此该词兼有"品尝"与"触摸"两者的含义。如果我们用图表来示意的话，详见下图：

　　可见，从其词源来看，英语 Taste 最初的含义为"品尝（食物）"，

第一章 "趣味"观念的来龙去脉

```
古拉丁语
tango          拉丁语
(表触摸)    →  taxtare
               (表触碰)
gustare   形式上
                │变体
               tastare → 古法语taster → 英语taste
                         (表品尝、享受)
```

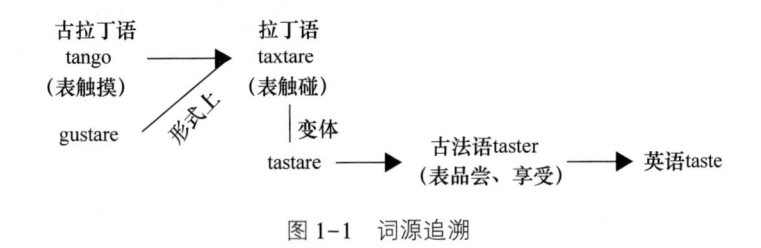

图1-1 词源追溯

而"品尝"又必然涉及以嘴触碰食物。因此，大约从14世纪中叶开始，该词就带有"运用味觉去感知"的引申含义。

值得一提的是，由于涉及感官接触，英语Taste一词在早期使用（在其他语言中，也存在着同样的情况）中往往和肉欲有关，且隐含着道德判断。造成上述联想的原因有二。其一，这与圣经中《创世纪》的影响不无关系。人类的堕落始于夏娃的口腹之欲。我们在蛇和夏娃的对话中也可以看到关于"吃"和"触摸"果子的记录。因此，在弥尔顿（John Milton, 1608-1674）笔下，《失乐园》（*Paradise Lost*）开篇即讲到灾难来自人类"致命的一口"（Mortal taste），而受到撒旦诱惑的夏娃则梦见天使吃果的场景："他（梦中的天使）摘下了果子，并品味之"（He pluckt, he tasted）[1]。可以说，上述梦境预示了她随后的逾越之举。其二，我们知道，在西方传统中，味觉位列所有感觉的最低端。虽然根据阿甘本的考证，在古希腊语、拉丁语以及其他衍生的语言中，该词也可用来形容具有智慧的人。比如12世纪塞维利亚的伊索多雷（Isodoro di Siviglia）就曾指出，智慧之人能根据不同的对象及其动因做出合理判断，就犹如他们擅长辨识不同食物的味道一样（sapiens dictus a sapore）。但是，在大部分代表西方传统的著述中，与趣味相近的词源都因其强调感官体验而备受诟病。在《尼各马可伦理学》中，人由趣

---

[1] John Milton, *Complete Poems and Major Prose*, edited by Merritt Y. Hughes, New York: Odyssey, 1957, pp. 302-303.

味获得的愉悦无异于奴性与兽性的快乐。柏拉图在《蒂迈欧篇》中更是规劝"不朽的灵魂"远离口腹之欲。虽然根据威廉斯的考证，该词在 1425 年的文献中就表示"好的理解力"（good taste）①，但是，根据《牛津英语词源词典》（*Oxford Etymology Dictionary*）的记录，至少要到 17 世纪 70 年代左右，该词才表示"审美判断力"和"辨别能力"。在上述用法中，其意义从对感官体验的描述上升至对成熟的心智状态和心智判断过程的客观呈现。而且，这个过程是一种完整的感知和反思过程，无法被简单化约为"情感"或"理智"。有鉴于此，威廉斯在《关键词》中这样说道：从 17 世纪，尤其是 18 世纪开始，这个词变得复杂且意义深远（significant and difficult）。威廉斯的说法并非毫无依据。经验主义美学在 18 世纪英国如日方升，沙夫茨伯里伯爵三世、弗朗西斯·哈奇森、亚历山大·杰拉德、阿奇博尔德·阿利森、大卫·休谟以及埃德蒙·伯克等人都在论著中对"趣味"一词各抒己见，议论纷纷。可以说，上述经验主义哲学家的充分讨论使该词成为 18 世纪英国思想史中的重要概念之一，并使其呈现出理论化的趋势和跨学科的特点。

  与此同时，德语哲学家也非常关注"趣味"（Geschmack）一词。康德的《判断力批判》即以"趣味"为关键词。德语 geschmark 一词的字面意思以"味道"为主，并不涉及"判断"。虽然康德深受德国理性传统的滋养，但他并不排斥英国经验主义哲学家有关感官愉悦和美感的讨论。和他们一样，康德认为"趣味"观念不仅涉及感官感受，也包括以此为基础的理性判断。因此他提出 Geschmacksurteil 一词，即"趣味"判断。有鉴于此，朱光潜先生在《西方美学史》中指出，"正是经验主义美学与理性主义美学的对立才引起康德和黑格尔等人企图达感性和理性的统一。应该说，英国经验主义美学是德国古典美学的先驱。"②

---

① Raymond Williams, *Keywords: A Vocabulary of Culture and Society*, p. 312.
② 朱光潜：《西方美学史》（上），商务印书馆 2014 年版，第 272 页。

可见，如果要准确地勾勒出"趣味"观念在文化思想史中的发展轨迹，我们就不得不聚焦于英国18世纪——正是这个漫长的18世纪滋养了整整一代经验主义美学家。

第二节 "趣味"观念在18世纪的情感转向

18世纪被称为是"趣味"的世纪。正是在这个世纪，这个词突然变成英国知识界的"宠儿"。国内有学者指出，在上述经验主义哲学家的讨论中，"趣味"被不断与"美"相提并论，因此，"作为人类感知世界的方式之一，'趣味'被囊括在了美学的范畴之内，并随着经验主义美学在18世纪的盛行完成了其美学转向"①。同样，美国学者维塞尔（Leonard P. Wessell）在《活的形象美学》（*The Philosophical Background to Friedrich Schiller's Aesthetics of Living Form*）一书中也表达了类似的观点。他认为，"英国思想中的'趣味'一词，大致相当于德国理论中的'审美'这一术语"②。上述结论失之于简单化，不利于从整体上把握"趣味"观念在18世纪的发展。

我们知道，德国哲学家鲍姆加登在1750年首次明确提出"美学"这个概念，预示着美学这个学科逐渐从哲学中剥离出去，成为一门独立的学科③。但在鲍姆加登之前，关于"美"的讨论自古希腊起就经久不

---

① 何畅：《19世纪英国文学中的趣味焦虑》，第6页。
② [美]列奥纳德·P.维塞尔：《活的形象美学：席勒美学与近代哲学》，毛萍、熊志翔译，学林出版社2000年版，第118页。
③ 鲍姆加登初次谈及"美学"一词是在《形而上学》一书中。他指出，"美学"作为一门科学，是"低级认知官能的逻辑学，美与缪斯的哲学，低级认识论，优雅思考的艺术，类推的艺术"。在此之后，他又于1750年在《美学》第一卷中正式提出："美学（自由艺术的理论，低级认识论，优雅思考的艺术，类推的艺术）是关于感性认识的科学。"两相对照之下，我们发现，在1750年的定义中，他将逻辑学和哲学这两门传统学科挪出了"美学"的领域。这无形中宣告"美学"是一门独立于哲学和逻辑学的学科。关于鲍姆加登对"美学"的定义，详见Peter Kivy, *The Blackwell Guide to Aesthetics*, Oxford: Blackwell Publishing Ltd., 2004, p. 15.

衰。值得玩味的是，即使在鲍姆加登提出这个概念后，18世纪的英国思想家们似乎仍然对"美学"一词并不青眼有加。他们不仅没有广泛采用这一术语，反而大量使用"趣味"一词来论述与"美"有关的议题。上述现象背后隐含着如下判断，即"趣味"一词所涉足的领域远远超过美学所涵盖的范围。如果我们从18世纪思想史的角度来看，"趣味"不仅与"美"有关，而且与"想象力"、"文雅"（politeness）、"道德"等概念同生共存，互动频频。更重要的是，这些概念经由"情感"的介入，彼此之间产生了美好的勾连与互嵌，逐渐形成对欧洲启蒙理性话语的推敲与补充。

　　以下让我们简单勾勒出这些思想家如何以"情"论"味"。苏格兰启蒙思潮的主要领导者沙夫茨伯里伯爵三世是18世纪第一位从情感的角度系统讨论"趣味"观念的经验主义哲学家。他指出，人具有社会情感（social affection，又名"自然情感"），这是一种天生的，对事物美丑、善恶的情感反应。它是一种被动的情感。与此相对应的是"反思性情感"，或者说对上述被动情感的主动体验。一个有"趣味"的人往往知道如何通过"反思性情感"将自己从被动转为主动。此外，沙氏还认为这样的人拥有比常人更为敏锐的"内在的眼睛"（inward eye，即内在感官），并以此感知外界，获得情感体验。弗朗西斯·哈奇森继承了他的老师沙夫茨伯里的内在感官论，强调有"趣味"的人具有内在感知力（internal sense），而上述内在感知力也是一种与生俱来的情感能力（the affective function）。凡是美丽的、规则的、和谐的事物都能让他们感知快乐的情感。但是，关于这种能力究竟为何与生俱来，我们又该如何提升"趣味"，哈奇森和他的老师同样语焉不详。亚历山大·杰拉德则将哈奇森的内在感知力从单数变成了复数，并指出对有"趣味"的人而言，他们能够通过以下七种感知过程获得快乐的感觉，即新奇感、雄伟感、美感、模仿、和谐、荒谬和美德。可以说，他扩展了"趣味"的情感来源。和前人相比，阿奇博尔德·阿利森更为明确地指出，

第一章 "趣味"观念的来龙去脉

趣味体验（an experience of taste）并非纯粹的认知，也包含"情动"过程。认知虽不关涉情感，却会引发简单的情感，并由此激发想象和联想，从而获得复杂的情感体验。基于上述观点，阿利森将他对"趣味"的研究推向了两个方向。第一，探究人的深层大脑结构中有哪些认知器官（faculties in the mind）容易与外部物质世界形成情感互动。第二，探究外部物质世界中的哪些特质容易激发人的情感与想象，从而获得趣味体验。关于前一个命题，阿利森并没有给出明确的结论，只是将因为大脑内部构造而易于感受外部世界的能力统称为"感受力"（sensibility）。而针对后一个命题，他明确提出：外部世界中有七类特质尤易与"感受力"形成情感的呼应。可以说，阿利森的研究依旧缺乏科学依据，但他试图具体化"内在感官"，并且探索物质世界如何与"内在感官"互动的尝试不容忽视。同样，休谟在《论趣味与激情的敏感性》（"Of the Delicacy of Taste and Passion"）中回应了"内在感官"论，并指出"趣味"判断在本质上是一个结合了情感和认知的综合判断能力。更重要的是，他强调了"想象"和"同情"在趣味体验中的重要作用。当然，这种同情共感的瞬间不一定局限于人与人之间，也可以发生在人与物之间。在《论怀疑者》一文中，休谟指出，审美愉悦来自"一个特定的对象按照一个特别的人的心理构造和性情，在那个人心上所造成的愉快的情感"[①]。可见，趣味体验在本质上等同于人与物、人与人之间的情感沟通和呼应（correspondence）。休谟的观点启发了阿利森对大脑结构和外部物质世界的探索，而且预示了康德在《判断力批判》中对"趣味判断"所产生的情感效果（愉悦感）的论述。虽然康德最终没有将他的第三本手稿命名为"趣味的批判"，但他对"情感能力"的提及说明：在他看来，主体对"趣味"的感知依然以"情动"为关键。

---

① [英]休谟：《论道德与文学》，马万利、张正萍译，浙江大学出版社2011年版，第57页。译文根据英文原文，略有调整。

然而，与英国经验主义哲学家不同的是，康德所讨论的趣味判断不仅关涉主体（"有趣味的人"）的情感体验，而且强调这种情感体验的普遍性，即"每个人的情感与他人的特殊情感相汇合的客观必然性。"从这一点讲，康德与其同代人埃德蒙·伯克几乎不谋而合。伯克在《论趣味》一文中就一再指出："趣味的基础对于每个人而言都普遍存在"，因此，"趣味"具有共通标准，拥有"确定的原则"①。可见，无论是伯克还是康德，两者都认为，趣味体验应该是一个"人同此心、心同此理"的过程。为了说明上述观点，康德重提"共通感"（sensus communis，又译为"共同感"）的概念，即探讨通过大脑感官的自由嬉戏，一个具体生动的事物该如何引发人类的普遍的情感。当然，康德并非第一个将"趣味"与"共通感"关联的哲学家。早在康德之前，沙氏就指出"共同趣味"的形成有利于构建整个社会的"共通感"和公共精神。也就是说，通过公共交往，"个体天生的社交性情感自然呈现出来，渴望与他人的交流"，而且个体"意识到自己身处一个共同体之中，要把他人看作和自己一样的自由个体，与他人平等相待，一起探索将这些个体凝聚起来的共同目标和价值尺度"②。虽然，沙氏的讨论更注重社会实践，而康德则更强调审美主体的普遍情感原则，但从"情感"的角度来看，两者对"趣味"与"共通感"关系的讨论没有本质的区别，他们都认同"趣味"判断是一个从个性到共性的过程。可见，康德虽然将以莱布尼兹为代表的德国古典主义和唯理主义阵营视为其哲学思想的主要渊源，却同样受益于以沙夫茨伯里、休谟和伯克为代表的英国经验主义思想家。从某种角度讲，这些经验主义思想家也是"情感主义"哲学家。他们以"情"论"味"，使"趣味"观念在 18 世纪的意义嬗

---

① ［英］埃德蒙·伯克：《关于我们崇高与美观念之根源的哲学探讨》，郭飞译，大象出版社 2010 年版，第 12—28 页。
② 董志刚：《译者前言》，载夏夫兹博里《论人、风俗、舆论和时代的特征》，董志刚译，上海三联书店 2018 年版，第 20 页。

变超越了美学领域，并使其内涵从对外在物质的体验转向对内心情感的体悟。因此，我们完全可以将其发展轨迹称为趣味概念在18世纪的情感转向。在这些思想家中，沙夫茨伯里、休谟和伯克三者尤为值得关注，他们的讨论揭示了"趣味"内涵向"内"转后的共性。

首先，三者都围绕"内在感官"和"无利害"（disinterestedness）这两个核心概念展开对"趣味"的讨论。前文已经提到，从沙夫茨伯里开始，很多英国经验主义思想家认为人天生具有感知"趣味"的感官（faculty）。这个感官有点儿类似于五种感官之外的第六种感官。沙夫茨伯里称其为"内在感官"，同时将它比作"内在的眼睛"。作为沙夫茨伯里的拥趸，哈奇生同样认为人获得美感和道德感的能力是与生俱来的。他明确指出"内在感官"是一种独立的感官，它和人们外在的五官一样，能直接感受"美、整齐、和谐"等复杂观念。到了休谟这里，他虽然没有重提内在感官论，但他以"人心的特殊构造"这一说法回应了上述论调。在讨论审美趣味时，他强调正是因为"人心的本来的构造"（又曰"心理器官或功能"）能感受到外在世界的某些特殊形式，因此它才能与它的对象之间产生同情和情感的呼应。和神秘的"内在感官"一样，关于人心的特殊构造究竟特殊在何处，我们同样不得而知。"内在感官"论的核心在于强调审美活动是一种与生俱来的官能，具有直接性和超验性。上述论调听起来颇为神秘，却在无形中为美学的独立起到了推波助澜的作用。由于感知"趣味"的审美感官的超验存在，审美活动往往能超越自利以及个体间错综复杂的功利关系，从而获得"无利害"的特点，而"无利害"则为审美的独立性和艺术的自足性奠定了基础。从某种角度讲，"内在感官"论是审美"无利害"的物质前提。因此，英国经验主义思想家对"趣味"的讨论为现代美学的发展做好了理论的准备。

其次，既然人人都有"内在感官"和"特殊构造"，那么，趣味体验是否有标准化的可能呢？可以说，这是英国18世纪思想史的核心话题之一，并且与"共通感""习俗""文化共识"等话题密切相关。沙夫茨伯里、艾迪生、休谟和伯克都曾以直接或间接的方式介入有关"趣味标准"的争论之中。此处，我们重点谈谈休谟与伯克之辩。从目前有限的资料来看，两者从未有过直接对话。1757年，休谟发表《趣味的标准》时，伯克的《关于优美和崇高的探索》一书业已出版。但在该书再版时，伯克特意增加《论趣味》一文作为前言。虽然我们无法证明该文与休谟有关，但它确实驳斥了休谟的"怀疑论"立场。在伯克看来，要获得"趣味"体验，必须具备三个要素，即极易受到外界触动的心灵的功能、想象力的活动以及对优雅艺术品的判断和鉴赏[①]。其中，"趣味"首先源自感官引发的普遍感觉。伯克认为，这种感觉是如此普遍以至于我们自己很少怀疑或者对上述普遍性浑然不知[②]。换句话说，既然主体感知趣味的基础是共同的，那么，我们讨论"趣味的标准"也未尝不可。正是基于上述立场，伯克随后对让主体获得趣味体验的基础——普遍情感——做了梳理、分类和详述。可以说，《论趣味》一文说明了讨论崇高感和优美感的必要性。或许正是基于上述原因，伯克在第二版增加了该文，并在无形中与休谟形成了论辩。休谟对是否存在超验的"趣味标准"持怀疑态度。在休谟看来，人能感知趣味是因为"人心本来的构造"（又曰"心理器官或功能"）能感受到外在世界的某些特殊形式，并由此在两者间形成情感的呼应。换言之，休谟虽然承认趣味一部分来自天资（"人心本来的构造"），但绝大部分由引起审美情感的事物的特殊形式来决定，而后者往往受习俗、礼仪和民族性格等外部环境因素的影响。在休谟眼里，即使前者也并非人人皆相同，

---

① ［英］埃德蒙·伯克：《关于我们崇高与美观念之根源的哲学探索》，第25页。
② 在这一点上，伯克显得比较天真和乐观。他在《论趣味》中指出因为"每个人身体器官的构造都是如此接近，或者对于全人类而言都是相同的，因此所有人感知外界世界的方式必然是相同的，或者至少差异不大。"这就在某种程度上抹杀了身体构造的"特殊"与"个别"，并将"特殊性"在无形中"边缘化"和"非正常化"了。

第一章 "趣味"观念的来龙去脉

因为"人不能选择自己心灵的肌理和构造",就好像人不能选择自己的肉身一样①。即使部分人有着基本相同的自然禀赋,但"机能的缺陷或异常"(some defect or perversion in the faculties)也会使他们丧失感知趣味的能力②。因此,他开篇就指出"趣味无争辩"这句谚语具有一定合理性。

有意思的是,虽然休谟和伯克两人对是否存在超验的"标准"莫衷一是,但他们的"趣味"观有异曲同工之处,即两者都认为人类社会可以通过培养审美共通感来实现趣味的标准化,而共通感的实现则与不同民族或国家的习俗(Manners)和惯习有关,也与教化(Bildung)(或者说"教育",尽管它们存在着细微的差别)的力量紧密相连。此处,需要强调的是,我们所说的习俗和惯习并非指一般意义上的"习惯"和"习性",它暗指业已"内在化"的社会关系、伦理规范和价值观念,且往往通过个体的观点和行为体现出来。如果以"惯习"的角度来看"趣味",那么,前者是后者的生成原因(之一),后者是前者的表现形式(之一),而教化则通过改造前者,以潜移默化的方式构建有关趣味的共通感。对此,伽达默尔指出,教化就是为了制造一种普遍的共同的感觉,因此教化的过程就是对共通感的培养和造就③。维柯更是直言不讳:"那种给予人意志以及方向的东西并非理性的抽象普遍性,而是具体的普遍性,它往往体现一个集团、一个民族、一个国家或整个人类的共同性。因此造就这种共同感觉,对于生活来说,就具有决定性的意义。"④ 在维柯之后,康德在《判断力批判》里也曾讲道:尽管人们常常认为共通感就是平凡庸俗的常识,但它实际上应被理解为"共同

---

① David Hume, *Of the Standard of Taste and Other Essays*, edited with an introduction by John W. Lenz, Indianapolis: Bobbs-Merrill Educational Publishing, 1980, p. 128.
② David Hume, *Of the Standard of Taste and Other Essays*, p. 19.
③ 参见洪汉鼎《〈真理与方法〉解读》,商务印书馆2019年版,第36页。
④ 转引自洪汉鼎《〈真理与方法〉解读》,第36页。

的感觉"。而趣味判断就是一种共通感①。显然，如果我们以"共通感"来反观休谟和伯克的论辩，就会发现两者殊途同归。正如休谟在《论趣味的标准》中所说的那样："无论何时，真正精细微妙的趣味，都会得到众人的赞同。而确定上述趣味的最佳方式即诉诸那些由各民族、各时代共同认可，且由共同经验所形成的典范和规律。"② 因此，在休谟看来，"趣味"既来自与生俱来的感官的敏锐，又来自审美主体受社会习俗熏陶的优雅风习；而要形成好的趣味感受力，审美主体不仅需要提升身体感知器官的敏锐度，也需要内化社会习俗和惯习，以此形成共同的"典范和规律"。同样，伯克也强调趣味体验过程中那些精细的感觉区分都是学习和文化实践的结果，并希望通过习俗改造来增强以人类普遍情感为基础的"趣味标准"。拿伊格尔顿的话来说，习俗问题关乎"伯克的整个文化课题"，或者说"构成了所有权力、契约、权威和合法性的母体"③。换言之，在伯克这里，习俗和惯习往往比法律和政治权威更强大，它们构成了整个社会治理的"内在约束力"，而这种"约束力"部分来自审美共通感，即"趣味的标准"。如果我们以图表来示意，那么，趣味、习俗、教化、共通感之间的关系如下图所示：

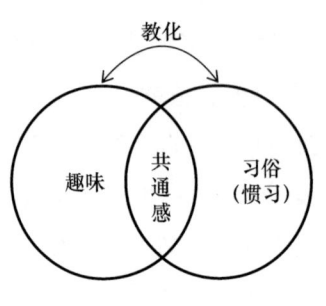

图 1-2　概念关联图

需要指出的是，上述寻求"趣味标准"的冲动贯穿了整个英国 18 世纪思想史。在《剑桥文学批评史》（*The Cambridge History*

---

① 参见［德］康德《康德著作集》（上），宗白华译，商务印书馆 1987 年版，第 137—138 页。

② David Hume, *Of the Standard of Taste and Other Essays*, pp. 12-13. 此处原文为：the best way of ascertaining it is, to appeal to those models and principles which have been established by the uniform consent and experience of nations and ages.

③ Terry Eagleton, *Culture*, New Haven and London: Yale University Press, 2016, p. 73.

第一章 "趣味"观念的来龙去脉

of Literary Criticism)中,马歇尔指出,从沙夫茨伯里和艾迪生开始,18世纪英国思想家们就热衷于规范和塑造"公共口味"(public relish),或者说"趣味"(taste),而他们的讨论也大多围绕着"趣味的标准"展开①。与此同时,他们还试图解决另一个问题,即谁来制定标准?沙夫茨伯里认为包括他在内的作家们需担当起此任②。在他看来,作家不仅要时刻与自己对话(即沙氏所说的"独白"),而且要通过与普通读者的良好沟通来引领整个社会的趣味。这就要求他们必须改变自己的写作风格,不仅要杜绝语调高昂、辞藻华丽的"雄辩麻黄病",而且要避免经院哲学式的生硬语言(ponderous sentences)和刻板推理(pois'd discourse)③。同样,艾迪生也将自己视为时代的批评者和监察员(censor)。早在《闲谈者》(*The Tatler*)中,他就借以撒·毕克尔斯塔福之口称自己为"大不列颠的监察员"(Censor of Great Britain);在《旁观者》(*The Spectator*)中,他也屡次称自己为种种"俗世杂物的检察员"(*Censor of Small Wares*),并且希望通过自己的评论在大不列颠形成"文雅写作的趣味"(*a Taste of Polite Writing*)④。事实上,《旁观者》中试图以文学批评推进社会改革的努力始终如一。此外,在休谟这里,"批评家"(critics)更是一个不容忽视的关键词,因为在他看来普通人对美的感受是模糊不定的,只有经批评家的指点,他们才能品味到其中的

---

① David Marshall, "Shaftesbury and Addison: Criticism and the Public Taste", in H. B. Nisbet and Claude Rawson, eds. *The Cambridge History of Literary Criticism*, Vol. IV, New York: Cambridge University Press, 2005, p. 634.

② 沙氏所讨论的"作家"是广义的作家,包括批评家、诗人、剧作家、小说家等参与到18世纪文学公共空间的文字工作者。在18世纪,文学的概念尚未突出审美性质,其范围包含了任何写作。因此,有学者指出,"对于作家自身品质的要求,沙氏有些醉翁之意不在酒,他所提出的是对于整个文学、文化乃至政治生态的一种构想"。详见董志刚《译者前言》,载夏夫兹博里《论人、风俗、舆论和时代的特征》,董志刚译,上海三联书店2018年版,第24页。

③ Anthony Ashley Cooper, Third Earl of Shaftesbury, *Characteristics of Men, Manners, Opinions, Times*, edited by Lawrence E. Klein, Cambridge: Cambridge University Press, 1999, p. 380.

④ David Marshall, "Shaftesbury and Addison: Criticism and the Public Taste", pp. 633-634.

妙处①。因此，他不仅屡次谈及"合格的批评家"（qualified critics）、"可接受的批评家"（tolerable critics）、"理想批评家"（ideal critics），而且明确指出：所谓的理想的批评家必须"拥有良好的判断力、敏锐的情感，同时也要学会在实践中提高，在比较中完善，并清除所有偏见"，只有这样他们才能担当起批评家的珍贵角色，他们的判断才是真正的关于美和趣味的标准（the true standard of taste and beauty）②。可以说，上述有关批评家以及批评家与普通读者（普通人）关系的讨论在无形中预示着现代批评体系的建立以及现代批评理论中对"经典"、"经典化"和"去经典化"过程的讨论。

　　更重要的是，无论是"趣味的标准"还是"理想批评家"，上述讨论都旨在形成"共同的感觉"。因此，在18世纪英国，"趣味"观念虽向"内"转向主体情感，却并未局限于主体的主观感受，反之，由于"共通感""习俗"等概念的介入，它已然成为一个颇接地气的社会学概念，与亚里士多德强调的"实践智慧"不谋而合。亚里士多德认为，人的德性分为两类，一类是理智的，一类是伦理的，后一类德性由风俗习惯沿袭而来——"我们的德性既非出于本性，也非反乎本性生成，而是自然地接受了它们，通过习惯达到完美。"③不难看出，后一类德性依赖交往实践，需要经过习俗的教化而成，反过来又能通过提升个人精神品性达到移风易俗的效果。简言之，18世纪英国思想家在讨论"趣味"时并未效仿经院哲学家们坐而论道、侃侃而谈，他们更注重具体实践以及实践背后的政治和社会动因。对此，伽达默尔深有体会。他认为，"趣味"判断不仅关乎个人能力，也体现了社会质量，即人们在形成独立思考判断的同时也必将学会且内化社会共同的价值，增进社会共

---

① David Hume, *Of the Standard of Taste and Other Essays*, p. 19.
② David Hume, *Of the Standard of Taste and Other Essays*, p. 17.
③ ［古希腊］亚里士多德：《尼各马科伦理学》，苗力田译，商务印书馆1999年版，第28页。

同福祉①。换句话说，作为实践行为的"趣味"判断能起到稳定社会文化结构和文化秩序的政治作用。此处，我们不妨通过以下三个方面来探究"趣味"的社会政治作用。

其一，"趣味"与激情（Passion）的关系。无论是休谟还是伯克，两者在讨论趣味时都强调：人感知"趣味"的过程就是驯化并引导"激情"的过程。在《论趣味与激情的敏感性》一文中，休谟开篇就比较了"激情的敏感性"和"趣味的敏锐"之间的异同，并指出拥有前者性情的人往往比镇定稳重的人更容易在生活中迈出"无法挽回的错误步伐"②。有鉴于此，他指出，"矫正激情的敏感性，最恰当的方法就是培养（cultivating）更高级、雅致的趣味"，因为"趣味有助于提高感知力（sensibility），能使我们在充分感受温和的、令人愉悦的激情的同时，不为那些较粗野、较狂暴的情绪所动。"③可见，在休谟看来，"趣味"的提升不仅能使人获得稳定的性情，而且使生活更为稳定安全。随后，他又在《趣味的标准》一文中强调：一切科学的标准都是变动不居的，因为"没有比这些所谓的科学结论更顺从于机会和风尚的变革了"，但是，基于情感的趣味标准只要表述准确合宜，却能永远获得众人的一致认可④。可见，"趣味"的标准具有稳定性。由此来看，在休谟谈"趣味"论"激情"的文字背后不乏建构稳定文化秩序的政治愿景。在这一点上，伯克同样心有戚戚焉。如果说习俗问题关乎"伯克的整个文化课题"，那么他对习俗的重视主要源自他对"激情"的批判。伯克的一生可以说是和"激情"作战的一生。在《法国革命感想录》（*Reflections on the Revolution in France*）中，他屡次谈到"激情"："政府是人类的智慧为满足人的需要而设立的，这些需要之一就是人的激情应

---

① 参见洪汉鼎《〈真理与方法〉解读》，第61页。
② David Hume, *Of the Standard of Taste and Other Essays*, p. 25.
③ David Hume, *Of the Standard of Taste and Other Essays*, pp. 26–27.
④ David Hume, *Of the Standard of Taste and Other Essays*, p. 18.

该充分抑制。社会不仅要求拘阂个人的激情,也要求时时阻遏群体的倾向爱好……羁勒他们的激情。这只能由他们自身之外的力量来完成。"① 此处,"自身之外的力量"不仅指法律和政治形成的外在约束力,还指习俗和文化形成的内在约束力,而后者才是重中之重,因为只有"随着公民社会内在约束力的形成,外在的权威作用才可以渐次减弱。"② 在上述过程中,"趣味"的力量通过同情、模仿等心理过程,经由个人传递至他人,从而发展成为关于"趣味"的共识,以此介入到缓慢的开启民智过程中去。更重要的是,以"趣味"为主导的习俗改造过程在本质上既是"一种社会性、合作式的控制与改革过程",也是一种最为稳妥的改革过程③。虽然在伯克写《关于崇高与美观念之根源的哲学探讨》(第二版包括《论趣味》一文)之时,法国大革命还远未爆发,但是他在该书中对"激情"的分类和反思实际上已经预示了他在《法国革命感想录》中的态度。因此,从某种角度讲,《论趣味》一文的美学意义遮蔽了其深远的政治意义。

其二,18世纪的历史语境确实亟须与"激情"相关的文化理论来维持文化秩序。从1688年到1783年近百年间,英国有44年都处在对外战争的状态。这包括奥古斯堡联盟战役、安妮女王战役、奥地利王位继承战役以及英法七年战役等。英国海外战争的胜利以及争夺北美殖民地的胜利大大刺激了英国国内的民族情绪,使很多英国人深陷得意忘形的爱国激情中。尤其是商业资本家,作为国家债务(National Debt)的贷方,他们是战争的既得利益者。波科克曾将国债的发行称为英国18世纪"金融革命"的主要特征之一。在这场金融革命中,作为中产阶

---

① Edmund Burke, *Reflections on the Revolution in France*, edited with an introduction by Conor Cruise O'Brien, London: Penguin Group Ltd. , 1968, p. 151.
② 陆建德:《破碎思想体系的残篇》,北京大学出版社2001年版,第195页。
③ [英]雷蒙·威廉斯:《文化与社会:1780—1950》,吴松江、张文定译,北京大学出版社1991年版,第28页。

级主力的商业资本家通过其货币权益积累资本，他们当中的少数精英甚至成为辉格党的核心成员。正因为如此，有不少学者指出，自国债制度确立以来，辉格党与借款给政府的金融界联系紧密。换言之，辉格党中有许多政府的债权人①。与此同时，土地税的攀升大大损害了广大土地阶级（往往是贵族，托利党的主体）的利益。因此，党派之争不断升级成为"王室"与"国家"之争，"乡村"与"城市"之争，"土地贵族"与"中产阶层金融商人"之争，最终导向无法遏制的"狂热"②。这种激情与狂热伴随着商业资本的蓬勃发展，在无形中滋生了奢侈、私欲和种种道德失范的行为。正如休谟所说，"从奥古斯都时代开始，英国的文雅文学（Polite literature）就止步不前，而愈演愈烈的放肆却备受鼓励。对高雅艺术而言，如此放任的行为要比17世纪的宗教热情和伪善言辞更具毁灭性。"③ 有鉴于此，不少18世纪的英国思想家们都投身到了有关如何克服"激情"，做出"趣味"判断的公共讨论中去，试图以兼具美学、情感和道德的方式来推动英国社会"稳"中求"进"。

其三，日益崛起的英国18世纪商业中产阶层需要一套既能合法化其文化地位又能联合土地阶层的话语体系，对他们而言，"趣味"观念的发展可谓"正中下怀"。可以说，从沙氏开始，"趣味"话题就与阶级流动建立了联系。正如马歇尔在《剑桥文学批评史》中所评论的那样，在沙氏写作的时代，与生俱来的教养之说正逐步让位于后天培养之说。因此，"好的教养指对文化、趣味的后天习得，而非来自贵族血统

---

① 关于此观点，具体请参见 Gary Stuart De Krey, *A Fractured Society: The Politics of London in the First Age of Party*, Oxford: Clarendon Press, 1985; David Hayton, *Introduction Survey in the History of Parliament: the House of Commons* 1690–1715, Cambridge: Cambridge University Press, 2002.

② 关于18世纪贸易、信贷体系兴起大背景之下英国国内政治，参见毛亮《18世纪英国的"王室"与"国家"之争——关于城市与乡村的另一种解读》，《国外文学》2011年第5期。

③ David Hume, *The History of England from the Invasion of Julius Caesar to The Revolution in* 1688, Vol. Ⅵ, Liberty Classics, 1983, p. 543.

的基因遗传①。可见，趣味就像"绅士""淑女""文雅"这些概念一样，通过一系列18世纪英国思想家的文化改造，以及部分知识分子的文化挪用，为中产阶级合法化自身地位打开了一扇大门。对此，伊格尔顿在《美学意识形态》指出，经验主义美学思想在18世纪的滥觞实际上是英国资产阶级合法化自身意识形态的努力。他们将主体感知"趣味"的探索定义为"心灵法则"的塑造过程，试图通过构建"审美共通感"（或者说，"趣味的标准"）来形成以情感和习俗为纽带的"共同体"。当然，这个"共同体"始终建立在商业资产阶级与贵族阶级的博弈和妥协之上。因此，对18世纪英国资产阶级来说，"趣味"观念的理论化过程也展现了他们的复杂心理景观。一方面，他们试图摆脱以古典美学为指导的贵族趣味，另一方面，他们又希望以情感的方式连接寻求政治稳定的贵族阶层，并由此形成新的权力集团。这一点不仅体现在18世纪经验主义美学家的讨论中，更伴随着公共空间的拓展和18世纪咖啡厅文化的升温，在《闲谈者》《旁观者》等期刊报纸中得以凸显。

综上所述，"趣味"观念在18世纪的"情感转向"有着意味深长的含义，并为其在19世纪的"文化转向"做了充分的铺垫。首先，沙夫茨伯里、哈奇生等人对"内在感官"论的强调和发展意在说明有"一种来源于人的非自我中心主义的自然冲动"，可以令人们"通过这种感官形成对审美对象直接而非功利的把握"②。上述"审美无利害"论的提出促使美学思想在18世纪学科化，并在19世纪逐渐发展成为"美学自足"论。如果我们将上述"非自我中心主义的冲动"放回18世纪的社会语境中，就会发现这种向往美与善的自然冲动（在沙夫茨伯里这里被称为"社会情感"）与霍布斯的"性恶论"③是格格不入的。

---

① David Marshall, "Shaftesbury and Addison: Criticism and the Public Taste", p.634.
② 高建平：《"美学"的起源》，《社会科学战线》2008年第10期。
③ 霍布斯认为，自然人是充满私欲的，因此需要强权的约束。这个观点在《利维坦》中得到了充分的阐释。

第一章 "趣味"观念的来龙去脉

后者的言论在当时甚嚣尘上。对于沙氏的"格格不入",有学者指出:"许多学者在今天谈启蒙现代性与审美现代性的冲突,这种冲突可从霍布斯与沙夫茨伯里的分歧中看出。"① 换言之,在18世纪关于"趣味"的讨论中,我们已经听到了审美现代性的先声,而这种对启蒙现代性的推敲也将自始至终内嵌于19世纪英国文化批评的传统之中。

其次,英国经验主义思想家们的"趣味"观往往建立在对"教化"的讨论之上。因此,在18世纪的"趣味"观念里,我们能感受到那种强烈的完善自我以及完善客观世界的冲动。这种冲动首先是一种情感的冲动,但以美学和道德的形式彰显。换句话说,它既是对主体感性认识的完善,也是对客体(即认识对象)的完善。这种对"完美"追求与威廉斯对"文化"的定义完全吻合。根据威廉斯的考据,"文化"这个词正是在18世纪到19世纪初期这一段时间演变成为"心灵的普遍状态或习惯",并"与人类追求完美的思想观念有密切关系。"② 众所周知,威廉斯的论断主要建立在其对19世纪英国文化批评传统的考察之上。比如,他谈到了阿诺德,后者在定义"文化"时明确指出:"世界上有过什么优秀的思想和言论,文化都要了解,并通过学习最优秀知识的手段去追求全面的完美。"③ 但是,威廉斯并没明确指出这种阿诺德式的完善自我和世界的冲动早已在上一世纪关于"趣味"的论述中显山露水。同样,尽管威廉斯直言不讳地指出在"文化"这个词背后他看到的是"一场广大而普遍的思想和情感运动"(a wide and general movement in thought and feeling)④,但他也没有明确指出这场普遍情感运动的成熟有赖于18世纪"趣味"之争的洗礼。因此,聚焦"趣味"观念,

---

① 高建平:《"美学"的起源》,《社会科学战线》2008年第10期。
② 何畅:《19世纪英国文学中的趣味焦虑》,第18页。
③ [英]马修·阿诺德:《文化与无政府状态:政治与社会批评》,韩敏中译,生活·读书·新知三联书店2008年版,第185—186页。
④ Raymond Williams, *Culture and Society: 1780-1950*, New York: Anchor Books, 1960, p. xvi.

我们得以注意到英国文化批评传统和 18 世纪思想史的关联。或者说，"趣味"观念所折射出的 18 世纪英国人对情感的关注，对完美的诉求预示着文化批评传统在 19 世纪的滥觞。一言以蔽之，"趣味"的情感转向为其融入 19 世纪英国文化批评传统打下了基础。

第三节　融入文化批评传统的"趣味"观念

有学者指出，在 19 世纪，"'趣味'观念特指与工具理性、功利主义、单向度追求物质利益的'文明'相对立的批评话语体系"。因此，"趣味"观念以其对"心智培育"（cultivation）的重视成为 19 世纪英国文化批评的有机组成部分，并完成了其在 19 世纪的文化转向[①]。应该说，上述观点失之简单。要全面考察"趣味"的复杂性，不仅要看到它如何以"心智培育"为切入点批判工具理性和工具文明，还要厘清它和教养（或理解为习俗，英文为 manners，后文将具体解释该词在 19 世纪的语义变化）、同情（sympathy）、感受力（sensibility）这些关键词之间的关系。只有这样，我们才能充分把握以下事实，即英国文化批评家如何借助对"趣味"的讨论来化解英国社会在 19 世纪所经历的"转型焦虑"[②]。与此同时，通过深入细察历史的肌理，我们试图指出，"趣味"观念的文化转向是以其含义在 18 世纪的演变为前提的。

比如，前面提到"心智培育"概念，它与我们在上一节谈到的"教化"一脉相通。但是，按照伽达默尔的分析，"教化"（Bildung）与"教育"（Kultur）、或者说"培养"（Cultivating，也就是我们说的"心智培育"）之间存在着细微的区别：前者指个体从外部吸收并同化

[①] 关于此观点，参见何畅《19 世纪英国文学中的趣味焦虑》，第 15—25 页。
[②] "转型焦虑"指的是英国社会从农业文明向工业文明转型这一过程中所产生的种种焦虑，也被称为"现代性焦虑"。关于此观点，参见殷企平《"文化辩护书"：19 世纪英国文化批评》，上海外语教育出版社 2013 年版。

第一章 "趣味"观念的来龙去脉

新的东西;后者指个体发展本身具有的天赋和能力①。两者相较而言,"心智培育"更强调个体内部的驱动力和积极性,而这种从外到内的转变与现代个人主义的发展脱不了干系。根据戴维·理斯曼(David Riesman)的研究,现代个人主义在15、16世纪脱胎于以集体主义为导向的传统社会,然后经历了宗教改革、文艺复兴、启蒙运动,以及旧封建世界的瓦解,在16世纪到19世纪这段历史时期出现了以"个人心灵"为导向的强烈个人主义②。并且,伴随着工业文明的发展和社会转型所带来的种种新问题,上述强烈个人主义极易走向极端自由主义和文化失序。因此,"心智培育"变成了一种社会需求,而以"心智培育"改造个人或某个阶层的"趣味"也成了一种社会需求。换言之,只有具有强烈内部驱动力的趣味培育才可以和带有强烈心灵导向的极端个人主义抗衡。

正因为如此,19世纪的文化批评家们往往以"趣味"为切入点来探讨"心智培育"和工业文明带来的文化失序之间的关系。阿诺德对中产阶级趣味的无情挖苦就是绝好的例子。早在写《法国的伊顿》("A French Eton")一文时,他就提出以"心智培育"来改良一股小家子气的中产阶级"趣味"③。同样,阿诺德对文学批评的重视也与他试图改造"趣味平庸低俗"的"菲利士人"有关。如果说阿诺德的文学批评是他文化蓝图的核心部分,那么他的趣味观则可谓核心的核心。在《批评在当前的功能》("The Function of Criticism at the Present Time")一文中,他直言不讳地指出:文学批评及其机构的使命是"提升英国人的趣味"。有鉴于此,他主张建立一个像法兰西学院(the French Acade-

---

① 参见洪汉鼎《〈真理与方法〉解读》,第27—28页。
② See David Riesman, *The Lonely Crowd*, New Haven: Yale University Press, 1961, p. xxv, pp. 6—7, 12—13; see David Riesman, *Selected Essays from Individualism Reconsidered*, New York: Doubleday Anchor Books, 1954, p. 13.
③ 参见徐德林《作为有机知识分子的马修·阿诺德》,《国外文学》2010年第3期。

my）那样的"趣味中心"："要建立一个公认的权威机构，以便为我们树立思想和趣味方面的高标准。"① 而且，这个标准是集体的，并代表着集体的理想。阿诺德这样主张，主要是为了防止由盲目武断的个人趣味导致的文化失序。他这样的设想和前文中谈到的休谟的理想批评家非常接近。两者都希望由批评家来引领普通读者超越以自我、自己的民族和自己国家为中心的"小家子气"（a note of provinciality）。这种趣味观显然是非常超前的，具有世界主义的视角。同时，这种趣味观还暗示着一种忘我的超然状态。对休谟推崇的"理想批评家"而言，要更好地完成批评任务，"他就必须让自己摆脱一切偏见，心无杂念，只有他要审视的对象"②。同样，阿诺德也认为，批评家只有保持超然，才可以摆脱"小家子气"，从而建立起趣味的中心，或者说建立起权威（或者说经典）。这种忘我的状态在美学上体现为"审美无功利"，在文化上则不失为对极端个人主义的反驳。尤其从阿诺德对"趣味"的讨论来看，他认为只有"忘我"才会形成权威的"趣味"中心，并最终会指引大众在走向完美的道路中实现文化的和谐。

另一个和现代个人主义发展密相关的概念是"教养"（manners），该词也和英国18世纪思想史有着莫大的关系。从"趣味"观念在18世纪的演变来看，无论是沙夫茨伯里、哈奇森、休谟、斯密（Adam Smith, 1723-1790）还是伯克，他们在讨论"manners"一词时都将它与社会改良挂钩，强调审美主体通过内化社会习俗和惯习，形成共同的"趣味标准"，并以此构成治理社会的"内在约束力"。斯密的"公正的旁观者"（impartial spectator），其实就是社会习俗、社会规范的化身。因此，从社会宏观层面来讲，我们可以将"manners"理解为社会习俗。进入二十世纪以后，随着文化研究的兴起，许多批评家都指出该词与

---

① Matthew Arnold, "The Literary Influence of Academies", in R. H. Super ed. *Lectures and Essays in Criticism*, Ann Arbor: The University of Michigan Press, 1962, p. 235.
② ［英］休谟：《论道德与文学》，第104页。

"文化"概念之间的亲缘关系。比如伊格尔顿在讨论伯克时曾谈到,"我们如今就把它(伯克著述中的"manners"指称的东西,即习俗)叫作文化"①。同样做出上述判断的还有美国批评家特里林(Lionel Trilling)。在《习俗、道德与小说》("Manners, Morals and the Novel")一文中,他尝试着这样定义"manners":

> 我把manners理解为一种文化萦绕耳际隐隐作响,驱动着人们的社会交际。这种潜在文化的内涵,除了能够阐明的那部分以外,还关联着它存身其中的整个语境,而这语境是随时随地变异的,稍纵即逝。关于在你所处的语境中,怎样才能获得应有价值,它至多只表述了一半,有的则全未表述,甚至无法表述。换句话说,manners是由细小行动来暗示的,有时是服饰或装饰艺术,有时是语气、手势、重音或节奏,有时则是语词的特殊频率或特殊意义,必须特别留心……②

从上述引文来看,特里林的定义基于两个层面。首先,它表"习俗",和转瞬即逝的社会语境相关,也就是伊格尔顿所说的"文化";其次,它表具体的生活方式,具体到个人层面,也就是我们说的"教养"。两个层面彼此关联。正如伊格尔顿在评论简·奥斯丁时所说:对后者的创作而言,文化从根本上关乎文雅和教养,因为和个人修养息息相关的价值批判影响着整体社会存在的品质③。换言之,在自由主义和个人主义日渐盛行的商业社会,个人教养并非小事一桩,它关乎大局,

---

① Terry Eagleton, *Culture*, p. 65.
② Lionel Trilling, *The Liberal Imagination*, New York: New York Review Books, 1950, pp. 206-207. 译文部分参考了国内学者殷企平在《作为秩序的文化:伯克对英国文学的影响》一文中的翻译。
③ 参见[英]特里·伊格尔顿《论文化》,张舒语译,中兴出版集团股份有限公司2018年版,第124页。

具有文化纠偏作用。

但是，无论是表"习俗"还是表"教养"，该词都指向"趣味"问题。个人趣味指涉整个社会群体或某个群体的生活习惯和价值观念。尤其对19世纪英国中产阶层而言，趣味问题更是重中之重。那些细小的生活行动和言谈细节，往往和个人趣味相关。它们虽只是生活的褶皱，却"能将共享同一种文化的人们结合在一起，同时将他们与另一种文化的成员相区分"①。换句话说，"教养"往往通过趣味来体现，并起到区分社会阶层的作用，而英国中产阶层恰恰希望通过"区分"来建构其文化身份。历史学家约翰·斯梅尔（John Smale）在以人类学的视角考察了英国地方史后，曾指出："直到18世纪末19世纪初，各种地方性的中产阶级文化才呈现出某种稳定的共同特征，正是对上述共同特征的认同和明确表达直接导致了英国中产阶级文化的形成。"② 可见，对数量庞大的英国中产阶级而言，"趣味"之所以举足轻重，是因为对"共同特征"的定义势必包含对本阶层共同"趣味"的表达。此外，他们已经意识到，自然趣味论正在让步于后天教养论。正如马歇尔在《剑桥文学批评史》中指出的那样，从沙氏写作的时代开始，人们就已经逐渐接受以下观点，即"好的教养指对文化、趣味的后天习得，而非来自贵族血统的基因遗传。"③ 有鉴于此，在19世纪，我们看到各类以"行为指导""生活指导"命名的小册子风靡一时。

实际上，关于礼仪、着装、语言、休闲生活等"趣味"标准的探索在18世纪就早见端倪。比如在当时的期刊《鉴赏家》中，作者借虚构人物——唐恩先生（Mr. Town）——之口评价时人对"趣味"的热衷：

---

① Lionel Trilling, *The Liberal Imagination*, p. 207.
② ［美］约翰·斯梅尔：《中产阶级文化的起源》，陈勇译，上海人民出版社2006年版，第7页。
③ H. B. Nisbet and Claude Rawson, eds., *The Cambridge History of Literary Criticism*: Vol. 4, *The Eighteenth Century*, Cambridge: Cambridge University Press, 1997, p. 634.

第一章 "趣味"观念的来龙去脉

目前,"趣味"成了文人雅士追逐的偶像,实际上,它更是被当作所有艺术和科学的精华。淑女和绅士们着装讲究"趣味";建筑师(无论他是哥特派还是中国园林派)设计讲究"趣味";画家画画讲究"趣味";诗人写诗讲究"趣味";批评家阅读讲究"趣味"。简而言之,小提琴家、钢琴家、歌手、舞者和机械师们,无一不成为"趣味"的子女。然而,在这"趣味"泛滥的时代,却很少有人能说明白究竟什么是"趣味",又或者,"趣味"究竟指代的是什么。[①]

除此之外,《闲谈者》与《旁观者》之类的报刊对读者群体的消费行为、态度和观念也都产生了巨大的影响。进入19世纪之后,对"趣味"的狂热非但没有降温,反而愈演愈烈。对合宜的"趣味"的培养似乎成为各类人士实现社会抱负的重要途径之一。这种"狂热"持续到最后,反而将趣味固化成为僵化的行为准则。不少英国作家都对这种僵化的趣味嗤之以鼻,认为它虽然起到了区分阶层的作用,却使主体丧失了自主性和积极性,也就是前文中谈到的内部驱动力。比如,诗人托马斯·纽科姆(Thomas Newcomb)就在打油诗中嘲笑了僵化的餐桌趣味准则:

> 按照大人或阁下的盛情之邀,
> 你在餐桌前款款落座,
> 饥肠辘辘,望着鸡鸭鱼肉,
> 满桌佳肴,却只能浅尝而止。
> 切好的兔子,不敢取食肩腿,

[①] Mr. Town, "On Taste", in George Colman and Bonnell Thornton, eds. *The Connoisseur*: *By Mr. Town, Critic and Censor-General*…, Vol. 4, London: R. Baldwin, 1757, pp. 121-127.

> 饿得半死，却求自己的大脑：
> 让味蕾只选最精致的肉吧，
> 其实你能把整条鲤鱼吃个干净。①

可见，为了展现自己的文雅礼仪，一个"有趣味的人"即使被饿得半死，也要对食材精挑细选，绝不能随心所欲、大快朵颐。除了饮食礼仪之外，奥斯丁在《傲慢与偏见》中打趣了僵化的中产阶级美学原则——"如画"趣味。小说中有个颇值得玩味的细节。当宾利姐妹及达西先生邀请伊莉莎白一起散步时，她婉言拒绝，并说道："你们三个人走在一起非常好看，优雅极了。加上第四个人，画面就给破坏了。"②为什么加上"第四个人"，画面就会被破坏呢？这其实和威廉·吉尔平的"如画"法则相关。吉尔平指出，为了获得"优美"的画面效果，"当牛出现在画中时，它们一定得是三群或五群，而绝不能是四群"③。换言之，如画效果只能来自奇数形式。让人啼笑皆非的是，吉尔平谈的是"牛"，而伊莉莎白说的却是"人"。将"人"比作"牛"，打趣之余，讽刺之意不言自明。可见，一不小心，"教养"成为"教条"，"趣味"则成为"乏味"。对此，吉甘特总结道：进入19世纪之后，总是处在好胃口和好教养交汇处的"趣味"问题，摇身一变，成了一个中产阶级事务（middle-class affair），旨在批量生产"有趣味"的主体（"tasteful" subjects）④。

颇为反讽的是，这些中产阶级主体一方面立志成为"有趣味的

---

① Thomas Newcomb, *The Woman of Taste. Occasioned by a late poem, entitled, The Man of Taste. By a Friend of the Author's. In Two Epistles, From Clelia in Town to Sapho in the Country*, London, printed for J. Batley, 1733, p. 16.
② ［英］简·奥斯汀：《傲慢与偏见》，孙致礼译，译林出版社1993年版，第51页。
③ 转引自［英］玛吉·莱恩《简·奥斯汀的世界——英国最受欢迎的作家的生活和时代》，郭静译，海南出版社2004年版，第164页。
④ See Denise Gigante, *Taste: A Literary History*, London: Yale University Press, 2005, p. 7.

第一章 "趣味"观念的来龙去脉

人";另一方面,他们却深陷"趣味"的樊笼,丧失了独立判断的能力。换言之,趣味选择在19世纪重新倒退为被动的体验。我们曾经谈到,在18世纪的"趣味"观念里有一种强烈的完善自我以及完善客观世界的冲动。例如,沙夫茨伯里伯爵指出,"趣味"始终与"自我"有关,"正是我们自己创造并形成属于我们的趣味。一切取决于我们自己是否想形成正确的趣味"①。他还多次将作家的"趣味"暗示为自我形塑(self-making)的哲学,是作为个体的人"摈弃一切杂质"(method of evacuation)的过程②。然而,从19世纪初开始,这种自我探索和自我形塑的尝试却湮没在一片有关"趣味"的众声喧哗中。

华兹华斯在1800年写过一段关于"趣味"的名言,非常生动地描述了上述从被动转为主动,却又重新陷入被动的过程。他先是指出:"趣味……作为一个隐喻,它来自人类身体的被动感知,然后,其意义转为指涉在本质上完全不被动的事物,例如'智识行为'。"③但随后,他又开始抨击起那些热衷于讨论趣味的人们,称他们麻木而又无动于衷,谈论起诗歌趣味来就好像在讨论走钢索和雪莉酒的滋味一样④。杂技和饮酒带来的感官刺激又为何能和作为"智识行为"的诗歌相提并论呢?威廉斯认为华兹华斯的批判传递了以下信息,即Taste这个词早已远离其主动意涵,转为表示某些习惯或规范的获得,并抽象、化约成为主体所应普遍具有的某种优雅特质(如礼仪及各种举止准则)⑤。既然该词已被固化为关于礼仪、着装、家庭装饰、园林风景、语言艺术、休闲娱乐等种种"趣味"标准,那么,主体还有必要通过趣味体验来

---

① Anthony Ashley Cooper, Third Earl of Shaftesbury, *Characteristics of Men, Manners, Opinions, Times*, p. 417.
② Anthony Ashley Cooper, Third Earl of Shaftesbury, *Characteristics of Men, Manners, Opinions, Times*, p. 64.
③ See William Wordsworth, "Essay, Supplementary to the Preface" (1815), qtd. in Denise Gigante, *Taste: A Literary History*, New Haven: Yale University Press, 2005, p. 68.
④ Raymond Williams, *Keywords: A Vocabulary of Culture and Society*, p. 313.
⑤ Raymond Williams, *Keywords: A Vocabulary of Culture and Society*, p. 314.

完善自我和客观世界吗？实际上，华兹华斯的批判也是对无能为力的主体的哀叹。在这个趣味的世纪，人人讨论"趣味"，却丝毫领略不到"趣味"带来的情感愉悦和智性快乐。他们身陷"趣味"的囹圄，麻木而无动于衷。

对于上述哀叹，柯勒律治可谓与华兹华斯不谋而合。1814年，他在 Felix Farley's Bristol Journal 上发表题为《论精致艺术》（"Essays on the Fine Arts"）的系列论文，反复涉及了"趣味"问题。正如华兹华斯质疑阅读诗歌的趣味是否如同观看走钢索、喝雪莉酒一样，柯勒律治也不无幽默地说道：如果一个人认为品尝乌龟肉和洞察真理的愉悦是一致的，又或者他认为读弥尔顿的乐趣还赶不上吃小羊肉的滋味，那么，我们又和他谈什么精致艺术呢？[①] 柯勒律治有此一问，是因为在他看来："趣味"是一种"处于中间状态的官能"（the intermediate faculty），它能将大脑的主动认知与身体的被动感受连接，因此，"它应该发挥这样的作用，就是将感官获得的形象升华，同时又将头脑中的抽象认知变得更真实可感"（its appointed function is to elevate the images of the latter, while it realizes the ideas of the former）[②]。换言之，"趣味"就是感受和认知之间的"第三方"（the third something）[③]，它掌握主动权，立志将抽象的"智识行为"、僵化的规范还原为真实可感的体验和经历。只有这样，那些"无动于衷"的趣味主体才能恢复其感受力，重新体会"趣味"带来的情感愉悦和智性快乐。有鉴于此，柯勒律治认为，艺术应再现"所有切实的、可感知的思想和感官体验"（all tangible ideas &

[①] See Samuel Taylor Coleridge, *Early Recollections: Chiefly Relating to the Late Samuel Taylor Coleridge During his Long Residence in Bristol*, edited by Joseph Cottle, London: Longman, Rees & Co. and Hamilton Adams & Co., 1837, p. 210.

[②] Samuel Taylor Coleridge, *Early Recollections: Chiefly Relating to the Late Samuel Taylor Coleridge During his Long Residence in Bristol*, p. 214.

[③] Samuel Taylor Coleridge, *Early Recollections: Chiefly Relating to the Late Samuel Taylor Coleridge During his Long Residence in Bristol*, p. 214.

第一章 "趣味"观念的来龙去脉

sensations),并以此形成"真正的自我"(real Self)。如果主体只是拘泥于所见所听这两种体验,那么他无异于摒弃"真正的自我"①。这种对人类整体感受力的强调似乎是英国浪漫主义的主旋律之一。它以"趣味"为切入点,反复出现在浪漫主义作家的笔下。比如下面谈到的威廉·哈兹里特又是一位借"趣味"大谈生命感受力(sensibility)的浪漫主义散文家。

哈兹里特于1816年发表了名为《谈趣味》("On Gusto")的散文。"Gusto"是个外来词,源自自古拉丁语词根"Gustus",名词为"Gustatus"(详见本章第一节"词源追述"部分),表"口感"和"味觉"。在17世纪英语中,该词常出现在表"烹饪"的语境中②,但随着哈兹里特《谈趣味》一文的发表,它一跃成为英国浪漫主义美学的主要术语(staple term)。实际上,经历了18世纪英国经验主义思想家对"趣味"的大讨论,美学判断早已成为"taste"一词的核心要义,然而,哈兹里特又为何舍"taste"求"gusto"呢?对此,布罗米奇(David Bromwich)有如下猜测:"gusto其实就是taste。人们选择了它,是因为它包含了一些特别的意味,使之截然不同于taste的另一层意思,即在反复灌输后被动接受的那些知识。"③事实上,布罗米奇的猜测完全吻合"趣味"观念在当时日渐固化的事实。那些"反复灌输后被动接受的知识",指的就是僵化的趣味准则。那么,哈兹里特所说的"趣味"(gusto)能改变上述局面吗?

首先,他开篇就说"'趣味'是一种描述事物时的力量或者激情"

---

① Samuel Taylor Coleridge, *The Notebooks of Samuel Taylor Coleridge*, Vol. I, edited by Kathleen Coburn, London: Routledge, 2002, p. 979.

② 关于该词在"烹饪"语境中的使用,可以参考以下专著:Robert May, *The Accomplisht Cook, or the Art and Mystery of Cookery*, London: Nathaniel Brooke, 1660; Hannah Woolley, *The Cook's Guide; or, Rare Receipts for Cookery…Whereby Noble Persons and Others in their Hospitalities may be Gratified in their Gusto's*, London: Peter Dring, 1664.

③ David Bromwich, *Hazlitt: The Mind of a Critic*, New York: Oxford University Press, 1983, p. 228.

(Gusto in art is power or passion defining any object)①。这显然有别于华兹华斯所说的趣味主体，他们往往既麻木又无动于衷。接着，他指出提香（Titian，1488-1576）的色彩是有"趣味"的，因为哪怕是画中人物的身体所展现的肉色都是有情感（feeling）、有触感（tangible），且充满着生命的活力（alive all over）。此外，提香的风景无论在形式上还是在色彩上都有着"惊人的趣味"（a prodigious gusto），因为风景中的任何事物都有着自己的灵魂和品性（an appropriate character to the objects of his pencil）②。与此相对的是，在哈兹里特看来，克劳德（Claude Lorraine，1600-1682）的风景尽管看似完美，却毫无"趣味"可言（want gusto），因为它们只是完美的视觉抽象（perfect abstractions）③。为了清晰地表明获得"趣味"（gusto）的方法，哈兹里特两次在文章中重复了他的定义。他评价16世纪比利时画家凡·戴克（Vandyke）的画作缺乏吸引力，认为后者在观者脑海中留不下任何痕迹。对站在他画前的观者而言，他们的眼睛既不想"品尝"眼前的画作，也对此毫无"胃口"（The eye does not acquire a taste or appetite for what it sees）④。在这里，我们发现哈兹里特有意将视觉和味觉关联，以此说明绘画的趣味来自五种感官（或几种感官）的共同作用，即"一种感官的印象会通过联想（笔者：或可理解为"想象"）激发其他感官的印象"（gusto in painting is where the impression made on one sense excites by affinity those of another）⑤。同样，他认为克劳德的风景画也有和凡·戴克一样的致命伤，因为它们只源自一种感官印象，而没有用一种感觉来阐释另一种感觉（they do not interpret one sense by another）；它们也没有通过呈现不同的

---

① William Hazlitt, "On Gusto", in *The Round Table*: *A Collection of Essays on Literature, Men, and Manners*, Vol. II, Edinburgh: Printed for Archibald Constable and Co., 1817, p. 20.
② William Hazlitt, "On Gusto", pp. 23-24.
③ William Hazlitt, "On Gusto", p. 25.
④ William Hazlitt, "On Gusto", p. 22.
⑤ William Hazlitt, "On Gusto", p. 22.

感官印象来区分不同事物的品性和特点。因此，克劳德的画只是一面镜子，或者说一架显微镜。它们虽然如实地再现了自然，却依然缺乏"趣味"。对此，哈兹里特总结道："克劳德的眼睛缺乏想象力：因为它并没有与其他感官强烈共鸣"（That is, his eye wanted imagination: it did not strongly sympathize with his other faculties）[1]。显然，哈兹里特试图说明，当我们在经历趣味体验时，"所有的感官都应协同合作，就像我们要把一个东西从整体上抓住（grasp the object in its totality），就必须依靠五个手指共同的力量"[2]。从这点来看，哈兹里特与柯勒律治是完全一致的。两者都认为，要想摆脱僵化的、抽象的趣味原则，就必须再现"所有切实的、可感知的思想和感官体验"，并以此形成对生命整体感受力的把握。

可见，对英国早期浪漫主义作家而言，对生命感受力的整体把握是其"整体"论[3]的核心内容。正如黄江所言，早期浪漫派根本的伦理理想是教化、自我实现、所有人的发展，以及个体力量合而为一[4]。换句话说，浪漫派的奋斗目标在本质上是整体论的，是面对走向分裂的现代公民社会的一次尝试[5]。这种整体论体现在创作上就是鼓励作家使用感性的语言，来接受、处理和传达完整的感觉。而对浪漫主义作家而言，

---

[1] William Hazlitt, "On Gusto", pp. 25-26.

[2] James Engell, *The Creative Imagination: Enlightenment to Romanticism*, Cambridge, Mass: Harvard University Press, 1981, p. 205.

[3] 学者黄江在《重思"浪漫的律令"》一文中指出：面对现代性和现代公民社会的种种病症，"浪漫派提出了他们关于整体论和统一体的理想，而每种异化或分裂的形式都有一种相应的整体论理想。内在于自我的分裂将会在'优美灵魂'的理想中被克服：一个人因为爱所带来的真善美而根据道德准则行动，他在一个美学整体中联合了他的思维与情感、理性与感性。自我与他者之间的分裂将会在社群、自由交互或有机国家的理想中被克服，在其中'每个人的自由发展是一切人的自由发展的条件'（马克思语）。最后，自我与自然之间的分裂只有在诗意生活和有机自然的理想当中才能被克服，作为有机整体的一部分，自我将会意识到它与自然之间都是密不可分的。"详见娄林主编《弥尔顿与现代政治》，华夏出版社2021年版，第206—225页。

[4] 参见黄江《重思"浪漫的律令"》，载娄林主编《弥尔顿与现代政治》，第211页。

[5] 参见黄江《重思"浪漫的律令"》，第212页。

这种能力被普遍地认为"是每个个体所应具备的能力",即"通过感性的语言,对公众的思想产生深远影响。"① 从柯勒律治、哈兹里特的"趣味"观来看,此言不虚。尤其是哈兹里特的"趣味"观,强调发挥主体的内在驱动力来建构完整的生命感受力。这就非常接近我们现在常说的修辞手段——"联觉"(synaesthesia)。

从词源来看,"联觉"指"感官的联合",由古希腊词前缀 σύν(syn)(意思为"一起"或"在一起"),以及词根 αἴσθησις(aisthēsis)(意思为"由感官得到的知觉,尤指通过触觉,但也指通过视觉和听觉等")构成②。上述"感官的联合"和哈兹里特所说的"趣味"体验可谓异曲同工。虽然对大部分浪漫主义作家而言,"联觉"一词并不耳熟,他们中的一部人甚至对此闻所未闻,但这种类似"联觉"的创作手法不仅出现哈兹里特的笔下,也大量出现在其他浪漫主义作家的作品中,甚至成为英国浪漫主义创作的主旋律。这一方面和当时的科学氛围有关。伴随着物理学、植物学、心理学等众多科学领域的进步③,"关于五种感官的僵化分类和排序已经不合时宜。因此,作家们纷纷尝试以感官交融的方式来瓦解理性的五感分类"④;另一方面,这和前面提到的浪漫派的"整体"论休戚相关。《新编普林斯顿诗歌和诗学百科全书》(*New Princeton Encyclopedia of Poetry and Poetics*)曾这样解释"联觉"概念:"感知的整体性,或认识论中的反原子论……他从'整体'(wholeness)的意义出发,用它(即'联觉'这个词)来表示感官经验的协同性质,其

---

① Noel Jackson, *Science and Sensation in Romantic Poetry*, Cambridge: Cambridge University Press, 2008, p.45.
② See *OED Online*, https://www.oed.com/dictionary/synaesthesia_n?tab=etymology.
③ 比如,早在1704年,艾萨克·牛顿(Issac Newton)就在《光学》(*Opticks*)中记录了人们对视觉和听觉之间交互关系的浓厚兴趣。这之后,英国读者又从伊拉斯谟斯·达尔文(Erasmus Darwin,查尔斯·达尔文的祖父,医学家、科学家以及诗人)于1788年的诗作《植物园》(*The Botanic Garden*)中了解到"有色听觉"(colored-hearing)这样的跨感官融合现象。
④ Louise Vinge, *The Five Senses: Studies in a Literary Tradition*, Lund: CWK GLEERUP, 1975, p.50.

中整体（wholes），即所谓的'感觉的复合体'（sensation complexes），要大于它们各部分的总和。"① 在《文学批评原理》（*The Principles of Literary Criticism*）一书中，英国新批评代表人物瑞恰兹（Ivor Armstrong Richards）将"联觉"视为实现平衡的一种方式，即种种相对立的冲动达到一种均衡或融合的和谐状态；它也是在多样性中实现统一的一种方式②。显然，"联觉"要实现的状态和英国浪漫主义的奋斗目标是完全一致的，都是一种从"整体"出发感知和认知世界的方式。

必须说明的是，对于"联觉"代表的整体论，我们要从两方面来把握。首先，从个体层面讲，它指的是感官之间的沟通和应和（correspondence），其目的在于从整体上把握、再现完整的生命感受力；其次，从社会层面讲，它以"感官共同体"的形式指向一种具有同理心的社群共通感（a sympathetic, communitarian sensus communis）③。我们对"共通感"这个词并不陌生。在18世纪的时候，为了说明"趣味"的普遍性，康德就重提"共通感"（sensus communis）这个概念，即探讨通过大脑感官的自由嬉戏，一个具体生动的事物如何引发人类的普遍的情感。当然，康德并非第一个将"趣味"与"共通感"关联的哲学家。早在康德之前，沙氏就指出"共同趣味"的形成有利于构建整个社会的"共通感"和公共精神。同样，对于英国浪漫派的"整体"论我们也需从以上两个方面来理解。

可以说，英国浪漫派作家对"感官融合"的偏好继承了18世纪思想家对"共通感"的关注，并以此实现以个人的、感性的语言影响公众思想的目的。除此之外，这种强调感官融合和的修辞手法实际上是以

---

① Alex Preminger, Terry V. F. Brogan and Frank J. Warnke, eds., *The New Princeton Encyclopedia of Poetry and Poetics*, New York: MJF Books, 1993, p. 1260.
② See John Paul Russo, *I. A. Richards: His Life and Work*, London: Routledge, 1989, p. 104.
③ See Philip Lindholm, Synaesthesia in British Romantic Poetry, Ph. D. dissertation, University of Lausanne, 2018, p. 22.

"整体"和"完整"的方式来对抗伴随工业文明而来的片面化、专业化、碎片化和工具化。正如殷企平在评价"联觉"对文化批评的贡献时所说：联觉本身就暗示"联通"和"联合"。它捍卫整体，反对分裂，因而彰显了一种整体文化观①。同样，如果我们以此反观华兹华斯、柯勒律治和哈兹里特对"趣味"的讨论，就会发现他们的主张看似略有不同，却都遵循了一条主线，即通过再现"感官的融合"来揭示主体的整体感受力，并由此抗衡现代社会的种种分裂，捍卫整体与和谐。事实上，这种以"整体"抗衡分裂的愿景不仅出现在英国浪漫派对"趣味"的探讨中，也回响在其他19世纪英国作家的"趣味"观中。

比如，罗斯金对"趣味"的讨论就结合了18世纪情感主义哲学（笔者按：大部分情感主义哲学家本身也是经验主义思想家）的关键词——"同情"（sympathy），并以此形成对世界的整体认知。在1873年公开发表的第34封《给英国工人的信》（Fors Clavigera: Letters to the Workmen and Labourers of Great Britain）中，罗斯金指出，同情是"对他人的想象性理解以及置身他人所处境况的能力，它是美德赖以存续的官能"②。正是基于对同情的讨论，罗斯金指责19世纪"精英教育"（笔者按：主要指包括他自己在内的中产阶级教育)③ 所培养的"好趣味"（good taste）走入了重形式轻情感的误区。在他看来，"好趣味"实则不好，因为它"驱逐同情，使心肠坚硬如铁"④。由此观之，吉尔平式"如画"趣味实则并不"优美如画"，它在本质上是主体对贫穷的消费，是一种"无情"的贫困美学；达尔文式"科学"趣味也同样无情：它重物质本体，一切以效用和功利为向导，以冷静客观的科学分析遮蔽万物背后的

---

① 参见殷企平《文化批评的来龙去脉》，《英语研究》2020年第2期。
② E. T. Cook and Alexander Wedderburn, eds., *The Works of John Ruskin*, library edition, Vol. XXVII, London: George Allen, 1907, p. 627.
③ John Ruskin, *Modern Painters*, Vol. III, London: George Allen, 1901, p. 69.
④ John Ruskin, *Modern Painters*, Vol. III, p. 69.

第一章 "趣味"观念的来龙去脉

伦理关系和情感联结。更无情的是维多利亚人的"消费"趣味。消费者以金钱为媒介,对处于交易链另一端的劳动者造成难以承受的压迫和剥削。因此,维多利亚人对"奢侈"的执着无异于马克思所说的"剥削"。上述种种"趣味"都不利于建构群己关系和社会和谐,是导向分裂的"趣味"。有鉴于此,罗斯金认为,要培育真正的好趣味就要从"心灵情感"(heart-feeling)入手[①]。只有这样,主体才能获得敏锐的感受力(sensibility),从而逾越由阶层、性别、种族等差异造成的伦理距离,与对象共情。而对于心灵的钝化,以及由于钝化无法感受他人高贵品性和情感的状况,罗斯金则称之为"庸俗"(vulgarity)[②]。这恰恰是"趣味"的对立面。可见,罗斯金的"趣味"观讲求健全的感受力。它在本质上是一个伦理概念,也是一个情感概念。和其浪漫主义前辈一样,罗斯金也试图以真正的好"趣味"来对抗由阶级区隔、物质主义和消费主义导致的分裂。

弗吉尼亚·伍尔夫则是以哈兹里特为代表的浪漫派"趣味"观的另一位拥趸。这一方面得益于她对18世纪趣味理论的延续和继承。我们知道,伍尔夫的父亲莱斯利·斯蒂芬爵士(Leslie Stephen,1832-1904)是维多利亚时期著名的文学评论家、学者和传记家,其广受好评的著作除了《英国人物传记》(Dictionary of National Biography,1882-1891)以外,还有《英国18世纪思想史》(History of English Thought in the Eighteenth Century,1876)。在父亲的影响下,伍尔夫对18世纪思想界的"趣味"大讨论并不陌生,其藏书就包括休谟的《趣味的标准》,伍尔夫夫妇经营的霍加斯出版社还出版过《趣味的陀螺:霍加斯文学讲座》(The Whirligig of Taste: Hogarth Lectures on Literature,1922)一书。更重要的是,伍尔夫还曾撰文评论伯克思想的继承者威廉·哈兹里特,这当中涉及了

[①] John Ruskin, *Modern Painters*, Vol. II, London: George Allen, 1903, p. 18.
[②] 参见[英]约翰·罗斯金《现代画家》(第5卷),陆平译,上海三联出版社2012年版,第262页。关于罗斯金对"庸俗"概念的讨论,参见《现代画家》第五卷第七章。

《谈趣味》一文。另一方面,来自东方的印度"味"论也为其"趣味"论提供了精神养料。印度"味"论与西方传统相反,并没有将Taste视为最低级的感官,而是将其视为健全生命所需的"精华"和"元气"。它注重感官的互通,并希望以此来展现人类经验的"整体性"。伍尔夫显然看到了这一点,这也是她大量使用"联觉"的原因所在。在她看来,大部分现代人的感知早已四分五裂,破碎不堪。因此,对生命整体经验的再现可以帮助现代主体恢复其感受力,从而洞见被工业文明遮蔽的"事物本质"。而"联觉"恰恰能像印度"味"论一样,以弥合整体感受力的方式来对抗日益严重的异化问题和分裂问题。

一言以蔽之,"趣味"观念在19世纪经历了"虽生犹死",却又"死而复生"的发展过程。它曾促进主体完善自我,追求智性卓越,却因中产阶层建构自身文化合法性的急迫愿望,被逐渐化约成为僵化的"趣味"教条。有鉴于此,包括华兹华斯、柯勒律治、哈兹里特、罗斯金和伍尔夫在内的英国作家们都试图通过强调"感官融合"来重新唤醒该词的主动意义,使其重返活力。与此同时,在上述作家看来,只有重新恢复现代主体对生命的整体感受力,他们才能有效对抗并弥合启蒙理性、极端个人主义和工业文明引发的种种"分裂"。而且,他们对整体感受力的呼唤实际上预示了"趣味"观念在20世纪的发展趋向。在下一节的讨论中,我们会看到,桑塔格的"坎普"(Camp)趣味,以及阿甘本的"趣味"(Gusto)论都不断涉及"感受力"问题。如果说文化批评以反对"文明"导致的"分裂"为宗旨,以反对使人类社会的整体性或和谐性遭受侵蚀的异化现象为使命[①],那么显然,在英国的

---

① 国内学者殷企平指出,"真正的文化批评,其具体对象可能会不同,批评方式可能会更迭,涉及的理论和领域可能会变换,但是万变不离其宗,它必然以反对'分裂'为宗旨,反对那种使人类社会的整体性或和谐性遭受侵蚀的异化现象。"随后,他列举了阿诺德、艾略特、利维斯等作家对文明的批评。让人遗憾的是,他并没有涉及本节讨论的前浪漫派作家和伍尔夫。显然,这些作家对"趣味"的讨论并没有进入他视野。具体参见殷企平《文化批评的来龙去脉》,第39—49页。

文化批评传统中应该有关于"趣味"观念的一席之地。

第四节 "解构"还是"回归":现代性语境下的"趣味"观念

伴随着启蒙时代以来"新"世界体系的发展,广为接受的"现代性"概念应运而生。它暗指持续进步的、合目的性的、不可逆转的线性时间观念。但是,在查尔斯·泰勒看来,上述"现代性"是一种"非文化的现代性"(acultural modernity)[1]。这种现代性一方面诉诸理性,认为理性使人摆脱旧有的习惯和信条,成为自由的人;另一方面它又否定自身,"倾向于将现代性的转变描述为传统信念和忠诚的沦丧"[2]。这种"非文化的现代性"带来的最严重的错误就是将"现代性"狭隘地理解为旧的观念、传统和忠诚的丧失,似乎所有人都失去了与传统的精神联系,而传统则幻化为科学和理性光芒之下的"万古长夜"。这种观念一旦投射开来,那么,"我们所有人都将进入一个单一的、同质的世界文化",而这种趋同的文化本身是理性的、具有压迫性的、民族中心主义的,也是有违文化本身的人类学含义的。有鉴于此,我们需要呼唤"多重现代性"(alternative modernities),或者说"文化现代性"(cultural modernity),因为"一种可靠的多样现代性的理论必能够将趋于同

---

[1] 参见 Charles Taylor, "Two Theories of Modernity", *Hastings Center Report*, Vol. 25, No. 2, 1995, pp. 24–33. 文中引述部分参考陈通造的译文,但本文作者根据英语原文有所调整。详见 [加] 查尔斯·泰勒《两种现代性理论》,陈通造译,《哲学分析》2016年第4期。

[2] 泰勒在文中以《多佛海滩》为例,指出该诗是"非文化现代性"理论的典型代表,它对信仰的沦丧的哀叹来自对现代性的狭隘理解,即将其定义为旧的观念、传统和忠诚的丧失。其言下之意即科学的增长、个人主义、自由、工具理性以及其他现代性文化的显著特征都是负面的。因此,《多》一诗的观点窄化了我们关系西方现代性的理解,并使我们无法看到世界的多样性。它使我们将现代性的兴起理解为信念的消散。See Charles Taylor, "Two Theories of Modernity", pp. 24–33.

一的推力和争取差异的驱力结合在一起"①。更重要的是,"多重现代性"的建构有赖于对"个人主义"(individualism)的重新定义。"个人主义"有别于自然状态下的人,它是一种"关于我们在他人之中位置的新理解",它赋予共同行动以及基于共识的共同联盟以重要意义②。换言之,新个人主义强调个人与他者、个人与群体之间的关系,是一种利他的"个人主义"。正是"和他人联系在一起的意识",使我们尊重差异,走向文化多元性和多样现代性。"趣味"观念在20世纪之后的发展恰恰证明了泰勒关于"多样现代性"的讨论。在有关"趣味"的"众声喧哗"之中,我们同样见证了两股力量彼此纠缠,即"趋于同一的推力"(或者说趋于理性同一的推力)和"争取差异的驱力"彼此较量,最终形成了张力之中的现代趣味观。

我们首先来谈谈第一股"争取差异的驱力"。

伴随着18世纪"审美无利害"观点的提出,作为现代美学先声和有机组成部分的"趣味"观念日渐抽象化、理论化,呈现出与其他学科分离的趋势。但在二十世纪以后,它又体现出回归物质社会环境的势头。这个转变首先要从布迪厄对康德的质疑说起。正如国内学者所说:虽然布迪厄并不是严格意义上的美学家,但他显然意识到了康德理论的局限性,即将趣味判断囿于思维、上层建筑之中,却忽略了其与物质基础、社会历史的互动③。在康德看来,趣味判断的基础来自人类的共通感——一种人类先天共有的综合判断能力。针对上述普遍主义,布迪厄指出,人并非生来拥有审美趣味④。当我们考察主体的趣味判断能力时,应着重考察与主体建构密切相关的社会场域(field)、惯习(habi-

---

① [加]查尔斯·泰勒:《两种现代性理论》,第54页。
② Charles Taylor, "Two Theories of Modernity", p. 32.
③ 翁洁莹:《审美趣味的演绎与变迁——兼论布尔迪厄对康德美学的反思与超越》,《厦门大学学报》(哲学社会科学版)2015年第3期。
④ 翁洁莹:《审美趣味的演绎与变迁——兼论布尔迪厄对康德美学的反思与超越》,《厦门大学学报》(哲学社会科学版)2015年第3期。

第一章 "趣味"观念的来龙去脉

tus)、资本（capital）、实践等社会学概念。这些物质和文化影响都或多或少会以一种无意识的形式主导主体的审美愉悦①。因此，"趣味"并非康德所说的"纯粹凝视"，相反，它具有社会性功能。更重要的是，由于主体身处社会场域，那么，其趣味判断就无法回避日常生活的实践。可以说，布迪厄"审美趣味"理论的基本立场就是回归日常生活实践。有鉴于此，布迪厄指出，"除非日常使用中狭义的、规范的意义上的'文化'回归到人类学意义上的'文化'，并且人们对于最精美物体的高雅趣味与人们对于食物口味的基本趣味重新联系起来，否则人们便不能充分理解文化实践的意义。"② 这种试图回归人类学意义上的"文化"的尝试与泰勒对"文化现代性"的定义不谋而合，而对康德式"纯粹趣味"的背离和解构则是通向包容并蓄的现代世界的必经之路。

与布迪厄持相同观念的还有英国文化批评家特里·伊格尔顿和英国艺术社会学的代表人物珍妮特·沃尔夫（Janet Wolff）。可以说，上述两位学者关于趣味的讨论将形而上的哲思转译为亟须现代欧洲关注的社会事件（the social exigencies of modern Europe）③。首先，伊格尔顿非常赞同布迪厄的观点，承认"趣味"判断的物质性，认为超越个体差异的普遍审美趣味（即前文提到的"审美无利害"）只能是历史的产物，因为它要求一种只有悠闲的富人阶层才能做到的超然、沉静的态度。有鉴于此，他在《批评的功能》（*The Function of Criticism*，1984）中不无反讽地说道："恰恰是那些有利益关系的人才可能做到不带任何私利。"④ 如果我们以此反观英国18世纪思想史中的热门话题——"趣味

---

① Michael Kelly ed., *Encyclopedia of Aesthetics*, Vol. 4, Oxford: Oxford University Press, 1998, p. 361. 此处原文为：the subtle material and cultural influences that operate more or less below the level of awareness and shape one's pleasures.

② Pierre Boudieu, *Distinction, A Social Critique of the Judgment of Taste*, trans. Richard Nice, London: Routledge and Kegan Paul, 1984, p. 1.

③ Michael Kelly ed., *Encyclopedia of Aesthetics*, Vol. 4, p. 361.

④ ［英］特里·伊格尔顿：《批评的功能》，程佳译，西南师范大学出版社2018年版，第18页。

标准",那么,它无异于一个乌托邦式的虚幻概念,归根到底是想让美学理想遮蔽阶级区隔,是以看不见的方式形成阶级联盟。除此之外,伊格尔顿对布迪厄关于惯习与场域的讨论心有戚戚焉。后者认为,惯习往往与社会文化母体保持着深层次的联系。惯习"内化了个人接受教育的社会化过程,浓缩了个体的外部社会地位、生存状况、集体的历史、文化传统,同时惯习下意识地形成人的社会实践,因此,什么样的惯习结构就代表着什么样的思想方式、认知结构和行为模式。"① 布迪厄所说的"惯习"类似于伊格尔顿在《论文化》中提到的作为"社会无意识"(social unconsciousness)的"文化"。大部分时候,伊格尔顿也称"文化"为"习俗"(Manners, or Custom)。比如,他在书中开门见山地指出:"作为生活方式的文化通常是习惯问题,且作为生活方式的文化总是与习俗相关联。"② 我们知道,惯习和习俗能下(无)意识地改造身处特定社会的主体。因此,伊格尔顿和布迪厄不约而同地认为,任何社会变革都必须落实到文化层面,即只有当思想方式、认知结构乃至行为和趣味倾向发生改变时,真正的社会变迁才能应运而生。但是关于这一点,一向坚持社会学现实主义的布迪厄显得较为悲观。两者在20世纪90年代就"信念和普通生活"这个话题曾展开过对话③。在对话尾声,伊格尔顿提到了布迪厄理论的结构主义倾向,并指出:虽然主体(即布迪厄理论中的"行动者")和场域之间是相互作用、相互塑造的辩证关系,但大部分时候主体受制于场域,是被动的、无能为力的主体。对于伊格尔顿的质疑,布迪厄毫不否认,并指出其悲观主义观点恰恰建立在他对支配性的社会结构的持续观察之上。在他看来,深陷"场域"

---

① 张意:《信念:从习性机制生成的象征权力》,《中外文化与文论》2009年第2期。
② [英]特里·伊格尔顿:《论文化》,第2页。
③ 关于这场对话,参见斯拉沃热·齐泽克等《图绘意识形态》,方杰译,胡传胜校,南京大学出版社2006年版,第349—351页。上述对话于1991年5月15日在伦敦当代艺术学院进行。

中的大多数人更愿意在梦里随波逐流，而不希望像少数知识分子一样清醒地面对和接受梦醒后的痛苦和撕裂感[1]。这种被冷静的客观分析隐藏的悲观主义让注重现实关怀和政治效用的伊格尔顿深感遗憾。他认为，布迪厄的理论并没有为普通大众（和其普通生活）或被支配者提供改变现状的出路。

事实上，在访谈一年前，伊格尔顿就试图在《美学意识形态》（*The Ideology of Aesthetic*，1991）一书中为普通大众寻求出路。伊格尔顿同样谈到了梦，只不过他说的是由审美提供的"和解之梦"。在伊格尔顿看来，如果资本主义社会占支配地位的主流意识形态只具有理性和普遍性，那么整个社会必将处于专制主义的危机之中[2]。他随即提出了解决之道："如果此时审美介入的话，审美便成为和解之梦——梦想个体能在无损于个性的前提下紧密联系起来，梦想抽象的总体性能充溢着个体生命的真切的实在性。"[3] 换句话说，审美既赋予社会主体以灵动性和生命力，又以其独特的力量维系资本主义社会的秩序。这种审美的力量既存在于情感和爱中，又存在于不假思索的习俗和虔诚之中。它不仅令国家权力机构和法律等政府行为摆脱刻板教条的规训模式，而且让布迪厄所说的支配性社会结构富于弹性，并留有余地。从伊格尔顿的论述来看，审美提供的和解至少是三个层面的：其一，由于法律、习俗等得以充分内化，因此作为主体的人与自己实现和解，成为"自由"的个体；其二，作为主体的人通过审美的介入，和压迫性社会结构实现和解；其三，在前面两点的基础上，审美使阶级之间获得和解。正如伊格尔顿所说，"审美奠定了社会关系的基础，它是人类团结的源泉"[4]。为

---

[1] 张意：《信念：从习性机制生成的象征权力》，第98页。
[2] 荆兴梅：《伊格尔顿的审美和解之梦》，《英美文学论丛》2017年第2期。
[3] ［英］特里·伊格尔顿：《美学意识形态》，王杰等译，中央编译出版社2013年版，第14页。引文英文译本，略有调整。
[4] ［英］特里·伊格尔顿：《美学意识形态》，第14页。

了充分说明上述观点，伊格尔顿在《美学意识形态》独辟两章讨论以沙夫茨伯里、休谟和伯克为代表的英国经验主义美学。我们知道，该书以德国美学为焦点，内容涉及康德、席勒、黑格尔、叔本华、尼采等德国美学大家。既然如此，伊格尔顿为何在第一章和第二章撇开德国美学不谈，转而讨论英国经验主义美学呢？究其原因，伊格尔顿指出，美学在德国的发展是基于"对政治专制主义的回应"，是为了解决"专制主义统治内部的意识形态困境"①，而英国经验主义美学对审美判断，尤其有关"趣味"的大讨论，是"和解之梦"的有效阐释。英国18世纪经验主义美学家（也可以说是经验主义哲学家）对"趣味"的情感转向的分析为德国人解决本国意识形态困境提供了一条可借鉴之路。当然，这条道路对于整个西方资本主义文明都有参考意义，因为它将压抑的、支配性的社会权力结构转化为了情感结构，也让一丝亮光照进了布迪厄式的悲观主义。

二十六年之后，伊格尔顿依然对上述道路不改初衷。在《论文化》中，他重提审美、趣味、情感与文化之间的关系，并且明确地指出文化大部分时候都处在一种无意识的未完成状态，它是情感，是审美，是礼貌，也是趣味，更是"和解的力量"。正因为它始终处于未完成状态，主体才能拥有极大的积极性，能通过超越自身实现"在共同人性基础上"的"和谐"②。可见，与布迪厄相比，伊格尔顿的"趣味"观更具现实关怀。他在讨论"文化"观念时曾说，"如果人们在讨论文化时不能将文化的概念扩展到更为现实的层面，那么也许保持沉默会是明智之举。"③ 同理，在伊格尔顿看来，任何对"趣味"的讨论也应扎根于普通生活，应具有现实关照和实践意义。由此反观，我们不难理解伊格尔顿对其理论表述的"趣味性"的重视。对他而言，语言文字的趣味性

---

① ［英］特里·伊格尔顿：《美学意识形态》，第2—3页。
② ［英］特里·伊格尔顿：《论文化》，第139页。
③ ［英］特里·伊格尔顿：《论文化》，第174页。

第一章 "趣味"观念的来龙去脉

在本质上也是一个政治或社会问题：理论辨析的趣味性可以推进文化批评实践，并使其为普通读者接受，进而形塑一种激励人心的公共精神。可以说，在伊格尔顿这里，"趣味"的最高境界就是公共精神。当然，我们也不能否认，作为伊格尔顿文化观有机组成部分，他的"趣味"观以梦（"和解之梦"，或者说"和谐之梦"）为马，不乏理想主义色彩。然而，在"非文化的现代性"带来的趋同性和单一性面前，他的理想绝非孤掌难鸣。从他的同代人约翰·贝杰曼对英国19世纪80年代至20世纪30年代的建筑趣味的分析中，我们同样看到了对个人与群体、个人意识与国家意识之间关系的反思，以及对和谐的诉求。可以说，两者的讨论使20世纪的"趣味"观念增加了公共精神的维度。此外，我们也应注意到，上述诉求与英国经验主义思想家寻求"趣味标准"和文化共识的冲动一脉相承。从20世纪"趣味"观念回归物质环境的倾向来看，它背离且解构了艺术自足论和康德式"审美无利害"观，但从其对和谐与共识的诉求来看，它又并未完全摒弃与传统精神的联系。在伊格尔顿和贝杰曼关于"趣味"的论述中，18世纪经验主义思想家们的讨论余音袅袅。与此同时，我们也应看到，从18世纪到维多利亚时代，再到20世纪，对"趣味"的讨论始终建立在对启蒙理性的推敲之上。正如伊格尔顿在评论19世纪的美学困境时所说，维多利亚时期的功利主义是反美学的，因为当"习俗、传统和感性屈从于冰冷的理性批判时，自我利益就会压倒道德观念"①。上述评论同样适用于20世纪。在社会逐步迈入现代化的进程中，个人与群体、个人与社会整体之间的矛盾和局促感与日俱增，窘相毕露，亟须我们恢复"风俗、传统与感性"来与之抗衡。上述社会语境自然催生了第二股"争取差异的驱力"，即旨在恢复感性体验的"身体研究"（Body theory）热潮。

事实上，"身体研究"始于19世纪中后期。按照伊格尔顿的说法，

---

① ［英］特里·伊格尔顿：《美学意识形态》，第50页。

马克思、尼采和弗洛伊德是"现代化时期三个最伟大的'美学家'",他们试图"在身体的基础上重建一切——伦理、历史、政治、理性等"①。非常反讽的是,正是从对身体极度压抑的维多利亚时期开始,西方重心轻身的传统得以逐渐扭转。尤其在进入二十世纪以后,"现象学、实用主义、第二代认知科学又进一步深化相关研究,推动西方哲学进一步回归身体—主体和生活世界"②。可以说,二十世纪的"身体"热潮粉碎了各种二元对立、等级区分,并将它们杂糅混合,使身体(body)呈现出极强的复杂性,而"趣味"则是帮助我们洞见上述热潮的最佳切入点。

首先来看看理性主体和感性主体的对立。伴随着科学和技术的发展,理性主体虽然变得前所未有地了解自己的身体,却不得不压抑那个感性的自我,成为马克思所说的异化的人:

在我们这个时代,每一种事物好像都包含有自己的反面。我们看到,机器具有减少人类劳动和使劳动更有成效的神奇力量,然而却引起了饥饿和过度的疲劳。财富的新源泉,由于某种奇怪的、不可思议的魔力而变成贫困的源泉。技术的胜利,似乎是以道德的败坏为代价换来的。随着人类愈益控制自然,个人却似乎愈益成为别人的努力或自身的卑劣行为的奴隶。甚至科学的纯洁光辉仿佛也只能在愚昧无知的黑暗背景上闪耀。我们的一切发明和进步,似乎结果是使物质力量成为有智慧的生命,而人的生命则化为愚钝的物质力量。③

---

① [英]特里·伊格尔顿:《美学意识形态》,第 192 页。
② Mark Johnson, *The Meaning of the Body*, Chicago: University of Chicago Press, 2007, p. 264.
③ 《马克思恩格斯选集》第 1 卷,人民出版社 2012 年版,第 776 页。

第一章 "趣味"观念的来龙去脉

换句话说，由于异化劳动和私有制，人的生命变成了物质资料生产的工具和结果。人的生命异化成了物质，失去了生命本身应有的尊严、活力和感受。正因为如此，现代生活变得日益机械化、空虚化，让人麻木且腻烦（boredom）。因此，马克思提出要通过回归现实的、感性的生命本身来解决以上困境。事实上，这种对感性主体的回归已经在 19 世纪中后期英国作家的笔下得以充分体现。比如，罗斯金在《现代画家》中将美的构成要素定义为"生命的活力"；通过对印度"味"论的借鉴，伍尔夫试图以"联觉"来展现生命最初的、完整的感官体验；艾略特更是呼唤其当代人恢复"整体感受力"，以兼容并蓄的态度去拥抱世界。他们彼此的角度虽有所不同，但都旨在修复和对抗工业文明带来的异化体验，都是英国文化批评传统不可或缺的构成部分。以此来看，二十世纪的"身体"热潮是对前述传统的继承，但与十九世纪相比，它以更彻底、更决绝的方式颠覆了理性与感性的二元对立。

这就不得不提及卡罗琳·考斯梅尔所说的西方哲学传统中的另一组对立："高级感官"与"低级感官"的对立。考斯梅尔在《理解口味》[①] 中提出了两个主要观点：其一，在西方理性传统中，人的五种感官存在着等级制度，即根据身体参与度将五感被分为"高级感官"与"低级感官"。在视觉和听觉体验中，主体往往能保持超然独立性，因此它们被认为是"认知的"或"理性的"感官——或者说，是"高级"感官；而味觉、嗅觉以及触觉则因其与身体有直接接触，被认为"是完全主观的"，它们所激发的情感愉悦也"是完全动物性的"，容易使主体沉溺其中，不能自拔[②]。有鉴于此，它们被认为是"低级"感官。尤其是味觉（品尝及消化）涉及较多身体器官，因此它更是被亚里士多德以来的哲学家们列为感官等级的末端。其二，虽然西方哲学史将味觉

[①] 吴琼等将该书的名字翻译为《味觉：食物与哲学》。参见卡罗琳·考斯梅尔《味觉：食物与哲学》，吴琼等译，中国友谊出版社 2001 年版。

[②] Michael Kelly ed., *Encyclopedia of Aesthetics*, Vol. 4, p. 361.

长期排除在外，但我们仍可以明显地察觉到，"在把它看成感官愉悦的观念与把它看成鉴别能力的观念之间，存在着一种持久的紧张关系"①。或者说，"味觉"（taste）这个词有双重意义，即体现感官愉悦的"口味"和体现鉴别判断能力的"趣味"。两者之间形成张力，而这种张力在本质上是感性经验和理性判断之间的张力，并且在17、18世纪英国引发了有关趣味究竟是情感功能还是理性功能的争论。从考斯梅尔的论证来看，她对18世纪英国经验主义美学家的"趣味大讨论"并不陌生。与后者一样，她认为，"趣味"兼具理智与情感，是感官经验和理性判断的调和品。换句话说，"趣味"判断是情感判断也是理性判断。但与经验主义思想家不一样的是，她的结论来自对"口味"与"趣味"这组二元对立的颠覆（overturn）。她认为，"口腔的味觉愉快——不论是原始人的还是儿童的——与审美趣味的偏爱是并行不悖的，而前者往往是后者的参照。"② 换句话说，所谓的审美趣味的哲学优越性是无稽之谈。审美趣味和口腹之欲之间并不存在本质区别，两者也不应被区隔。正如布迪厄在讨论"口味"的双重意义时所说：

> 最为纯粹的愉快（此处指康德式的"审美无利害"）以及肉体的最为纯洁的愉快形式……都包含有一种因素，这种因素和食物口味所激发的最"原始的"愉快，或者说所有趣味的原型一样，都可直接地追溯到最古老最深层的经验之中，正是这些经验决定着或从多方面决定着原始的二元对立，如苦与甜、咸与淡、热与冷、粗糙与精细、简朴与奢华等，它们对于味觉品评和审美欣赏都是同等重要的。③

---

① ［美］卡罗琳·考斯梅尔：《味觉：食物与哲学》，第10页。
② ［美］卡罗琳·考斯梅尔：《味觉：食物与哲学》，第10页。
③ Pierre Boudieu, *Distinction, A Social Critique of the Judgment of Taste*, trans. Richard Nice, London: Routledge and Kegan Paul, 1984, pp. 79–80.

第一章 "趣味"观念的来龙去脉

既然"口味"与"趣味"之间不存在孰高孰低之说,那么对感官而言,更无所谓高级与低级之分。因此,"口味"即"趣味","趣味"即"口味",理解口味即探索趣味之路。

还需指出的是,上述二元对立的消失还直接导致了20世纪批评家对另一组二元对立的挑战和质疑,即"有趣味的男性"(a man of taste)与"无趣味的女性"(a woman without taste)。这种质疑滥觞于18世纪英国,并伴随着19世纪女性主义思想的发展愈演愈烈。虽然"趣味"一直是是西方哲学和美学的热门话题,但人们却忽视了以下事实,即当我们讨论"有趣味的人"时,我们实际上讨论的是"有趣味的男性"。正如安德鲁·海明威(Andrew Hemingway)所说,在所有关于趣味的讨论中,尚未有人谈及女性的趣味鉴别能力,似乎唯一有待界定的是"绅士的趣味"[1]。那么,为何女性一直被排除在"趣味"之外呢?

这就不得不重提及西方哲学中重心轻身的传统。从柏拉图开始,男性就被认为具有理性思考和判断的能力,与"心"相连[2];而女性则拥有感觉和情感的敏锐度,容易被激情所控制,与"肉体"相联系。更重要的是,理性又往往与品性(character)相关。对于两者的关系,18世纪女性主义批评家沃斯通克拉夫特曾借抨击女性教育中"理性的缺失"旁敲侧击:

> 妇女应该努力使她们的心灵保持纯洁。但是,她们的理智没有经过培养,使得她们全凭感觉行事和娱乐;她们也没有高

---

[1] Andrew Hemingway, "The 'Sociology' of Taste in the Scottish Enlightenment", *The Oxford Art Journal*, Vol. 12, No. 2, 1989, p. 14.

[2] 柏拉图曾明确指出,超越肉体、控制感官和获得知识的能力是专属男性的能力,男性之所以始终为男性是因为其理性控制能力受到了良好的训练。随后,亚里士多德进一步发展了上述观点。关于理性/感性,心/身以及男性/女性这三组二元对立关系在思想史中的发展,详见以下两本论著:Genevieve Lloyd, *The Man of Reason*: *"Male" and "Female" in Western Philosophy*, Minneapolis: University of Minnesota Press, 1989; Luce Irigaray, *Speculum of the Other Woman*, New York: Cornell University, 1987.

尚的追求使她们放弃日常的无足轻重的虚荣，或使她们抑制住强烈的感情冲动。这种感情就像一根芦苇，稍有微风掠过就可以使它动摇。在这样的情况下，她们的心灵还能够纯洁吗?[①]

换言之，缺乏理性教育的女性如风中芦苇，任由激情摆布，身不由己，又谈何保持超然独立，做出合理的趣味判断呢？再者，即使人们偶有谈及女性趣味，也主要指感官趣味，即激发感官获得愉悦的艺术趣味。例如，卢梭在《爱弥儿》中指出女性应把精力放在以"趣味为目的的美好才艺"上[②]；沃斯通克拉夫特指出男性口中女性的"优雅趣味"其实是"软弱"的同义词[③]。即使在大谈趣味的18世纪，经验主义思想家们也从未将女性列入"有趣味的人"之列。休谟就是一个典型的例子。休谟并不否认部分"有理性且接受过教育的女性"（women of sense and education）要比普通男性更善于品鉴文雅写作（polite writing），而且他鼓励任何略通世故的男性都应尊重女性对其熟悉领域之内的书籍的判断力，但他也强调女性细腻优雅的趣味往往不合章法，尤其对那些有关宗教虔诚和献殷勤的书，她们的判断往往不尽如人意[④]。究其原因，"大多数女性喜欢炽热的情感，而不太在乎激情的正当性"，因此，这两类书籍总能成功地激发她们天性中的柔情和爱意，颠倒她们对事物的判断，"哪怕这些作品的表达并不恰当，情感并不自然"[⑤]。此外，在休谟所推崇的"理想批评家"（详见本章第二节）的队伍里，我们也从未瞥见女性的芳影。可见，在"趣味"观念的发展史中，哪怕

[①] [英] 玛丽·沃斯通克拉夫特：《女权辩护》，商务印书馆2007年版，第40页。
[②] 转引自 [英] 玛丽·沃斯通克拉夫特《女权辩护》，第55页。
[③] 这里的"软弱"主要指女性由于情感的敏锐，以及善感，往往性格软弱，特别容易被别人影响。沃斯通克拉夫特曾将"敏感"解释为感官的官能，缺少理性的存在。如果说善感是获得"趣味"体验的必然途径，那么，这种缺乏理性的良好趣味无疑是以软弱的品性为前提的。参见 [英] 玛丽·沃斯通克拉夫特《女权辩护》，第90页。
[④] [英] 休谟：《论道德与文学》，第117—118页。部分译文根据英语原文有所调整。
[⑤] [英] 休谟：《论道德与文学》，第118页。

是极少数"有理性且接受过教育的女性"也从未被赋予引导趣味,共建"趣味标准"的公共责任。相反,男性(或者说"有趣味的男性")则以批评家、审查者和鉴赏家的身份自居,自信而洋洋自得地打量着趣味体验的对象。有鉴于此,不少女性批评家对康德式"审美无利害"持怀疑态度。在她们看来,"'审美无利害'所需的美学距离恰恰有利于物化并控制女性,使其在不经意间成为被凝视的对象,并对此毫无察觉。"[①] 换句话说,"审美无利害"以美学的超然姿态遮蔽了其背后的性别不平等。因此,将女性重建为"有趣味的凝视者",这成为让沃斯通克拉夫特等早期女性主义者的共同愿景。不过,伴随着西方知识界在19世纪中后期对"身体"体验的回归和重视,女性以其敏锐的感知力早已成为当之无愧的凝视者和趣味主体。从"无趣味的女性"到"有趣味的凝视者",上述逆转更是在苏珊·桑塔格的"坎普"趣味(Camp)论中升华至极致,并融入至第三股"争取差异的驱力"之中。

要充分理解桑塔格的"坎普",还是要先谈谈"感受力"(sensibility)。在《坎普》一文的开始,桑塔格就指出"坎普"难以定义,因为"坎普"就是一种感受力,而感受力是无法定义的。与此同时,桑塔格又指出感受力其实就是"趣味"。这就在"趣味"和"坎普"之间建立起了清楚而深刻的关联。从某种角度讲,"坎普"、"趣味"和"感受力",这三者可互为替代。正如感受力无法被定义,趣味也无法被定义。它没有体系,它反对阐释,因为"没有哪种趣味更具决定性"。如果只是按照西方的认知传统,将"趣味"理解为理性之外的主观激情,那是非常幼稚的。实际上,我们拥有有方方面面的趣味,"既有对人的趣味,视觉趣味,情感方面的趣味,又有行为方面的趣味以及道德方面的趣味",甚至"智慧也是一种趣味",一种思想方面的趣味。因此,如

---

① Michael Kelly ed., *Encyclopedia of Aesthetics*, Vol.4, p.361.

果一定要用两个字来描述"坎普"趣味,那就是"削平"①。或者,拿桑塔格的话来说,就是"对一切物品等量齐观"(the equivalence of all objects)②。可见,桑塔格的"坎普"趣味带有浓烈的解构气息:它是好的,也是坏的;是严肃的,又是轻浮的;是颇具男子汉气概的,又颇有些女人味儿;它来自旺盛的自然的感受力,却又是人工的,与自然格格不入的;它不反对高雅文化的庄重与严肃,却又坚持做大众文化时代的纨绔子;它不反对良好趣味,却又坚持来自劣等趣味的良好趣味。一言以蔽之,坎普体现了趣味的民主化。那么,桑塔格讨论"坎普"的目的究竟是什么?她只是为了强化某些出格、浮夸的艺术?抑或为了培养人们对于出格艺术的感受力?答案显然是否定的。

　　首先,对桑塔格来说,提出坎普趣味的目的不在于颠覆或者逆转既定的二元对立价值评判标准,而在于建构与新的社会状况相适应的"新感受力"。从18世纪中期开始,伴随着英国商业阶层和消费文明的急速发展,"趣味"逐渐被固化为缺乏情感和活力的条条框框。这种教条主义不仅体现在审美上(例如从18世纪中后期开始,风靡整个19世纪的"如画"美学),也体现在社会交往之中。比如,在切斯特菲尔德勋爵(Lord Chesterfield)的《致儿家书》中,他反复告诫儿子应在谈吐、阅读、写作、艺术鉴赏和与人交往等方面遵循社会"趣味",以免被排斥在主流社会之外,毕竟"讨好人不容易"③。可见,作为趣味判断的现代主体正日益陷入教条主义的僵局。可以说,到19世纪初,趣味主体的主动性已逐步让位于"一系列抽象化的概念(具习惯性的、不明显的特质)"④,即礼仪规范、举止行为、各种专业品鉴法则等条条框框。这显

---

① 程巍:《译者卷首语》,载苏珊·桑塔格《反对阐释》,上海译文出版社2011年版,第10页。
② [美]苏珊·桑塔格:《反对阐释》,程巍译,上海译文出版社2011年版,第317页。
③ David Roberts ed., *Lord Chesterfield's Letters*, Oxford: Oxford University Press, 1992, p. 88.
④ Raymond Williams, *Keywords: A Vocabulary of Culture and Society*, p. 314.

然有违"趣味"的本意。对此,华兹华斯大为不满。在《抒情歌谣集》的《前言》中,他首先概括了"趣味"一词从被动到主动的演变:"Taste,一个隐喻,源自于被动的人体意涵,后来,它转而指涉在本质上非被动的事物——也就是指心智上的行为和活动"。接着,他开始抨击那些热衷于讨论趣味的人们,称他们麻木而又无动于衷,谈论起诗歌趣味来就好像在讨论走钢索和雪莉酒的滋味一样①。此处,"麻木"(indifferent)一词用得颇为巧妙。它背后隐含着以下事实,即对大多数华兹华斯的同代人来说,"趣味"代表的心智活动等同于感官之乐和品酒之道,不需要任何创造性和主动性。只不过,在商品经济和技术化大生产的双重冲击下,未来的趣味主体不仅是麻木的,也将是厌倦而无能为力的。正如桑塔格在《新感受力》一文中所说,"我们的感官本来就遭受着城市环境的彼此冲突的趣味、气息和景象的轰炸,现在又添上了艺术作品的大量复制。我们的文化是一种基于过剩、基于过度生产的文化;其结果是,我们感性体验中的那种敏锐度(sensibility)将逐步丧失。"② 正因为如此,现在最重要的是"恢复我们的感觉。我们必须学会去更多地看,更多地听,更多地感觉"③。而在上述感受过程中,我们更要学会"对一切物品等量齐观"。显然,"坎普"趣味有助于新感受力的形成。如果我们将新感受力理解为人的完整感受力,那么"坎普"就是对人的完整感受力的修复和重建。只不过,它以出格和解构的姿态来批判现代社会,以嬉笑怒骂的形式来温暖那些麻木、无力的现代主体。因此,真正的坎普趣味并不媚俗,它是反讽的,理性的,也是纯粹的④。

---

① Raymond Williams, *Keywords: A Vocabulary of Culture and Society*, p. 314.
② [美]苏珊·桑塔格:《反对阐释》,第 10 页。
③ [美]苏珊·桑塔格:《反对阐释》,第 10 页。
④ 李明明在《媚俗》一文中指出:"坎普"存在着"纯粹的坎普"和"蓄意的坎普"之分。前者态度上绝对严肃朴实,有赖于天真,不是图好玩,不为取悦他人,内部蕴含着某种宏大不凡,不仅见之于作品本身的铺张风格,也见之于志向的宏伟高尚;而后者志向平庸,不出奇,也不离谱,仅仅是装饰性的、四平八稳的花哨东西,以一种不连贯或者不狂热的方式展现普涨,也并非来自一种不可遏制的感受力,因此显得拘泥做作,缺乏想象力与激情。参见李明明《媚俗》,《外国文学》2014 年第 5 期。

不难看出，"坎普"趣味实际上是严肃的，因为其对感受力的全面恢复有利于道德感的培养。在桑塔格看来，所谓道德，指的是一类习惯性的、长期性的行为（包括情感和行动），它和审美体验（包括"坎普"趣味在内）之间存在着呼应关系。只要审美体验活跃了我们的感受力和意识，那么这种体验就是"道德"的，因为道德选择的能力恰恰需要感受力的滋养[1]。从这个角度来看，"坎普"趣味担当着重建社会道德感的重任。与严厉的"超我"式的道德观念相比，"坎普"趣味更能打动孤独、麻木的现代趣味主体，因为它鼓励人们比以往更强烈、更深刻地去看（去听、去尝、去嗅、去感觉）。因此，坎普趣味"是一种爱，是温柔的情感"[2]。尤其对现代趣味主体来说，虽然以工业革命和科技创新为特点的社会现代性（或称为资产阶级现代性）带来了难以想象的物质福利，但也催生了自我与社会的分裂，自我与自我的分裂。因此，我们更需为现代社会注入"爱"和"温柔"，以此黏合自我与他人的关系。正如桑塔格所说，"如果没有利他主义，就不可能有真正的文化。"[3]可见，桑塔格所说的"新文化"观实际上并未打着"艺术自主"的口号将道德排除在外。反之，它鼓励通过培养感受力来滋养道德感，而这也是"坎普"趣味的终极目标。

有趣的是，当"坎普"趣味以其"削平"一切的民主姿态争取差异时，它并未完全摒弃被认为是"万古长夜"的传统。桑塔格的新文化观和阿诺德的文化观在本质上没有差异。尽管前者曾旗帜鲜明地指出"阿诺德式的文化观念已经不合时宜"，但其主要目的在于将文化批评的范围从侧重文学典范和经典研读的层面，转移到对日常生活方方面面的研究上。需要指出的是，在前面这句标语式口号之后，桑塔格还表达了以下观点：虽然阿诺德的文化观念把艺术定义为对生活的一种批评，

---

[1] [美] 苏珊·桑塔格：《反对阐释》，第26页。
[2] [美] 苏珊·桑塔格：《反对阐释》，第320页。
[3] [美] 苏珊·桑塔格：《反对阐释》，第328页。

新感受力（作者语：新文化是与新感受力相对应的文化形态）把艺术理解为对生活的一种拓展，两者看似不同，但是"道德评价的作用从未被否定，只是其范围被改变了"①。可见，对桑塔格而言，新文化观也是对生活的批评，只是在她看来，"生活"这个概念应该被拓展成人类的所有感知和意识。换句话说，"生活"不应只是最好的言语和思想，还包括媚俗和糟糕的趣味。从对道德感的强调来看，虽然两者批评的对象和手段有所差别，但目的却大同小异。哪怕从感受力这个角度来讲，阿诺德的观点也并非与桑塔格完全相左。在《文学与科学》（"Literature and Science"）一文中，阿诺德指出，经过了科学去魅的世界更需要"诗歌"，因为"诗歌持开放态度，它把人类经验都融为一体"②。对此，国内学者殷企平如此分析道："阿诺德写文学/诗歌与科学的关系，其实就是倡导人类社会整体性发展，反对呈'分裂'状态的单向度发展。"③ 显然，和桑塔格一样，阿诺德也看到了社会现代性对人类完整感受力的破坏和侵蚀。前者曾明确地指出，新感受力的作用是"对抗麻木和理性至上的痛苦，以及我们时代社会的混乱和暴力"④。可见，尽管桑塔格喊着"抛弃"和"断裂"的口号，实际上她所倡导的新感受力（包括坎普"趣味"）和新文化从未远离文化批评的轨迹。如果再往前追述，我们甚至可以在18世纪经验主义思想家们关于"趣味"、"习俗"和"教化"的讨论中察觉到她关于"新感受力"和"道德感"（确切地说，在18世纪我们称之为道德情感，moral sentiments）的探索。我们甚至可以说，"以新感受力滋养道德感"这一观点是"通过习俗形成良好趣味"这一18世纪文化共识的变体。同样，"坎普"趣味

---

① [美] 苏珊·桑塔格：《反对阐释》，第329页。
② Matthew Arnold, "Literature and Science", in Lewis E. Gates ed. *Selections from the Prose Writings of Matthew Arnold*, New York: Henry Holt, 1897, p. 125.
③ 殷企平：《文化批评的来龙去脉》，第43页。
④ [美] 苏珊·桑塔格：《反对阐释》，第329页。

对感受力的强调也和 18 世纪"趣味"观的情感转向一脉相承。康德就曾说过,"只有在感性和道德情感达到一致的场合,真正的趣味才能有一个确定不变的形式"①。或许正因为上述种种契合,桑塔格把"坎普"趣味的发轫追溯至 17 世纪末 18 世纪初,并认为该时期是历史上"伟大的坎普时期"②。不同的是,"坎普"趣味的主战场不在美学、哲学,也不在文学,它没有主战场,因为生活的所有角落都是它的战场。"坎普"感受力的来源也没有"高级"和"低级"之分,"有理性的男性"和"无理性的女性"之分,它是多元的,多变的,又是整体的。

这里还需顺带提及桑塔格的同代人——吉奥乔·阿甘本。阿甘本笔下的"趣味"(gusto)也是有关"温柔的情感"的哲学,他将其定义为"爱的知识"。阿甘本认为,在现代社会,"我们的感知所能触及的东西,所能把握到的东西越来越少,碎片化和撕裂化越来越成为这个社会的主流。"③ 有鉴于此,他推本溯源,将"趣味"观念还原至柏拉图的"爱若斯"(Eros)理论,并指出"趣味"才是对抗社会现代主义的唯一手段。柏拉图对"爱若斯"的讨论来自其《会饮篇》。他假借戏剧家阿里斯托芬之口,讲述了人的爱欲的缘起。后来的柏拉图文献的编撰者为该篇加了一个副标题"论爱若斯"。"爱若斯"神是古希腊掌管爱情和爱欲的神灵。因此,"爱若斯"理论就是关于爱和爱欲的知识。可以说,该理论揭示了以柏拉图为代表的西方理性传统的感性纬度。无论是桑塔格还是阿甘本,他们的"趣味"观都强调以情感和爱欲来抵御现代主体不得不面对的疏离、麻木和厌倦。这一方面体现了新个人主义所提倡的"和他人联系在一起的意识",另一方面则展现了对资产阶级现代性的公开拒斥和强烈批判。换言之,"坎普"趣味和"爱的知识"是

---

① [德] 康德:《判断力批判》(上册),第 204—205 页。
② [美] 苏珊·桑塔格:《反对阐释》,第 307 页。
③ 蓝江:《译者序》,载吉奥乔·阿甘本《品味》,上海社会科学院出版社 2019 年版,第 xxxiii 页。

审美现代性①（抑或泰勒所说的文化现代性）的构成要素和不同侧面。它们以温柔的方式不断叩问以理性传统为哲学基础的资产阶级现代性，体现出了强烈的"启蒙"精神。正如福柯在《何谓启蒙》中所说："启蒙"不是指一个可以在历史中完成的过程。它是一个每个人都应该永远保持的一种批评的态度，一种怀疑的"气质"②。

纵观"趣味"观念在20世纪的发展，它始终和英国经验主义传统和文化批评传统之间有着千丝万缕的联系。它是一种历史渐悟。在和过去的对话中，它不断回归传统，但与此同时，它又以解构的姿态跳出苏格拉底和柏拉图所营造的"永恒"的"理性日光"。它不断推敲"艺术自立"、理性主体、感官等级、性别趣味以及僵死的感受力等观念，体现了现代主体抵抗资本主义现代性的种种理论探索和实践。从"趣味"观念的整个发展轨迹来看，它与自18世纪开始的启蒙现代性一唱一和，彼此对话，形成了对启蒙的再思辨。当然，"对启蒙的再思辨是为了再一次启蒙"。因此，如果我们细察"趣味"观念的前生今生，它不失为一股内在于英国文化思想史中的内省力。

---

① 审美现代性，又称作"美学现代性"，或者"文化现代性"。根据卡林内斯库的定义，美学现代性自其浪漫派的开端倾向于激进的反资产阶级态度。它厌恶中产阶级的价值标准，并通过极其多样的手段来表达种种厌恶，从反叛、无政府、天启主义直到自我流放。作为文化现代性，它展现了对资产阶级现代性的公开拒斥，以及强烈的否定激情。童明又将美学现代性称为启蒙现代性。他指出"美学现代性"就是以文学、艺术等手法"针对现代化、现代哲学体系，时时提出问题"，"做不事体系的思辨"。参见 ［美］马泰·卡林内斯库：《现代性的五副面孔》，顾爱彬、李瑞华译，商务印书馆2002年版，第48页，以及童明：《现代性赋格：19世纪欧洲文学名著启示录》，广西师范大学出版社2008年版，第5页。

② 转引自程巍《译者卷首语》，载苏珊·桑塔格《反对阐释》，第10页。

第二章

情感·文雅·习俗：沙夫茨伯里的趣味观

沙夫茨伯里伯爵三世是苏格兰启蒙思潮的主要领导者，也是 18 世纪第一位从情感的角度系统讨论"趣味"观念的哲学家。国内学者董志刚曾指出："沙氏的哲学带有很浓的柏拉图色彩，相比之下，情感论是他的创作。"[①] 然而，目前国内关于其思想的研究并不多见，仅有的几篇或聚焦于美学维度，或局限于道德哲学。同样，国外研究也以政治角度为主，集中探讨辉格党背景对其哲学思想的影响。例如，约瑟夫·里克沃特（Joseph Rykwert）认为，沙氏思想的基本内核是社会政治[②]。同样，沙氏的传记作者罗伯特·沃伊特（Robert Voitle）也指出，政治与哲学是其传记的两大主题，从早年开始，贯穿始终[③]。值得一提的是，上述政治研究视角难免使人聚焦沙氏的贵族身份，继而引发关于其思想体系的进一步讨论。《英国思想》（*The English Mind*）一书就认为沙氏的思想难以摆脱阶级局限性，其道德哲学是"贵族的美学"（aesthetic of an aristocracy）[④]。然而，伊格尔顿却在 2018 年出版的《论文

[①] 董志刚：《夏夫兹博里美学思想研究》，中国社会科学出版社 2009 年版，第 119 页。

[②] Joseph Rykwert, *The First Moderns: The Architects of the Eighteenth Century*, Cambridge: The MIT Press, 1980, p. 156.

[③] See Robert Voitle, *The Third Earl of Shaftesbury 1671–1713*, Baton Rouge and London: Louisiana State University Press, 1984.

[④] J. B. Broadbent, "Shaftesbury's Horses of Instruction", in Hugh Sykes Davis and George Watson, eds. *The English Mind*, Cambridge: Cambridge University Press, 1964, p. 80.

第二章　情感·文雅·习俗：沙夫茨伯里的趣味观

化》一书中指出，以沙氏为代表的哲学家们将文化概念扩展到了更为现实的层面，将"作为特定珍贵价值的文化分散到作为共享生活方式的文化之中"①。换言之，伊格尔顿认为，沙氏的思想并未局限在贵族俱乐部内部。那么，我们究竟该如何理解上述讨论呢？

　　笔者认为，沙氏的"趣味"观是理解上述讨论的有效切入点。通过细读《论人、风俗、舆论和时代的特征》②，我们发现，其"趣味"观不仅涉及"情感论"，而且与其讨论的"文雅"（politeness）、"讽刺"（raillery）和"对话"（dialogue）等话题休戚相关。通过与上述话题的互动，沙氏的"趣味"观展现了以下过程：个体如何通过反思和对话，超越自身的局限性，从而形成有利于社会和谐的公共精神。也就是说，在沙氏看来，"趣味"的改善能以敦风化俗的形式改良整个社会的文化无意识结构。有意思的是，虽然雷蒙德·威廉斯并未将英国文化批评的传统追溯到沙氏，后者也从未明确谈及何为"文化"，但是他始终用另一套话语体系（即文雅、风俗等）来讨论生活方式。用前文所引伊格尔顿的话说，沙氏讨论的就是"作为生活方式的文化"。可见，要进一步追溯英国文化批评的源头，我们就无法回避沙氏③；而要进一步了解沙氏的话语体系，我们则必须从其"趣味"观谈起。

第一节　"趣味"与"知音之耳"

　　沙氏对"趣味"的讨论散见于《特征》全书，但主要集中在《关

---

　　① ［英］特里·伊格尔顿：《论文化》，第126页。
　　② 文中提到该著作部分，使用其简称《特征》。
　　③ 国内学者殷企平在其专著《"文化辩护书"：19世纪英国文化批评》中将"文化批评"的边界从20世纪向前推进至19世纪，但他也指出：虽然"文化批评"的走红是20世纪后期的事，然而，作为一种文化传统，其历史至少可以追溯到18世纪。换句话说，18世纪的英国文学中早已酝酿了文化批评的种子。此观点详见殷企平《"文化辩护书"：19世纪英国文化批评》，第2页。

于前面论文和其他关键问题的杂感》("Miscellaneous Reflections on the Proceeding Treatises and Other Critical Subjects")这一卷。该部分共涉及5篇杂感,其中"杂感三"以详尽的篇幅阐发了与"趣味"相关的诸多话题。《特征》全书共有3卷,前两卷完成于1699年到1709年之间,第3卷创作于1711年前后,并于《特征》第2版时才收录在内。从第3卷的内容来看,作者似乎刻意与前两卷的作者保持一定距离,并以公允的口吻不断称后者为"我们这位作者"(our author)或"这篇论文的作者"(the author of the treatise),可谓"沙夫茨伯里"评"沙夫茨伯里"。我们知道,很多作者在搁笔之后,总觉得意犹未尽,沙氏也未必能不落窠臼。但这种刻意的局外人身份,不免让人揣测他是否为了回应质疑而写作。比如,曼德维尔(Bernard de Mandeville,1670-1733)就曾在《蜜蜂的寓言》中指出,人性中的"恶"(即私欲)不容小觑,与沙氏在1699年提出的"自然情感论"(the natural affections)针锋相对。此书于1714年出版时,沙氏已去世,但该书的"酵母"却是曼德维尔发表于1705年的诗歌——《抱怨的蜂巢:或骗子变作老实人》(*The Grumbling Hive*:*or, Knaves Turn'd Honest*)。这首打油诗描述了一群富裕但恶劣成性的蜜蜂,它们突然对善良与美德心向往之,最后却落得一贫如洗。曼德维尔看似打趣那些捡了便宜又卖乖的伪君子①,实际上却将

---

① 在该诗的最后一节,曼德维尔写道:"因此不必抱怨,只有傻子/想使大蜂国变诚实。/享有世上各种便利,既赢得/战争,且要生活安逸,/不存在大恶;但这不过/是头脑里的一个理想国"。详见[英]曼德维尔《蜜蜂的寓言——私人的恶德,公众的利益》,肖聿译,中国社会科学出版社2002年版,第28页。可见,在曼德维尔看来,既想富足,又想回避人性中的恶,犹如痴心妄想。上述言论与沙夫茨伯里的"自然情感论"完全背道而驰,因此,"研究18世纪英国文学和启蒙思想的学者难免有这样的印象,即曼德维尔的重要性似乎恰恰在于他对沙夫茨伯里的敌意(antagonism)"。但是,Irwin Pimer指出,实际上曼德维尔的思想并非与沙氏截然对立。首先,两者的讨论都基于以下共同观点,即人是情感动物,而非纯粹的理性动物。其次,从《关于宗教、教会和民族幸福的自由思想》(*Free Thoughts on Religion, the Church and National Happiness*)一书来看,曼德维尔大量借鉴了沙氏的观点,并引用了《特征》中的部分语句。See Irwin Pimer,"Mandeville and Shaftesbury:Some Facts and Problems",*Mandeville Studies*,Vol. 81,1975,pp. 126-141.

第二章　情感·文雅·习俗：沙夫茨伯里的趣味观

矛头直指英国情感主义哲学家（沙氏为主要代表）所倡导的性善论。我们很难断定沙氏是否注意到了曼德维尔针对"自然情感"论所唱的反调，但是曼诗先以四开本发行，后又被盗印，继而以半便士书籍（half-penny book）的形式出售，可见其拥有一定的阅读市场，也代表了一定的质疑之声。因此，沙氏极有可能注意到了相异的声音，进而在1711年的《杂感》中阐发，并深化"趣味"话题。从沙氏的论述来看，"趣味"不仅能引导备受曼德维尔诟病的"自然情感"，而且能将其所推崇的文雅哲学（the philosophy of politeness）落到实处。由此反推，要真正理解沙氏谈"趣味"的意图，我们还需要回到其思想体系的根基所在，即"自然情感"。

必须指出的是，沙氏提出"自然情感论"，旨在为其"美善一体"论服务。在他看来，"美"和"善"都源自"和谐"，都会激发出"愉悦的情感"。实际上，"和谐即美"这个观念源自古希腊传统，且延伸至中世纪，影响深远。作为古典美学的核心概念，其并无特殊之处。然而，沙氏的特殊之处在于他通过讨论人性中的"自然情感"，将这个观念"延伸至人的精神和性格层面，从而提出了性格的和谐，乃至社会的和谐"①。根据沙氏在《对美德或德行的探寻》（"An Inquiry Concerning Virtue or Merit"）一文中的定义，人有三种基本情感。其中，自然情感导向公众的利益（which lead to the good of the public），因此，也被称为"社会情感"（social affections）②。上述概念说明人天生就有一种协调与他人关系，从而获得整体关怀的情感能力。这种与生俱来的，力争获得社会和谐的情感能力就是向"善"（goodness）的能力。可见，无论是

---

①　董志刚：《夏夫兹博里美学思想研究》，第50页。
②　按照沙夫茨伯里的定义，三种基本情感除了自然情感外，还包括"自我情感"（the self affections）和"非自然的情感"（unnatural affections）。"自我情感"是导向个体利益的，而"非自然的情感"既不导向公众利益又不导向个体利益，反之，对两者皆有损害。See Anthony Ashley Cooper, Third Earl of Shaftesbury, *Characteristics of Men, Manners, Opinions, Times*, p. 196.

"美"还是"善",它们都基于"和谐",并最终导向"愉悦的情感"。有鉴于此,沙氏进一步概括道:

> 当我们的眼睛看到形状、运动、颜色和物品的比例关系时,必然会通过所见的尺寸、排列和布局来做出美或者畸形的判断。同样,人的举止和行为,当我们试图理解它们时,也必然会根据行为的得体(regularities)与不得体(irregularities)做出迥然有别的判断。①

上述引文中,"眼睛"是一个双关语。它既是"肉体"的,也是"超验"的,沙氏称后者为"内在的眼睛"(an inward eye)。在《道德家,一部哲学狂想曲,关于自然和道德问题的对话的记述》("The Moralists, a Philosophical Rhapsody, Being a Recital of Certain Conversation on Nature and Moral Subjects")②中,他以极富诗意的语言描述了这只"内在的眼睛":

> 既然存在一种形象的自然美,难道就不存在行为的自然美吗?眼睛一看到形象,耳朵一听到声音,美就瞬时而生,优雅与和谐也相伴而起。那么,当行为被观察到时,那只内在的眼睛即刻就能分辨出美丽和标致,可亲和可赞,区分出丑陋与愚蠢,可憎或可鄙,而与此同时,人的情感与激情也得以察觉(它们大多数一被觉察到也就被感受到了)。③

---

① Anthony Ashley Cooper, Third Earl of Shaftesbury, *Characteristics of Men, Manners, Opinions, Times*, p. 172.
② 以下简称为《道德家》,不再一一注明。
③ Anthony Ashley Cooper, Third Earl of Shaftesbury, *Characteristics of Men, Manners, Opinions, Times*, p. 326.

第二章 情感·文雅·习俗：沙夫茨伯里的趣味观

从上文来看，"内在的眼睛"与生俱来，有点类似于我们通常所说的"心灵"。然而，人为何天生具有这种趋向"和谐"的自然能力？沙氏语焉不详，这也是其"自然情感论"饱受争议的原因。不过，他显然并非一个彻底的乐观主义者，并不认为人永远能保持善良、崇高的状态。从其1698年到1704年的私人札记（notebooks）[①]来看，沙氏曾经历过自我怀疑的黑暗时刻。比如，在鹿特丹逗留时，他这样写道：个体的自然情感不应只针对与自己有关的人，而应面向全人类。但紧接着，他又忍不住自我诘问："这种愉悦的自然性情，它何时能扎根于吾，让吾时时感知，而非偶得？它何时能充盈吾身，与吾浑然一体？"[②] 可见，沙氏并非不了解自然中存在着偶然的反常与变异，人也会在生活中遭遇阻力、诱惑与矛盾。彼时彼刻，"内在的眼睛"很有可能会无法区分可赞与可鄙，也无法感受亲切与美好。因此，外在力量的纠正不容忽视。正因为如此，他以大量的笔墨反复讨论了以下问题：人该如何激发并保存这只"内在的眼睛"呢？

这就涉及对"趣味"的培养与改善。围绕上述观点，沙氏试图解决以下两个小问题：一、为何提高趣味？二、谁来带领大众提高趣味？针对第一个问题，沙夫茨伯里指出：

> 我们总希望自己在生活和风尚方面具有同样正确的趣味……如果谦卑和仁爱是一种趣味，残忍、傲慢与放荡也是一种趣味，那么反思之下，有谁会选择丑陋堕落的榜样而不是和蔼可亲的典范来塑造自己呢？有谁会不努力在这方面，或者在

[①] 1698年是沙氏的人生转折点之一。1695年他入选众议院，积极参与公共事务，并在短短3年间获得了显著的社会声誉。但是，1698年他拒绝再次参选议会。从该年到1704年，他一直旅居荷兰，过着半隐退的生活。此处所指的私人札记（notebooks）完成于荷兰。

[②] Qtd. in Lawrence E. Klein, *Shaftesbury and the Culture of Politeness: Moral Discourse and Cultural Politics in Early Eighteenth-Century England*, Cambridge: Cambridge University Press, 1994, p. 70.

与趣味和判断力相关的艺术和科学领域纠正自己的本性呢？在任何一个方面，本性都需要接受外力来自我纠正。如果自身没有造就一种天生的良好趣味，那我们为何不去努力培养它，并使它成为天生的呢？①

在《杂感》中，沙夫茨伯里再次补充了这个观点。他写道：

即使是高雅世界中最迷人或让人愉快的东西，哪怕是任何一种被人认为是快乐和享受的东西，如果我们不先培养起一定的趣味，那么，这些东西所带来的愉悦必然得不到解释、支持或确立。人们以为，趣味或判断力不可能在我们出生时就已形成。……要理解和领悟任何一个博大精深的领域，都需要先运用、实践和培养趣味。换言之，若没有先行在批评（criticism）上辛勤实践，就不可能获得一种合理且正确的趣味。②

可见，即使你拥有良好的官能和感知力，你也需要反复实践，通过操练来形成正确的趣味判断。这不免让人再次想起沙氏的私人札记。在首卷的书脊处，沙氏以希腊语 Askemata（表"练习""实践"）作为该卷的题名。该卷的扉页上，还抄有部分段落，均来自《比克泰德语录》（*Arrian's Discourses of Epictetus*）③ 中的"训练"（"Of Training"）这一章节。显然，在撰写《对美德或德行的探寻》（1699）一文前后，沙氏

---

① Anthony Ashley Cooper, Third Earl of Shaftesbury, *Characteristics of Men, Manners, Opinions, Times*, p. 151.

② Anthony Ashley Cooper, Third Earl of Shaftesbury, *Characteristics of Men, Manners, Opinions, Times*, p. 408.

③ 爱比克泰德（Epictetus，约55—约135年），古罗马最著名的斯多葛学派哲学家之一，是继苏格拉底之后对西方伦理道德学作出最大贡献的哲学家。他强调具体的生活伦理学，重心性实践，主张遵从自然，过一种自制的生活。爱氏本身没有著作，其思想通过学生阿利安的整理留存下来。

第二章　情感·文雅·习俗：沙夫茨伯里的趣味观

就已经开始思考如何通过实践来提高"趣味"。更重要的是，他还指出，"批评"是"实践"的唯一路径。这就牵涉到了另一个话题：谁才是"理想批评家"，或者说"趣味"引导者呢？

沙氏的答案很明确：作家是"趣味"的引导者①。从17世纪开始，由于商业贸易和政治动荡，新闻传播逐步合法化。尤其伴随着出版印刷业的迅速发展，新闻业更是风生水起，这在无形中促进了职业作家的诞生以及文学公共领域的日渐成型。不可避免的是，为了迎合大众趣味，很多职业作家（尤其是通俗作家）开始以吸引读者、收获名利为写作目的，他们的写作往往带有浓重的娱乐和商业性质，不利于社会情感的凝聚和社会交往的形成。更重要的是，这些通俗作家的写作在一定程度上导致了民族趣味的低俗化。② 因此，沙氏认为，只有净化作家的趣味，才能净化公众的趣味。拿他的话来说，就是："存在什么样的音乐，就存在什么样的知音之耳（For to all music there must be an ear proportionable）。"③ 然而，作家的"趣味"又该如何净化呢？

---

① 沙氏所讨论的"作家"是广义的作家，包括批评家、诗人、剧作家、小说家等参与到18世纪文学公共空间的文字工作者。在18世纪，文学的概念尚未突出审美性质，其范围包含了任何写作。因此，有学者指出，"对于作家自身品质的要求，沙氏有些醉翁之意不在酒，他所提出的是对于整个文学、文化乃至政治生态的一种构想。"详见董志刚《译者前言》，载夏夫兹博里《论人、风俗、舆论和时代的特征》，董志刚译，上海三联书店2018年版，第24页。

② 在《独白，对作家的忠告》一文中，沙夫茨伯里指出：现代的作家，为公众和时代流行的情趣所左右。他们根据世人们变幻不定的喜好来调整自己，甚至承认为了适应时代精神宁可荒诞不经。因此，是读者造就诗人，书商造就作家。随后，在《杂感》中，沙夫茨伯里建议读者比较古代与现代的修辞表达，就会发现如今这个时代的大部分作家得了"雄辩麻风病"。因此，整个民族的趣味日益衰退。他的原话是这样的："那些语调高昂的段落、牵强附会的比较、反复无常的观点，和华丽的辞藻在我们这个时代最受欢迎，而那些清晰或自然的风格则最受鄙视。所以，我们必须承认，在刚刚过去的时代里，我们的趣味是非常低俗的。或者，如果一定要说我们的趣味实际上得到了提高的话，那也只能是体现在含蓄不露、自然质朴的风格之中。只有这样的风格才最能展现优雅、精致和真实的趣味。" See Anthony Ashley Cooper, Third Earl of Shaftesbury, *Characteristics of Men, Manners, Opinions, Times*, p. 118, p. 399.

③ Anthony Ashley Cooper, Third Earl of Shaftesbury, *Characteristics of Men, Manners, Opinions, Times*, p. 408.

第二节 "作家"与"文雅哲学"

沙氏以《独白，对作家的忠告》（"Soliloquy, or Advice to an Author"）这一标题旗帜鲜明地回答了上述问题。在他看来，对作家而言，最重要的是"反省"（reflection），即通过"独白"与"自我"对话。为了说明这个观点，他首先以莎士比亚的《哈姆雷特》为例子，指出这部戏剧之所以"打动了所有英国人的心"，是因为"人物对单单一个事件和灾难所发出的一系列深刻反省让人禁不住因为同情而战栗"[1]。由此看来，对于那些迎合公众趣味的作家而言，他们所最缺乏的预备训练即研究自我，并与自我交谈（self-study and inward converse）[2]。沙夫茨伯里也将此称为对自我不怀偏见的责难（impartial censure），并且总结道："（作家）只有在领会了这一点以后，才能借助自己的天才和对艺术的正确应用，轻易地引导他们的读者，并确立一种良好的趣味。"[3]值得注意的是，沙夫茨伯里的"反省"并非来自逻辑推理，它依然是一种情感能力和情感判断。在《论美德和功德》中，他这样解释：

> 对于那些能基本认知事物的生命来说，不仅外在事物是情感对象，而且认知行为本身和由此激发的怜悯、友善、感激等情感，甚至相反的种种情感都会通过反省带入头脑之中，成为其对象。所以，凭借这种反省意识，生命产生了一种面向情感自身的另一种情感（another kind of affection towards those very

---

[1] Anthony Ashley Cooper, Third Earl of Shaftesbury, *Characteristics of Men, Manners, Opinions, Times*, p. 124.

[2] Anthony Ashley Cooper, Third Earl of Shaftesbury, *Characteristics of Men, Manners, Opinions, Times*, p. 124.

[3] Anthony Ashley Cooper, Third Earl of Shaftesbury, *Characteristics of Men, Manners, Opinions, Times*, pp. 124–125.

affections themselves）。前一种情感早已被生命感知，现在则成为新的喜欢或不喜欢的对象。①

此处，"前一种情感"指人天生所具有的，由审美判断和道德判断产生的对事物美丑、善恶的情感反应。它是一种被动的情感。与此相对应的是"另一种情感"，即反思，或者说对上述被动情感的主动体验。因此，经过"反省"，人成为一个积极的情感主体。换句话说，"反省"将人从被动地由情感驱使的地位转变到一个主动的地位。这无疑是非常积极的。因为他肯定了人超越有限性，无限接近更广大的整体利益的可能性。当然，由此反观，我们也可以发现，沙氏虽然相信人拥有自动向善的社会性情感，但他并没有天真地否定社会环境对自然情感的影响。毕竟社会是一个庞大复杂的系统，种族、阶层和群体的差异在所难免。因此，当人下意识地进行善恶判断，却又发现它与他人或整体存在冲突时，这种挣扎与矛盾必然重新反映到内在情感之中，而个体正是通过这种反思性情感来达到更高层次的认识，并获得成长。

此外，既然"另一种情感"涉及对自我与他人关系的道德判断，那么，上述"反省"的目的自然不局限于与自我的交谈。正如沙氏所言，"通过考察情感的各种流转、改变、式微和纠结反复，我无疑可以更好地理解一个人的心理，更好地评判他人和自我"②。换句话说，"反省"主体应通过观察自我对他人的情感反应来理解他人，并纠正、协调与他人的交互来往。因此，"独白"看似孤独，却并不孤独。它实际上是一种"对话体"，更是一种"情动"，而且"它本身就是一种社交方

---

① Anthony Ashley Cooper, Third Earl of Shaftesbury, *Characteristics of Men, Manners, Opinions, Times*, p. 172.

② Anthony Ashley Cooper, Third Earl of Shaftesbury, *Characteristics of Men, Manners, Opinions, Times*, p. 132.

式", 一种"在独立性格的基础上参与社交生活"的方式①。这完全符合沙夫茨伯里的哲学精神, 即推崇社交性情感, 并希望人在相互批评、互为关照的社会交往中获得成长。可以看出, 他期待作家在自我对话和交往对话中净化个人"趣味", 从而引导普通读者建立起良好的趣味。

不过, 沙氏也指出, 要实现作家与读者间的良好沟通, 前者必须改变自己的写作风格, 不仅要杜绝语调高昂、辞藻华丽的"雄辩麻黄病", 而且要避免经院哲学式的生硬语言（ponderous sentences）和刻板推理（pois'd discourse）②。反之, 讽刺（raillery）、机智（wit）和幽默（humor）倒能推进愉悦的"对话"③。他以自身为例, 讲道: "一直以来, 我郑重地祈求愉悦和良好的幽默。同样, 我也断然抨击语言中的学究作风和繁文缛节。"④ 因为, "雄辩麻黄病"和学究作风都只是作家凸显自我的语言表演, 并不顾及读者的情感和认知, 是一种剧院式社交（theatrical sociability）, 而"讽刺"（或"幽默"）才能让读者获得自我认知。它就像"友善的冲突", 使双方"相互砥砺", 并磨去彼此的棱角（We polish one another and rub off our corners and rough sides by a sort of amicable collision）。两年后, 沙氏在《杂感》中再次补充道: 为了能唤起读者的批评意识, 他愿意"扮演磨刀石的角色"（I shall perform the role of a whetstone）⑤。换言之, "讽刺"能使"对话"温润而不失机锋。这种交往沟通不仅令双方保持愉悦, 而且能"磨砺"彼此的

---

① 董志刚:《夏夫兹博里美学思想研究》, 第178页。
② Anthony Ashley Cooper, Third Earl of Shaftesbury, *Characteristics of Men, Manners, Opinions, Times*, p. 408.
③ 沙氏在行文中用来表示"对话"的词不止 conversation, 还包括 chat and dialogue; 同样, 表示"讽刺"的词也有多个, 例如 raillery, wit, humor, ridicule 等。这些词基本语义相同, 替换使用。
④ Anthony Ashley Cooper, Third Earl of Shaftesbury, *Characteristics of Men, Manners, Opinions, Times*, p. 393.
⑤ 此处, 沙氏引用了贺拉斯的名言: "我不如起个磨刀石的作用。"See Anthony Ashley Cooper, Third Earl of Shaftesbury, *Characteristics of Men, Manners, Opinions, Times*, p. 445.

第二章 情感・文雅・习俗：沙夫茨伯里的趣味观

趣味判断力。有鉴于此，沙氏讲道：

> （作为作家，）我应该努力提升读者的口味（palate），竭尽所能地刺激（whetting）他们的味蕾，使之更为敏锐。然后，让他们先在较低级的对象这里一试身手。如此这番实践之后，他们必将拥有更敏锐的感受力，能更有效地感知较为高级的对象。这种敏锐度才是读者的最大幸福、自由和成长。①

此处，"口味"和"味蕾"都会让人联想到"趣味"（taste）一词。该词原意即"品尝"，指人的口腹之欲。与此同时，沙氏又有意选择"whet"表"刺激"，一语双关，将"趣味"与"磨刀石"（whetstone）关联起来，并借此暗示以下观点：无论是读者还是作家，其敏锐的趣味判断只能来自彼此友好的"磨砺"，即温和而又不乏批评的对话②。这种自由的对话，被沙氏认为是真正的"文雅"（politeness）③。因此，究其本质，沙氏所推崇的"文雅哲学"④ 并非流于形式的"宫廷式文雅"（courtly politeness），而是一种对话哲学和交往哲学。

---

① Anthony Ashley Cooper, Third Earl of Shaftesbury, *Characteristics of Men, Manners, Opinions, Times*, p. 446.

② 需要补充的是，在以磨刀石磨砺"趣味"的比喻中，沙氏着重说明了作家与读者间的"磨砺"。但从其对"独白"的描述来看，作家也可以通过"反省"来磨砺自己的趣味。正如梁启超论及"趣味"时所说，"趣味"比方电，既来自作者本人与学问之间的摩擦，也来自朋友间的摩擦。只要我们彼此都有研究精神，"我和他常常在一块或常常通信，便不知不觉把彼此趣味都摩擦出来了"。虽然我们无从考据梁启超的"趣味"论是否受沙氏的影响，不过显然两者都认为，"趣味"既来自躬身自问，也来自交往对话。详见梁启超《生活于趣味》，北京大学出版社 2013 年版，第 140—142 页。

③ 原文为："所有的文雅都源自自由（All politeness is owing to liberty）。" See Anthony Ashley Cooper, Third Earl of Shaftesbury, *Characteristics of Men, Manners, Opinions, Times*, p. 31.

④ 关于沙氏所讨论的"politeness"，董志刚先生将其译为"高雅"。本文认为，"高雅"往往对应"低俗"，暗示了某种阶级区分，具有排他性。虽然我们不能否定沙氏的阶级局限性，但鼓励交往对话毕竟是其文雅哲学的初衷，因此"文雅"显得更为贴切。

更重要的是，沙氏认为，这种"文雅哲学"最终会帮助社会成员形成一种公共精神，即"对公共福利和普遍利益的意识，对共同体和社会群体的爱"，是"自然情感、仁善、责任感"，亦是"那种建立在人类共同权利和万物平等的理念之上的文明礼仪（civility）"①。在上述过程中，"作家们"往往以诗歌、绘画、音乐等艺术形式来促进社会交往，通过反省与对话净化，提升个人趣味，并由此关照整个社会群体的共同趣味。因此，"共同趣味"乃至"共同感"（sense communis）的形成，来自对情感的反思、沟通和管理，它是一种内化了的公共情感。抑或说，在公众构成的交往领域中，"个体天生的社交性情感自然呈现出来，渴望与他人的交流"，而且个体"意识到自己身处一个共同体之中，要把他人看作和自己一样的自由个体，与他人平等相待，一起探索将这些个体凝聚起来的共同目标和价值尺度"②。换言之，"共同感"首先源自个体的"情动"，又随着个体间情感的际遇和磨砺，形成情感的共同体。这个共同体脱胎于情感的互动与共鸣，它具有凝聚力，又不失分寸感，既保持个体的独立特性，又包容他人的批评与质疑。

可见，对沙氏而言，"作家"的地位非同小可。他们不仅致力于提升个人趣味，而且希望通过交往对话来改良整个社会的共同趣味。从某种意义讲，他们是实践"文雅哲学"的哲学家。而在伊格尔顿看来，他们更是文化实践者，因为沙氏所讨论的"文雅"就是后人所说的"文化"，和后来很多思想家心中的"文化"发挥着类似的作用③。那么，为何"文雅哲学"与伊格尔顿所说的"文化"相关呢？要回答上述问题，我们绕不过沙氏所塑造的"花园中的哲学家"（the philosophers in the garden）这一形象。

---

① Anthony Ashley Cooper, Third Earl of Shaftesbury, *Characteristics of Men, Manners, Opinions, Times*, p. 48.
② 董志刚：《译者前言》，载夏夫兹博里《论人、风俗、舆论和时代的特征》，第20页。
③ ［英］特里·伊格尔顿：《论文化》，第125页。

第二章 情感・文雅・习俗：沙夫茨伯里的趣味观

第三节 "为什么一个人在夜里也应该真诚？"

在《道德家》一文中，沙氏虚构了遗世独立的哲学爱好者贝拉蒙和怀疑论者菲勒克斯之间的哲学对话，当中还穿插了后者与其导师特奥克勒斯之间的长谈。上述对话充分再现了怀疑论、伊壁鸠鲁哲学以及自然神论等各种哲学思想在 18 世纪的激荡与碰撞。不过，同样值得我们注意的是上述对话发生的场景：花园中的椅子（in the coach of garden）。我们不妨将贝拉蒙和菲勒克斯称为"花园中的哲学家"①，他们与传统哲学家不尽相同。正如菲勒克斯所说：

> 在这个世界中，她（哲学）不再活跃，也难再有优势去登上公众的舞台。我们已经将她囚禁在学院和密室中，让她卑屈地干着矿工一样的工作。经验主义者和卖弄学问的诡辩家就是她主要的学生，经院式的三段论和长生之药是她成果中的精华。②

显然，"花园中的哲学家"并非囿于学院和密室中，并非自说自话或空洞教诲的哲学家。他们希望走向公众舞台，在社会交往中介入生活，并在批评与对话中与世人共同磨砺趣味。因此，在讨论结束之际，菲勒克斯说道："我们的哲学探讨结束了，我们又回到了平常的生活中

---

① 沙氏的"花园哲学家"与伊壁鸠鲁派的"花园哲学家"并不相同。前者的花园是开放的，是公共的，哲学家们是入世的，而后者的花园是封闭的，是哲学家为了探寻内心的平静而离群索居的地方，带有一定的乌托邦性质。
② Anthony Ashley Cooper, Third Earl of Shaftesbury, *Characteristics of Men, Manners, Opinions, Times*, p. 232.

(Our philosophy ended, and we returned to the common affairs of life)。"①这场对话始于生活,终于生活,充分体现了沙氏让哲学回归生活的初衷。虽然沙氏称《道德家》为虚构的"狂想曲",然而,此"狂想"却不乏知音。就在《特征》一书出版后的数周之内,约瑟夫·艾迪生于3月12日的《〈旁观者报〉的目的》("The Aims of the *Spectator*")一文中宣称:就像苏格拉底把哲学带到人间一样,《旁观者报》旨在"把哲学带出密室和图书馆、学院和大学,让它们在俱乐部、聚会、茶座和咖啡馆里安家落户"②。显而易见,艾迪生也试图将哲学引入公共空间,并通过交往对话使其转化为有利于改进社会风尚和习俗的文化实践。只不过在他这里,信奉"文雅哲学"的哲学家从"花园"踱步到了俱乐部和咖啡厅。更有趣的是,艾迪生在该文的"题记"部分援引了维吉尔《农事诗》中的诗句③,描述划船者松浆行舟,顺流而下的画面,意在暗示"文雅哲学"虽看似因为"接地气"而毫无雅致可言,实际上却是应势而动。同样,沙氏将《道德家》收录在《论人、风俗、舆论和时代特征》一书中,恐怕也有此意。换句话说,沙氏与艾迪生等人所提倡的交往哲学实际上是时代的产物,也是时代的特征。

正如前文所说,从 17 世纪开始,商业贸易的兴盛使英国格外重视"关联"。一方面,英国的运河、公路体系在 18 世纪日渐完善,不断刺激国内贸易和工业增长,并使城乡紧密结合;另一方面,随着商业阶层与各国的贸易关联,英国逐渐与全球经济休戚相关。与此同时,资本主义金融与贸易的发展还促进了公共舆论的传播。换句话说,到 18 世纪,

---

① Anthony Ashley Cooper, Third Earl of Shaftesbury, *Characteristics of Men, Manners, Opinions, Times*, p. 338.

② Joseph Addison, "The Aims of the Spectator", *The Spectator*, No. 10, March 12, 1711. Qtd. in Lawrence Lipking and James Noggle, eds., *The Norton Anthology of English Literature*, Eighth Edition, Vol. C, London: W. W. Norton & Company, 2006, p. 2474.

③ Joseph Addison, "The Aims of the Spectator". Qtd. in Lawrence Lipking and James Noggle, eds., *The Norton Anthology of English Literature*, p. 2473.

第二章 情感·文雅·习俗：沙夫茨伯里的趣味观

现代公共领域在英国业已成型，且日益变得"众声喧哗"。我们不妨揣测，沙氏显然注意到了这种注重"沟通来往"的时代精神。正因为如此，他在行文中反复以"商业"（commerce）一词来比喻交往对话。例如，在论及作家如何提升"趣味"时，他提到推崇"独白"并非摒弃"对话"，因为"如果不先于世界交流（a previous commerce with the world），自我交流（即独白）就完全行不通，并且与世界的交流越是广泛，后者就越顺畅和深入"，而作家只有通过放眼四海的交流，才能判别优中之优，并通晓各个领域的真正趣味①。同样，在谈到会话的自由时，他又以贸易为例，说道："自由和交流（commerce）才能给它（此处指高雅的戏谑）带来正确的标准。唯一的危险是封闭港口。这与贸易一样，禁令和限制只能使其衰落。"② 除此之外，如果我们细察沙氏选择的文体（如"信"、"忠告"、"对话"和"杂感"等），也会发现：他始终希望借助"众声喧哗"的形式来完成思想和情感的沟通交往。可以说，沙氏的"文雅哲学"完全符合18世纪的商业精神，并试图成为与其对应的文化形态。

当然，商业精神的蔚然成风并非只有益处。对个人经济利益的追逐体现在哲学上就是利己主义的滥觞，而"文雅哲学"恰恰脱胎于对上述哲学的反思。在沙氏看来，无论是霍布斯（Thomas Hobbes，1588-1679）还是洛克（John Locke，1632-1704）的思想，都无法摆脱伊壁鸠鲁学派（Epicurus），尤其是该学派推崇的原子论（atomism）的影响。应该说，伊壁鸠鲁继承并发展了德谟克利特（Democritus）的原子论，将世界理解为由原子构成的物质聚合，即人和人的活动都由原子运动决定。人虽然能影响原子运动的方向，但不能决定其运动的轨迹，因此，

---

① Anthony Ashley Cooper, Third Earl of Shaftesbury, *Characteristics of Men, Manners, Opinions, Times*, p. 405.
② Anthony Ashley Cooper, Third Earl of Shaftesbury, *Characteristics of Men, Manners, Opinions, Times*, p. 31.

人不一定能为自己的经济活动承担后果。这就在无形中为商业竞争摆脱了道德的规范，并为利己主义和经济自由主义提供了理论依据。同时，它还加剧了人与人之间的疏离感，使社会趋向原子化。有鉴于此，霍布斯主张建立利维坦式的集权政府（或王权）来约束和监管作为欲望主体的个人，而洛克则寄希望于法律和宗教。在洛克看来，"人之所以普遍地来赞同德性，不是因为它是天赋的，乃是因为它是有利的"①。换句话说，人们赞同德性是为了应对赏罚，并非自发而为。正因为如此，虽然"对美德（virtue）而言，没有比风俗和惯习（fashion and custom）更有用的措施了"，但社会的"道德、公正和平等（morality, justice and equity）还需依靠法律和宗教意志"②。显然，洛克认为，"风俗法"（the law of fashion，即社会和公众意见）确实能引导个人美德，但社会整体道德的提升还应以法律和宗教为指导③。对上述观点，沙氏不以为然。在他看来，无论是霍布斯鼓吹的专制政府，还是洛克倡导的法律或宗教，它们都将"原子"预设为人类行为和社会存在的物质基础，希望依靠外界的强制力量来建立社会秩序。两者之间，并无区别，都是当代的"伊壁鸠鲁"。反之，真正能凝聚社会，提升社会整体道德感的恰恰是被洛克低估了的"风俗和惯习"。因为，抽象的权、法关系并不能

---

① ［英］约翰·洛克：《人类理解论》（上册），关文运译，商务印书馆1983年版，第29—30页。

② 这段话出现在沙氏与Michael Ainsworth（其资助的牛津学生之一）的通信中，表达了他对洛克政治思想的理解。原文收录在 Several Letters Written by a Noble Lord at a Young Man at University (1716)。Qtd. in Lawrence E. Klein, *Shaftesbury and the Culture of Politeness*: *Moral Discourse and Cultural Politics in Early Eighteenth-Century England*, p. 65.

③ 在洛克的思想体系中，我们需要区分"道德"和"美德"这两个概念，"道德"指协调社会利益关系，使人们彼此和睦相处的行为规范，它旨在促进人性完善和社会有序。"美德"指人德性中的卓越品质和高尚情操，它不是行为者迫于社会道德压力或法律惩罚而为的善行，而是行为主体因发自内心的道德感而自愿践行的善行。因此，洛克认为，"风俗法往往既不同理性一致也不同神法一致，但它对人的权力很大。……事实上，它比神法的赏罚权力更大，因为它们对人的作用更直接。然而，风俗——德性和罪恶的共同标尺——不是日常生活的真正指导，真正为善的人应从别处寻找标准的"。此观点详见［英］R. I. 阿龙《约翰·洛克》，陈恢钦译，辽宁教育出版社2003年版，第297页。译文略作修改。

第二章 情感·文雅·习俗：沙夫茨伯里的趣味观

取代日常生活中的情感体验，而风俗和惯习却往往蕴含了一个民族共同的情感和无意识结构，是"共同趣味"，或者说，"共同感"的载体。所谓移风易俗，需行之以渐。故而，沙氏认为，我们何不通过践行交往哲学来提高趣味，以期把外在的规范内化为稳固的习惯，从而达到纵横如意却又不逾矩的境界。

为了形象地说明上述观点，沙氏虚构了一个非常难缠的，貌似绅士的提问者，对叙述者问了一连串非常有意思的问题。比如，为什么没有他人在场，我们也要保持洁净呢？叙述者回答道："因为我长着鼻子呀。"① 言下之意，即使别人闻不到，你自己也能闻到自己的肮脏气味。然而，对方并不放过叙述者，继续纠缠：那如果我感冒了，或天生没有灵敏的嗅觉呢？对此，叙述者巧妙地暗示：如果你不在乎看到自己的肮脏，自然也不会在乎别人看到你的肮脏②。结果，对方依然不松口，问道："那如果在黑夜里又会怎么样？"③ 这次，叙述者只能直面回击："即使在夜里，虽然我嗅不到也看不到，但我还是能感觉到事物：一想到肮脏的东西，我的本性就警觉起来。"④ 行文至此，叙述者补充道：这个问题让我想起有人曾问我，"为什么一个人在夜里也应该真诚呢？"⑤ 换言之，身体洁净与道德提升都应出于自觉自愿，行或使之，止或尼之，皆非外力可以强求。有鉴于此，叙述者又讲道："有些人为

---

① Anthony Ashley Cooper, Third Earl of Shaftesbury, Characteristics of Men, Manners, Opinions, Times, p. 58.
② Anthony Ashley Cooper, Third Earl of Shaftesbury, *Characteristics of Men, Manners, Opinions, Times*, p. 58.
③ Anthony Ashley Cooper, Third Earl of Shaftesbury, *Characteristics of Men, Manners, Opinions, Times*, p. 58.
④ Anthony Ashley Cooper, Third Earl of Shaftesbury, *Characteristics of Men, Manners, Opinions, Times*, p. 58.
⑤ Anthony Ashley Cooper, Third Earl of Shaftesbury, *Characteristics of Men, Manners, Opinions, Times*, p. 58.

了免于被绞死或蹲监狱才以诚待人。如实地说,我并不觊觎与他们为伍。"①

显然,对沙氏来说,他更愿意与"花园哲学家"们相伴而行。在他看来,正是通过上述哲学家们引导的交往实践,道德才能如润物细雨般,潜入习俗的方方面面,并内化成难以抗拒的社会无意识。而这种社会无意识,在伊格尔顿看来,恰恰就是作为生活方式的文化,它们通常是习惯问题,且总是与习俗相关联②。换言之,在"友善的冲突"中,趣味得以磨砺,精雅的习俗得以自然而成,并以无形的方式提升整个民族(或国家)的情感敏锐度和道德敏感度。因此,无论我们将英国的18世纪称为"情感"的世纪(the century of sensibility),还是"趣味"的世纪(the century of taste),对两者的讨论最终应落实到转移社会风气,改变民间习俗这个层面。同样,对习俗的探讨也无法回避"情感"与"趣味"。从这一意义上讲,对"黑夜中的真诚"的追问与对"知音之耳"的探究,其实并无二致。

纵观《特征》全书,沙氏虽屡次提及"趣味",却从未给出一个确切的注脚。它源自对个体"自然情感"的讨论,又与沙氏提倡的"文雅哲学"密切相关。正是通过自我观复与交往对话,情感得以沟通,趣味得以磨砺,公共精神得以造就,并最终达到齐之以礼,有耻且格的效果。可以说,"趣味"一词看似意义模糊,却意蕴深厚。从作家与读者的关系来看,它事关"美学"和"情感";从"花园哲学家"们的交往对话来看,它涉及话语实践;而从移风易俗的角度讲,它更关乎文化实践。从这个层面讲,如果我们将英国的文化批评传统追溯到沙氏,似乎

---

① Anthony Ashley Cooper, Third Earl of Shaftesbury, *Characteristics of Men, Manners, Opinions, Times*, p. 58.
② 详见[英]特里·伊格尔顿《论文化》,第2页。同样,在该书第一页,伊格尔顿借鉴了威廉斯在《关键词》一书中的讨论,将"文化"的含义归纳为四种。其中第三种为"人们赖以生存的价值观、习俗、信仰以及象征实践",第四种为"一套完整的生活方式"。两者都与风俗与习惯密切相关。

并不为过。同样，也正是在这个层面上，我们有必要重谈沙氏的"趣味"观。因为，在日趋原子化的当下社会，我们比沙氏更需要追问上述跟文化息息相关的问题：我们该如何以共同的情感凝聚社会？又该如何通过风尚和习俗来提高道德敏感度？

第三章

"言不由衷"的艾迪生：《旁观者》中的趣味观

近年来，国内学界鲜有谈及18世纪英国文化报刊《旁观者》。偶有涉及，也以讨论约瑟夫·艾迪生的美学思想为主，且往往聚焦于后者的想象观。事实上，《旁观者》从未淡出西方学界的视野。伊格尔顿曾于1984年在《批评的功能》中将《旁观者》列为文学批评的鼻祖，并称其位于英国18世纪多形态话语重构的漩涡中心。时隔32年，他在《论文化》中再谈《旁观者》的重要性。此外，近5年来，国外学者还分别从日常美学、性别政治和女性阅读等角度重谈《旁观者》[①]。颇为遗憾的是，上述文献无一详谈《旁观者》中的"趣味"话题。

这不免忽视了艾迪生创办《旁观者》的初衷。在第58期，艾迪生曾直言不讳地指出，《旁观者》"伟大且唯一的目的是把罪恶和无知从大不列颠的版图上驱赶出去"，正因为如此，他才要竭尽全力促成文雅写作的趣味（a Taste of Polite Writing）[②]。在第409期（"想象十谈"前

[①] See Brian Michael Norton, "*The Spectator* and Everyday Aesthetics", *Lumen*, Vol. 34, 2015, pp. 123–136; Daniel Carrigy, Gender, Gentry, Petticoats, and Propriety: Addison and Steele's Construction of the Implied Female Reader in *The Spectator*, M. A. dissertation, The Macquarie University, 2015; Ryan Twomey and Daniel Carrigy, "Richard Steele's Female Readers and the Gender Politics of the Public Sphere in *The Spectator*", *Sydney Studies*, Vol. 43, 2017, pp. 71–87.

[②] Henry Morley ed., *The Spectator*, Vol. 1, London: George Routledge and Sons Limited, 1891, p. 215.

第三章 "言不由衷"的艾迪生:《旁观者》中的趣味观

一期),他又旧话重提,讲道:"我们大不列颠最崇尚良好的趣味,认为有教养者若失了趣味,便难以尽善尽美",既然如此,"我有必要在此谈谈什么是趣味,并做出规定,以便让读者知道他们是否拥有趣味,以及能否通过文雅写作获得良好趣味"①。可见,艾迪生对"趣味"非常重视。在他看来,精确的话语能激发读者的想象,使读者逸兴遄飞,并由此获得愉悦的情感体验。反之,语言的混乱必将导致趣味的含混乃至情感沟通的失败,使文化共识难以聚合。这也是艾迪生反复提及"趣味"的目的所在。然而,文化共识是艾迪生创办《旁观者》的唯一目的吗?

艾迪生对中国园林的讨论无形中回答了上述问题。在论述想象的愉悦时,艾迪生强调"趣味"源于想象,而想象往往依赖主体的情感体验,因此与理解产生的快乐(pleasures of understanding)有所区别。艾迪生更以中国园林为例,论述其错落有致却又趣味盎然的"新奇"感。在他笔下,"新奇"感无需避讳畸形、残缺之物,也不必刻意遵循古典美学倡导的规整和连续。枝影横斜、断岩乱石,甚至荒径通幽等场景反而因其"变化"和"不规则性",让欣赏者眼前一亮,浮想联翩。这不免让人想起从17世纪开始威廉·坦普尔(Sir William Temple, 1628-1699)、霍勒斯·沃波尔(Horace Walpole, 1717-1797)等人关于中国园林趣味的讨论。这种对独特性(Particularity)的强调自然与当时英国中产阶层构建自身美学话语的迫切愿望不谋而合,却并不利于文化共识的形成。聚焦《旁观者》中的"趣味"观,艾迪生的言论看似自相矛盾,却在张力中折射出英国中产阶层在阶级融合中谋求文化身份的复杂心态,并再现了18世纪英国兼具共性与特性、理性与感性的独特意识形态景观。而这一切,还是要从话语的焦虑谈起。

---

① Henry Morley ed., *The Spectator*, Vol. 2, London: George Routledge and Sons Limited, 1891, p. 603.

英国文学"趣味"观念探源

第一节　文雅写作的趣味：词语焦虑与文化共识

有学者指出，英国文人的词语焦虑在 19 世纪发展成为了一种普遍且突出的现象①。事实上，早在 18 世纪，伴随着报纸杂志的蓬勃发展和小说的兴起，对词语或者话语（言语表达）的焦虑已经数见不鲜。鲍斯维尔（James Boswell, 1740-1795）曾谈及约翰逊博士（Samuel Johnson, 1709-1784）对世人用词的普遍放纵非常反感②。同样，奥斯丁（Jane Austen, 1775-1817）在《诺桑觉寺》（*Northanger Abbey*, 1817）中，通过亨利、蒂尼小姐和凯瑟琳对 nice 一词的讨论，巧妙地回应了约翰逊博士的词语焦虑。在著名的山毛榉崖片段，当凯瑟琳说《优多福》（*Udolpho*, 1794）是世界上最好的（nicest）书时，亨利半带调侃地说道：

> 今天的天气好（a very nice day），我们的散步好（a very nice walk），你们两个是好姑娘（two very nice young ladies）。啊！这个字眼实在是太好了（a very nice word）！用在哪里都合适。这个字原先只用来形容整洁、恰当、纤细和雅致，用来描写人们的衣着、感情和选择能力，可是现在不管赞美什么，一律都用这一个字。③

面对尴尬的凯瑟琳，蒂尼小姐赶紧出来打圆场，嗔怪其哥哥太不客气，并说道："他不满意你对'最好的'这几个字的用法，你趁早换了

---

① 详见乔修峰《巴比塔下：维多利亚时代文人的词语焦虑与道德重构》，中国社会科学出版社 2017 年版，第 18 页。
② See James Boswell, *The Life of Samuel Johnson*, Vol. 1, London: J. M. Dent, 1906, p. 131.
③ Jane Austen, *Northanger Abbey*, New York: Bantam Dell, 1999, p. 86.

第三章 "言不由衷"的艾迪生：《旁观者》中的趣味观

那个字眼，要不然，接下来我们就得听他一路唠叨约翰逊和布赖尔了。"① 不过，整日唠叨语言准确性的可远不止奥斯丁的亨利和鲍斯维尔的约翰逊博士。

如果我们再往前追述，就会在这张名单里找到丹尼尔·笛福（Daniel Defoe，1660-1731）和乔纳森·斯威夫特（Jonathan Swift，1667-1745）。前者在1697年提出要制定语言标准化方案，以纠正"社会严重忽视的语言准确性问题"②。十余年之后，后者在《闲谈者》第230期（1710）中指出：由于出版业的语言混乱和法语、拉丁语作品的草率翻译，当下社会风行的"文雅用法"不仅毫无雅致可言，反而使语言堕落，使人有口难言。尤其是那些时髦人物生造的时髦新词，虽然夺人眼球，却只是昙花一现。长此以往，这些所谓的文雅用法必然使不同时代、不同阶层的人无法彼此理解。为了说明上述观点，他特意分析了一封代表当时"最受推崇的文雅写作风格"的读者来信，并指出"如果一个才子四十年前去世，那么即使他当今再世，也无法读懂这样一封信"③。

值得注意的是，这张名单里艾迪生也赫然在列。和斯威夫特一样，他大费笔墨地讨论了"文雅写作"这一话题。大家对艾迪生论"想象"（第410期—第420期）都比较熟悉，但如果不看第409期中对"文雅写作"的讨论，则无法理解为何他要以十篇之长来讨论"想象"，也无法洞见"话语"和"趣味"之间盘根错节的关系。文章一开头，艾迪生就谈到了"趣味"话题。在他看来，英国人总是对所谓的"良好趣味"（fine taste）推崇备至，认为任何一个有成就的人都应竭尽全力完善自己的趣味④。正因为如此，他觉得有必要对这个在谈话中频繁出现

---

① Jane Austen, *Northanger Abbey*, p. 86.
② Daniel Defoe, *An Essay upon Projects*, London: The Cockerill, 1697, pp. 232-233.
③ Richard Steele, *The Tatler*, with Notes and a General Index; Complete in One Volume, Philadelphia: J. J. Woodward, 1831, p. 379.
④ Henry Morley ed., *The Spectator*, Vol. 2, p. 603.

的词——趣味——制定规则，以便让谈话者知晓他是否已掌握有关写作的良好趣味（Taste of Writing）。此处，艾迪生所说的"趣味"主要指驾驭文字和理解文字的品鉴力，是有关话语的趣味。随后，他不断地强调上述"趣味"可以通过后天的培养获得。例如，与行文优雅的经典作家对话，或精读具有独特感受力的天才作家的作品，又或熟读古往今来杰出批评家的作品，都能塑造读者对文字的敏感度和判断力。所谓熟读唐诗三百首，不会作诗也会吟诗，艾迪生的建议听起来似乎并无创新之处。那么，他又为何反复强调"文雅写作"呢？如果我们将注意力转向"想象十谈"中的第一篇，就能理解其苦心所在。

在第一篇中，艾迪生指出想象的快感分为两类：一类是由眼前的视觉对象所激发的初级想象快乐；后一类则是由不在眼前的视觉对象的意象所激发的次级想象快乐，而这些意象（在艾迪生的时代）往往通过绘画、雕塑、音乐或文字描述来呈现。尤其是文字，可以让我们居一室而知天下。可见，在"想象十谈"的首篇，艾迪生业已点出文字的重要性。随后，在第六篇中，他更是着重讲解了文字所激发的意象产生的想象快感。在他看来，

> 文字，如果选择得当，则威力无穷，因为一段文字描写所展现的意象往往比我们目睹的实物更栩栩如生。读者们经常发现，文字所描绘的景色，经过想象力的添砖加瓦，要比实际的景色更色彩鲜明和逼真生动。因此，诗人的描写虽来自自然，却胜似自然。他赋予景色生趣，增强景色的美感，从而使笔下的自然景观妙趣横生。与诗人的描写相比，自然本身反倒显得黯然失色。[①]

[①] Henry Morley ed., *The Spectator*, Vol. 2, p. 620.

第三章 "言不由衷"的艾迪生:《旁观者》中的趣味观

两天之后,在第八篇中,艾迪生再次强调由文字所激发的次级想象快乐要比由视觉引发的初级想象快乐更普遍,更容易,因为哪怕是看上去并不赏心悦目的事物,只要描述恰当(apt description),也能让读者获得愉悦之情①。究其本质,人目光所及之处,往往只见事物的个别属性,并由此形成简单的直观概念,而在"咬文嚼字"之时,却会改造并整合多个简单概念,从而形成关于描述对象的复杂认知,并以得体和恰当的表述打动读者。因此,最终让读者获得快感的并非对象本身,而是得体和恰当的文字(the aptness of description),即艾迪生所说的"文雅写作"。通过上述论证,艾迪生将话语定义为想象快感的主要来源之一,这在无形中使话语成为读者的聚焦所在。

更重要的是,我们发现艾迪生在第六篇(第416期)中又重拾"趣味"话题,他指出:

> 这种(对同一段文字)的不同趣味,或源自此人日臻完善的想象力(the perfection of imagination),或源自不同读者对同样字句的不同理解。如果一个人对一段描写能有真正的玩味(relish)和正确的判断,一方面他必须具有得天独厚的想象力,另一方面他需时刻细意衡量种种词句所具有的力量和潜能,这样才能够判别哪些词在表达观念时最必不可少且意味深长,而它们又该如何与别的词结合以增强表达的力度和美感。②

从上述引文来看,"趣味"有两个来源:一为想象力,二为对文字的感受力。值得注意的是,艾迪生在此处提出想象力是可以日臻完善

---

① Henry Morley ed., *The Spectator*, Vol. 2, p. 12.
② Henry Morley ed., *The Spectator*, Vol. 2, pp. 621–622.

的。结合前文中提到的对次级想象快乐的讨论，艾迪生的用意不言自明。他认为，通过对各类艺术形式的打磨，我们完全可以拥有更完美的想象力。如果我们从话语的角度来看，那么，想象力的提升则离不开读者对文字的细细揣摩。因此，话语仍然是焦点所在。可见，无论是谈想象力，还是谈"趣味"，艾迪生的讨论最终指向"话语"，这也是他和笛福、斯威夫特等人的相似之处。

然而，与他们相异的是，艾迪生对话语的焦虑并非只停留在语言层面。正如伊格尔顿所说，艾迪生在《旁观者》中的批评"在本质上是经验主义的、情感性的（affective）"，他更关心的是"文学作品的实际心理效果。这样写让读者愉悦吗？如何表达才能让他们愉悦呢？"①从表面上看，这似乎在迎合读者，实际上，读者在获得阅读快感的同时也会对某些语言表述青睐有加，并由此逐渐形成共同的话语趣味。久而久之，这种普遍的趣味又会反过来推进整个社会语言的同质化和单一化，以语言符号的形式增进阶层的联合。正如贝尔亚姆认为的那样：文雅话语（political discourse，等同于艾迪生说的文雅写作）在理性主体间不断循环。尤为关键的是，通过上述循环，一个新的权力集团（new power bloc）在符号层面得到巩固②。同时，伊格尔顿还援引托马斯·库克（Thomas Cooke）的话加以佐证。后者和艾迪生一样认为：提升诗性创作（poetic composition，相当于艾迪生的文雅写作）的趣味事关重大，因为"再没有比鼓励优秀作家更能影响一个国家的政治形态了"（Nothing can more nearly concern a State than the Encouragement of good Writers）③。库克的话虽然有点言过其实，却呼应了艾迪生在"想象十谈"中的话：文字，如果选择得当，则威力无穷。确实，无论是艾迪生说的文雅写作，还是库克说的诗性创作，它们的最终目的是政治性的，而非语言性的。

---

① Terry Eagleton, *The Function of Criticism*, London: Verso, 2005, p. 18.
② Qtd. in Terry Eagleton, *The Function of Criticism*, p. 14.
③ Qtd. in Terry Eagleton, *The Function of Criticism*, p. 14.

第三章 "言不由衷"的艾迪生:《旁观者》中的趣味观

在两者看来,不断修正的话语以及由此形成的话语趣味最终会以情感的方式连接渴求上升的商业阶层和寻求政治稳定的贵族阶层,并由此形成新的权力集团。关于这一点,艾迪生似乎比谁都清楚。也正因为如此,《旁观者》被视为18世纪英国社会形成新的统治集团的催化剂[1]。

简而言之,从艾迪生对"文雅写作"的讨论来看,他的"趣味"观旨在实现语言模式的同质化,并由此增进传统贵族阶层与新兴商业阶层之间的共识。这种寻求文化共识的理想主义冲动不仅时时闪现在艾迪生对"威力无穷的话语"的感慨中,而且还出现在沙夫茨伯里对"作家"的讨论中,休谟对"趣味的标准"的思考中,甚至在阿诺德所塑造的文化工作者身上,我们也得以瞥见一二。两个世纪以后,即使在汉娜·阿伦特对"趣味"的定义背后也不乏对共识的向往[2]。值得注意的是,阿伦特认为,这种以共识为导向的"趣味"通常来自理性思考和理性判断[3]。如果以阿伦特的观点来反观艾迪生的"趣味"观,我们也大有可能得出同样的结论。按照艾迪生的说法,当作者为了恰当的表述而"咬文嚼字"时,实际上已经在大脑中进行理性判断,并通过改造和整合简单概念形成关于描述对象的复杂认知。有鉴于此,他称"趣味"为"大脑的功能"(Faculty of the Mind)[4]。然而,如果我们再细读"想象十谈",却又发现他似乎自相矛盾、言不由衷。如果理性是获得"趣味"的唯一途径,那艾迪生又为何笔锋一转,称"趣味"是"灵魂

---

[1] See Terry Eagleton, *The Function of Criticism*, p. 11.
[2] 阿伦特认为,趣味是动态的,它来自沟通,来自个体与他人之间的潜在认同(Taste rests on a potential agreement with others.)。因此,它并不是与生俱来的个人品质,而是通过社会习得构建而成。Qtd. in Timothy Dykstal, "The Politics of Taste in the 'Spectator'", *The Eighteenth Century*, Vol. 35, No. 1, Spring 1994, p. 51.
[3] See Timothy Dykstal, "The Politics of Taste in the 'Spectator'", p. 51.
[4] 艾迪生这样的说法是有其思想渊源的。从沙夫茨伯里开始,很多英国经验主义思想家就认为人天生具有获得"趣味"体验的感官(faculty),这个感官有点儿类似于五种感官之外的第六种感官。沙夫茨伯里称其为"内在感官"或"内在的眼睛",而哈奇生则明确指出引发美感的是一种"独立的感官"。此外,休谟以"人心的特殊构造"回应了上述"内在感官"论。

的功能"（Faculty of the Soul），并盛赞让人一见倾情的中国园林呢？

第二节　中国园林的趣味：从理性到感性

艾迪生对"中国园林"的讨论源自其对"新奇"的定义。在"想象十谈"第三篇，艾迪生指出初级想象快乐主要来自"伟大""新奇"和"美丽"的事物，而观者尤能从"新奇"中获得情感的愉悦，因为它能使"伟大的更伟大，美丽的更美丽"①。值得注意的是，既然"趣味"与想象力密不可分，那么它自然也与"新奇"息息相关。我们先来看艾迪生对"新奇"的定义：

> 一切崭新或者非凡的事物都能唤起想象的快乐，因为它满足了灵魂的好奇心，授予它前所未有的意象，让它洋溢着愉快的惊奇。真的，我们往往对成套的事物习以为常，或者对同一事物的反复出现倍感厌倦，所以凡是崭新或者非凡的事物都能以其新奇的面貌（Strangeness）为心灵解闷消愁，让人生略有不同。我们面对稀松平常的娱乐不免因无聊而抱怨，而崭新或者非凡的事物却足使我们精神气爽，并排除餍足之感。正是新奇让魔鬼魅力非凡（bestow Charms on a Monster），令残缺的自然（the Imperfections of Nature）也足以怡情。②

此处，艾迪生将"残缺的自然"与"魔鬼"并置，不免让人想起以亚里士多德为代表的古典美学观。亚里士多德的美学观来自其自然哲学，他认为："在自然界看似随意的表象之下，蕴含着神圣的核心和形

---

① Henry Morley ed., *The Spectator*, Vol. 2, p. 611.
② Henry Morley ed., *The Spectator*, Vol. 2, p. 611.

第三章 "言不由衷"的艾迪生：《旁观者》中的趣味观

式，只是因为各种'偶然性'，而使得自然界的具体事物对这一核心产生偏差。"① 因此，他鼓励画家"纠正"出现偏差的自然，以展现真正的神性。毫无疑问，"残缺的自然"也必定属于"偏差"之列，亟须人类修残补缺，否则它们就如同魔鬼般有悖神性。艾迪生显然对此心存疑虑。他不仅反对"修补"残缺的自然，而且认为：正是"残缺"所激发的新奇感才令看似魔鬼般的自然也魅力非凡。为了更形象具体地说明上述观点，他谈到了中国园林，并指出：

> 有些谈及中国见闻的作家，告诉我们说中国居民往往嘲笑我们欧洲井井有条的园林，因为他们说，任何人都可以把树栽成相等的行列和一律的样式。在与自然有关的工作上，中国人往往表现出一种天才，他们遵循艺术却隐而不露。他们仿佛有一个词来形容这种独特的园林美景，它们让人一见就即遐想万千，却又不知为何如此倾心。我们英国园艺家不仅不顺应自然（humour），反而喜欢尽可能地违背自然。我们的树木不是圆锥形，圆球形，就是棱锥形，我们在每一棵树上每一片灌木丛中都可以看见修剪的痕迹。我不知道我是否特立独行，但我宁可观赏一棵树枝桠纵横，枝叶扶苏，也不愿目睹它被修剪成规规矩矩的几何图形。我也常常忍不住这样想：一个百花齐放的果园要比任何尽善尽美的花坛迷宫更让人心旷神怡。②

此处，艾迪生笔下的英国园艺家就好比亚里士多德的拥趸。他们的园艺剪刀挥舞之处，一切自然皆被纠正或固化为规则的几何图形。因此，英国花园和整齐划一的欧洲花园一样，并不能使观者遐想万千。与

---

① Jonathan Bate, *The Song of the Earth*, London: Picador, 2001, p. 135.
② Henry Morley ed., *The Spectator*, Vol. 3, London: George Routledge and Sons Limited, 1891, p. 204.

之相反的是，中国园林讲究顺应自然，虽看似树枝交错盘绕，岩洞乱石迂回曲折，却让人耳目一新，意兴盎然。在艾迪生看来，正是中国园林所体现的新奇感让观者一见倾心，转而遐想万千。

除了在"想象十谈"中论及中国园林，艾迪生在第477期中假借读者来信，重谈给人以新奇感的园林。不过这一次，他显得有些词不达意。首先，该读者说他（她）家的园子包括厨房、厨房后的花圃（种蔬菜）、果林和花园，在真正的园艺家看来简直就是个"四不像"。如果对英国不熟悉的外国人来了，则会以为"这是一片荒地，是英国领土内的尚未开化之地（uncultivated）"。尤其值得注意的是，在这封絮絮叨叨拉家常式的长信中，表示"不规则""变化"和"新奇"的词语不断重复出现。然而，对于这样一个凌乱、混杂的园子，该读者却沾沾自喜地称它为古希腊品达式园林（after the Pindarick Manner）[1]。确实，这个"四不像"园子所呈现的野趣和生物多样性体现了古希腊的园林精神[2]，但其不规则性却与后者背道而驰，反而更接近中国园林的情趣。而艾迪生在这封长信中也的确数次呼应了他在"想象十谈"中对中国园林的讨论。比如，在讲述对各类园林的改造时，该读者谈到他（她）对肯辛顿北面的花园情有独钟。那里原来是采石坑，现在却成了"与众不同的美景，让人一见倾心（hit the Eye）"[3]。此外，信一开始，该读者就称自己是园林方面的自然主义者（an Humorist in Gardening）[4]。无论是"让人一见倾心"还是"园林方面的自然主义者"，都不免让人想起艾迪生在前文中对中国园林直观之美的描述，以及对英国园艺家不顺

---

[1] Henry Morley ed., *The Spectator*, Vol. 3, p. 205.
[2] 成长于战火中的希腊人对理性和秩序充满无限渴望，而这些渴望则体现在了他们的园林设计上。古希腊园林是其建筑整体的有机部分，其建筑以几何形空间为主，因此，园林布局也讲究规则，以求与建筑协调。同时，由于数学以及古典美学的发展，古希腊人往往追求均衡稳定的规则式园林。
[3] Henry Morley ed., *The Spectator*, Vol. 3, p. 205.
[4] Henry Morley ed., *The Spectator*, Vol. 3, p. 204.

第三章 "言不由衷"的艾迪生：《旁观者》中的趣味观

应自然的旁敲侧击。

值得一提的是，艾迪生谈到，中国人"仿佛用一个词"（it seems）来形容这种产生新奇感的园林格局。"仿佛"二字让我们注意到了他的踌躇和迟疑，似乎他自己也不确定中国园林究竟是不是这么一回事。实际上，已经有不少学者指出艾迪生谈到的这个词来自英国著名的辉格党政治家坦普尔爵士于1685年所写的《论伊壁鸠鲁的花园；或关于造园的艺术》（"Upon the Garden of Epicurus; or of Gardening"）一文①。在该文中，坦普尔特地提到了中国造园艺术：

> 我所谈到的最漂亮的花园，指的仅仅是那些形态规整的花园。但是，就我所知，可能还有另外一种形态完全不规整的花园——这些花园之美远胜任何其他种类的花园。然而它们的美却来自对园址中自然（景物）的独特安排，或者源自园艺设计中某种瑰奇的想象和判断：杂乱漫芜变成了风姿绰约，总体印象非常和谐可人。我曾经在某些地方看到过这种园子，但更多是听到其他一些曾经在中国居住过的人士们的谈论。中国人的思想之广阔就如他们辽阔的国家一样，丝毫不逊色于我们欧洲人。对于欧洲人而言，花园之美主要来自于建筑物和植物安排的比例、对称与规整。我们的小径和树木都以一一对称的，而且距离精确的相等。但是中国人却鄙视这样安排植物的方式，他们会说，即使一个能够数数到一百的小男孩，也能够以他自己喜欢的长度和宽度，将林荫道的树木排成直线。但是中国人将他们丰富的想象力用于园艺设计，以至于他们能够将园子建造得目不暇接、美不胜收，但你却看不出任何人工雕琢、刻意布局的痕迹。对于这种美，尽管我们还没有一个明确的观

---

① 诺夫乔伊在"The Chinese Origin of a Romanticism"这一章节中，以及国内学者张旭春在"Sharawadgi词源考证与浪漫主义东方起源探微"一文中都涉及此观点。

念，但是中国人却有一个专门词汇来表达这种美感：每当他们一眼看见此种美并被其触动的时候，他们就说 Sharawadgi① 很好，很让人喜爱，或者诸如此类的其他赞叹之语。任何看过印度长袍或最精美的屏风或瓷器上的图案的人，都会体味到此种无序之美。②

如果我们以坦普尔笔下的中国园林反观前文中艾迪生的描述，就会发现后者实际上复述了前者关于中国园林"无序之美"的讨论。坦普尔不仅是辉格党外交家，也是17世纪新古典主义的先驱人物。他曾介入英国的古今之争，并发表《论古今学问》（"An Essay upon the Ancient and Modern Learning"）一文捍卫其古典主义的立场。诺夫乔伊认为坦普尔在英国美学中有着举足轻重的地位，因为"在18世纪，但凡有点趣味的人都喜欢读坦普尔"，他的散文风格冷静，文风典雅，"往往被用来模仿练笔"③。对于讲究"文雅写作"的艾迪生而言，他忽略坦普尔的可能微乎其微。而且，坦普尔是斯威夫特的恩主，后者在艾迪生任职爱尔兰外交官时与其相熟。据说斯威夫特回伦敦时，常与艾迪生在咖啡馆会面，畅谈时政。因此，艾迪生也极有可能通过斯威夫特了解坦普尔的著述。据此推测，艾迪生完全有可能熟知 Sharawadgi 一词，而无需对此含糊其辞。

对于"仿佛"两字，我们有很多猜测。《旁观者》中"中国园林"这一期写于1712年，恰恰是斯威夫特转投托利党阵营，风光无限的时候。虽然《旁观者》在"创刊目的"中就明确表态将置身于党派争端

---

① Sharawadgi 一词的意思仍然有待厘清。根据张沅长先生的研究，该词可译作"洒落瑰奇"，表示"不经意的、或错落有致的优雅"。钱锺书先生把它译作"疏落/散落—位置"，表示"恰因凌乱而显得意趣雅致、气韵生动的留白空间"。

② See William Temple, *Upon the Gardens of Epicurus*; *with Other XVII*[th] *Century Garden Essays*: Introduction by Albert Forbes Sieveking, F. S. A., London: Chatto and Windus, Publishers, 1908, pp. 53–54.

③ Arthur Lovejoy, *Essays in the History of Ideas*, Baltimore: The Johns Hopkins Press, 1948, p. 112.

第三章 "言不由衷"的艾迪生：《旁观者》中的趣味观

之外，但艾迪生的辉格党①身份难免让他对斯威夫特，甚至其恩主讳莫如深。更何况当时艾迪生颇得安妮女王的青睐，而后者早已对斯威夫特犀利激进的笔锋大为不满。当然，艾迪生对坦普尔的回避可能另有用意。虽然坦普尔对中国园林的讨论被认为有别于强调规则、秩序的古典主义美学传统，但他本人却是一个不折不扣的古典主义者。即使在被学者们反复引用的讨论中国园林的段落中，我们也可以清楚地辨认出其对古典美学的捍卫。该段落一开始，他就指出最漂亮的花园是"形态规整的花园"，而在讨论完中国园林后，他又斩钉截铁地说道："我绝不建议我们中的任何人效仿中国园林，对于普通人来说，这实在是冒险之举。如果成功了，你自然觉得自豪，但二十人里面只有一人能成功，大部分人因为失败而蒙羞。因此，还不如采用规整的形状，至少不会出现惹人注目的错误。"② 而从坦普尔改建的莫尔花园（Moor Park）③的俯瞰图来看，确实也只有左下角有一条不规则的小河流，如蛇般蜿蜒曲行，算是向坦普尔心中的中国园林遥相致敬。不可否认，坦普尔在当时完全可以被理解为是古典主义的象征。因此，从"仿佛"两字看，艾迪生意图借助似是而非、含糊其辞的表述，拉开与古典主义的距离。更有意思的是，在阿甘本看来，"仿佛"这样的表述应归为"肇始于17世纪的逐渐增多的关于'不知道那是什么'"的潮流④。比如，费霍

---

① 约翰逊在《诗人传》中曾这样提及艾迪生的辉格党立场："艾迪生当时（即1711年他开始写《旁观者》的时候）的党派热情已经非同一般，而斯蒂尔除了党派热情外则别无其他"。See Samuel Johnson, *The Lives of the Poets*, Vol. II, edited by John H. Middendorf, New Haven and London: Yale University Press, 2010, p. 611.

② William Temple, *Upon the Gardens of Epicurus; with Other XVIIth Century Garden Essays: Introduction by Albert Forbes Sieveking*, F. S. A., p. 54.

③ 莫尔公园是坦普尔的私人宅邸，在英格拉东南部的萨里郡。坦普尔离开政界后，隐居在此，寄情于写作和造园。《论伊壁鸠鲁的花园；或关于造园的艺术》一文就完成于此。

④ ［意］吉奥乔·阿甘本：《品味》，蓝江译，上海社会科学院出版社2019年版，第44页。朱光潜先生在《西方美学史》中也指出，这股"不知道那是什么"的潮流在17世纪法国成为美学家们共同的口头语。这一方面体现了关于"美"的不可知论，另一方面则预示了将审美活动看成直觉活动和感性体验的倾向。详见朱光潜《西方美学史》（上卷），商务印书馆2014年版，第320—321页。

（Padre Feijóo）在《不知道那是什么》（1733）中讲到："我们发现词汇和概念都无法完全对应人们的印象。为了解决这个难题，我们只能说，那里仿佛有某种'不知道那是什么'的东西，但它令人愉悦，使人倾心，让人迷狂。"① 而孟德斯鸠（Charles Louis de Secondat, Baron de Montesquieu, 1689-1755）更是直言"我不知道那是什么"这种效果主要建立在"惊奇"之上②。可见，艾迪生以看似不确定的口吻，不露痕迹地揭示了中国园林在观者内心所必然激发的新奇之感。

事实上，当费霍强调"惊奇"之物激发的愉悦和迷狂感时，他已然触及了"惊奇"与"直观性"（immediacy）之间的关联。莱布尼兹（Gottfried Wilhelm Leibniz, 1646-1716）更是直言不讳。他将"趣味"定义为"并不了解的知识"，它之所以不同于理智，是因为它类似于直觉，且难以被澄清。它是一种混淆的感知③。确实，当艾迪生描述中国园林的新奇感时，他强调它"让人一见就立刻遐想万千"（strikes the Imagination at first Sight）。正因为这样，想象的快乐要比理性的快乐更容易获得，因为"你只要睁开眼睛，美景便映入眼帘，幻想便被颜色浸润，观赏者无须多费心思"④。也正因为如此，"趣味"在艾迪生这里不仅是"大脑的感官"，也是"灵魂的感官"。对此，有学者指出，艾迪生的中国趣味体现了认知以外的直观审美经验，这种经验是"绝对的，主观的，因此也是私密的"⑤。

这显然有别于沙夫茨伯里的"趣味"观。后者认为，个人趣味需后天引导，而整个社会的公共趣味则需通过交往对话，以情感沟通的形

---

① Benedetto Croce, *Estetica come scienza dell'espressione e linguistica generale*, Bari: Laterza, 1950, p. 226.

② Charles Louis Montesquieu, *Essai sur le goût: dans les choses de la nature et de l'art*, Paris: Berg International, 2012, p. 745.

③ See V. E. Alfieri, "L'estetica dall' illuminismo al romanticismo fuori di Italia", in *Momenti e problemi di storia dell' estetica*, Vol. 3, Milan: Marzatori, 1959, p. 631.

④ Henry Morley ed., *The Spectator*, Vol. 3, p. 608.

⑤ Tony Brown, "Joseph Addison and the Pleasures of Sharwadgi", *ELH*, *Vol.* 74, 2007, pp. 171-193.

第三章 "言不由衷"的艾迪生：《旁观者》中的趣味观

式得以凝聚①。比如，在《道德家》一文中，他强调真正的鉴赏家若非天赋异禀，就应接受"良好的教育"，以提高趣味，否则他们无异于那些"从不思考的人"（the rest of the unthinking world）②。这些人对事物的鉴赏往往流于表面，尤喜"一见钟情"。而且，沙氏认为，任何事物，但凡缺乏和谐，皆若魔鬼（monstrous）③。显然，沙氏更注重理性思考，强调美的和谐，以及审美所激发的公共情感。而且，他对教育的强调也难免使人聚焦其贵族身份，因为该阶层往往得天独厚地拥有"后天"培养所需的文化资本。若将艾迪生与沙氏相比，两人的观点可谓大相径庭。无论是让人"一见钟情"的自然还是"魔鬼"般的自然，艾迪生推崇的是景物所激发的感官愉悦。这样的趣味更具直观性，且不依赖后天的教育和主体的思辨能力。它有别于古典趣味的阶级区分作用，而以趣味的民主化取而代之。然而，这种非理性的，凸显个人独特直观体验的美学趣味却并不利于社会共有趣味的构建，更不利于贵族和商业阶层间权力同盟的成形，因为共同的趣味、情感和舆论往往要比道德上的强求或意识形态方面的说教更能形成阶层间的文化共识。

正因为如此，试图寻求文化共识的艾迪生在讨论中国园林时总显得闪烁其词。一方面，他假借读者来信暗示理想花园需和中国园林一样顺应自然，另一方面，他却又闭口不谈中国园林，让读者称自己的花园为古希腊品达式花园；一方面，他以"仿佛"两字取代坦普尔的言之凿凿，让中国园林显得陌生而遥远，另一方面，他却又以此拉开与古典美学的距离，凸显中国园林从天而降、无从所起的"独特"感。这种欲说还休的态度难免让人揣测艾迪生谈中国园林趣味的真正意图。

---

① 关于沙夫茨伯里的"趣味"观，详见何畅《情感·文雅·习俗——沙夫茨伯里的"趣味"观》，《国外文学》2020 年第 4 期。
② Anthony Ashley Cooper, Third Earl of Shaftesbury, *Characteristics of Men, Manners, Opinions, Times*, p. 321.
③ See Anthony Ashley Cooper, Third Earl of Shaftesbury, *Characteristics of Men, Manners, Opinions, Times*, p. 323. 关于这个观点，沙氏在《道德家》第三节有详细的讨论。

第三节 "欲说还休"的艾迪生:趣味变革和转向

要充分理解艾迪生的深意,我们不妨再来看看他提到的另一个相关概念——"伟大"(vastness)。在"想象十谈"第三篇,艾迪生提到,初级想象除了来自"新奇"以外,还来自"伟大"。随后,他以宏伟的风景来描述"伟大":

> 我说的伟大,不仅仅指任何一个对象的体积,而是指宏伟的风景(the Largeness of a whole View)。这样的风景是旷朗的平野,是无人开拓的茫茫荒漠,是高耸层叠的群山,是陡峭挺拔的悬崖,也是浩瀚无边的汪洋。这些惊人的大自然巨作以其粗犷的壮丽,而非新奇或美让人触动。……我们一旦看到这样无边无际的景象,便立刻陷入愉快的惊愕中(a pleasing Astonishment)。在感悟之际,我们觉得灵魂深处有一种可喜的静谧与惊异(Amazement)。人的心灵天然地憎恶束缚,每当视觉被幽闭在狭小的空间之内,或目光被阻拦在围墙或山屏之内,我们就幻想自己被囚禁。反之,广阔的视野象征着自由(Liberty)。廓落的景色可以纵容眼睛自由漫步,遨游远方,甚至迷失在多样多彩的景色(the variety of Objects)之中。①

这段话中有三点值得关注。其一,"伟大"产生的愉悦首先来自认知以外的直接经验,否则观者不会立刻深陷其中;其二,"伟大"产生的愉悦和多样性密切相关,越伟大的景色往往拥有更复杂的多样性,而后者是"新奇"感的基础;其三,"伟大"产生的愉悦也来自空间的

---

① Henry Morley ed., *The Spectator*, Vol. 2, p. 610.

第三章 "言不由衷"的艾迪生：《旁观者》中的趣味观

"自由"。从这三点来看，"直接性"和"多样性"都与中国园林代表的"趣味"完全一致，而最后一点则与上述趣味背道而驰。中国古典园林因为受空间的限制，总希望在咫尺之地展现多方胜景，因此，它往往采用"以小见大"的造园方法，造园者需要在方寸之间利用墙体和树木划分并建构空间。观者完全不可能拥有眼睛的自由，更谈不上让眼睛在"无边无际"的宏伟风景中自由漫步。

而艾迪生对中国园林的空间局限也并非毫无感知。当他描述"伟大"时，他内心想的显然不是中国园林。这一点从《旁观者》第414期就可以看出。在这一期中，他指出英国花园不如法国和意大利花园，因为"在后者，我们看见一片广大的风景……处处显出一种人为的粗豪，比我们在英国花园所见的整洁雅致更让人迷恋"[1]。此时此刻，对欧洲园林一向嗤之以鼻的艾迪生突然不再抨击人为的规则感和对称。他开始盛赞"粗豪"，哪怕这种"粗豪"是人为的，而曾经让他一见倾情的中国园林反被抛诸脑后。追根溯源，这种对"粗豪"的肯定实际上以微妙的形式背离了古典美学追求的"合宜"。在古典美学中，美的客观标准不仅包括和谐、秩序和规则，也涉及"合宜"。例如，亚里士多德指出，美的生命或事物必须有一定的体积，因为"美就在于体积大小和秩序。一个太小的动物不能美，因为小到无须转睛去看时，就无法把它看清楚；一个太大的东西，例如一千里长的动物，也不能美，因为一眼看不到边，就看不到它的统一和完整"[2]。这显然有别于艾迪生，以及后来的沃波尔所向往的无边无际的，让眼睛自由漫步的粗豪之美。

同样，关于中国园林对空间的人为改建和限制，沃波尔也曾借讨论Sharawadgi一词大力抨击。沃波尔的哥特美学受益于中国园林的不规则

---

[1] Henry Morley ed., *The Spectator*, Vol. 2, p. 616.
[2] 朱光潜：《西方美学史》（上），第97—98页。

感和多样性，但"他显然不是一个忠诚的信仰者"①。在1750年写给朋友的信中，他感慨道："我差不多已经爱上了Sharawadgi，或者说爱上了中国式的不对称"，因为"那些希腊式建筑，既没有变化，又缺乏不规则感，让人索然乏味"②。但在《论现代园林》（Essay on Modern Gardening）一书中，沃波尔却一改故辙。他提到约瑟夫·斯班塞先生（Mr. Joseph Spence）以哈里·博蒙特（Harry Beaumont）之名翻译并发表了大量来华耶稣会教士信件，内容多处涉及中国皇家园林。对此，沃波尔尖锐地指出，"我通读了所有信件中对这块圈地（inclosure）的描述。从内容来看，中国园林除了拥有不容置疑的不规则感以外，毫无长处。我看不出它有多关注自然"③。其言外之意不彰自显，即中国园林对自然的人工改造过多，非但没有融入自然，反而将自然拒之门外。

正因为如此，他支持造园师威廉·肯特（William Kent, 1685-1748）④以护城河（fosses）取代花园篱笆的举措，并幽默地称它为哈哈墙（Ha! Ha's!）。因为每一个人看到河，都会认为园景到此为止，然而举目望去，河内与河外的景色连成一片，顿时心生赞叹，忍不住发出"哈哈"的声音。此外，沃波尔认为，过度推崇无规则和多样性，反而会威胁真正的"趣味"，使观者陷入"中国式Sharawadgi"所形成的迷宫⑤。正因为如此，他将中国园林视为"圈地"运动，因为它将更广阔的自然摈弃在园林之外。

---

① Arthur Lovejoy, "The Chinese Origin of a Romanticism", in *Essays in the History of Ideas*, Baltimore: The Johns Hopkins Press, 1948, p. 120.

② Horace Walpole, *The Letters of Horace Walpole, Fourth Earl of Orford*, edited by P. Toynbee, Vol. 3, Oxford: Clarendon, 1905, p. 4.

③ Horace Walpole, *Essay on Modern Gardening, with a Faithful Translation into French by the Duke of Nivernois*, Lewis Buddy III: The Kirgate Press, 1904, p. 47.

④ 威廉·肯特：英国自然主义园林的代表人物，他体系化了英国的自然主义造园理论，并支持在造园中尽量展现"原始的自然"。他认为越过绿篱的所有自然界也应是庭园，因此，园内园外不应该有墙或者篱笆的阻隔。这就是沃波尔所说的哈哈墙（即护城河）的缘起。

⑤ Horace Walpole, *Essay on Modern Gardening, with a Faithful Translation into French by the Duke of Nivernois*, pp. 54-55.

第三章 "言不由衷"的艾迪生:《旁观者》中的趣味观

应该说,无论是"新奇""直观",还是"伟大""粗豪",上述美学选择背后都有着共同的驱动力,即对古典美学的质疑和挑战。同样,无论艾迪生有意回避中国园林,还是刻意称颂中国园林,其真正目的在于将中国园林抽象为一个漂浮的能指,以其直观、感性的方式无限接近有别于18世纪主流古典审美的趣味变革。从这个角度来看,在艾迪生这里,无论是中国园林还是法国或意大利园林,它们没有本质的区别,都以一种叛逆的姿态宣告新美学时代的到来。拿诺夫乔伊的话来说,这也是"一个现代趣味史的转折点",因为就是从那时候开始,"关于规则、简单、一致性和逻辑理性(logical intelligibility)的古典主义理想被公开责难,几何的、规则的美不再是人们关于美的共识,尽管人们曾经像对待自然法则一样,对此毫无争议"[1]。

需要指出的是,上述趣味转向背后有着两股不容忽视的推动力。首先,它与英国经验主义哲学传统有着亲缘关系。从约翰·洛克开始,整个18世纪的经验主义哲学家们都对感官体验有着强烈的兴趣,而这种倾向最终导向新的审美途径和范式。我们知道,洛克曾主张,经验是一切知识的来源。这个定义的革命性在于它将"美的基础放在形式和感官知觉之上,而不是像传统美学那样把理性凌驾于感性之上"[2]。而艾迪生显然受益于洛克。暂不论艾迪生对"初级想象快乐"和"次级想象快乐"的区分是否挪用了洛克对"感觉"和"反省"的区分,在《旁观者》中,他直接提到洛克八次,提到《人类理解论》(*An Essay Concerning Human Understanding*, 1689)十次[3]。在艾迪生之后,埃德蒙·伯克更是旗帜鲜明地将"美"定义为能在"身体中引起爱或与爱相似

---

[1] Arthur Lovejoy, "The Chinese Origin of a Romanticism", p. 135.
[2] 董志刚:《美感理论的发轫——论洛克美感理论的美学史意义》,《山西师范大学学报(社会科学版)》2009年第1期。
[3] 艾迪生在《旁观者》第37、110、242、313、337、373、387及389期提到洛克先生,在第373、387、411、413、519、531、533、575、578及600期都引用了洛克的《人类理解论》。

激情的一种或多种品质"①。换句话说,他和艾迪生一样认为美具有可感性和直观性。而艾迪生对"伟大"和魔鬼般的"新奇"的讨论也预示着伯克"崇高"论的到来。伯克在《关于我们崇高与美观念之根源的哲学探讨》一文中就详细分析了"新奇""巨大"和"无限性"这些反复出现在"想象十谈"中的核心概念。更巧合的是,伯克也同样将"趣味"定义为"灵魂的官能"②。可见,随着经验主义哲学的滥觞,诺夫乔伊所说的趣味转向早已发轫,而艾迪生对中国园林的讨论只是进一步推动了上述趋向,并起到了承上启下的作用。此外,透过上述趣味转向,我们得以窥见英国新兴资产阶级对抗主导贵族文化意识形态,并合法化自身美学的尝试。在艾迪生笔下,中国园林更具直观性,象征着趣味的民主化,而"眼睛的自由"则无异于"政治的自由"。就像麦基所说的那样,这种以自我感知为中心,寻求无拘无束视觉范围的主体欲望在构建"资产阶级意识形态的文化美学"(the "cultural aesthetic of bourgeois ideology")时发挥了至关重要的作用③。同样,伊格尔顿也认为,"这个有别于古典美学的转向代表着英国资产阶级对自身行为标准和规范的编撰和分类"(a codifying of the norms and regulations of the practices)④,因为他们恰恰需要这些具体的标准来和具有优势社会地位的一方对抗,协商并最终形成历史性同盟。

如果说上述推动力是艾迪生成为一个非古典主义者的原因,那么,我们又该如何解释其古典主义的一面呢?长久以来,他被认为是英国新

---

① Edmund Burke, *A Philosophical Enquiry into the Origin of Our Ideas of the Sublime and Beautiful*, ed. Adam Phillips, 1757, Oxford: Oxford University Press, 2008, p. 83.

② 伯克在《论趣味》一文中这样界定"趣味"一词的一般含义:"它是一种功能,是极易受到外界触动的人类心灵的官能,它也能够对想象力的活动和优雅的艺术品进行判断和鉴赏"。详见[英]埃德蒙·伯克《关于我们崇高与美观念之根源的哲学探讨》,郭飞译,大象出版社2010年版,第17页。

③ Erin S. Mackie, *Market À la Mode Fashion, Commodity, and Gender in* the Tatler *and the* Spectator, Baltimore: Johns Hopkins University Press, 1997, p. xv.

④ Terry Eagleton, *The Function of Criticism*, p. 10.

第三章 "言不由衷"的艾迪生：《旁观者》中的趣味观

古典主义①的代表人物。他推敲文雅写作的趣味，不乏理想主义的热情，希望以理性的方式形成阶层之间的共同趣味。此时此刻，"趣味"于他而言是"大脑的官能"。但从他笔下的中国园林来看，他又绝非一个纯粹的古典主义者。彼时彼刻，"趣味"于他而言又变成了"灵魂的官能"。他看似推崇中国园林，却又欲言又止，顾左右而言他；他看似推崇理性的力量，寻求文化共识背后的政治联盟，却又转而讨论不规则的，让想象自由驰骋的感性之美。这个自相矛盾的形象不免让人想起托马斯·卡莱尔（Thomas Carlyle, 1795-1881）对艾迪生的评价。卡莱尔认为：安妮女王时代拘泥于古典主义教条，以"彻头彻脑的形式主义"为特征，然而，"在这一切之中，令人惊奇地出现了许多美好的征兆，有很多人说出了很多真理"，艾迪生就算是"一个拘泥于形式却做出不朽之事的范例"②。他对英国资产阶级所处的复杂社会场域和物质环境有所洞见，又对审美主体在18世纪面临的美学困境和趣味转折有所体察。他共振于英国美学在现代转化过程中滋生的"温和的怀疑"③，并成为其代表。或许，正因为上述怀疑萌芽自形式主义和教条的束缚，艾迪生才显得如此言不由衷。但在这个言不由衷的艾迪生身上，我们却能感受到理性表述之下的个体情感，文化共识之下的个体诉求，以及古典美学与资产阶级美学在18世纪的激荡与融合。

---

① 法国古典主义美学的代表人物布洛瓦称艾迪生为"古典才子"，并指出艾迪生的散文让他对英语的典雅有了崭新的认识。See Thomas Tickell, "Tickell's Preface to Addison's Works (1721)", in George Washington Greene ed. *The Works of Joseph Addison*, Vol. 1, New York: G. P. PUTNAM, 1854, p. 8.

② [英] 托马斯·卡莱尔：《卡莱尔文学史演讲集》，姜智芹译，广西师范大学出版社2005年版，第171—172页。

③ [英] 托马斯·卡莱尔：《卡莱尔文学史演讲集》，第171页。

第四章

趣味之争还是性别之争？
——女性趣味的有无之辩

英国18世纪30年代见证了一场围绕"有趣味的人"（Man of Taste）展开的激烈论战。这场论战的导火索是英国新古典主义诗人亚历山大·蒲柏于1731年12月发表的一首题为《趣味：致尊敬的柏林顿伯爵的书信》（"Of Taste, An Epistle to the Right Honourable Richard Earl of Burlington"，以下简称为《趣味》）[1]的长诗。这首诗主要探讨了人们对建筑的趣味，其中主人公蒂蒙缺乏判断力，是坏趣味的代表，伯林顿伯爵三世（Richard Boyle, the 3rd Earl of Burlington, 1694-1753）则是好趣味的象征。《趣味》一经发表，英国的艺术家、剧作家、诗人等纷纷作出回应。1732年，"英国绘画之父"威廉·霍加斯（William Hogarth，1697-1764）在《日刊》（The Daily Journal）上刊登了一幅名为《有趣味的人》（The Man of Taste）[2]的画作，旨在讽刺蒲柏谄媚迎合伯林顿

---

[1] 在第2版中，蒲柏将诗歌名中的"趣味"改成了"假趣味"（False Taste），新标题促进了这首诗的传播。这首诗是蒲柏对伯林顿伯爵的著作《帕拉第奥对古罗马浴场、拱门和剧院等的设计》（Palladio's Designs of the Baths, Arches, Theatres etc. of Ancient Rome, 1730）的回应。

[2] 这幅画的另一个标题是《趣味，或伯林顿门》（"Taste, or Burlington Gate"）。在这幅画中，伯林顿公馆的门匾上刻着醒目的"TASTE"一词，蒲柏正站在门口的脚手架上进行粉刷，伯林顿公爵正在爬靠着脚手架立起的梯子，建筑师威廉·肯特的雕像则矗立在门的顶端，其两侧分别是拉斐尔和米开朗琪罗。

第四章　趣味之争还是性别之争？——女性趣味的有无之辩

伯爵的建筑趣味。同年还有一部匿名发表的讽刺喜剧《趣味先生》（*Mister Taste the Poetical Fop, or the Modes of the Court*）面世，作者通过刻画主人公"亚历山大·趣味先生"（Mr. Alexander Taste）的形象批判了蒲柏的趣味观。1733年，英国诗人詹姆斯·布莱姆斯顿（James Bramston）发表的《有趣味的人》（"The Man of Taste, Occasioned by an Epistle of Mr. Pope's on that Subject"）一诗，是少数拥护蒲柏趣味观的作品之一。比较有意思的是，詹姆斯·米勒（James Miller）在1753年还创作了一部喜剧，名字与百年前霍加斯的画作名不谋而合：《有趣味的人》（*The Man of Taste*）。

回望整个18世纪，许多苏格兰启蒙哲学家都曾介入有关"有趣味的人"的讨论之中。例如，沙夫茨伯里伯爵三世是18世纪探讨"有趣味的人"的第一人，他本人也被视作"有趣味的人"的原型[1]。他在《论人、风俗、舆论和时代特征》提出，"有趣味的人"一方面作为趣味的消费者，要摒除一切在文化上累积的鄙俚浅陋，以恢复天性的纯洁，另一方面作为趣味的生产者，要以"批判性的洞察力"（critical discernment）锻炼趣味，通过写作帮助他人形成良好趣味[2]。又如，休谟眼中的"有趣味的人"应该将良好的判断力（sense）和细腻的情感（sentiment）相结合，在实践和比较中加以提升，同时清除一切的偏见[3]。总的来说，18世纪"有趣味的人"代指"对自然和艺术之美都很敏感的人"[4]，其故事一半关于"理性的人"（man of reason），另一半关乎"情感的人"（man of sensibility and feeling）[5]。

值得留意的是，纵观所有启蒙哲学家，他们大体上都把"有趣味的

---

[1] See Denise Gigante, *Taste: A literary History*, p. 6.
[2] See Denise Gigante, *Taste*, pp. 49-51.
[3] See David Hume, *Essays, Moral, Political, and Literary*, Indiana: Liberty Fund, 1987, p. 241.
[4] Denise Gigante, *Taste*, p. 115.
[5] Denise Gigante, *Taste*, p. 4.

人"与"有趣味的男性"画上等号。正如伦敦大学教授安德鲁·海明威所言,所有的"趣味大讨论"都尚未涉及女性的趣味鉴别能力,似乎唯一亟待定义的是"绅士"(gentleman)的趣味[1]。无独有偶,斯坦福大学教授丹尼斯·吉甘特也表示18世纪"有趣味的人"统统都是男性[2]。可见,"有趣味的男性"(a man of taste)与"无趣味的女性"(a woman without taste)形成了18世纪一组默认的二元对立。在通往成为"有趣味的人"的路上,高呼"趋男性化"与"去女性化"的声音不绝于耳。罗伯特·琼斯在《英国18世纪的性别与趣味的形成》一书中指出,18世纪对女性智识能力的典型态度反映了一种假设,即"女性可以体现审美(aesthetics),却无法界定审美"[3]。也就是说,女性兼具凝视者与被凝视者双重身份,她们作为美的客体成为社会共识,但作为趣味的主体的身份始终遭到质疑。遗憾的是,琼斯的专著主要聚焦于英国18世纪下半叶"美"(beauty)的概念的形成与影响,尚未详细论析女性无缘成为"有趣味的人"的原因。至于国内研究,学界大多关注18世纪趣味的阶级维度、情感维度、美学维度等,其性别维度一直没有得到足够的重视。我们不禁要问,在有关趣味的讨论中,为什么唯独性别问题被遮蔽了?女性又缘何总是被排除在"有趣味的人"之外?要想回答上述问题,还得从18世纪30年代被遗忘的一首打油诗谈起。

第一节 从"有趣味的人"到"有趣味的女性"

18世纪30年代,正当围绕"有趣味的人"的讨论进行得如火如荼

---

[1] See Andrew Hemingway, "The 'Sociology' of Taste in the Scottish Enlightenment", *The Oxford Art Journal*, Vol. 12, 1989, p. 14.

[2] See Denise Gigante, *Taste*, p. 14.

[3] Robert Jones, *Gender and the Formation of Taste in Eighteenth-Century Britain: The Analysis of Beauty*, Cambridge: Cambridge University Press, 1998, p. 207.

第四章 趣味之争还是性别之争？——女性趣味的有无之辩

之际，一首以"有趣味的女性"为题的打油诗悄然发表。受到《有趣味的人》一诗启发①，托马斯·纽科姆（Thomas Newcomb）于1733年创作了《有趣味的女性》（"The Woman of Taste, Occasioned by a late poem, entitled *The Man of Taste*"），内容是城镇姑娘克莱利亚（Clelia）致乡村女孩萨福（Sappho）的两封诗歌体书信，劝说后者前往大城市过"有趣味的生活"。不无讽刺的是，《有趣味的女性》描绘的却是城市女性在方方面面的感官放纵与道德堕落。可以说，"有趣味的女性"这一标题运用了"言语反讽"（verbal irony）的手法。纽科姆处处刻画了一个"无趣味的女性"形象，在回应布莱姆斯顿的《有趣味的人》的同时，加强了种种既有的二元对立。

首先，心灵与身体的对立。根据威廉斯的研究，Taste 一词最早源自古拉丁语 tastare，经由法语 taster，从13世纪开始作为"一种身体的感官接触"（类似现代意义的 touch 或 feel）进入英语②。自14世纪以来，taste 主要指代味觉意义的"口味"，随后在1425年的文献中表示"好的理解力"（good taste），意味着作为隐喻含义的"趣味"也逐渐流传开来③。以卡罗琳·考斯梅尔的话来说，taste 一词主要包括两层含义，即作为感官愉悦的味觉趣味与作为鉴别能力的审美趣味，这两者之间存在着一种持久的张力，揭示了艺术与饮食之间的区别④。如果将《有趣味的人》和《有趣味的女性》作对比，我们不难发现 taste 的双重意义在两组诗中各有侧重。布莱姆斯顿在《有趣味的人》里自白"我生来就是诗人"⑤，随后探讨了"我"在文学、建筑、音乐、花园、

---

① 纽科姆在《有趣味的女性》的封面上援引了一句拉丁文，意思是"我像个小孩一样步履蹒跚地追随着《有趣味的人》的作者"。
② See Raymond Williams, *Keywords: A Vocabulary of Culture and Society*, p. 313.
③ See Raymond Williams, *Keywords: A Vocabulary of Culture and Society*, p. 313.
④ 详见 [美] 卡罗琳·考斯梅尔《味觉：食物与哲学》，第10页。
⑤ Thomas Gilmore ed., *Early Eighteenth-Century Essays on Taste*, New York: Scholar's Facsimiles & Reprints, 1972, p. 90.

绘画、雕塑等方面的趣味，简言之，大部分是心灵参与的活动。布莱姆斯顿还花了少许笔墨讽刺身体参与的活动，比如"我用女人的方式做发型、穿衣服，比她们更多地谈论衣服"，"我喜欢吃蜗牛、猪头、奶酪炖花椰菜以及豌豆"等①，塑造了一个重心轻身的"有趣味的男性"形象。值得留意的是，taste 一词在《有趣味的人》中的 10 次"亮相"均是隐喻层面的意义，即体现鉴别判断能力的"趣味"，而作为味觉意义的 taste 却在《有趣味的女性》中一共出现了 6 次，具体如下："你的味觉很好，口味（taste）齐全"，"它好奇的口味令人艳羡，赞美不断重复"，"它们的味道精美，口感（taste）更加细腻"，"是价格让口味如此美好"，"你在四月品尝（taste）李子，五月品尝葡萄"，"这是你的口味所要求的，也是你的眼睛所激发的"②。

考斯梅尔在《理解口味》③ 中提出，在西方理性传统中，视觉和听觉感官有益于培养理性和心智成熟，属于"高级感官"或"距离性感官"，而触觉、嗅觉和味觉感官容易导向欲望和快感，被归为"低级感官"或"身体性感官"④。换言之，只有距离性感官能使观察者充分脱离自己的身体状态，从而产生客观的判断，而身体性感官更具主观色彩，将注意力引向自己的身体，存在纵欲过度的风险⑤。考斯梅尔进一步指出，这种感官等级制存在一个明显的性别维度，即距离性感官适合于男性的活动，而身体性感官适合于女性的活动⑥。也就是说，男性总是与心灵相联系，而女性则与身体相挂钩。还须一提的是，在《有趣味的女性》中，城市女性参与的活动，无论是饮食、装修、购物还是舞

---

① Thomas Gilmore ed., *Early Eighteenth-Century Essays on Taste*, pp. 97-99.
② Thomas Gilmore ed., *Early Eighteenth-Century Essays on Taste*, pp. 116-117.
③ 吴琼等将该书的名字翻译为"味觉：食物与哲学"。
④ 详见 [美] 卡罗琳·考斯梅尔《味觉：食物与哲学》，第 35 页。
⑤ See Michael Kelly ed., *Encyclopedia of Aesthetics*, Vol. 6, Oxford: Oxford University Press, 2014, p. 116.
⑥ 详见 [美] 卡罗琳·考斯梅尔《味觉：食物与哲学》，第 36 页。

会，不仅是身体参与的活动，还都属于家庭事务的范畴。这恰恰呼应了约翰·米勒（John Millar）的观点：女性"先天地"被排除在公共事务管理的雄心抱负之外，她们只能从事"文雅的造诣"（polite accomplishments，提高女性个人魅力、激发女性天生激情的活动），但她们没有严肃高雅的趣味，因为后者和公共事务一样，只适合男性[1]。事实上，从亚里士多德以来，女性作为"低等的生命形式"，"无法发出公共声音的个体"[2]，其活动范围已经被限定在了私人领域。黑格尔在亚里士多德观点的基础上，提出"家庭是女性的出发点和目的地"，强化了男性作为公共的存在和女性作为私人的存在，以及公共领域之于私人领域的支配地位[3]。由此看来，《有趣味的女性》背后折射出的是西方哲学理性主义传统，进而加剧了心灵与身体、公共与私人之间的二元对立。

此外，《有趣味的女性》还增强了理性与情感的对立。如威廉斯所言，从17世纪，尤其是18世纪开始，taste一词变得复杂且意义深远[4]。Taste在18世纪成为经验主义美学中的一个核心的理论概念，由原本基于感觉（sense）的经验主义范式延伸为批判实践和审美欣赏[5]。具体来说，"趣味"的含义变得愈加宽泛，不仅包括一种"未经教育的、与生俱来值得信赖的感觉"，还包括"一种更广泛的判断能力"（a far wider capacity of judgment），这种判断能力由经验和学习加以增强和引导，随着时间的推移，在其客观洞察力中可能获得一种近乎直觉的敏锐[6]。趣味开始被看作是一种"能够独立做出审美判断的感官"[7]。与此同时，

---

[1] See Andrew Hemingway, "The 'Sociology' of Taste in the Scottish Enlightenment", p. 15.
[2] Jean Bethke Elshtain, *Public Man, Private Woman: Women in Social and Political Thought*, Princeton: Princeton University Press, 1981, pp. 47–49.
[3] See Jean Bethke Elshtain, *Public Man, Private Woman*, pp. 174–180.
[4] See Raymond Williams, *Keywords: A Vocabulary of Culture and Society*, p. 313.
[5] See Michael Kelly ed., *Encyclopedia of Aesthetics*, p. 110.
[6] See Walter Jackson Bate, *From Classic to Romantic: Premises of Taste in Eighteenth-Century England*, Cambridge: Harvard University Press, 1946, p. 58.
[7] Michael Kelly ed., *Encyclopedia of Aesthetics*, p. 112.

在18世纪经验主义美学里,"趣味还是一种情感(feeling)"①,即感官审美引起的愉悦感。可见,对趣味来说,感官情感与理智判断缺一不可。然而,"理性之人的男性气质"(the maleness of the Man of Reason)根植于西方哲学传统中,女性在历史上被理性理想所排斥,又在这种排斥的过程中自我形塑,这一事实构成了女性培养理性的主要障碍②。正是在女性被剥夺理性教育的语境下,纽科姆不无讽刺地说道,要想成为现代女性,就必须要"发泄你的激情"(vent your passion)③。"激情"(passion)一词在《有趣味的女性》中反复出现9次,却在《有趣味的人》中缺席。《有趣味的人》中的"我"自称"理性"(sense)之子④,而"理性"在《有趣味的女性》中总是通过否定的形式出现,如"缺乏理性"(want of sense)、"讲理少"(reasons little)、理性不是女性的择偶标准等⑤。《有趣味的女性》丝毫不提理智教育的重要性,却提供了一条条宣扬情感滥觞的"行为指南"。例如,"在最快乐的时候叹气,按照规则晕倒","你充满了狂喜——尽管你不知道那是什么!跟着悲跟着喜,时哭时笑,就像别人时笑时哭","知道的越少,快乐就越多","当你该笑时笑,该哭时哭,提示仍然在邻人的眼里"等⑥。谈到"驭夫术",纽科姆形容"哀伤的眼神"、"撅着的嘴唇"和"梨花带雨的温柔言语"等都是女性的必胜利器,因为"只要你能哭泣,他就会心软","只要温柔的眼泪和轻轻的呻吟,宝石、蕾丝、马车统统都是你的"⑦。可以看出,纽科姆笔下"有趣味的女性"是一个情感泛滥、行

---

① Michael Kelly ed., *Encyclopedia of Aesthetics*, p. 112.
② See Genevieve Lloyd, *The Man of Reason: "Male" and "Female" in Western Philosophy*, Minnesota: University of Minnesota Press, 1984, p. ix.
③ Thomas Gilmore ed., *Early Eighteenth-Century Essays on Taste*, p. 118.
④ Thomas Gilmore ed., *Early Eighteenth-Century Essays on Taste*, p. 89.
⑤ Thomas Gilmore ed., *Early Eighteenth-Century Essays on Taste*, pp. 108-123.
⑥ Thomas Gilmore ed., *Early Eighteenth-Century Essays on Taste*, pp. 105-109.
⑦ Thomas Gilmore ed., *Early Eighteenth-Century Essays on Taste*, pp. 120-121.

第四章 趣味之争还是性别之争？——女性趣味的有无之辩

为顺从的群体，缺乏基本的自我意识和知识素养。她们通过感伤的手段征服异性，以满足自己的物欲，进一步强化了西方理性传统对女性的偏见，即女性始终无法控制自己的欲望和情感。毕竟对男性来说，"获取知识和超越感官"才是保持男性气质的正确方式[①]。简言之，《有趣味的女性》塑造了一位与"理性的男性"相对立的"感伤的女性"，体现了理性之于感性、男性之于女性的优越性。

一言以蔽之，《有趣味的女性》以讽刺的口吻谈论女性的"趣味"，处处折射出女性是偏见的对象、身体的仆从、情感的奴隶，从而加深了"有趣味的男性"与"无趣味的女性"的二元对立。

第二节 变迁中的 18 世纪英国女性气质

"无趣味的女性"作为"有趣味的男性"的配角，一直是被忽视的对象。事实上，"女性无趣味"这一偏见有其哲学渊源，欲对其深究，还得将它还原至从古希腊到 18 世纪的思想史中加以考察。

关于心灵/身体、理性/情感、男性/女性对立关系的起源，最早可以追溯到古希腊晚期哲学思想中形式/物质（form/matter）的二元对立。在柏拉图、亚里士多德等哲学家那里，男性好比主动、确定的形式，女性则是被动、波动的物质。早期受苏格拉底影响，柏拉图开始将形式/物质之间的二元论解释为简单的心灵/身体的二元对立：心灵是理性的领域，身体的入侵则表现为非理性，理性灵魂统治凡人肉身[②]。在柏拉图晚期，这种简单的身心对立让位于灵魂中的理性部分与非理性部分的冲突，随后经由犹太和基督思想家们演变成男人对女人的统治[③]。譬

---

① See Denise Gigante, *Taste*, p. 14.
② See Genevieve Lloyd, *The Man of Reason*, p. 19.
③ See Genevieve Lloyd, *The Man of Reason*, p. 7.

如，首位将宗教信仰与哲学理性相融合的犹太哲学家斐洛·尤迪厄斯（Philo Judeaus）提出，理性逐渐获得其合法优势的过程，也是培养男性气质与摆脱女性影响的过程[1]。除了将理性等同于男性气质，斐洛还把激情（passion）归为"天然的"女性特质，倡导抛弃激情以获得象征"高贵情感"的男性特质[2]。可见，女性始终受肉体与情感所限，无法像男性一样培育心智、训练理性或掌握知识。也就是说，女性普遍缺乏培育趣味的条件，因此何来趣味可言？

即使到了号称"趣味时代"[3]的18世纪，"有趣味的女性"依旧没有得到应有的认可。其中，休谟可以称得上是18世纪对女性最为友好的英国男性作家之一。休谟并不否认"理性"（reason）是培养趣味的必要条件[4]，但他认为趣味与理性之间至少有以下两点差异。其一，理性的标准建立在事物的本质上，是永恒不变的，趣味的标准则是愉悦，随着人心的构造不同而相异。其二，理性发现的是事物真实的本质，不增不减，而趣味是一种生产能力，经由内在情感的色彩将所有自然事物镀金或着色[5]。在休谟看来，趣味与激情之间存在着"与生俱来"的联系，换言之，趣味本身也是一种激情，因而培养优雅艺术的趣味，既能提高我们的判断力（judgment），又能"矫正激情的敏感"[6]。虽然休谟认同趣味是理性判断和感官情感的结晶，但他仍然没有逃脱将理性视为男性气质的窠臼。为了使"趣味"更具"男性气概"，休谟着重强调判断和知识之于诗人灵感，论证和反思之于文雅艺术，以及推理和比较之

---

[1] See Genevieve Lloyd, *The Man of Reason*, p. 26.
[2] See Genevieve Lloyd, *The Man of Reason*, p. 27.
[3] George Dickie, *The Century of Taste: The Philosophical Odyssey of Taste in the Eighteenth Century*, New York: Oxford University Press, 1996, p. 3
[4] See David Hume, *Essays, Moral, Political, and Literary*, p. 240.
[5] See Andrew Hemingway, "The 'Sociology' of Taste in the Scottish Enlightenment", p. 16.
[6] See David Hume, *Essays, Moral, Political, and Literary*, pp. 5-6.

第四章　趣味之争还是性别之争？——女性趣味的有无之辩

于趣味培育的重要性①。

令人称道的是，休谟在《论文章的写作》("Of Essay Writing")中提出，部分"有理智且受教育的女性"（Women of Sense and Education）比同等智力的男性更擅长评鉴文雅写作（polite writing），她们细腻敏感的趣味比男性评论家们的乏味劳作更值得尊重②。尽管如此，休谟表示那些极少数"有理智且受过教育的女性"的趣味常常是"错误的趣味"（false taste），其根源在于她们的趣味往往不合规则，天性中的柔情和爱意容易干扰她们对事物的判断③。休谟甚至建议女性通过多种途径来纠正自己的错误趣味，比如广泛涉猎各类书籍（而非仅限于宗教虔诚和献殷勤的书籍），与有思想、有智识的男性频繁交流等④。在休谟的笔下，女性既是趣味的仲裁者，又是被审视的对象。男性总是以审查者的姿态监督女性，以免她们"误把实质当作阴影"⑤。另外，休谟自诩将《论趣味的标准》一文献给所有潜在的"有趣味的人"，包括那些"内感觉的器官运行紊乱或失效"的人，但当他描述自己所推崇的"理想批评家"时，休谟无意识地反复使用的人称代词"他"（he）暴露了其根深蒂固的性别偏见⑥。总之，尽管休谟赞许作为"对话参与者"或"意见给予者"的女性，但他从来没有认可女性生产批评的能力，也不曾设想过"女性文人"（women of letters）的存在。

休谟的观点直接引起了女权主义先驱玛丽·沃斯通克拉夫特的质疑与挑战。沃斯通克拉夫特在代表作《女权辩护》中直接引用了休谟的一段话，其大意是社会秩序在雅典的农神节（Saturnalia）期间得到了

---

① See Andrew Hemingway, "The 'Sociology' of Taste in the Scottish Enlightenment", pp. 15-16.
② See David Hume, *Essays, Moral, Political, and Literary*, p. 536.
③ See David Hume, *Essays, Moral, Political, and Literary*, pp. 536-537.
④ See David Hume, *Essays, Moral, Political, and Literary*, p. 537.
⑤ David Hume, *Essays, Moral, Political, and Literary*, p. 537.
⑥ See David Hume, *Essays, Moral, Political, and Literary*, pp. 239-241.

短暂的颠覆，例如奴隶享受主人的服侍，女性成为男性的君主。沃斯通克拉夫特犀利地揭穿农神节的真面目：奴隶短暂游戏后的代价是对主人持续一生的忠诚与付出，女性也从"一时的女王"（short-lived queens）变成一世被鄙夷的对象①。与其安于片刻的享乐，沃斯通克拉夫特更鼓励女性通过劳动追求由平等带来的持久幸福。作为一位以写作为生的女性，沃斯通克拉夫特形容自己是"新天才的第一人"②，即第一位"女性文人"，直接推翻了休谟对女性批评能力的不公评价。

在某种程度上，沃斯通克拉夫特的《女权辩护》可以看作是对《有趣味的女性》的回应，阐明了"女性无趣味"的根本原因。《有趣味的女性》所调侃的女性关于纨绔子、服饰、打牌、舞会的趣味，正是沃斯通克拉夫特所批判的错误或肤浅的趣味。譬如，在《有趣味的女性》中，纽科姆暗讽女性选择纨绔子作为结婚对象，"任凭对方沉迷暴动、赌博与挥霍"，"整日闲逛，整夜做梦"③。沃斯通克拉夫特认为，女性之所以迷恋纨绔子，是因为她们只懂得欣赏"肤浅的造诣"（superficial accomplishments），却缺乏深度的趣味去发现心智的美与优雅，因此她呼吁人们应该同情而非嘲讽这些从未被引导训练理解力的女性，并倡导女性培养对于"有道德的爱情"的趣味④。此外，女性对服饰的痴迷也是纽科姆调侃的对象："无论地位、出身或财富如何，在穿着上要追求最好的档次"，"去教堂要穿得像去舞会一样好……像有钱人一样漂漂亮亮地去天堂"⑤。沃斯通克拉夫特鞭辟入里地指明，女性被反复灌输"保持外在形象的美好"（即取悦男性）⑥是其毕生事业，才是

---

① See Mary Wollstonecraft, *A Vindication of the Rights of Woman*, New Haven: Yale University Press, 2014, p. 82.
② Andrew Hemingway, "The 'Sociology' of Taste in the Scottish Enlightenment", p. 33.
③ Thomas Gilmore ed., *Early Eighteenth-Century Essays on Taste*, pp. 123-124.
④ See Mary Wollstonecraft, *A Vindication of the Rights of Woman*, pp. 145-197.
⑤ Thomas Gilmore ed., *Early Eighteenth-Century Essays on Taste*, pp. 134-138.
⑥ Mary Wollstonecraft, *A Vindication of the Rights of Woman*, pp. 165-166.

第四章 趣味之争还是性别之争？——女性趣味的有无之辩

她们堕落的源头，直接将"女性无趣味"的责任归咎于男性的凝视与压迫。正如女性批评家们所指出的那样，康德式"审美无利害"以所谓的美学距离使女性成为被凝视的对象，提供了男性物化并控制女性的机会①。同样，女性的趣味也不应该局限于打牌和舞会等社交娱乐活动。与纽科姆挖苦女性"除了玩牌，没有其他激情能进入她的灵魂"②不同，沃斯通克拉夫特词严义正地批判道，正是这些"炫耀衣饰的拜访、打牌和舞会"等家庭琐事使得女性放弃了她们的责任，变成了无足轻重、取悦于人的奴隶③。女性对于服饰与享乐的过度喜爱是一种"野蛮人的激情"，"那些未开化的人所拥有的激情"④。简言之，由于缺少心灵的活动，以及来自男性的凝视，女性无法培养真正的趣味，并忽视了她们的社会责任。

沃斯通克拉夫特认为，培养女性真正的趣味的关键在于唤醒她们沉睡的理性。前文提到，18世纪"有趣味的人"是"情感的人"与"理性的人"两者的结合体。在沃斯通克拉夫特看来，小说、音乐、诗歌和风流韵事都使女性趋于成为"情感的人"（creatures of sensation），然而放纵情感而不培养判断力的后果，只能是"疯狂与愚蠢的混合物"⑤。因此目前女性的首要责任就是要把自己看作是"有理性的人"（rational creatures），其次是把自己看作公民，履行包括做母亲在内的各种责任⑥。此外，作为"判断力的产物"（offspring of judgment）⑦，"趣味"一旦失去了判断力，只能被称作情感。心智培育（cultivation of mind）的目的不只是激起情感，更重要的是，形成理智判断的能力。沃斯通克

---

① See Michael Kelly ed., *Encyclopedia of Aesthetics*, p. 16.
② Thomas Gilmore ed., *Early Eighteenth-Century Essays on Taste*, p. 136.
③ See Mary Wollstonecraft, *A Vindication of the Rights of Woman*, p. 223.
④ See Mary Wollstonecraft, *A Vindication of the Rights of Woman*, p. 219.
⑤ See Mary Wollstonecraft, *A Vindication of the Rights of Woman*, p. 88.
⑥ See Mary Wollstonecraft, *A Vindication of the Rights of Woman*, p. 175.
⑦ Mary Wollstonecraft, *A Vindication of the Rights of Woman*, p. 149.

拉夫特提出，真正的趣味是通过运用理解力（understanding）来观察自然产生的，而"心智最为成熟之人"（men of most cultivated minds）对于自然的淳朴之美有最深刻的体悟①。《女权辩护》的发表正值法国大革命时期，沃斯通克拉夫特甚至提出让法国女性先行发挥榜样的力量，证明理性（reason）如何带她们回归天性和责任②。尽管经历了法国大革命的失败后，沃斯通克拉夫特逐渐认识到，理性并非一种高于情感的官能，但她仍然相信"用激活乃至创造想象力的方式去培育心智，会催生出趣味以及丰富的感觉和情感，分享美丽与崇高所引起的无与伦比的愉悦"③。

第三节　从忽视到共识：有无之辩及其余音

到了20世纪，关于"女性有无趣味"的答案终于尘埃落定。从18世纪被忽视的"无趣味的女性"到20世纪家喻户晓的"有趣味的女性"，我们不禁想问，这一变化背后的原因究竟是什么？

实际上，它与身心二元对立的消失不无关系。自19世纪中叶以来，西方重心轻身传统逐渐受到了挑战，费尔巴哈、马克思、尼采等哲学家对建构现代身体—主体（body-subject）理论作出了不可或缺的贡献，随后19世纪末的弗洛伊德则通过彰显欲望的身体，彻底改变了身体被心灵支配的地位，为二十世纪身体话语的全面回归做足了铺垫④。到了20世纪，现象学、语言学和新兴的认知科学相继证明身体经验如何产

---

① See Mary Wollstonecraft, *A Vindication of the Rights of Woman*, pp. 197-198.
② See Mary Wollstonecraft, *A Vindication of the Rights of Woman*, p. 198.
③ Mary Wollstonecraft, *Letters Written during a Short Residence in Sweden, Norway, and Denmark*, London: University of Nebraska Press, 1976, p. 92.
④ 详见张金凤《身体》，外语教学与研究出版社2019年版，第28—49页。

第四章 趣味之争还是性别之争？——女性趣味的有无之辩

生概念和推理，从而粉碎了身心二元对立[1]。值得留意的是，伍尔夫的写作是身体话语回归的代表。她在《身体与大脑》（"Body and Brain"，1920）中指出身体话语在传记中的集体缺失，譬如"人们可能读过自维多利亚女王登基以来所有内阁大臣的生活经历，却没有意识到在他们与生活之间有身体的存在"，又如政治家的"生命、尊严和品格"都集中在头脑中，而身体"无论纤细还是肥胖"，只是一根"光滑、黑色、无感情"的茎[2]。可以说，在思想被提升为"独立、高级的器官"的同时，身体正被贬低为"过时的工具"，致使伍尔夫不得不感慨："在文明的晚期，一个人同时拥有身体和大脑是如此困难。"[3] 在《论生病》（"On Being Ill"，1926）中，伍尔夫的态度变得更为强硬，她对长期以来身体所遭受的冷落与暴力进行了控诉："人们总是描写心灵的活动……他们在哲人的塔楼里展现心灵而无视身体的存在，或者在追逐征服与发现中，像踢旧皮革足球一样，把身体踢得横穿数十公里的雪原与沙漠。"[4] 在她看来，身体并非"旧皮革足球"式的工具，而是"在孤独的卧室里对抗高烧攻击和忧郁症侵袭"[5] 的战士。伍尔夫强烈呼吁人们关注身体，因为生活就是"身体的日常戏剧"[6]：

> 所有的白天、所有的黑夜，身体都在干预；迟钝或敏锐，上色或褪色，在六月的温暖中变成软蜡，在二月的阴暗中凝成

---

[1] See Mark Johnson, *The Meaning of the Body: Aesthetics of Human Understanding*, Chicago: The University of Chicago Press, 2008, p. ix.

[2] See Virginia Woolf, *The Essays of Virginia Woolf*, Vol. 3, London: Hogarth Press, 1988, p. 224.

[3] Virginia Woolf, *The Essays of Virginia Woolf*, Vol. 3, pp. 224-226.

[4] Virginia Woolf, *On Being Ill*, Massachusettes: Paris Press, 2002, p. 5. 引文翻译参考了[英] 弗吉尼亚·伍尔夫《太阳和鱼》，孔小炯、黄梅译，上海文艺出版社2016年版，下文不再标注。

[5] Virginia Woolf, *On Being Ill*, p. 5.

[6] Virginia Woolf, *On Being Ill*, p. 5.

硬脂。那里面的心灵只能透过这玻璃——污迹斑斑的或者玫瑰色的——凝视外面。它不能像一把刀的刀鞘或者一颗豆子的豆荚一样，一刹那间就与身体分离开来。它必须经历那整个无穷无尽的变化过程：热与冷、舒服与不适、饥饿与满足、健康与疾病，直到最终那不可避免的灾难降临；身体把自己瓦解成了碎片，而灵魂（据说是这样）则逃逸走了。①

这段话传达的内容主要包括两个层面。首先，心灵与身体，绝非刀和刀鞘、豆子和豆荚的关系；只要生命不息，它们就是不可分割的整体。其次，身体能够通过感知现实和存在，比如"热与冷、舒服与不适、饥饿与满足、健康与疾病"，来干预生活，而心灵只能透过"玻璃"凝视这一连串的变化，却无所作为。总之，西方重心轻身的传统在以伍尔夫为代表的文人笔下被逐步解构。

与此同时，西方理性传统也在走向式微。尼采、弗洛伊德等思想家摧毁了理性主义的根基，在哲学上和大众观念中削弱了西方理性主义传统的基础，直接导致了理性信仰的衰退②。譬如，劳埃德在《理性的人》（The Man of Reason: "Male" and "Female" in Western Philosophy, 1984）中提出女性同样拥有理性特质，以及拥有在公共空间培育和展示自己的权利③。爱尔斯坦也在《公共的男人，私人的女人》中强调重建公—私领域的边界的迫切性，应该允许女性与男性基于尊严和平等共享公共领域的利益④。总体来说，自20世纪以来，身体理论逐步进入高潮，西方理性传统陷入困境，人们开始呼吁恢复感官情感，从而对抗工业文明。苏珊·桑塔格的"新感受力"就是在上述背景下提出的。她

---

① Virginia Woolf, On Being Ill, pp. 4-5.
② 详见张金凤《身体》，第48页。
③ See Genevieve Lloyd, The Man of Reason, p. 105.
④ See Jean Bethke Elshtain, Public Man, Private Woman, p. 351.

第四章　趣味之争还是性别之争？——女性趣味的有无之辩

在《反对阐释》里严厉谴责工业文明对人类感官功能的破坏："我们的感官本来就遭受着城市环境的彼此冲突的趣味、气息和景象的轰炸，现在又添上了艺术作品的大量复制。我们的文化是一种基于过剩、基于过度生产的文化；其结果是，我们的感性体验中的那种敏锐感（sensibility）正在逐步丧失。现代生活的所有状况——其物质的丰饶、其拥挤不堪——纠合在一起，钝化了我们的感觉功能。"① 因此，"现在重要的是恢复我们的感觉。我们必须学会去更多地看，更多地听，更多地感觉"②。通过呼唤一种新感受力，桑塔格将感觉提升到了与思想平起平坐的地位。正如译者程巍所说，"反对阐释""颇具颠覆意义的重大发现之一"就是揭露"二元对立的价值评判的内在的意识形态性"（即某一特定的社会阶层的文化理想），因此呼唤"新感受力"意味着倡导搁置一切价值评判，对一切价值评判同等对待③。这种纯粹审美的"新感受力"以一种削平的姿态打破了身体与心灵、内容与形式、理性与情感的界限，于是"身体的地位得到了恢复，而心灵的激情仍然备受重视，人们以一种更加完满的状态来创作艺术和感受艺术"④。

在《关于"坎普"的札记》一文中，桑塔格指出趣味没有体系，也不限于理性之外的主观激情。人们拥有形形色色的趣味，包括人的趣味、视觉趣味、情感方面的趣味、行为方面的趣味、道德方面的趣味以及思想方面的趣味等。其中，坎普趣味是对"非本来"（off）、非本身状态的事物的热爱，其核心在于"对一切物品等量齐观"⑤。作为一种对人的趣味，坎普感受力最伟大的意象之一莫过于"女性化的男子或男

---

① ［美］苏珊·桑塔格：《反对阐释》，第16页。
② ［美］苏珊·桑塔格：《反对阐释》，第17页。
③ 详见程巍《译者卷首语》，载苏珊·桑塔格《反对阐释》，第6—7页。
④ 刘丹凌：《坎普美学：一种新感受力美学形态——解读桑塔格〈关于"坎普"的札记〉》，《西南民族大学学报（人文社科版）》2009年第4期。
⑤ 详见［美］苏珊·桑塔格《反对阐释》，第324—326页。

性化的女子"，比如 17 世纪末出现的"法国女才子"①。桑塔格概括道，"一个人的性吸引力的最精致的形式"在于与其性别相反的东西，具体来说，就是颇有男子气概的男子身上的女性色彩以及颇有女人味的女子身上的男性色彩②。换言之，坎普趣味是一种"兼具两性特征的风格的胜利"③。由此看来，坎普趣味以民主的形式宣告趣味通向每一种性别，削平了生活和艺术、理性和情感、男性和女性的界限。

纵观 20 世纪，无论是身体理论的高潮，理性传统的式微，还是"新感受力"的号召，都极大地推动了颠覆西方各种二元对立的进程。"有趣味的男性"与"无趣味的女性"的二元对立便是其中之一。桑塔格曾这样形容 20 世纪："当今时代的关键之处在于它有着一些新标准，关于美、风格和趣味的新标准。"④正是因为 20 世纪出现的种种趣味新标准，使得"有趣味的女性"终于成为时代共识。

---

① 详见［美］苏珊·桑塔格《反对阐释》，第 324—326 页。
② 详见［美］苏珊·桑塔格《反对阐释》，第 325 页。
③ ［美］苏珊·桑塔格：《反对阐释》，第 325 页。
④ ［美］苏珊·桑塔格：《反对阐释》，第 352 页。

第五章

完美点与文学批评：阿诺德的"雅趣之士"

关于阿诺德对文学批评的贡献，学界至今仍仁者见仁，智者见智。在贬损他的声音中，有两种观点最具影响：其一、阿诺德是精英主义者，他的文学批评思想只为统治阶级服务；其二、阿诺德虽对文学批评有贡献，却称不上批评家。前一种观点的代表人物是伊格尔顿，后一种观点的代表则是艾略特（T. S. Eliot, 1888-1965），后者虽然早已过世，但是他的相关论点仍被不少在世学者沿袭（分别详见本文第一节和第二节）。

倘若上面两种观点成立，那么我们就很难解释如下现象：几乎在所有世界文学批评史专论中，阿诺德都是一位绕不过去的人物，而且他总是占有很大的篇幅。以美国芝加哥大学教授里克特（David H. Richter）主编的鸿篇巨制《批评传统：经典文本与当代趋势》（*The Critical Tradition: Classical Texts and Contemporary Trends*, 2005）为例，阿诺德所占篇幅在 30 页之上。除里克特之外，还有不少著名学者通过专门著述积极评价阿诺德在文学批评史上的功绩，如利维斯（F. R. Leavis, 1895-1978）的《作为批评家的阿诺德》（"Arnold as Critic", 1938）、特里林的《马修·阿诺德》（*Matthew Arnold*, 1939）和斯通（Donald Stone, 1942-2022）的《与未来沟通：对话中的马修·阿诺德》（*Communica-*

tions with the Future，1997）等。这种现象不仅意味着艾略特和伊格尔顿等人的观点有误，也要求我们深入地、多角度地从事阿诺德研究，进而更具体地说明艾、伊等人对阿诺德的诟病为何有失偏颇。依笔者之见，若要对阿诺德文学批评思想做出较公允的评价，就得从他的趣味观入手。本文以下的三个小节都将围绕"趣味"这一关键词而展开。

第一节 趣味：阿诺德文化蓝图的中枢

阿诺德的文学批评是他文化蓝图的核心部分，而趣味则可谓核心的核心。

作为关键词的"趣味"（taste），常常出现在阿诺德的文学评论中。例如，他在评论格雷（Thomas Grey，1776-1771）、华兹华斯和雪莱（Percy Bysshe Shelley，1792-1822）等人的作品时都讨论了趣味问题[1]。至于他的批评理论，那就更离不开趣味话题了。利维斯在《作为批评家的阿诺德》中曾讨论他的《诗歌研究》（"The Study of Poetry"，1880），认为它"之所以令人难忘，是因为它树立了维多利亚时期的趣味标杆"[2]。这一评价是十分中肯的。为进一步探究趣味跟阿诺德的文学批评/文化思想之间的关系，我们将从他给文学批评下的定义说起。

阿诺德在其《批评在当前的功能》（"The Function of Criticism at the Present Time"，1864）一文中，曾经这样界定文学批评："可以说，我把批评界定为一种非常微妙而间接的行动，它拥抱印度式的超然美德，置身于实用生活领域之外……讲求实用的人不擅长对事物作细微的区分，而恰恰是在这些区分中，真理和最高层次的文化才能够体现其不凡

---

[1] See Matthew Arnold, *Essays in Criticism: Second Series*, London: Macmillan, 1913, p. 75, p. 77, p. 125, p. 129, p. 239.

[2] F. R. Leavis, "Arnold as Critic", in F. R. Leavis ed. *A Selection from Scrutiny*, Vol. 1, Cambridge: Cambridge University Press, 1968, pp. 258-268.

价值。"① 这一定义虽未直接使用"趣味"（taste）一词，但说的就是趣味问题——强调"非常微妙而间接的行动"，以及"对事物作细微的区分"，并在真理和文化层次上体现"不凡价值"，这其实就是强调文学批评中的趣味。正如朱光潜先生所说，"鉴别力就是趣味"，而文学创作"在命意布局遣词造句上都须辨析锱铢，审慎抉择"②。此处的"辨析锱铢"就是阿诺德所说"细微的区分"。又如日本美学家竹内敏雄所说，"趣味"是指"享受美的对象，判断它的价值的能力"③，而阿诺德心目中的文学批评正是对批评/审美对象做出价值判断。

在《批评在当前的功能》中，阿诺德还给文学批评的"任务"（business）下了一个定义，即"了解世界上最优秀的知识和思想，进而宣传它们，以创造真实而鲜活的思想洪流"④。这个关于文学批评"做什么"的定义跟上面那个"是什么"的定义是紧密相连的。从某种意义上说，此处"是什么"跟"做什么"是同一个定义的两个方面。正因为如此，美国学者斯通在总结阿诺德的批评观时做了这样的表述："用阿诺德自己的话说，批评是一种行动的形式，即向公众展示'世界上最优秀的知识和思想，进而宣传它们，以创造真实而鲜活的思想洪流'……它的（笔者按：指文学批评及其机构）使命是提升英国人的趣味"⑤。此处特别值得一提的是，"世界上最优秀的知识和思想"一语不仅多次出现在阿诺德的文学批评作品中，还常常被他单独用作关于文化的定义。例如，他的名著《文化与失序》（*Culture and Anarchy*: An

---

① See Matthew Arnold, "The Function of Criticism at the Present Time", in R. H. Super ed. *Lectures and Essays in Criticism*, pp. 274-275.
② 朱光潜：《谈美》，广西师范大学出版社2006年版，第97页。
③ 李春青：《趣味的历史：从两周贵族到汉魏文人》，生活·读书·新知三联书店2014年版，第3页。
④ Matthew Arnold, "The Function of Criticism at the Present Time", p. 270.
⑤ Donald Stone, *Communications with the Future*, Ann Arbor: The University of Michigan Press, 1997, p. 15.

Essay in Political and Social Criticism，1867-9)① 前言中就有一段涉及文化性质和功能的概述：

> 全文的意图是大力推荐文化，以帮助我们走出目前的困境。在与我们密切相关的所有问题上，世界上有过什么最优秀的思想和言论，文化都要了解，并通过学习最优秀知识的手段去追求全面的完美。我们现在不屈不挠地、却也是机械教条地遵循着陈旧的固有观念和习惯；我们虚幻地认为，不屈不挠地走下去就是德行，可以弥补过于机械刻板而造成的负面影响。但文化了解了世界上最优秀的思想和言论，就会调动起鲜活的思想之流，来冲击我们坚定而刻板地尊奉的固有观念和习惯。……我们所推荐的文化，首先是一种内向的行动。②

这一关于文化的定义中不仅反复强调了"最优秀的思想和言论"及"最优秀知识"，而且强调要"调动起鲜活的思想之流"，这几乎跟前述文学批评的定义一模一样。也就是说，在阿诺德心目中，文学批评就是文化的一部分，而且是其核心部分。更须指出的是，无论是阿诺德的文化，还是他的文学批评，都是以趣味为轴心的。对这一点的理解必须结合阿诺德对机械主义的批判——上引文字中两次出现了"机械"一词："机械教条地遵循着陈旧的固有观念和习惯"，以及"机械刻板而造成的负面影响"，而机械主义者显然是趣味低下的，甚至是毫无趣味的。熟悉阿诺德的人都知道，他一生都把批判矛头对准了信奉机械主义的英国中产阶级，并称后者为"非利士人"（Philistines），这一带有贬义

---

① 该著题目一般被译为《文化与无政府状态》，但是笔者认为"失序"更贴近书中 anarchy 的原义。
② ［英］马修·阿诺德：《文化与无政府状态：政治与社会批评》，韩敏中译，生活·读书·新知三联书店 2008 年版，第 185—186 页。

第五章 完美点与文学批评：阿诺德的"雅趣之士"

的外号在《文化与失序》一书中俯拾皆是。英国学者琼斯（Tod E. Jones）曾经根据《文化与失序》中的阐述，指出非利士主义的主要特征之一就是"趣味平庸低俗"[1]。换言之，文化的批评对象就是非利士主义，而后者的特征就是低级趣味。这在阿诺德的另一篇名作《海因里希·海涅》中写得更为明白：文中把"非利士人"描述为"单调乏味、墨守陈规、与光明为敌的人；这种人愚昧成性，压制持不同意见者，但是势力很大"[2]。令人回味的是，阿诺德把"单调乏味"用来作为英国中产阶级——光明/文化的敌人——的首要修饰语，可见趣味在他的文化考量中有多重要。

简而言之，要了解阿诺德的文学批评观，就须了解他的文化观。然而，他所说的"文化"曾频遭攻讦。例如，伊格尔顿就视阿诺德为艾迪生一类的"精英主义"文人兼批评家，并认为后者的"文化就是帮助巩固英国统治集团的东西，而批评家则是这一历史性任务的承担者"[3]。基于这一立场，伊格尔顿断定阿诺德的文学批评使命是"把中产阶级意识形态这一药剂裹上文学糖衣"[4]，或者说是帮助没落贵族阶级向它的中产阶级新主人提供精神库存："中产阶级自己无法炮制出一套丰富而精致的意识形态，以此巩固自己的政治和经济权力，因此在阿诺德看来，社会的当务之急是用'希腊精神'来教化粗俗的中产阶级……"[5] 言下之意，刚从贵族阶级那里夺得政治、经济领导权的英国中产阶级/资产阶级急需进一步夺取文化领导权。伊格尔顿的下述定论至今还颇有影响："安东尼奥·葛兰西为现代无产阶级所作的诉求——

---

[1] Tod E. Jones, "Matthew Arnold's 'Philistinism' and Charles Kingsley", *The Victorian Newsletter*, Vol. 93, Spring 1998, pp. 2-3.

[2] Matthew Arnold, "Heinrich Heine", in R. H. Super ed. *Lectures and Essays in Criticism*, p. 112.

[3] Terry Eagleton, *The Function of Criticism*, p. 12.

[4] Terry Eagleton, *Literary Theory: An Introduction*, Minneapolis: The University of Minnesota Press, 1983, p. 26.

[5] Terry Eagleton, *Literary Theory: An Introduction*, p. 24.

主张无产阶级不但要争取物质权利，而且要争取'道德与精神领导权'——正是阿诺德为维多利亚资产阶级所作的诉求。"① 情形果真如此吗？

假如伊格尔顿所述属实，那么阿诺德怎会用极其激烈的言辞来抨击"非利士人"呢？他眼中那些"单调乏味"、"愚昧成性"、"与光明为敌的人"即便能接受"希腊精神"的教化，恐怕也不配拥有文化领导权吧？换言之，只从意识形态的视角死抠问题，无异于戕害阿诺德文化思想的精髓。《"文化辩护书"：19 世纪英国文化批评》一书曾援引大量例子证明："阿诺德所考虑的核心问题不是如何帮助贵族阶级与资产阶级争夺文化领导权，而是如何实现物质文明和精神文明的同步发展，以及如何实现新旧社会之间的完美过渡。"② 至于那些把阿诺德描述为"精英主义者"的观点，那就更站不住脚了。阿诺德曾经谱写过一些对下层人民饱蘸深情的诗歌，如《伦敦东部》（"East London"，1867）和《伦敦西部》（"West London"，1867）。一个特别有力的例子可在《伦敦西部》中找到：在通向美好与光明的文化之旅中起指引/领导作用的并非贵族阶级或资产阶级的"大人物"，而是一位"无名小人物"，一位身处社会最底层的流浪女子，以及她所象征和向往的崇高精神。鉴于《"文化辩护书"：19 世纪英国文化批评》已经对此有详细论证，此处就不再赘述③。不过，有一点还须一提：上引文字"实现新旧社会之间的完美过渡"实指阿诺德描绘的文化蓝图，他的文化定义——"世界上最优秀的知识和思想"——中"最优秀"一词就是对完美的研究和追求，其目的则是实现社会的完美转型，或者说是预防因社会转型过快或

---

① Terry Eagleton, *The Eagleton Reader*, edited by Stephen Regan, Malden: Blackwell, 1998, p. 172.
② 殷企平：《"文化辩护书"：19 世纪英国文化批评》，第 91 页。
③ 详见殷企平《"文化辩护书"：19 世纪英国文化批评》，第 86—91 页。

不当而引起的失序①。

正是在对完美的追求中，阿诺德看到了文学批评的作用，看到了趣味的作用。这其中微妙的关系，在英国学者加里·戴（Gary Day）的一段评述中可见一斑："在18世纪，文学批评的正当性由当时存在的公共领域得以确立，后者得益于理性的统御。研究有关趣味的事物，讨论日常问题，讲解文学作品，这一切都加强了理性的普遍性，并把那些参与这种文明交流的人确认为开明的主体。到了19世纪，这种公共领域消失了，文学批评家也随之陷入了孤立。文学批评也就多了一项新任务，即预防社会的失序。"② 这段话有两处最值得留意：一是把"研究有关趣味的事物"看作文学批评的首要任务，二是强调19世纪后文学批评的新增任务是"预防社会的失序"。我们知道，"失序"（anarchy）正是阿诺德的《文化与失序》——他的文化蓝图最倚重的力作——题目中的关键词之一，也是全书的关键词之一。至此，我们已经看清了这样一层关系：阿诺德描绘文化蓝图，是为了预防社会的失序；他从事文学批评，也是为了预防社会的失序；描绘文化蓝图也好，从事文学批评也好，都需要趣味来发挥中枢作用。

一言以蔽之，欲熟谙阿诺德文学批评的精髓，须着眼于作为他文化蓝图中枢的趣味。

第二节　权威与标准

什么是文学批评的权威和标准？这是阿诺德研究中的另一个热点问题，而且又跟趣味有关。

---

① 详见殷企平《"文化辩护书"：19世纪英国文化批评》，第81—85页。
② Gary Day, *The British Critical Tradition: A Re-evaluation*, New York: St. Martin's Press, 1993, p. 1.

前文提到，阿诺德的《诗歌研究》曾被誉为"趣味标杆"。这篇长文中多次出现了"试金石"（touchstone）一词，如在下面这段论述里那样："让我们永远记住大师们的诗行和词语，并把它们用作检验其他诗歌的试金石，再也没有比这更有助于发现哪些诗作堪称一流了，因而再也没有比这更有益于我们了"①。然而，阿诺德的"试金石"说在过去的一个世纪里频遭攻击，以致加里·戴干脆责之为"臭名昭著"②。加里·戴等人主要是沿袭了艾略特的观点，后者曾这样给阿诺德定性："与其说他是一位批评家，不如说他是文学批评的宣传家。"③言下之意，阿诺德在文学批评实践方面还不够水准，或者说拿不出评价文学作品的具体标准。无独有偶，加里·戴也这么说："阿诺德显然是一位文学的'高级理论家'，而不是实践型的批评家。他和约翰逊和柯勒律治不一样，并没有批评方法。"④当然，加里·戴承认阿诺德提出过"优美格调"（the accent of beauty）和"高度严肃"（high seriousness）等标准，但是在加里·戴看来，这些只是"最武断的标准"，其基础是由"雅趣之士"（men of taste）"建构起来的共识"，而"由此得出的特定判断没有文本支撑，没有任何关于文学文本形式特征的展示"⑤。加里·戴还一再强调"他（笔者按：指阿诺德）未能通过展示文本分析来做出判断"，因而"只能依靠'标准'、'感受力'和'趣味'等强制性的、冠冕堂皇的辞令"⑥。可是加里·戴们这样的评价公允吗？

依笔者之见，对阿诺德的上述诟病至少有两点值得商榷。

其一，阿诺德生活在19世纪，不能用后世的眼光来衡量他。由上文所示，阿诺德的"罪名"是未能展示文学文本的"形式特征"（the

---

① Matthew Arnold, *Essays in Criticism: Second Series*, p. 17.
② Gary Day, *The British Critical Tradition: A Re-evaluation*, p. 34.
③ T. S. Eliot, *The Sacred Wood*, London: Methuen & Co. Ltd., 1920, p. 1.
④ Gary Day, *The British Critical Tradition: A Re-evaluation*, p. 35.
⑤ Gary Day, *The British Critical Tradition: A Re-evaluation*, pp. 34-35.
⑥ Gary Day, *The British Critical Tradition: A Re-evaluation*, p. 35.

第五章　完美点与文学批评：阿诺德的"雅趣之士"

formal properties），这显然是以形式主义或英美新批评为评价标准的。事实上，就在上引文字所在的同一段落中，加里·戴称赞了新批评代表人物瑞恰慈，肯定其"含有分析方法的准科学语言"，并表扬利维斯传承了这一传统，"坚持对文本做艰苦而细致的解析，正是这种批评实践成了文学季刊《细察》中批评方法的主要基石"[①]。诚然，瑞恰慈和利维斯在文本细读方面极大地丰富了文学批评方法（此前艾略特已经做了类似的开拓工作），但是这些具体的操作方法和手段在阿诺德时期显然是不具备的，因而我们不能苛求他。

其二，阿诺德的"趣味"说也具有操作性，并且足以作为文学批评实践的一种标准，甚至是具有权威性的参照标准，而不是所谓"冠冕堂皇的辞令"。就这一点而言，我们可以用"艾略特之矛"，攻"艾略特之盾"。在《诗歌的用处与批评的用处》（*The Use of Poetry and the Use of Criticism*, 1933）一书中，艾略特对阿诺德有过如下褒奖："然而，你只要读了他的论文《诗歌研究》，就会折服于他所引用的那些诗文，引用得那样精当妥帖：一个人趣味高雅，最好的证明就是能像阿诺德那样得体地引经据典。那篇论文是英国文学批评的经典：言简意赅，虽惜墨如金，却颇具权威性。"[②] 事实上，阿诺德从事文学批评最常用、最典型的方法就是引经据典，用所引诗文来对照手头的研究对象，让后者的优劣高低，在比对中得以彰显。他常用的"试金石"（参见本节第二段）包括以荷马（Homer, c. 800-c. 701 BC）、品达（Pindar, 518-438 BC）、但丁（Alighieri Dante, 1265-1321）、莎士比亚（William Shakespeare, 1564-1616）和弥尔顿等人的作品为标杆。试问，用经典作为衡量标准，不厌其烦地比对，这何尝不是一种批评方法呢？有比较才有鉴别，才有趣味，只是它有一个前提，即批评家须熟读"经书"，其难

---

① Gary Day, *The British Critical Tradition: A Re-evaluation*, p. 35.
② T. S. Eliot, *The Use of Poetry and the Use of Criticism*, London: Faber and Faber Limited, 1933, p. 188.

度可想而知。也就是说，阿诺德不是没有批评方法，而是具有常人所难掌握的方法。根据安德森（Warren D. Anderson，1920-2001）的考证，"阿诺德不仅是首位真正熟谙欧洲研究领域的英国文学家，而且率先掌握了古典文学知识，并把它作为一种连续体来运用"①。此处所说的"古典文学知识"显然也包括了关于文本形式的知识，阿诺德在大量引用——引用即展示——经典文本时不可能不展示文本的形式特征。

可能有人会说，上述"展示"只停留在不言自喻的层面，而没有指出具体的形式特征。可是情形并非如此。阿诺德曾经为自己1853年所出的诗集写序，其中列举了最优秀的古希腊文学技巧，对此，安德森作过总结："布局清晰、结构严谨、风格简洁"，这些都显示了一种"自我克制，可谓严格，一丝不苟。"② 这里，"自我克制"（self-restraint）显然是一种趣味，体现于严谨的结构。如安德森所说，阿诺德很关注文学作品的形式结构，"关注结构的整体需求，追求一种总体感，而非'醒目段落'的随意聚合"③。当然，那些惯于挑剔的人仍然会觉得不够具体。例如，艾略特（就在紧接着赞扬阿诺德"得体地引经据典"那段文字之后）就批评阿诺德"对韵文的音乐品质不那么敏感"："在我的记忆中，他从来就不在从事文学批评时强调诗体的这一长处，音乐性可是诗体的基本优点啊！他不擅长我所说的'听觉想象'，即对音节和节奏的感觉……"④ 这一判断显然有失公允，对此我们只消参照一下阿诺德的《莫里斯·德·格兰》（"Maurice de Guérin"，1865）一文便知。该文一开篇就讨论了法国作家莫里斯·德·格兰（Georges Maurice de Guérin du Cayla，1810-1839）一个句子的韵律，接着通过跟

---

① Warren D. Anderson, *Mathew Arnold and the Classical Tradition*, Ann Arbor: The University of Michigan, 1988, p. 171.
② Warren D. Anderson, *Mathew Arnold and the Classical Tradition*, p. 50.
③ Warren D. Anderson, *Mathew Arnold and the Classical Tradition*, p. 50.
④ T. S. Eliot, *The Use of Poetry and the Use of Criticism*, p. 188.

第五章　完美点与文学批评：阿诺德的"雅趣之士"

莎士比亚、华兹华斯、济慈（John Keats，1795-1821）、夏多布里昂（François-René de Chateaubriand，1768-1848）和赛南库尔（Étienne Pivert de Senancour，1770-1846）等人诗行进行的对比，一方面指出格兰的散文作品也能（因其音乐性）"无比优越地展示诗歌魔力"①，另一方面指出他的诗歌不如他的散文，其原因是采用了亚历山大格律（Alexandrine）。阿诺德花了相当大的篇幅来讨论格律问题，仅摘录数句如下：

> 在我看来，法语中这种已有的格律——亚历山大格……作为一种高雅诗歌格律，它与六步格或希腊抑扬格（举例来说），或英国无韵诗相比都极为逊色……拉辛比不上索福克勒斯或莎士比亚，他在与舒波哀相比时也同样如此。这一点同样适用于我国18世纪的诗人们，这个世纪为其最高水准的诗歌提供的主要诗格就是一种不恰当的格律（与法国的亚历山大格一样，所采用的方式也几乎相同）——十音节对句格……与卢克莱修的自然诗相比，蒲柏的《人论》（Essay on Man）要逊色一些，因为卢克莱修拥有一种恰当的格律，而蒲柏没有。②

阿诺德所作的这些评述足以说明艾略特评价的谬误。这些评述说明阿诺德的趣味还体现于对诗词格律的甄别，这自然包括了他对音节和节奏的感觉。

上引（关于格律的）文字还说明了阿诺德的另一个重要观点，即评价作品并非全凭个人的趣味，而更多地取决于作家所处时代，以及不同时代、不同国度之间的互鉴。正如斯通所说，阿诺德在趣味/鉴别作

---

① Matthew Arnold, "Maurice de Guérin", in R. H. Super ed. *Lectures and Essays in Criticism*, p. 14.
② ［英］马修·阿诺德：《莫里斯·德·格兰》，载马修·阿诺德《批评集：1865》，杨果译，中央编译出版社2017年版，第80—81页。

品方面"维护的是集体标准和理想"（collective standards and ideals）[1]。此处，"集体"指的是全世界，而这跟阿诺德的文化观十分契合——前文提到，他曾把文化界定为"世界上最优秀的思想和言论"，其中自然包括了体现最佳文学趣味的思想和言论。斯通在论及上述文化定义时曾经指出："此处，阿诺德对'世界'的强调不亚于对'最优秀'的强调。"[2] 我们不妨加上一句：阿诺德对"集体"的强调不亚于对"标准"/"权威"的强调。也就是说，在阿诺德眼里，最具权威性的标准来自世界各国文学的荟萃。在上面那段鉴别诗歌格律的论述中，他不仅把眼光投向了英国和法国，而且投向了德国、古希腊和古罗马。事实上，几乎在所有批评实践中，他都博采众长，这意味着他的趣味和标准并非一成不变的，而是像斯通所说，"永远有待于完善，有待于更新"[3]。从这一角度看，那种把"武断"这顶帽子扣在阿诺德头上的做法也是错误的。

说到"集体标准和理想"，阿诺德还有一个相关主张值得一提，即建立一个像法兰西学院（the French Academy）那样的"趣味中心"："要建立一个公认的权威机构，以便为我们树立思想和趣味方面的高标准。"[4] 阿诺德是在《学院的文学影响》（"The Literary Influence of Academies"，1865）一文中提出这一主张的，并一再称赞"法兰西学院这个体现最佳文学观点的最高机构，一个思想格调和趣味方面的公认权威"[5]。在该文中，"趣味"一词出现了十来次，而且都服务于"集体标准和理想"。阿诺德这样主张，不仅是为了防止个人趣味的盲目性和武断性，更是为了防止整个国家妄自尊大。事实上，这篇文章的直接起因

---

[1] See Donald Stone, *Communications with the Future*, p. 9.
[2] Donald Stone, *Communications with the Future*, p. 3.
[3] Donald Stone, *Communications with the Future*, p. 3.
[4] Matthew Arnold, "The Literary Influence of Academies", in R. H. Super ed. *Lectures and Essays in Criticism*, p. 235.
[5] Matthew Arnold, "Maurice de Guérin", p. 257.

是麦考莱（T. B. Macaulay，1800-1859）的一句"豪言壮语"："现存英语文学的价值，要远胜于三百年前形成于全世界所有语言中的文学。"①阿诺德从中看到了"一种小家子气"（a note of provinciality），视其为"正当趣味"（correct taste）的敌人，因此提出要建立一个"趣味中心"："要有一个正确信息、正确判断和正当趣味的中心，它对一种文学的影响越少，我们在这种文学里发现的小家子气就越多。"② 可以说，阿诺德"趣味中心"论是一种悖论：它不是要建立一种君临其他国家文学的权威，而是要防止自己的同胞狂妄自大。

让我们援引《学院的文学影响》的结束语，作为本小节的结束语："像我在本文开头用麦考莱勋爵语录所示的那样，对我们自己或我们文学的一切简单称颂都是低俗的，低俗之余，还让我们停滞"③。阿诺德此处所说的"低俗"（vulgar），正是他所说趣味的对立面，从中我们不难感受到一种对权威/标准的重视。

第三节 完美点与"雅趣之士"

前文提到，阿诺德是一位优秀的文学批评家，他擅长得体地引经据典，这足以体现他的趣味。可能有人还会问：此处的"得体"有具体的衡量标准吗？要回答这一问题，我们似乎可以从阿甘本说起。

阿甘本曾就趣味问题提出一个有趣的术语，即"完美点"（the point de perfection）。阿甘本是在论述"雅趣之士"（the man of taste）时提出这一概念的："大约在17世纪中期，欧洲社会出现了雅趣之士的身影，即具备一种特殊禀赋的人物。按照当时的说法，这种人物几乎带有第六

---

① Matthew Arnold, "Maurice de Guérin", p. 232.
② Matthew Arnold, "Maurice de Guérin", p. 245.
③ Matthew Arnold, "Maurice de Guérin", p. 257.

感觉，足以使他把握艺术的完美点——抓住了这一完美点，就抓住了任何艺术品的特点。"① 阿甘本还说，一个人若能感受并热爱上述完美点，他/她就有了"完美的趣味"（a perfect taste）："凡是艺术，皆有完美点，就像大自然中的事物总有某一点能反映她的美好和完整。不管是谁，只要能感觉并热爱这一完美点，就拥有了完美的趣味。反之，如果感受不到这个完美点，或是所爱达不到那个完美点，或是越过了那个点，那就是缺乏趣味。"② 依笔者之见，我们可以借用阿甘本的学说，来形容阿诺德的批评实践。理由是阿诺德虽然没有用这一概念表述他的标准，但实际上正是依循着是否具备"完美点"来评价文学作品，从而展示"完美点"所体现的趣味。

一个最典型的例子可以在《但丁与比阿特丽斯》（"Dante and Beatrice", 1862）一文中找到。在这篇论文中，阿诺德就但丁笔下人物比阿特丽斯的象征意义提出了独到的见解。此前许多评论家——尤其是翻译家马丁（Theodore Martin, 1816-1909）——都过于强调现实生活中的比阿特丽斯与但丁之间的关系：相传但丁在9岁时，就对比阿特丽斯一见倾心；九年后两人在佛罗伦萨的一座老桥上再次相见，但丁于是魂不守舍；虽然他俩从未直接有过交谈，而且比阿特丽斯在嫁与他人后不久身亡，可是但丁对她的倾慕却伴随一生。在但丁的《新生》和《神曲》这两部作品中，都出现了比阿特丽斯这一人物，而评论家们往往把她仅仅看作但丁实际生活中的感情寄托，并据此揣测但丁生前的种种琐事，尤其是他跟妻子之间的关系。换言之，不少评论家们热衷于寻找但丁作品与他私人生活之间的一一对应关系。针对这一情形，阿诺德发表了如下观点：

---

① Matthew Arnold, "Maurice de Guérin", p. 235.
② Giorgio Agamben, *The Man without Content*, p. 13.

第五章 完美点与文学批评:阿诺德的"雅趣之士"

是的,一个真实的比阿特丽斯无疑存在过。但丁见过真人,见过她从眼前走过,而且因她而激情澎湃。他从实际生活的外部世界里汲取了这一基本事实:这一基础对于他是必不可少的,因为他是一位艺术家。

然而,作为艺术家,他有以下事实做基础就足够了:见过比阿特丽斯两、三次,跟她交谈过两、三次,感受到了她的美、她的魅力,因她的婚姻和死亡而动情——这些就够了。艺术要以事实做基础,但是也要尽可能自由地处理现实基础。当艺术处理的对象太接近、太真实时,想要最洒脱地加以处理的愿望就会受挫。可以说,假如但丁把自己跟比阿特丽斯的关系描述得更确定、更亲密、更长久,更按当时的实际情形来描述对她的爱慕,那多少会妨碍这些关系的自由运用,也就有损艺术效果。[1]

阿诺德此处论述的是艺术和素材之间的辩证关系:艺术必须从实际生活中汲取素材,少了不行;然而,若是拘泥于炮制生活实际的翻版,那就有损艺术效果。阿诺德这样论述,不就意味着需要定格于一个"完美点"吗?如果现实基础少了,就是阿甘本所说的"达不到那个完美点",而强调现实基础过了头,则是"越过了那个点",二者都是"缺乏趣味"(参见本小节第二段)。

阿诺德心中有一条"完美线"。更确切地说,他在判断一部作品是否具有良好趣味时,会看它有没有"越线"(cross the line)。例如,金克莱(Alexander William Kinglake,1809-1891)曾经因《克里米亚入侵》(*Invasion of the Crimea*,1863-1887)的前两卷(共有八卷)而一

---

[1] Matthew Arnold, "Dante and Beatrice", in R. H. Super ed. *Lectures and Essays in Criticism*, p. 5.

炮走红，人们纷纷赞扬该书的文体风格，可是阿诺德却批评他的文风有失"雅兴"（Attic taste），原因是"他有时候会因爱国情绪而愤怒，头脑有点儿发热，于是便越过了那条线，失去了完美的分寸感"[1]。这里，"越过了那条线"可谓与阿甘本的"越过了那个点"异曲同工。

在上引文字中，"完美的分寸感"值得特别留意。阿诺德在许多场合都强调文风的分寸感、适度感、节制感和平衡感。他在上文所提对金克莱的批评中，还用梯也尔（Marie Joseph Louis Adolphe Thiers, 1797-1877）作对照，称后者受过良好教育，因而"文风优越"，体现了一种"健康的节制感"（wholesome restraining）[2]。阿诺德还曾拿当时伦敦的文学批评家跟巴黎的批评家相比较，发现后者远胜于前者，皆因后者更有"持重感"（sobriety）和"分寸感"（measure）[3]。他还对法国作家朱伯特（Joseph Joubert, 1754-1824）赞赏有加，认为斯塔尔夫人（Anne Louise Germaine de Staël-Holstein, 1766-1817）"够不上他的趣味"，原因是斯塔尔夫人"激情有余，真理不足；热度有余，光亮不足"[4]。另一个例子可以在他对罗斯金的点评中找到。尽管阿诺德承认罗斯金常常语出惊人，甚至有"精湛的文风"[5]，但是后者对莎士比亚笔下众多人物名字背后的语源学考证却引起了阿诺德的不满：罗斯金曾不厌其烦地追根寻源，试图证明相关人物名字的意义，如汉姆莱特（Hamlet）的名字暗含"带有家庭特点的"（homely）意思，而"整个悲剧事件恰好以对家庭义务的背叛为轴心"[6]。阿诺德对这样的文本解读提出了如下批评："……这样的解读真是夸张得离谱！我不是说莎士比亚笔下人物名字的意思（姑且不论罗斯金先生的语源学考证是否正

---

[1] Matthew Arnold, "Maurice de Guérin", p. 256.
[2] Matthew Arnold, "Maurice de Guérin", p. 255.
[3] Matthew Arnold, "The Literary Influence of Academies", p. 254.
[4] Matthew Arnold, "Joubert", in R. H. Super ed. *Lectures and Essays in Criticism*, p. 186.
[5] Matthew Arnold, "Maurice de Guérin", p. 251.
[6] Matthew Arnold, "Maurice de Guérin", p. 252.

第五章　完美点与文学批评：阿诺德的"雅趣之士"

确）对作品的理解毫无影响，因而可以完全忽略。然而，把人名解读提升到那样显著的程度，这犹如异想天开，置适度性和均衡性于全然不顾，完全失去了思想的平衡。这样的批评解读过分牵强，尽显小家子气"①。我们由此再次瞥见了阿诺德关于"完美点/线"的尺度：文学人物名字的意思固然不可忽视，但是强调过头了，那就过犹不及。换言之，他对文学人物名字的解读，就像对其他（文学作品）细节的解读一样，心里有一条完美线——忽视人物名字的寓意，那就是不及完美线，而过分重视，那就是越线；两者都不完美。阿诺德的趣味由此可见一斑。

最后还须指出的是，阿诺德在文学批评实践中讲求"完美点/线"，这跟他文化蓝图中描绘的总目标是一致的。本文第一小节中提到，阿诺德心目中的"文化"意味着对"完美"的研究和追求，而这"完美"离不开以适度感、分寸感为核心意蕴的趣味。让我们再引用《文化与失序》中的一段论述，作为印证：

> 就在我们的自由、体格锻炼和工业才能开始得到世界的瞩目时，世界却没有因为看到我们的这些长处而表现出热爱、钦羡……原因难道不正是我们那种机械的行为方式吗？我们将自由、强健的体魄和工业技术本身当作了目的来追求，而没有将这些事情同人类臻于完美的总目标联系起来……英式的自由，英式的工业，英式的强健，我们一概都在盲目地推进，我们把握这些事物时根本没有适度感、分寸感，因为我们的头脑里缺乏人类和谐发展、达到完善的理想，我们并不是在这理想的促使下开始行动、不是用理想来指导我们所做的工作。②

---

① Matthew Arnold, "Maurice de Guérin", p. 252.
② ［英］马修·阿诺德：《文化与无政府状态：政治与社会批评》，第130页。

在这段话里,"人类臻于完美的总目标"、"适度感"和"分寸感"这几个关键词跟本小节的论证不是很契合吗?当阿诺德从事文学批评,尤其是探究审美趣味时,他关心的是文化问题,其中的奥妙曾被高晓玲点明:跟同时代的穆勒等人相比,"阿诺德则更忧虑审美趣味的庸俗化和道德失序问题,倡导以'最优秀的思想与言论'引领时代精神,塑造'最好的自我',借助诗歌和文化实现大众的精神救赎"①。此处,趣味和文化的关系已经被勾勒得非常清楚。

我们不妨用阿诺德论文学批评功能的一段话作为本节的结束语:"文学批评最重要的功能是检验文学图书,考察它们是否对某个民族或全世界的总体文化产生了应有的影响。文学批评是上述文化的特聘护卫,而且我们可以这样构想:所有文学作品都以这样或那样的方式对相关文化产生了作用。"② 还得加上一句:没有趣味,就没有批评,也就没有文化。

---

① 高晓玲:《诗性真理:转型焦虑在 19 世纪英国文学中的表征》,《外国文学研究》2018 年第 4 期。

② Matthew Arnold, "The Bishop and the Philosopher", in R. H. Super ed. *Lectures and Essays in Criticism*, p. 41.

第六章

道是有情却无情：罗斯金趣味观背后的贫困美学

艺术史家豪泽尔（Arnold Hauser）在《艺术社会史》（*The Social History of Art*）中指出："毫无疑问，是罗斯金首次将艺术与趣味的衰落阐释为普遍文化危机的征兆（the sign of general cultural crisis）。"[1] 根据豪泽尔的观点，"趣味"是理解罗斯金文化观的关键环节。不仅如此，趣味还是有机串联罗斯金前期美学思想和后期社会改良愿景的重要概念。在罗斯金看来，唯有唤醒对美的认知，人们的生活才能真正得到改善。因此，他长期以改善民族趣味为己任，其对趣味的讨论贯穿了《现代画家》（*Modern Painters*）、《建筑的七盏明灯》（*The Seven Lamps of Architecture*）、《威尼斯之石》（*The Stones of Venice*）、《艺术的政治经济学》（*The Political Economy of Art*）、《最后来的》（*Unto This Last*）等多部作品。正因如此，李大钊曾评价罗斯金为"以精神改造为归宿"的趣味派[2]。

自20世纪"罗斯金研究的复兴"[3] 以来，国外学界对罗斯金的关注

---

[1] Arnold Hauser, *The Social History of Art*, Vol. IV, London and New York: Routledge, 2005, p. 66.
[2] 转引自黄淳《约翰·罗斯金在20世纪初的中国》，《新文学史料》2016年第4期。
[3] Elizabeth Helsinger, "Millennial Ruskins", *Victorian Studies*, Vol. 44, No. 2, Winter 2002, p. 275.

有所升温，研究者们往往将视角聚焦于其美学批评、社会批评、宗教思想、建筑与设计理念、生态思想、教育理念等。相较而言，国内学界对罗斯金的关注却付之阙如，相关研究散见于对上述领域的零星讨论。迄今为止，尚无学者对罗斯金的趣味观进行系统性的梳理，更无学者注意到，罗斯金的趣味观集中体现在他对"如画"（picturesque）概念的批判和重构、对科学趣味的反思与对消费趣味的阐释中。本章及下一章将分为上、下两个部分，分别从罗斯金对如画的批判和重构切入，延伸至其趣味观念背后的贫困美学和伦理美学，以期廓清罗斯金笔下的趣味观念。

第一节　斯坦菲尔德的风车磨坊：次等如画趣味

要了解罗斯金的趣味观，就要首先了解罗斯金眼中的"次等"如画趣味（the lower picturesque），即坏的趣味。在《现代画家》第四卷的开篇《论特纳式如画》（"Of the Turnerian Picturesque"）中，罗斯金从英国画家斯坦菲尔德（Clarkson Stanfield）所绘的风车磨坊（见图6-1）切入，指出传统如画美学隶属次等美学趣味之列。此处，我们不妨从斯坦菲尔德的风车磨坊开始说起。

斯坦菲尔德的风车磨坊体现了传统如画趣味对粗糙、不规则性和参差多态等形式特征的重视。画家选取衰败的磨坊、粗粝的石子、凌乱的杂草和衣衫褴褛的劳动者入画，辅以变化多端的线条和光影，精心营造了一片"赏心悦目"（pleasant in painting）[①]的废墟之景。罗斯金对斯坦菲尔德的得意之作如此评价：

磨坊粗糙（ruggedness）的屋顶极为有趣，看起来就像是

[①] John Ruskin, *Modern Painters*, Vol. IV, Edinburgh and London: Ballantyne, Hanson &Co., 1902, p.6.

第六章　道是有情却无情：罗斯金趣味观背后的贫困美学

图 6-1　《如画的风车》

（图左为斯坦菲尔德所作，图右为特纳所作）

周边建着牧人小屋的多石山峰（stony peak）；那变化多端（varied）的造型和弧线是经过刻意设计的……画面中风车叶片歪歪扭扭，状如残骸（wrecks），却可媲美阿尔卑斯山中的小桥流水；但它们看起来又似乎不曾派过用场；叶片交叉和弯曲（bent）的方式极不自然，看起来像是变形了（cramped），或者被压弯（warped）了；支架看起来也远比真实使用中的笨重……磨坊中的粘土墙美丽得如同白垩悬崖，墙面被雨水冲刷出道道痕迹，还覆盖着苔藓；墙角堆积着碎石（crumbled），间或生长着杂草或遍地蔓延的植物。但这样的磨坊显然不处于使用状态。①

罗斯金评论中一再谈及的"多变"和"粗糙"，正是吉尔平（William Gilpin）用以界定如画的关键特性。"Picturesque"一词源自意大利

① John Ruskin, *Modern Painters*, Vol. IV, pp. 7–8.

语 pittoresco，原指"像画一样"。如画理论的美学渊源需要追溯至伯克发表于 18 世纪中期的《关于我们的崇高和美的观念起源的哲学探究》一书。伯克指出，具有规律性、平滑度和和谐比例的物体能够引发理性层面的愉悦，这样的物体是优美的（beautiful）；而巨大、不规则、宏伟、杂乱无章的物体则会激发情感上的恐惧和敬畏，后者是崇高的（sublime）。伯克对美的分类在当时固然令人耳目一新，却并非十全十美。事实上，它在 18 世纪引发了不少关于美的争议：自然界中存在大量难以让观看者产生恐惧或敬畏之情的不规则物体，此类物体既称不上优美，也算不上崇高，它们处于二者之间的真空地带。

有鉴于此，在 18 世纪中后期，吉尔平基于伯克对美的分类引入了第三种美学概念——如画。吉尔平称："优美的事物与如画的事物，即在自然状态下赏心悦目的事物，与在绘画中可以展示出悦人品质的事物，这两者当然是不同的。如果能将它们明确区分，那么关于美的辩论就可以减少很多混乱。"[1] 具体而言，吉尔平认为"粗糙"（roughness）是区别如画与优美的最本质特征[2]，"变化"（variety）和"不规则感"（irregularity）则是粗糙的变体[3]。换言之，相较于平滑、整齐的优美事物，如画的事物往往是粗糙、不规则、多变的，或者借罗斯金的话说，它们具备某些"崇高的元素"（elements of sublimity），例如复杂的光影、变幻的色彩、起伏的造型等等[4]。这些元素让它们在画面中显得更加生动，因而也更适合入画。吉尔平因此倡议画家切莫混淆如画和优美的适用场合，在创作中遵循如画法则，"将草坪变成开垦后的土地，种

---

[1] William Gilpin, *Three Essays on Picturesque Beauty; on Picturesque Travel; and on Sketching Landscape*, London: Printed for R. Blamire, in the Strand, 1792, p. 2.

[2] William Gilpin, *Three Essays on Picturesque Beauty; on Picturesque Travel; and on Sketching Landscape*, p. 6.

[3] See William Gilpin, *Three Essays on Picturesque Beauty; on Picturesque Travel; and on Sketching Landscape*, p. 20, p. 27.

[4] John Ruskin, *Modern Painters*, Vol. IV, p. 6.

第六章　道是有情却无情：罗斯金趣味观背后的贫困美学

上表面凹凸不平（rugged）的橡树来取代花丛，破坏步道的边沿，再绘上车辙，把道路变得更崎岖，还要四处点缀一些石块与灌木丛。一言以蔽之，要让画面整体上显得粗糙而非光滑，这样也就达到了如画的效果。"①

继提出上述理论以后，吉尔平又在1782年至1809年间连续出版8本有关如何欣赏如画美的游记，推动了如画趣味在19世纪的普及②。截止《现代画家》第四卷发表之时③，上述有关趣味的描述已"遍布于常见的绘本和剪贴簿，吸引了法国、英国、德国最受欢迎的山水画家"④。显而易见，斯坦菲尔德的风车磨坊也是依据吉尔平的趣味配方加工而成的如画之作。吉尔平式如画趣味在当时如此司空见惯，以至在人们眼中，经如画手法美化的风景几乎取代了风景原貌，正如巴雷尔（John Barrell）所指出："对当时的人来说，他们早已内化了如画趣味，并以'如画之眼'观看世界。如此这番，'如画'的外观反倒成了自然的外观。"⑤

罗斯金自早年起便深受如画趣味的熏陶。在1831和1834年，罗斯金先后师从朗西曼（Charles Runciman）和菲尔丁（Anthony Vandyke Copley Fielding）这两位当时著名的如画艺术家学习绘画。罗斯金在自传中回忆道：在1832年时，他已经摸索出一种钢笔画风格，用双线和破碎的轮廓营造阴影，以取得如画效果⑥。在1846年发表的《现代画

---

① William Gilpin, *Three Essays on Picturesque Beauty*; *on Picturesque Travel*; *and on Sketching Landscape*, p. 8.
② 参见何畅《"如画"趣味背后的伦理缺场：从吉尔平的〈怀河见闻〉谈起》，《文学跨学科研究》2018年第1期。
③ 《现代画家》第四卷首发于1856年。
④ John Ruskin, *Modern Painters*, Vol. IV, p. 7.
⑤ Qtd. in Stephen Copley and Peter Garside, eds., *The Politics of the Picturesque*: *Literature, Landscape and Aesthetics since 1770*, Cambridge: Cambridge University Press, 2010, p. 8.
⑥ E. T. Cook and Alexander Wedderburn, eds., *The Works of John Ruskin*, library edition, Vol. XXXV, London: George Allen, 1908, p. 622. 罗斯金这一阶段所作之画可参见图6-2。

家》第一卷中，罗斯金使用了"如画"一词来评价他的另一位绘画老师——哈丁（J. D. Harding）。哈丁的树在罗斯金看来"往往形状不甚完美，枝杈横斜，各边的树叶分布也不均衡"，但这种不完美却颇具"如画"之效①。在《建筑七灯》和《威尼斯之石》中，罗斯金则将视域拓展到建筑中的如画问题。罗斯金对这一美学观念的熟稔由此可见一斑。

图6-2 《树与池塘》约翰·罗斯金，1831或1832年

值得一提的是，罗斯金并未理所当然地全盘接受风靡一时的如画趣味。事实上，在数年的绘画训练和观察中，罗斯金对这种一味注重外形，而忽略事物本质特性的趣味日渐感到不安。这种不安在他对哈丁的评价中已经初露端倪——他直言哈丁的如画有违真实②；在他对斯坦菲尔德的评价中这种不安又进一步彰显：他以"次等如画"为吉尔平的如画重新命名，并反讽斯坦菲尔德为"次等如画大师"。罗斯金似乎意图将这一家喻户晓的概念陌生化，从而引发受众对吉尔平以来的如画热潮的批判性思考。那么，罗斯金究竟为什么称之为"次等"的如画呢？

第二节 风车磨坊背后的贫困美学

在罗斯金看来，"次等如画"是一种以"以废墟为乐"（a delight in

① E. T. Cook and Alexander Wedderburn, eds., *The Works of John Ruskin*, library edition, Vol. Ⅲ, London: George Allen, 1903, p. 601.

② E. T. Cook and Alexander Wedderburn, eds., *The Works of John Ruskin*, Vol. Ⅲ, p. 601.

第六章 道是有情却无情：罗斯金趣味观背后的贫困美学

ruin)①、将"贫困、黑暗与罪恶"（poverty, and darkness, and guilt)②商业化的低级趣味，其本质是无情的贫困美学（the aesthetics of poverty）。

还是以斯坦菲尔德的废弃磨坊为例。在画面中，"荒废的磨坊"这一能指所指涉的真实苦难——磨坊主不是破产，就是过世了——被变幻的光影、粗糙的外形、凌乱的线条等令人眼花缭乱的技巧巧妙地遮蔽了。非但如此，它还诡异地呈现出一种欢快明亮的氛围："整个画面因磨坊而焕发光彩，每道裂纹都像是特殊的珍宝或财富令人欢喜。"③ 不难推测，斯坦菲尔德在创作时不仅没有为磨坊主人的不幸感到悲伤，反而为找到这一适合入画的对象倍感欣喜。同样，如画爱好者们对"倾颓的村舍、荒凉的别墅、无人问津的村庄、病恹恹的身体、废弃的城堡"④ 之热衷，与其说是在意这些意象背后的不幸，不如说是迷恋这些意象在画面中呈现的参差轮廓。罗斯金由此慨叹次等如画趣味的冷漠和残酷："在某种意义上，次等如画理念显然是无情（heartless）的；它的爱好者以铁石心肠直面世界。当见到无序（disorder）和废墟（ruin）时，其他人或多或少会感到遗憾，唯独次等如画的爱好者为此感到欢欣，并且丝毫不在意它们形成的原因。"⑤

大多数评论者对罗斯金"次等如画"的解读仅停留在上述"以废墟为乐"的层面，却不曾注意到它的另一层深意。在"无情论"的同一段落，罗斯金又指出："贫困、黑暗和罪恶，纷纷为（次等如画爱好者）的愉悦想法做出了贡献。"⑥ 评论者往往将此处的"贫困、黑暗和罪恶"视作乡村"废墟"的延伸，却没有意识到罗斯金在此批判的是维多利亚时期中产阶级对城市贫民窟的病态趣味（taste for slum）。在

---

① John Ruskin, *Modern Painters*, Vol. IV, p. 1.
② John Ruskin, *Modern Painters*, Vol. IV, p. 10.
③ John Ruskin, *Modern Painters*, Vol. IV, p. 9.
④ John Ruskin, *Modern Painters*, Vol. IV, p. 10.
⑤ John Ruskin, *Modern Painters*, Vol. IV, p. 10.
⑥ John Ruskin, *Modern Painters*, Vol. IV, p. 10.

◎ 英国文学"趣味"观念探源

19世纪，城市贫民窟又被称作"黑暗之洲"（the dark continent）或是"黑暗的深渊"（the dark abyss）[1]，狄更斯（Charles Dickens）、吉辛（George Gissing）等作家笔下曾多次出现"黑暗之城"一类的意象[2]。贫民窟无异于滋生社会弊病的温床，其贫苦自不必说，犯罪率也居高不下。1845年，狄更斯到访那不勒斯贫困区（the Naples slums），震惊之余作出如下评价："这儿的平民百姓状况令人沮丧和震惊。传统的如画观念竟伴随着如此凄惨和堕落的景象。随着世界的发展，恐怕（我们）必须构建一种新的如画观念。"[3] 威廉斯因而如此总结："以伦敦东部[4]为标志性范例，伦敦的黑暗和贫穷形象占据了主导地位，且上述形象在文学和社会思想中都处于中心位置。"[5] 热衷于"插手社会事务"的罗斯金自然不可能忽略这一日渐显现的城市病，他笔下的"贫困、黑暗和罪恶"完全有可能是对当时城市贫民窟的指涉，而他对次等如画的批判实际也完全有可能是对狄更斯提倡的新如画观念的某种回应[6]。

那么，贫民窟究竟与如画存在怎样的内在关联？维多利亚时期，伦敦地区遗留着大量中心对称、线条明确、秩序井然、整齐划一的乔治亚时期建筑（Georgian architecture）。这种在18世纪风靡一时的建筑风格在一个世纪之后却频遭攻讦。1834年，英国皇家学院展览馆的建筑设

---

[1] 在维多利亚时期，贫民窟聚集的伦敦东区往往被称为"黑暗之洲"，这个名称在当时也用来指代非洲。如布斯所言："既然存在至暗的非洲，难道就不存在至暗英格兰（the darkest England）吗？"See Malte Steinbrink, "'We did the Slum！'-Urban Poverty Tourism in Historical Perspective", *Tourism Geographies: An International Journal of Tourism Space, Place and Environment*, Vol. 14, No. 2, 2012, p. 220.

[2] 参见［英］雷蒙·威廉斯《乡村与城市》，韩子满、刘戈、徐珊珊译，商务印书馆2013年版，第293—316页。

[3] Malcolm Andrews, "The Metropolitan Picturesque", in Stephen Copley and Peter Garside, eds. *The Politics of the Picturesque: Literature, Landscape and Aesthetics since 1770*, Cambridge: Cambridge University Press, 1994, p. 286.

[4] 在19世纪，伦敦东部是贫民窟的聚集地。

[5] ［英］雷蒙·威廉斯：《乡村与城市》，第301页。

[6] 罗斯金非常熟悉狄更斯的作品，他还曾在1851年亲自拜访狄更斯。See Jeremy Tambling, "Wreckage and Ruin: Turner, Dickens, Ruskin", in *Reading Dickens Differently*, John Wiley&Sons Ltd., 2019, pp. 125-147.

第六章　道是有情却无情：罗斯金趣味观背后的贫困美学

计师斯默克（Sydney Smirke）称："如今，我们是一个极度缺乏如画趣味的可悲民族。除了在我们国家，哪里还能看得到那么多没有檐口、没有门框线、没有任何建筑装饰的光秃秃的房屋，列成一排排一眼望不到尽头的街道呢？"① 1868年，《建筑师》（Builder）杂志也将矛头对准了乔治亚风格的建筑，认为那些"死气沉沉的墙壁和毫无意义的窗户，放在任何一个文明的国家，都远远称不上如画"②。面对"过时"的乔治亚时期建筑，部分追逐如画风尚的人竟然开始将目光投向狭窄阴暗、肮脏混乱的贫民窟，在城市的"黑暗中心"建构如画的他者。在他们看来，贫民窟首先是一个未经规划、无组织、缺乏基本设施的物理空间。它是井然有序的文明社会的对立面，是对古典美学所追求的统一、秩序、整洁的威胁和挑战。

有鉴于此，伦敦的贫民窟旅游（slumming）③于19世纪中期兴起，并迅速发展为一种集体性的商业行为，成为中上阶级趋之若鹜的新风尚。截止1890年代，贝德克尔（Baedeker）等出版商不仅会将商店、剧院、纪念碑、教堂等景点列入伦敦旅游指南，还会引导游客参观白教堂（Whitechapel）、肖迪奇（Shoreditch）这类臭名昭著的贫民区④。如果说18世纪的如画爱好者热衷于在英格兰的各个偏远乡村寻访如画美景和乡村贫民（the rural poor），那么，19世纪的如画爱好者则成群结队地涌入伴随着城市化出现的城市黑暗腹地⑤，以"如画之眼"猎奇地

---

① Malcolm Andrews, "The Metropolitan Picturesque", p. 285.
② Malcolm Andrews, "The Metropolitan Picturesque", pp. 283-284.
③ Slumming一词最初出现于1850年左右，特指上层阶级参观东区。See Malte Steinbrink, "'We did the Slum!'-Urban Poverty Tourism in Historical Perspective", p. 220.
④ Seth Koven, Slumming: Sexual and Social Politics in Victorian London, Princeton and Oxford: Princeton University Press, 2004, p. 1.
⑤ 从18到19世纪，随着工业革命的推进，英国人口分布的重心从农村转向城市。到18世纪末，始于伦敦的城市化进程已扩散至全国，英国各地的城市人口急剧增加。以伦敦为例，在短短一个世纪的时间内，其城市人口便从一百万增长到了六百万。同时期，伦敦内部的贫富差距也达到了前所未有的程度。这种贫富差距以地理上东西分布的方式直观地呈现了出来。越来越多的富人逐渐向伦敦西部的郊区迁移，伦敦东区则成了贫民窟的聚集地，汇聚了越来越多的贫穷人口。

— 165 —

打量、欣赏距他们咫尺之遥的狭窄的巷道、拥挤的住所、肮脏的窗户、缺乏排水设施和自来水管的街道，以及那些衣不蔽体、瘦骨嶙峋的城市贫民（the urban poor）[1]。维多利亚中产阶级往往以"慈善"这一利他动机来包装贫民窟如画游，尽管他们的真实动机多是为了满足窥探欲、彰显特权，更有甚者特地来此寻欢作乐。如科文（Seth Koven）所言："贫民窟旅游的风尚鼓励观看者淡化贫困问题，将其转变为服务自我的娱乐，并持续宣扬有关穷人之野蛮的荒谬偏见。它以社会利他主义为包装，掩盖其背后的强烈欲望。"[2] 正是在这个意义上，这些走马观花的如画爱好者无形中参与了一场将贫困美学化（the aestheticization of poverty）的共谋。他们将贫民窟构建为被消费的商品，将汇集了失业、犯罪、色情等诸多社会问题的城市"黑暗中心"打造成吸引商业资本的如画游景点；如此既满足了中产阶级自身的窥视欲，又延宕了贫民窟潜在的社会威胁。如罗伊所言，"贫困的审美化是在观看者与被观看者之间建立一种审美与被审美的（而非政治的）关系"，它是一种"空间的意识形态"[3]。

这种将政治和道德寓意从"贫困"的语义中剥离的美学行为可追溯至吉尔平。在如画概念的诞生之初，吉尔平便为其定下了去道德化、去政治化的基调。在早期关于风景的讨论《斯托园园林对话》中，吉尔平初次提出如画美，并将它与道德美相区别。对话在两位绅士游客间展开。他们步入斯托园，被园中一处废墟吸引，发现"它为湖景增色不

---

[1] 1884年5月3日的《喷趣》（Punch）杂志上便刊登了一幅描绘贫民窟旅游的漫画：一位衣冠楚楚的牧师带着两位衣着华丽的女士前往贫民窟，高高在上地打量着眼前赤着脚的瘦弱小孩、伛偻着身子的醉汉还有周围众多面容不洁、衣衫褴褛的贫民窟居民。参见图 6-3 "In Slummibus"，图片来源：https://review.gale.com/2018/04/25/the-very-latest-craze-slumming-parties-in-the-late-nineteenth-century/

[2] Seth Koven, Slumming: Sexual and Social Politics in Victorian London, pp. 6-7.

[3] Qtd. in Kim Dovey and Ross King, "Informal Urbanism and the Taste for Slums", Tourism Geographies: An International Journal of Tourism Space, Place and Environment, Vol. 14, No. 2, 2012, p. 290.

第六章　道是有情却无情：罗斯金趣味观背后的贫困美学

图 6-3　《贫民窟之旅》

少"，"颇具如画美，并且这类事物能够激发想象的愉悦"①。其中一位游客有感于此，不禁问道："相较于多样、丰饶的完美景色，为什么废弃之景更令人陶醉呢？"② 吉尔平借另一位游客之口回答道：

> 你无法区别自然美和道德美（natural and moral beauties）的差异吗？毫无疑问，当我们凝视丰饶、怡和的乡村景色，看到那里房舍俨然，田畴整饬，一切便利有用，我们的内心自然③会激荡出最大的乐趣。但是，这样的规整和严谨无法给人

---

①　William Gilpin, *Upon the Gardens of the Right Honourable the Lord Viscount Cobham*, at Stow in Buckinghamshire, London: Printed for B. Seeley, and Sold by J. and J. Rivington, 1749, p. 4.

②　William Gilpin, *Upon the Gardens of the Right Honourable the Lord Viscount Cobham*, at Stow in Buckinghamshire, pp. 4–5.

③　吉尔平此处的原文用的是 social affections，但他所指的就是自然情感，即 natural affections。该用法可追溯至沙夫茨伯里的"自然情感论"。沙夫茨伯里提出，自然情感导向公众的利益，因而也称作社会情感。沙夫茨伯里借此说明，人天生具有一种协调与他人的关系，从而获得整体关怀的情感能力。参见何畅《情感·文雅·习俗——沙夫茨伯里的"趣味"观》，《国外文学》2020 年第 3 期。

以想象的愉悦（pleasure in imagination），除非它们能使用一些相反、对立的因素。自然本身便能激发想象（fancy）……一座规整的建筑带给我们的愉悦微不足道；一块美丽的岩石，经过精巧的布置，饰以繁茂的灌木、常青藤还有枯枝，带来的愉悦要远胜于前者；而比起这两者，一片上方缀着老橡树、老松树的破败废墟可能会在最大程度上激发想象的愉悦。①

在吉尔平看来，"社会情感"遵循道德的约束，情感主体关心人们是否富足、生活是否安乐；而如画趣味是一种纯粹的审美体验，它激发的"想象的愉悦"是非功利性、非道德性的。至于贫瘠的如画对象背后的社会问题，观看者无需介入。

吉尔平自己在英国的贫困山区寻访如画美景时，也严格遵循"想象的愉悦"，杜绝掺杂任何道德情感。他曾倾倒于罗蒙湖（Loch Lomond）的风景，对其赞誉有加：

> 山谷中间有所孤零零的茅舍，掩映在几棵大树之下，有个小小的果园，几间杂屋。我们可以称它就是一个帝国，乡下人安居于此，管理着他的牲畜，一群群的牛羊在丰饶的山谷中啃着青草。他卑微的住所笼罩在和平和宁静之中，若不这样，它怎么可能与周边景色浑然一体？②

吉尔平沉湎于自己的想象，把一间长 27 英尺，宽 15 英尺的狭小茅屋夸饰成"一个帝国"，却对其真实状况只字未提。事实上，屋主一家

---

① William Gilpin, *Upon the Gardens of the Right Honourable the Lord Viscount Cobham, at Stow in Buckinghamshire*, p. 5.
② 转引自［英］安德鲁斯《寻找如画美：英国的风景美学与旅游，1760—1800》，张箭飞、韦照周译，译林出版社 2014 年版，第 7 页。

第六章　道是有情却无情：罗斯金趣味观背后的贫困美学

靠养奶牛艰难维生，全家人和圈养的奶牛共同蜗居在这间狭小的茅舍，年收入仅 15 英镑①。他的住所因此绝无可能如吉尔平所言笼罩在"和平和宁静"中，倒更可能笼罩在劳苦和阴霾中。三十余年后沿着吉尔平的足迹到访此地的摩曼（Joseph Mawman）对事实大感震惊，不由得感慨："牧歌生活是那么的贫穷悲惨，毫无阿卡狄亚的欢乐可言，那都是诗人脑袋发昏臆想出来的。"②

正是在美化贫穷这一层面，罗斯金认为吉尔平式如画趣味欠缺伦理关怀，只能归入"次等"趣味之列。1854 年，罗斯金到访法国亚眠市（Amiens），目睹当地贫民窟居民的悲惨境况，颇感痛心③。在 5 月 11 日的日记中，罗斯金深刻反思自己的如画之旅："他们是如此精美如画，又是如此凄惨……看着他们脸色蜡黄、愁容满面的样子……我禁不住去想，需要牺牲多少苦难者，才能成全我的如画主题和惬意的散步？"④ 在两年之后发表的《论特纳式如画》一文中，罗斯金特地引用这篇日记作为脚注，从而重提这一话题：

> 那老头在无助的黑暗中、在未受教化的灵魂荒原上度过了 70 年，这与他⑤又有什么关系呢？他那张草图的一角还缺点丑陋的东西，老头正好填上，于是完成了自己的历史使命。住在城市沿河贫民区里的人，忍受发热的痛苦，全身溃烂，这与他无关吗？不，关系大得很。不然要他们干什么？他们难道还能有更好的作为吗？发黑的木料、泛绿的河水，浸透了的破船、

---

① ［英］安德鲁斯：《寻找如画美：英国的风景美学与旅游，1760—1800》，第 7 页。
② ［英］安德鲁斯：《寻找如画美：英国的风景美学与旅游，1760—1800》，第 8 页。
③ 洛文塔尔（David Lowenthal）认为，罗斯金此处谈论的对象是亚眠城的贫民窟居民。See David Lowenthal, *The Past Is a Foreign Country-Revisited*, Cambridge: Cambridge University Press, 2015, p.252.
④ John Ruskin, *Modern Painters*, Vol.IV, pp.10-11. 此处"他们"指当地的贫民窟居民。
⑤ 指次等如画爱好者。

在阳光下晾晒的破衣烂衫；——那些被热病折磨的生灵哪，他们为了生产这些画面效果绝佳的素材献出了生命，他们总算没有白死。①

此处，罗斯金对维多利亚时期贫民窟趣味的反讽是不言而喻的。面对去除如画滤镜后的贫困现象，罗斯金诘问：难道穷人存在的全部意义就在于成为中上层阶级的凝视对象吗？如赫尔辛格（Elizabeth Helsinger）所言，"成为这些风景的主体而不是观赏者，意味着像农村劳动者一样被固定在某个地方，被限制在某个社会地位和某处地点上，无法去把握英国这个更为巨大的实体"②。罗斯金正是从这个角度揭露了次等如画的无情底色——贫民窟被塑造成了一个象征性的美学符号，同时被抹去了政治、经济和伦理层面的现实寓意③。至于这一矛盾的根源，我们还需追溯贫困美学背后的政治深意。

第三节 贫困美学的政治底色

需要指出的是，作为次等如画趣味在19世纪都市的延伸，维多利亚时期的贫民窟趣味与中产阶级的自由放任哲学思想存在强烈的亲缘关系。自18世纪中期到19世纪，经济和政治自由主义在欧洲大陆大行其

---

① John Ruskin, *Modern Painters*, Vol. IV, p. 10.
② Elizabeth Helsinger, "Turner and the Representation of England", in W. J. T. Mitchell ed. *Landscape and Power*, second edition, Chicago and London: The University of Chicago Press, 2002, p. 105.
③ 在19世纪对贫困美学提出质疑的并不只有罗斯金。1852年大洋彼岸的梅尔维尔（Herman Melville）在《皮埃尔》（*Pierre*）中提出"贫穷美"（povertiresque）概念，来指代"人道的雅趣之士"（humane men of taste）对贫困的改造。这些所谓的"雅趣之士"除了认同悲惨能够增加风景的如画效果，一概否认现实世界中悲惨的存在。See Roger Hecht, "Rents in the Landscape: The Anti-Rent War in Melville's *Pierre*", *American Transcendental Quarterly*; Kingston, Vol. 19, 2005, p. 44. 某种程度上，"贫穷美"是"次等如画"的另一种表达。罗斯金与梅尔维尔巧合般地在同一时期向贫困美学发起诘问。

道，英国的城市化进程在很大程度上受益于此。然诚如戴维斯（Stephen Davies）所言，"快速的、'不受束缚的'（uncontrolled）、'混乱的'（chaotic）城市发展催生的是人口过密、住房不足、城市环境恶化及生活开销高昂等一系列社会问题"[①]，贫民窟便是城市化与工业化合力催生的畸形产物之一。

正是在这一背景下，新兴中产阶级借用贫困美学来掩盖经济自由主义倾向导致的种种社会问题。首当其冲的便是让下层阶级怨声载道的"居住隔离"（residential segregation）现象。居住隔离是阶级隔离的重要表现形式，指具有相似的职业、财富、宗教、文化背景的市民集团聚居于同一特定区域，不同的集团则彼此分开，产生隔绝作用[②]。在19世纪英国，以"郊区—贫民窟"为典型特征的城市社会地理格局逐渐形成。我们注意到，大量完成了原始资本积累的中产阶级开始逃离居住条件恶劣不堪的城市中心，举家搬迁至通勤范围以内的如画郊区。他们每天乘坐马车往返于工作的城市中心和郊区的住所，既能保证丰厚的经济收入，又能满足自由和个性化的审美诉求："围绕住宅的小小花园成为中产阶级个人主义、反城镇情绪和浪漫主义价值观的组成部分。"[③] 即便不能逃离至郊外的别墅，他们也千方百计地以建筑群来区隔他们自己整洁、美观的高档住宅区和肮脏、杂乱的贫民区，以便在"安全"的距离之外欣赏后者的如画美。恩格斯在《英国工人阶级状况》（The Condition of the Working Class in England）中对上述"居住分区"（residential zoning）做过详细介绍：

  由于无意识的默契，也由于完全明确的有意识的打算，工

[①] David T. Beito、Peter Gordon、Alexander Tabarrok, eds., The Voluntary City: Markets, Communities and Urban Planning, Academic Foundation, 2006, p.53.
[②] 欧阳萍：《贫民窟与郊区：19世纪英国社会分层与城市社会地理》，《学海》2018年第2期。
[③] 陆伟芳：《中产阶级与近代英国城市郊区拓展》，《史学理论研究》2007年第4期。

人区和资产阶级所占的区域是极严格的分开的……中等的资产阶级住在离工人区不远的整齐的街道上，即在却尔顿和在奇坦希尔的较低的地方，而高等的资产阶级就住得更远，他们住在却尔顿和阿德威克的郊外房屋或别墅里，或者住在奇坦希尔、布劳顿和盆德尔顿的空气流通的高地上，——在新鲜的对健康有益的乡村空气里，在华丽舒适的住宅里，每一刻钟或半点钟都有到城里去的公共马车从这里经过。最妙的是这些富有的金钱贵族为了走近路到城市中心的营业所去，竟可以通过整个工人区而看不到左右两旁的极其肮脏贫困的地方。①

　　再来看与富人区看似仅一墙之隔实际存在天壤之别的城市贫民窟。居住于此与其说是城市贫民的"自由"选择，不如说是他们的无奈之举。当时，集工业、商业和服务业于一体的大城市是下层劳动者谋生的最后出路。他们没有能力像中产阶级一样，或举家搬迁至远离工作场所的郊区，或打造设施齐全的居住区，只能蜗居于城市中心逼仄阴暗、臭气熏天的黑暗角落，苟且偷生。这些贫民窟的恶劣环境令人触目惊心。据统计，1836年圣·吉尔斯（St Giles）贫民窟的住宅平均居住人数竟高达15—20人/间；1875年白教堂贫民窟里的7间房间共居住了168人。在如此令人窒息的狭小空间中，人们"像兽群一样紧紧拥挤着"②，宛若生活在地狱。

　　以此反观中产阶级的贫民窟趣味，其将道德问题美学化的真实动机已经不彰自显。正如18世纪中产阶级频频以如画美学来掩盖农村圈地

---

　　① ［德］恩格斯：《英国工人阶级状况》，人民出版社1956年版，第83—84页。
　　② 欧阳萍：《贫民窟与郊区：19世纪英国社会分层与城市社会地理》，《学海》2018年第2期。

第六章　道是有情却无情：罗斯金趣味观背后的贫困美学

运动带来的负面效应①，作为利益既得者的 19 世纪中产阶级又何尝不是以美学话语来合法化自身的自由发展？他们佯装对底层的贫苦状况一无所知，在以城市地理区隔拉开自身和城市贫民的物理距离的同时，又以如画话语来矫饰罪恶、贫穷和疾病，将城市的黑暗中心构建成点缀画面的背景，从而模糊伴随着他们自身的飞速发展衍生而来的社会弊病。而这一贫困美学的心理动因则是中产阶级在凝视"黑暗深渊"时油然而生的崇高感。换句话说，他们在近距离凝视脏乱的贫民窟之时，隐秘地滋生了一种基于自我保存原则的崇高快感——"当危险直接作用于我们时，它们只会带来真实的痛苦，可是如果我们是旁观者，目睹危险，却不用体验危险，恐惧引发的痛苦感就会转化为庆幸感，形成'某种令人欣喜的恐惧，某种带着害怕的平静'，那就是崇高快感的由来。"② 成功地实现了向上攀爬的中产阶级一方面借"居住分区"与城市贫民保持着令人心安的物理距离和社会距离，同时他们又屈尊纡贵，频繁到访贫民窟，仿佛暗自庆幸自己不必遭受眼前所见的一切苦难。他们的贫民窟趣味夹杂着不可公然言说的自保的窃喜。

毋庸置疑，这种美学上的掩饰是难以遮蔽日益凸显的社会矛盾的。如果说 18 世纪的如画爱好者尚且可以悠然自得地远距离欣赏衣衫褴褛的吉普赛人、乡村贫民，那么，19 世纪的如画爱好者却不得不面临来自城市近邻的直接"威胁"。在城市化的进程中，成千上万的劳动者从全国各地涌入伦敦、利物浦、曼彻斯特等大大小小的城市，与富庶的中上层阶级比邻而居。"每一个大城市都有一个或几个挤满了工人阶级的贫民窟"③，藏身于富人阶层生活区周边的街头暗巷。如画的凝视者与被凝视者之间的距离骤然缩短，城市贫民的存在对整个社会造成了难以

---

① See Ann Bermingham, *Landscape and Ideology*: *The English Rustic Tradition*, 1740-1860, Berkeley, Los Angeles and London: University of California Press, 1986, p. 75.
② 陈榕：《西方文论关键词：崇高》，《外国文学》2016 年第 6 期。
③ ［德］恩格斯：《英国工人阶级状况》，第 61 页。

回避的真实困扰。罗斯金在《论特纳式如画》中一再提及的热病便是上述困扰的例证。热病又被称为"穷人的疾病",它是污秽、卫生不良和人口拥挤的产物①。这种可怕的、要命的疾病发源于最贫穷、最肮脏、最堕落的阴暗角落,随后蔓延至整座城市,危及全城居民的健康。除此以外,犯罪、霍乱、水体和大气污染等种种社会顽疾的产生也无法绕开处于黑暗中心的贫民窟。它们的影响越过了处心积虑打造的居住区隔,越过了美学话语设置的阶层限制,广泛辐射至英国社会的角角落落,无远弗届。正如狄更斯所言:

> 没人能估量多少祸害从尘土中滋生;也没人敢断言,其作祟的边界究竟会到哪里,只知道它会祸及身体和心灵,从摇篮开始,到坟墓中依然不休。确定无疑的是,当风向朝东时,金酒街②的空气会被吹到梅费尔③;那么一旦瘟疫在圣·吉尔斯地区肆虐横行,没有哪位肉体凡胎的阿尔马克斯④女主人⑤能将它挡在门外。⑥

作为典型如画主体的城市贫民,以鱼死网破的巨大代价绕过美学话语的制约,突破重重物理与社会距离,重新进入了中产阶级的视野,成为后者不得不关注的"危险阶层"(the dangerous class)。

正是在这个意义上,罗斯金认为贫困美学最大的问题在于,它只是

---

① 舒丽萍:《19世纪英国的城市化及公共卫生危机》,《武汉大学学报(人文科学版)》2015年第5期。
② 金酒街是位于臭名昭著的贫民窟圣·吉尔斯的一条啤酒街。
③ 19世纪的费梅尔是伦敦西区的富人区。
④ 阿尔马克斯是19世纪伦敦知名的上流社会舞会,它是上流社会的社交场所,同时又起到了贵族社会婚恋市场的功能。
⑤ 阿尔马克斯舞会由多位女性共同组织,共同管理,它的女性管理者被称为 Lady Patroness。
⑥ Qtd. in Malcolm Andrews, "The Metropolitan Picturesque", p. 288.

象征性地表征穷人，却无意纾解处于绝境的穷人在社会转型中面临的严峻考验——这也是他反复强调次等如画之"无情"的深意所在。换句话说，贫困美学看似粉饰了源自贫民窟的社会问题，在本质上却加剧了隐蔽于英格兰社会黑暗角落的层层暗涌。

也是因为如此，罗斯金、狄更斯等人才不约而同地提出要建构一种新的趣味。在罗斯金这里，趣味的获得必须以道德情感作为前提条件，他在《现代画家》第一卷中对"趣味"作出了如下界定："完美的趣味指从纯洁而完美的事物中汲取最大乐趣的功能，这些事物往往能在道德上引起我们的共鸣。那些无法从这些事物中获得乐趣的人是缺乏趣味的；而那些从别处获得趣味的人，往往拥有错误的或糟糕的趣味。"[①]某种程度上，罗斯金的趣味观也批判了在 18 世纪的经验主义思潮中逐渐发轫的美学自治观。批评家们往往认为，"为艺术而艺术"的倡导者王尔德受益于罗斯金。但如果从罗斯金对次等如画的批判来看，上述观点显然有待商榷。罗斯金的趣味与其说是美学趣味观，不如说是伦理趣味观。

[①] E. T. Cook and Alexander Wedderburn, eds., *The Works of John Ruskin*, Vol. III, p. 110.

第七章

道是无情却有情：罗斯金趣味观背后的伦理美学

延续上一章的分析，本章将从罗斯金对"高尚如画"（the noble picturesque）趣味、科学趣味和消费趣味的讨论入手，进一步解读其伦理趣味观。

第一节　特纳的风车磨坊：罗斯金论高尚如画趣味

在对次等如画趣味进行批判的同时，罗斯金也提出了作为对照的"高尚"如画趣味。他将特纳（William Turner，1775－1851）所绘的风车磨坊（见图6-1）与斯坦菲尔德的相比较，阐释他心中的"好趣味"。

相较于斯坦菲尔德对如画的外在形式的描绘，特纳更注重以节制的手法表现如画的内在伦理美。同样是表现凋败的磨坊，特纳并没有像斯坦菲尔德一样对"衰败"这一如画母题大加渲染。恰恰相反，为了真实还原磨坊作为穷苦劳动者谋生工具的"内在本质"（the real nature of the thing）①，他如同最严苛的工程师一样，细致地打量和揣摩磨坊的高

---

① John Ruskin, *Modern Painters*, Vol. Ⅳ, p. 7.

第七章 道是无情却有情：罗斯金趣味观背后的伦理美学

度、支架的粗细、叶片的材质、梁柱后面的杠杆、磨坊底部的旧石磨和手推车等画面中出现的每一处细节。特纳的克制和简朴深得罗斯金赞赏。在后者看来，特纳的克制反而以一种更具张力的方式凸显了"对隐于表象之后的人物悲苦的理解"（comprehension of the pathos character hidden beneath）[1]。罗斯金对特纳的评价颇高：

> 他的磨坊依旧耐用，但特纳对此忧心忡忡。磨坊尽管破旧，却还足以让它的主人从磨石间获取面包。并且，画面中还隐约显现出了忧郁的劳动者形象——囚住自由之风，依靠风力推动磨石……对风来说，仅仅为了碾磨人类的食物而在磨石间来回转动，这可不是一件高尚的工作。对从事低级劳动的人来说同样如此，他们的灵魂也困在了这方寸之间。但这总好过不从事劳作，也远远好过破坏性想象力的肆意游荡；然而，仅仅为了得到食物而在黑暗中进行碾磨，这对任何生物来说都是可悲的。没有人会不这么认为；我们无法为囚在磨石边上的微风或灵魂感到快乐。特纳对他的磨坊也丝毫感受不到任何喜悦。[2]

显然，特纳的克制来源于他对劳动者的恻隐之心，正是这股难能可贵的同情心使他笔下的磨坊脱离了囿于形式的低级趣味，升华为高尚的如画之作，彰显生命的坚韧之美。

正是在上述分析的基础上，罗斯金指出，高尚如画的本质不在于渲染"外在的崇高"（outward sublimity）[3]，而在于表现"难以察觉的苦难"（unconscious suffering）[4]，或者说在于表达"真诚质朴的心灵对苦

---

[1] John Ruskin, *Modern Painters*, Vol. IV, p. 7.
[2] John Ruskin, *Modern Painters*, Vol. IV, p. 9.
[3] John Ruskin, *Modern Painters*, Vol. IV, p. 7.
[4] John Ruskin, *Modern Painters*, Vol. IV, p. 6.

难、穷困或破败不屈不挠的忍耐"①。画家要抵抗浮艳的形式和过度煽情的诱惑,更重要的是,要对苦难以及引发苦难的对象保持适度的同情:"如果我们把外在特征看成是次要的,并侧重于表现物体的内在本质;如果我们能舍弃与内在特性不符的事物,即便后者能激发愉悦感;同时,如果我们还能与绘画对象产生强烈的共鸣(perfect sympathy),如同让它自己用文字倾诉悲伤一般,那么,我们便有了真正的,或者说,高贵的如画。"②罗斯金甚至将"同情"拔高成决定画作价值的关键因素:

> 画作的价值与画家的同情心成正比。在最高尚的画作中,同情心似乎无穷无尽;画家们全心全意地投入到自然当中;对优雅和美丽的热爱使他们脱离了以碎石和矮树为乐的低级趣味,善良和同情杜绝了他们沉迷于任何形式的痛苦的可能,无可指摘的谦逊让他们在选择主题时尽可能不将其简化,对高尚思想的追求又让他们放弃了在村舍墙头和棚屋屋顶这类主题中追求次等的崇高。③

行文至此,我们有必要对罗斯金的同情观产生的文化语境作一个大致梳理。在《论特纳式如画》中,罗斯金屡次提及同情,却不曾对此概念进行明确的界定。此后直至在1873年公开发表的第34封《致英国工人的信》中,罗斯金才扼要指出,同情是"对他人本性的想象性理解以及置身他人所处境况的能力,它是美德赖以存续的官能"④。罗斯

---

① John Ruskin, *Modern Painters*, Vol. IV, p. 6.
② John Ruskin, *Modern Painters*, Vol. IV, p. 7.
③ John Ruskin, *Modern Painters*, Vol. IV, p. 14.
④ E. T. Cook and Alexander Wedderburn, eds., *The Works of John Ruskin*, Vol. XXVII, London: George Allen, 1907, p. 627.

第七章 道是无情却有情：罗斯金趣味观背后的伦理美学

金的研究者库克（E. T. Cook）和韦德伯恩（Alexander Wedderburn）称，少时罗斯金曾在家庭教师的指导下研习斯密集中讨论同情情感的《道德情操论》（*The Theory of Moral Sentiments*）。在 1836 年发表的《论文学》（"Essay on literature"）一文中，罗斯金提及的"情感机制"（the mechanics of feeling）很可能源自《道德情操论》①。由此不难推测，罗斯金的同情观是受了斯密的影响，而斯密继承的又是沙夫茨伯里以来的情感主义道德哲学传统（sentimental moral philosophy）。对于这些十八世纪情感主义哲学家而言，同情是重中之重。沙夫茨伯里率先提出了"内在感官论"这一说法，认为人天生具有美感，就如同人天生具有向善的能力，二者都基于"和谐"，并最终导向"愉悦的情感"②。哈奇森进一步发展了其导师的内在感官论，并"试图用感官引发的情感一致性来保证道德的共性"③。休谟将"同情"视作"人与人之间情感的沟通"（the communication of feelings and sentiments from man to man），视之为一切道德经验的出发点④。他认为道德判断虽基于个体的主观情感，却又需要通过与外界的情感互动来获得客观性。和休谟一样，斯密也认为同情是实现客观公正的道德判断的前提。在《道德情操论》中，他对同情作出如下阐释："通过想象，我们对他人的痛苦感同身受，我们似乎进入了他人的躯体，在一定程度上成为他人，思他人所思，感他人所感。"⑤ 可见，虽说 18 世纪是"理性的时代"，但它也是"同情的时

---

① See E. T. Cook and Alexander Wedderburn, eds., *The Works of John Ruskin*, library edition, Vol. I, London: George Allen, 1903, p. 370.
② 关于沙夫茨伯里的"道德感官论"，可参见何畅《情感・文雅・习俗——沙夫茨伯里的"趣味"观》，《国外文学》2020 年第 3 期。
③ 陈榕：《恐怖及其观众：伯克崇高论中的情感、政治与伦理》，《外国文学》2020 年第 6 期。
④ See Glenn R. Morrow, "The Significance of the Doctrine of Sympathy in Hume and Adam Smith", *The Philosophical Review*, Vol. 32, No. 1, 1923, p. 64.
⑤ [英] 亚当・斯密：《道德情操论：英文》，世界图书出版公司 2011 年版，第 1—2 页。

— 179 —

代"①。上述道德哲学家们殚精竭虑，试图以情感来制约日益严重的中产阶级自由主义倾向和渐露端倪的社会失序问题。正是针对这样的社会语境，施利塞尔（Schliesser）指出，"同情作为一种他者导向的情感出现了，它能够维持实现新的社会秩序所需要的最低限度的社会纽带。"②由此观之，罗斯金的同情论实际上传承了十八世纪的情感主义道德哲学传统。诉诸对同情的讨论，罗斯金旨在促使如画主体克服自私属性，逾越由阶层、性别、种族等种种差异构筑的伦理距离，通过"心灵的沟通"（communion of heart）③ 激发对被凝视者的"同伴情感"（fellow-feeling）④，并与之共情。正如陈榕所说，同情"生发在个人的心中，却指向外部的世界，和他人之间形成共鸣"⑤。

罗斯金之所以会在如画趣味中引入这一伦理立场，和他自身的经历不无关系。1845 年，罗斯金在游览意大利博洛尼亚时路遇一名衣衫褴褛、饥饿倒地的乞儿，"他的昏睡状宛若死尸"⑥。见到眼前的吉尔平式的如画场景，罗斯金不禁心生欣喜，甚至"为那破衣烂衫在瘦骨嶙峋的身体上堆砌出的层层褶皱感到兴奋"⑦。他随即雇佣乞儿的母亲在一旁驱赶苍蝇，以免它们影响自己描绘眼前的"如画物体"。但在当天的旅程结束之后，罗斯金的态度发生了截然不同的变化，或许是苦难的近距

---

① ［美］迈克尔·L. 弗雷泽：《同情的启蒙：18 世纪与当代的正义和道德情感》，胡靖译，译林出版社 2016 年版，第 2 页。
② 转引自陈榕《恐怖及其观众：伯克崇高论中的情感、政治与伦理》，《外国文学》2020 年第 6 期。
③ John Ruskin, *Modern Painters*, Vol. IV, p. 10.
④ 在第 34 封《致英国工人的信》中，罗斯金指出，sympathy 的英语同义词为 fellow-feeling. See E. T. Cook and Alexander Wedderburn, eds., *The Works of John Ruskin*, Vol. XXVII, p. 627.
⑤ 陈榕：《恐怖及其观众：伯克崇高论中的情感、政治与伦理》，《外国文学》2020 年第 6 期。
⑥ Robert Hewison, "Ruskin and the Picturesque", *Victorian Web*, Feb. 9, 2013, http://www.victorianweb.org/authors/ruskin/hewison/2.html.
⑦ Robert Hewison, "Ruskin and the Picturesque".

第七章　道是无情却有情：罗斯金趣味观背后的伦理美学

离直观冲击激发了他的恻隐之心。在家书中，他为自己的冷漠震惊，进而自责："我不知道如何规避这一切，但它（指以上种种举动）真显得麻木不仁啊！"① 他又接着反躬自问道："有些人早上四点起床，晚上十点就早早入睡，热了有冰水可以喝，饿了有牛肉可以吃，花着不是自己辛苦赚来的钱，又无需仰仗慈善接济。还有那些所谓的有同情心的人，他们眼中只有'如画'，对触目惊心的沮丧倒视而不见。对于这些人，我们又该如何指望他们能创作出好的诗歌呢？"② 显然在这里，他把自己也纳入了"所谓的有同情心的人"之列。和那些受吉尔平影响的次等如画艺术家一样，他路遇乞儿，急急作画，完全不理会乞儿倒地的原因；他更没有理会乞儿母亲的悲苦焦虑，反而让其在旁打扇驱蝇。如此之举，何来同情可言？此时此刻，罗斯金的反躬自问无异于十余年后他对斯坦菲尔德和贫民窟爱好者的批判。同时，这一次旅行也预示了罗斯金趣味观的伦理转向③。值得我们额外注意的是，虽然贫民窟的如画游也会近距离接触苦难者，却并未成功激发观者的同情共感之心。可见，以同情来改善趣味之举，实际上颇具理想主义色彩。

但罗斯金显然就是一个堂吉诃德式的理想主义者。在其著述中，他不断返回到这个话题。在《现代画家》第三卷中，罗斯金指责19世纪"精英教育"（the most refined education）④ 所培养的"好趣味"（good

---

① Robert Hewison, "Ruskin and the Picturesque".
② Robert Hewison, "Ruskin and the Picturesque".
③ 值得指出的是，罗斯金趣味观的伦理转向也得益于他在1840年代所受的艺术教育。1842年，罗斯金跟随哈丁（J. D. Harding）学习绘画。哈丁对于深刻影响了英国如画趣味的荷兰画派持强烈批判态度，他尤其反对荷兰画派在绘画中呈现卑微之物（the "low" subjects）的传统。用其原话来说，这些荷兰画家只是为了炫耀技巧，他们"将令人厌恶的缺陷、畸形和美并置，甚至还因为这样粗暴地再现人和物就赢得人们的崇拜。他们剥夺了美的一切特征，出来的效果往往令人反感"。哈丁教导罗斯金要悉心观察自然，切忌依靠奇技淫巧来营造绘画效果。不可否认，哈丁的艺术理论潜移默化地影响了罗斯金，使其开始对如画趣味的"无情"有所觉察，也改变了后者对自然和社会的观看方式。See George P. Landow, "J. D. Harding and John Ruskin on Nature's Infinite Variety", *Victorian Web*, Nov. 26, 2004, http://www.victorianweb.org/authors/ruskin/harding.html.
④ John Ruskin, *Modern Painters*, Vol. III, p. 69.

taste）走入了重形式轻情感的误区。它"引导人们去喜爱优雅的华服、举止和外貌，而不注重本质和心灵的价值（value of substance and heart）"①，它"驱逐同情，又使心肠坚硬如铁（narrow the sympathies and harden the heart）"②。这样的趣味，无论称它为 taste、goût 还是 gusto，都无法改变它粗俗鄙陋、只重感官之乐的事实。罗斯金始终认为，"趣味的培育"（the formation of taste）绝不仅仅是感官知觉的训练，而应注重"心灵情感"（heart-feeling）③的陶冶。在1857年版以培养公众艺术趣味为目的的《绘画基础》（The Elements of Drawing）中，罗斯金剖析了特纳《夜晚》（"Datur Hora Quieti"）一画中的废弃耕犁如何激发起观看者对穷苦劳动者的同情，从而阐明"深层情感"（deeper feelings）④之于艺术作品的重要伦理意义。在1883年发表的《英格兰艺术》（The Art of England）中，罗斯金又一次重申，对趣味的培育就是对"正确情感"（the right direction of feeling）⑤的培育。正是通过反复诉诸道德情感，罗斯金试图推动19世纪的趣味摆脱形式主义和个人主义的桎梏，他提倡的"高尚如画"也因此呼应了狄更斯对新如画观念的倡导。与此同时，罗斯金的伦理趣味观还在无形之中回应了同时期达尔文（Charles Darwin，1809-1882）的科学思想。

第二节　返魅的沉思趣味：罗斯金论达尔文

罗斯金被公认为达尔文主义的质疑者（anti-Darwinian）。可以说，

---

① John Ruskin, *Modern Painters*, Vol. III, p. 70.
② John Ruskin, *Modern Painters*, Vol. III, p. 69.
③ John Ruskin, *Modern Painters*, Vol. II, London: George Allen, 1903, p. 18.
④ E. T. Cook and Alexander Wedderburn, eds., *The Works of John Ruskin*, library edition, Vol. XV, London: George Allen, 1908, p. 206.
⑤ E. T. Cook and Alexander Wedderburn, eds., *The Works of John Ruskin*, library edition, Vol. XXXIII, London: George Allen, 1908, p. 285.

第七章 道是无情却有情：罗斯金趣味观背后的伦理美学

他重伦理、重情感的趣味观沿袭了古希腊以来的哲学沉思（theoria）传统，与达尔文的功利主义科学观形成了两股相互博弈的力量。

我们不妨先来看达尔文的废墟趣味。与次等如画爱好者一样，达尔文也对废墟青睐有加。他收藏了三幅位于切德沃斯（Chedworth）的罗马时代遗址地图，其中一幅栩栩如生地展现了废墟的如画地貌[1]。尽管达尔文也十分熟悉如画趣味[2]，但他对"废墟"的喜好并非来自废墟的形式之美，而主要源于废墟的物质结构。在其身前最后一本专著《腐殖土的形成与蚯蚓的作用》（*The Formation of Vegetable Mould Through the Action of Worms*）中，达尔文花费大量篇幅细致入微地介绍凯尔特巨石阵、锡尔切斯特遗址、比尤利寺院等英国的代表性废墟。他对这些知名遗址的如画美不置一词，却不厌其烦地描述废墟之下泥土的构成、腐殖土的厚度、蚯蚓粪堆等地质状况，还不时辅以剖面图进行解释说明，旨在研究"在古代建筑物的埋没中蚯蚓所起的作用"[3]。达尔文追求的何尝不是科学意义上的形式美？以下面这段对锡尔切斯特（Silchester）的描述为例：

> 平坦的地表下面 3 英尺处发现了混凝土地板，地板依旧到处被大理石覆盖着。在地板上，有两大堆烧焦的木头……这堆东西上覆盖一层薄薄的、腐烂的白色灰泥或墙粉，再上面是一堆乱七八糟的东西，有碎瓦片、灰浆、垃圾和细沙砾，厚达 27 英寸……覆盖着这一层的是腐殖土，厚 9 英寸。根据以上

---

[1] Jonathan Smith, *Charles Darwin and Victorian Visual Cultural*, Cambridge: Cambridge University Press, 2006, p.257.

[2] 此处的一个直接证据是：在研究日志中，达尔文曾多次使用"picturesque"一词来描述风景。See Charles Darwin, *Journal of Researches into the Geology and Natural History of the Various Countries Visited by H. M. S. Beagle under the Command of Captain Fitzroy, R. N. from 1832 to 1836*, Henry Colburn, 1840.

[3] 参见 *The Formation of Vegetable Mould Through the Action of Worms* 一书第四章的标题"the part which worms have played in the burial of ancient buildings"。

事实，我们可以得出这样的结论：这个厅毁于火灾，有很多杂物因此掉在地板上。蚯蚓通过地板，慢慢地把腐殖土搬运上来，形成了今天平坦的地面。①

莱文（George Levine）的评价切中肯綮："对达尔文而言，一切都关乎物质。他试图尽可能地进入物质深处，从而改变人们观看的意义。"② 达尔文对物质的执着代表着自启蒙以来的科学精神，即偏重理性认知，拒斥主观的情感、道德和想象。因此，对达尔文和他的信徒而言，事物的象征和伦理意义早已被科学话语消解，世界由物质和物质的使用价值构成。正如史密斯（Jonathan Smith）所言，"达尔文、赫胥黎（Huxley）和廷德尔（Tyndall）试图将灵魂（the soul）从自然和人类身上抹去，他们将所有能够想象得到的自然现象都归结成物理作用的结果，人类及其属性亦不例外。"③ 一言以蔽之，达尔文的世界是一个祛魅之后的物质世界。

于是，在达尔文这里，甚至事物的美学属性也被功用和效用取代。例如，在《人类的由来》（*The Descent of Man*）中，达尔文便突出强调美之于生物进化的重要作用。他认为，自然界中的雌鸟总是选择羽毛最为美丽的雄鸟作为交配对象，"最优雅的美可能仅仅是作为性的诱惑，除此之外并无其他目的"④。在他的植物学著作中，达尔文又将花之美归因于植物的进化适应机制——花朵色彩愈是鲜艳，就愈容易吸引昆虫授粉。还是借史密斯的话来总结，"对达尔文而言，美既非能够照亮我

---

① Charles Darwin, *The Formation of Vegetable Mould Through the Action of Worms: With Observations on Their Habits*, 1881, Cambridge University Press, 2009, pp. 203-204.
② George Levine, "Ruskin, Darwin, and the Matter of Matter", *Nineteenth-Century Prose*, Vol. 35, No. 1, 2008, p. 227.
③ Jonathan Smith, *Charles Darwin and Victorian Visual Cultural*, p. 27.
④ Charles Darwin, *The Descent of Man, and Selection in Relation to Sex*, New York: D. Appleton and Company, 1889, p. 400.

第七章 道是无情却有情：罗斯金趣味观背后的伦理美学

们生活的天赐之礼，也非自然神学家和罗斯金眼中的道德与精神健康的象征。美不过是为了进化生存衍生而来的一种功利性特征。"①

然而，达尔文及其拥趸的进化美学观在罗斯金看来却有违美的本质。罗斯金直言，达尔文和他的信徒有一种"道德败坏的愚昧"（unclean stupidity）："他们只有一半大脑官能，或只受过一半教育。他们多多少少失去了观看色彩的能力，更谈不上理解色彩了。"② 换句话说，这些人不知道如何审美，更别提理解何为"趣味"了。因此，对于达尔文在《人类的由来》中谈到的趣味，罗斯金嗤之以鼻：

> 他（笔者注：指达尔文）认为，孔雀的尾巴是饲养良好的雌孔雀对蓝尾巴的崇拜所致——同样，山魈的鼻子是饲养良好的狒狒欣赏蓝鼻子的结果。但他从未想过，为什么狒狒喜欢蓝鼻子是健康的（趣味），且（这一趣味）能使它们的种族得以适当的（properly）发展，而女性如果对男性的蓝鼻子或是红鼻子具有相似的崇拜情节，那么人类的发展就会步入误区（improperly）。他从未想过或思考过"proper"这个词语本身的意涵。③

可见，达尔文将"趣味"贬低为罗斯金笔下的"对愉悦的纯粹动物性的感知"（the mere animal consciousness of pleasantness）④，类似于动物的感官冲动。在达尔文的科学视野中，"趣味"（taste）又回归至其作为动物性触觉（a sense of touch）的初始之意。罗斯金显然认为达

---

① Jonathan Smith, *Charles Darwin and Victorian Visual Cultural*, p. 3.
② E. T. Cook and Alexander Wedderburn, eds., *The Works of John Ruskin*, library edition, Vol. XXV, London: George Allen, 1906, p. 263.
③ E. T. Cook and Alexander Wedderburn, eds., *The Works of John Ruskin*, Vol. XXV, p. 264.
④ John Ruskin, *Modern Painters*, Vol. II, p. 17.

尔文式的科学视角并非"合宜的"观看之道。一年之后，他又撰文阐释并回应了上文中提到的"合宜"：

> 当我说达尔文先生和他的学派并不理解"合宜"（proper）一词的真正含义时，我的意思是，他们仅仅从"客观属性"（properties）的角度来理解事物的品质，而不管其是否和谐（becomingness）；他们说荨麻就是荨麻，傻瓜的错就是太傻；他们看不到纯粹的美丑、雅俗、荣辱、智愚之间的差异。然而，美的感知力及定义物理特性的能力，却是基于道德本能（moral instinct），以及定义动物或人类特性的能力。①

可见，"合宜"不仅指物质世界的表象关系和利益联结，也指表象背后纷杂幽微的伦理关联。对深受道德哲学影响的罗斯金而言，后者又和美相关。有鉴于此，他呼唤"合宜"的、"基于道德本能"的美学认知方式，让趣味恢复伦理意涵，让人恢复道德感。

正是基于上述考虑，罗斯金提出了他心目中的观看之道，即以"沉思的官能"（theoretic faculty）进行观看。他倡导用古希腊词语"沉思"（theoria）来取代现代英语中的"感性"（aesthesis）一词②，以此还原被现代科学遮蔽的精神和伦理维度。从词源学上看，theoria 与 theory（理论）、theoros（观众）、theatre（剧院）、theology（神学）等词都具有亲缘关系，它的原意是指"注视、观照、沉思（contemplation, speculation, looking at, sight）"③。古希腊哲学家将沉思视为对形而上真理

---

① E. T. Cook and Alexander Wedderburn, eds., *The Works of John Ruskin*, Vol. XXV, p. 268.

② E. T. Cook and Alexander Wedderburn, eds., *The Works of John Ruskin*, Vol. XXV, p. 123.

③ C. T. Onions ed., *The Oxford Dictionary of English Etymology*, Oxford: Oxford University Press, 1966, p. 916.

第七章 道是无情却有情：罗斯金趣味观背后的伦理美学

的理性洞察，认为沉思是智慧的最高级形式，并将其区别于形而下的感官认知。由于沉思的概念脱胎于"观看"，因而自其诞生以来，对美的观看便如影随形地伴随着沉思的概念流变。柏拉图是首位将此概念理论化的哲学家。他提出，对美的凝视关照是哲学沉思的重要组成部分[1]，因为它有助于主体感知神性，并激发其敬畏与虔敬之情。亚里士多德则将沉思和趣味类比，认为趣味是初级的沉思。可见，古希腊传统以沉思的凝视之道超越感官认知，从而与神性应和共鸣。罗斯金对此非常认同，他曾这样写道："对让人愉悦的纯粹动物性感知，我称之为感性（æsthesis）；但对那些激发出欣然、虔诚和感激之情的有关美的认知，我称之为沉思（theoria）。惟其如此，才能充分理解、充分考虑到美是上帝赐予的礼物。这份礼物对我们的存在并非必需，但它补充和升华了我们的存在。"[2] 他更进一步指出，要体悟美对道德和精神的提升作用，还需依靠"沉思的官能"，因为"诉诸感性的艺术会堕落为纯粹的娱乐"，它"为病态的感受力服务，哄着灵魂陷入沉睡"[3]。

行文至此，我们不妨再次回到罗斯金对科学趣味的批判。事实上，罗斯金并未全面否定以达尔文为代表的科学人士的"好奇心和创造力"（curiosity and ingenuity），他认为这些自然科学爱好者同样展现了对世界的"钦慕与热爱"（admiration and love），只不过如果我们对世界的审视是单一的，如果我们唯科学理性及物质主义至上，那么，这种以效用和功利为导向的解读势必会遮蔽世界本身的灵韵和魅力。因此，我们需要沉思的趣味来完善另一半官能和另一半教育。此外，我们也应看到，自启蒙以来，精确、理性的科学逻辑为个人主义在此后几个世纪的发展扫清了障碍。以达尔文的好友斯宾塞（Herbert Spencer）为例，他

---

[1] Andrea Wilson Nightingale, *Spectacles of Truth in Classical Greek Philosophy: Theoria in its Cultural Context*, Cambridge: Cambridge University Press, 2004, p. 9.

[2] John Ruskin, *Modern Painters*, Vol. II, p. 17.

[3] John Ruskin, *Modern Painters*, Vol. II, p. 11.

将生物进化论应用到社会进化之上，认为"适者生存"是二者的共同规律。因此，他以"进化"为名合法化丛林式自由竞争，主张政府遵循优胜劣汰的自然规律，停止对个体的苦难施加干预[①]。这就为社会的残酷竞争提供了理论支持。对此，罗斯金忧心忡忡："现代科学的发现者几乎无一例外激发了新的贪欲，挑起了新的个人利益暴政；或者直接导致暴力手段和突如其来的破坏，它们在懒汉和恶人手中已经产生了不可估量的威力。"[②] 可以说，他敏锐地捕捉到科学物质主义与经济物质主义之间的隐秘关联，试图向为理性欢呼的公众敲响道德的警钟：与道德哲学分道扬镳的科学趣味正在前所未有地助长贪婪和自利的风气，而这不仅会导致个体的道德灾难，甚至将引发社会性的政治与伦理危机。这也是罗斯金从消费趣味入手，选择政治经济学领域作为阵地，与自由主义论战的原因所在。

第三节　慷慨的消费趣味：罗斯金论古典政治经济学

自19世纪50年代开始，罗斯金的关注视野从艺术领域逐渐转向政治经济学领域，他对趣味的讨论也随之集中到了消费话题上，并延续了他一贯的伦理基调。如克雷格（David M. Craig）所言，华兹华斯、柯勒律治、卡莱尔等18、19世纪英国文人分别通过构建诗人（the poet）、天才（the genius）、英雄（the hero）等形象介入文化批评；在他们之后，罗斯金则以个体消费者（individual consumer）为媒介，挑起文化

[①] Naomi Beck, "Social Darwinism", in Michael Ruse ed. *The Cambridge Encyclopedia of Darwin and Evolutionary Thought*, Cambridge: Cambridge University Press, 2013, p. 197.

[②] E. T. Cook and Alexander Wedderburn, eds., *The Works of John Ruskin*, library edition, Vol. XXVI, London: George Allen, 1906, p. 339.

第七章 道是无情却有情：罗斯金趣味观背后的伦理美学

批评的重任①。罗斯金认为，一国之民的消费趣味足以反映国家的未来品性②。消费者不但是斯密、穆勒（J. S. Miller）等政治经济学家眼中抽象的、理性的"经济人"，同时也是罗斯金笔下具体的、感性的、生活在社会关系网络中的伦理主体；同理，消费也不单纯是经济学意义上的等价交换或劳动力的再生产，它蕴含丰富的文化和伦理意义，"是一种复杂的、综合性的经济、社会、政治、心理和文化现象"③。正因如此，罗斯金积极倡导将消费置于政治经济学理论模型之外的真实世界中重新加以考量。在罗斯金这里，消费关乎个体的趣味如何通过经济交易参与劳动分配，进而对他人施加影响，直至改变共同体的生活方式。从这个角度来看，兴起于20世纪八九十年代的消费社会学研究无法绕开罗斯金的趣味观。

在1864年的著名《交易》（"Traffic"）演讲中，罗斯金指出趣味可以彰显一个人的为人和灵魂（body and soul）："告诉我你喜欢什么，我就知道你是什么样的人。"④ 他从当时英国中上层阶级对礼服（dress）的狂热入手，揭示了国民自私自利、贪慕虚荣的不良道德品性。此处，我们不妨回顾其1857年的曼彻斯特演讲⑤。在演讲中，他揭示了英国富人在着装上的巨额开销："我不知道这个国家在同一时期为它的舞会礼服花费了多少！假如我们能看到伦敦女帽匠四月到七月的账单，我怀疑14000英镑是否足够支付礼服那毫无必要的衬裙和荷叶边！"⑥ 与礼服的

---

① David M. Craig, *John Ruskin and the Ethics of Consumption*, Charlottesville and London: University of Virginia Press, 2006, p. 13.
② 乔修峰：《巴别塔下：维多利亚时代文人的词语焦虑与道德重构》，中国社会科学出版社2017年版，第156页。
③ 王宁：《消费社会学——一个分析的视角》，社会科学文献出版社2001年版，第2页。
④ E. T. Cook and Alexander Wedderburn, eds., *The Works of John Ruskin*, library edition, Vol. XVIII, London: George Allen, 1905, pp. 434-435.
⑤ 这两篇演讲后集结成《艺术的政治经济学》发表。
⑥ John Ruskin, *The Political Economy of Art*, London: George Routledge&Sons Limited, no date, p. 55.

巨额花费形成鲜明对比的是令人目不暇接的时尚更新速度："那些衬裙和荷叶边到此时已经和去年的雪花一样消逝无踪"①。由于阶级流动加快，19世纪英国社会的时尚更迭更为频繁，上层阶级不断效仿巴黎时髦，并创造新的时尚以区隔于下层阶级②，甚至不惜在这过程中造成大量毫无必要的铺张浪费。罗斯金直言上层阶级令人瞠目的置装费是"骄傲的代价"（the price of pride）③，是富人们为了满足虚荣所支付的费用。借用凡勃仑（Thorstein Veblen）的术语，此类消费既不是为了满足生存所需，也远远超越了享乐的目的，是一种"炫耀性消费"（conspicuous consumption）——"对有价值之物的炫耀性消费是有闲绅士博取荣誉的手段"④。换言之，消费者通过浪费来炫耀财富，谋求身份和地位上的优越感。更让罗斯金忿忿不平的是，这些虚荣的购买者巧借政治经济学偷换概念，将一己私利置换成公共利益，从而合法化自身的奢侈浪费：

>这些肤浅的人呐！就因为他们看到无论他们如何花钱，他们都在雇佣他人并因此做了一些好事，他们就告诉自己，无论如何花钱都是一回事——他们表面上自私的奢侈行为实际上是无私的，他们（的炫耀性消费）带来的好处就像他们把所有的钱都捐出去一样多，或者可能更多；我还听到一些愚蠢的人甚至把它称为政治经济学的一项原则，即谁创造了新的需求，谁就给社会带来了好处。⑤

罗斯金此处抨击的政治经济学原则不禁让人联想到对18世纪英国

---

① John Ruskin, *The Political Economy of Art*, p. 55.
② 王宁：《消费社会学——一个分析的视角》，第206—207页。
③ John Ruskin, *The Political Economy of Art*, p. 55.
④ Thorstein Veblen, *The Theory of the Leisure Class*, Oxford University Press, 2007, p. 53.
⑤ John Ruskin, *The Political Economy of Art*, p. 48.

第七章　道是无情却有情：罗斯金趣味观背后的伦理美学

经济学产生了极大影响的曼德维尔"奢侈论"。在《蜜蜂的寓言》(*The Fable of the Bees*) 中，曼德维尔旗帜鲜明地为奢侈辩护："挥霍是一种高贵罪孽；……那恶德虽说是格外荒谬，却在推动着贸易的车轮前进。"① 曼德维尔主张让奢侈这一传统"恶德"摆脱道德话语的约束，转而与经济贸易挂钩。他认为奢侈消费能够促进穷人就业，激励工匠改进工艺②，甚至作出"私人的恶德即公共利益"这一备受争议的论断。

不同于曼德维尔，罗斯金认为炫耀性消费非但不会成就公共利益，甚至有可能损害公德。例如在布拉德福德（Bradford）所做的演讲中，他便公开斥责英国的供应商腐蚀大众趣味、引导公众奢侈消费，认为他们为了一己私利"阻滞了艺术、玷污了美德、搅乱了国家的习俗"③。除此之外，罗斯金还提出，非理性消费将默许和纵容消费者对劳动者的"残酷"（cruelty）剥削。早在《现代画家》第二卷中，罗斯金就曾以陌生化手法构造"有趣味的残酷"（tasteful cruelty）这一鲜见的短语，借以反讽罗马暴君卡里古拉（Caligula）式挥霍无度的奢靡消费④——用其原话来说，"它将百万生命的劳动压缩至一个小时的感受之中"⑤。言下之意，像卡里古拉那般穷奢极欲的享乐实际上建立在剥削他人劳动乃至生命的基础上。后来在《艺术的政治经济学》中，罗斯金又进一步指出了现金联结之下消费者和劳动力之间的隐秘关联：消费者通过花费金钱购买物品，从而与劳动者形成潜在契约关系，雇佣后者为自己工作，"我们（笔者注：指消费者）成了他们（笔者注：指劳动者）的主

---

① ［荷］伯纳德·曼德维尔：《蜜蜂的寓言：私人的恶德，公众的利益》，肖聿译，中国社会科学出版社 2002 年版，第 18 页。
② ［荷］伯纳德·曼德维尔：《蜜蜂的寓言：私人的恶德，公众的利益》，第 100 页。
③ E. T. Cook and Alexander Wedderburn, eds., *The Works of John Ruskin*, library edition, Vol. XVI, London: George Allen, 1905, p. 344.
④ 历史上，卡里古拉穷极豪奢，据说他在短短一年内便将 27 亿塞斯特尔提乌斯国库耗费一空。参见 https://zh.wikipedia.org/wiki/%E5%8D%A1%E5%88%A9%E5%8F%A4%E6%8B%89, accessed 8 Jun, 2023.
⑤ John Ruskin, *Modern Painters*, Vol. II, p. 29.

人或是女主人,我们强迫他们在一定的时间段内生产某件指定的物品"①。换言之,消费这个动作的宾语不仅是物,还有物件的实际生产者,即将劳动力作为商品出售的广大贫困阶级。依旧以礼服的消费为例,罗斯金提出它真正的政治经济学含义在于揭示消费的实际主客体——即占有多数社会财富的购买者和一无所有的劳动者——之间的不平等主奴关系,它意味着前者以居高临下的权威向后者颁布命令:

这段时间我会赐予你食物,赐予你衣服,赐予你燃料;但这些日子里你只能为我工作:你的小兄弟需要衣服,你不能给他们做;你生病的朋友需要衣服,你也不能为她做;你自己很快也需要另一件暖和点儿的衣服,你还是不能为自己做。你只能为我做花边和玫瑰花饰;接下来的两周里,你要努力制作花纹和花瓣,然后我会在一小时内就把它们尽数收入囊中。②

再以同为奢侈品的钻石为例,它的大量消费意味着数以万计的工人需要耗费宝贵的时间和精力去切割、打磨自然界最坚硬的石头,罗斯金不由得哀叹这一缺乏艺术性、拒斥美学想象的苦役是何等"严重的商业错误"③!俨然,这些追求奢靡趣味的消费者沉迷于为心头所好一掷千金的喜悦,对自己无意间施加于他人的痛苦和侮辱却茫然无知。

为了让公众从伦理维度重新审视他们视为理所当然的购买行为,罗斯金用了"罪行""死亡"等一连串触目惊心的词汇来形容奢靡消费。他称:"穿着华服的人实际上已经与死神结成了伙伴";"你并不知道,在你那洁白明亮的礼服上,沾染着奇怪的深色污点和深红色的花纹——

---

① John Ruskin, *The Political Economy of Art*, p. 49.
② John Ruskin, *The Political Economy of Art*, p. 51.
③ John Ruskin, *The Political Economy of Art*, p. 35.

第七章　道是无情却有情：罗斯金趣味观背后的伦理美学

那是所有的海水都洗不掉的殷红色斑点；是的，在你用美丽的花朵盘成的优美发髻上，你会看到一株总是扭曲着的杂草——没有人会想到，那是长在坟墓上的草。"① 这些耸人听闻的言论也导致罗斯金频遭世人攻讦，人们认为这位喋喋不休的维多利亚圣贤只是想把自身的趣味强加到公众身上②。我们难以苛求19世纪公众全都领会罗斯金超前于时代的思想，但以今日的"后见之明"来比照他对次等如画趣味和奢侈消费趣味的批判，这位维多利亚圣贤的良苦用心应当不难理解。在讨论如画趣味时，罗斯金称次等如画爱好者纵然冷漠无情，也绝非大奸大恶的"怪物"③，概因美学趣味终究无伤大雅，不会对他人直接造成恶劣的实际伤害。相较之下，消费趣味的影响远甚于如画趣味。消费者能够以金钱为媒介，对处于交易网络另一极的无数隐形劳动者造成难以承受的压迫和剥削，消费趣味也因此突破私人的边界，入侵至公共领域。这无疑也是罗斯金称奢侈趣味堪比"罪行"（criminality）④ 的言外深意。

在对奢侈消费的严厉批判中，罗斯金实际上揭示了一个被他同时代的政治经济学家普遍忽视的有关自由和正义的伦理悖论：我们知道，资本主义赋予消费以"自由""幸福"之名，但倘若个体的消费会增加他者的苦难，个体是否还有权利追逐消费的自由？罗斯金由此将矛头直指曼德维尔以来的重商主义思想和奉"放任自由"为圭臬的古典政治经济学。19世纪著名的政治经济学家约翰·穆勒与罗斯金秉持截然相反的论调，前者认为趣味是私人性的、个体化的，购物者只要不影响他人，就应该享有不被干涉的消费自由："对于个人趣味以及仅仅关系个人一己之事，公众根本不该干涉。"⑤ 穆勒还以缅因禁酒令、禁止向中

---

① John Ruskin, *The Political Economy of Art*, p. 53.
② David M. Craig, *John Ruskin and the Ethics of Consumption*, p. 271.
③ John Ruskin, *Modern Painters*, Vol. IV, p. 11.
④ John Ruskin, *Modern Painters*, Vol. II, p. 29.
⑤ ［英］约翰·穆勒：《论自由》，孟凡礼译，上海三联书店2019年版，第97页。

国输入鸦片、禁止出售毒品为例，指责此类干涉商品销售的禁令侵犯了购物者的自由。在穆勒看来，只要不是用来危害他人，那么"在履行了对于国家和个人的法定和道德义务之后，选择何种娱乐以及怎样花费收入，就是（购物者）他们自己的事了，必须取决于他们自己的判断"①。穆勒拥护的核心观点正是被视为资本主义自由市场基石的个人主义原则，持这一类观点的政治经济学家们认为："看不见的手"自会指导市场经济活动，协调个人利益与公共利益之间的矛盾，使自由市场达到理想状态。按照他们的观念，消费者对穷苦劳动者并不存在关爱之责，而他们的自由趣味也不应该受到道德的约束。

然而历史证明，在19世纪英国，穆勒等人所向往的自由彼岸并不曾到来，实际上出现的却是一个因为财富分配不均而陷入前所未有的贫富差距的人间炼狱。据统计，1801年1.1%的富有者占据了25%的国民总收入，1812年1.2%的富有者占据35%的国民总收入，到了1867年，2%的富有者所聚敛的财富竟高达国民总收入的40%，与此同时，广大体力劳动者的总收入仅占国民总收入的39%②。彼时的英国仅有一小部分富人饱餐餍足、锦衣玉食，绝大多数穷人却深陷衣不蔽体、食不果腹的绝望处境。"看不见的手"并没有使市场达到理想的平衡状态，实际的情况恐怕是浪费者更浪费，稀缺者更稀缺。卡莱尔在《过去和现在》中深刻反思19世纪英国状况，比起罗斯金，他更早注意到财富分配背后的社会公正问题："英国的巨大财富，究竟是谁的财富？那些受到庇佑，变得更快乐、更聪明、更美丽，在任何方面都变得更好的人，又究竟是谁？"③ 换言之，英国的财富只让处于金字塔尖的上层阶级实现了

---

① ［英］约翰·穆勒：《论自由》，第117页。
② 郭家宏：《19世纪上半期英国的贫富差距问题及其化解策略》，《学海》2007年第6期。
③ Thomas Carlyle, *Past and Present*, edited with an introduction and notes by Richard D. Altick, 1843, New York: New York University Press, 1965, p. 11.

第七章 道是无情却有情：罗斯金趣味观背后的伦理美学

所谓的自由，却让广大下层阶级陷入了"但丁的地狱"①，卡莱尔将这样的财富称作"被施了魔咒的财富"②："我们的财富比古来任何民族都多，但我们从中得到的好处又比古来任何民族都少。我们看似成功的工业实际上是不成功的；如果我们听之任之，那它就是一种怪诞的成功。"③

从这个角度来看，罗斯金对消费趣味的探讨既是对穆勒自由消费趣味的回应，又延续了卡莱尔对英国状况的反思，他倡导构建一种互助的伦理消费观。在罗斯金看来，一个拥有健康趣味的消费者绝不会混淆虚荣和慈善、利己和利他、财富和生命等概念，他们必须有能力衡量他们要求那些工人们所生产之物的真正价值④。此处的价值（value）也不是政治经济学意义上的交换价值，而意指"能够全力促进生命"⑤，因此，对价值的判断关乎对生命的感悟能力，需要"心灵"（heart）加以引导：唯有"慷慨"（magnanimity）的心灵，唯有"广阔的心灵"（largeness of heart），才具有衡量美德的能力，即"以最高的公平衡量一切可给予的和可获得的事物，并且知道如何以最高尚的方式行最高尚之事"⑥。依旧以礼服的消费为例。难道整个英国市场都要禁止礼服的购买与销售吗？罗斯金绝无此意，他认为设计上乘的礼服是良好趣味的展现："我相信，真正高贵的服饰是一种重要的教育手段，因为它对于任何一个希望拥有生动艺术的民族来说都必不可少，它涉及人性的刻

---

① Thomas Carlyle, *Past and Present*, p. 8.
② Thomas Carlyle, *Past and Present*, p. 10.
③ Thomas Carlyle, *Past and Present*, p. 11.
④ John Ruskin, *The Political Economy of Art*, p. 52.
⑤ 罗斯金从词源出发，指出 valorem 的主格是 valor，意指勇武；而 valor 来自 valere，意指强健。指人，便是生命强健，或曰英勇；指物，则应促进生命，或曰有价值（valuable）。因此，"有价值"也就是指"能够全力促进生命"。参见乔修峰《巴别塔下：维多利亚时代人的词语焦虑与道德重构》，第 154 页。
⑥ John Ruskin, *The Political Economy of Art*, p. 59.

画。"① 但是一个高尚的消费者，即便她一次性订购了数套礼服，她也不会将它们全部据为己有作为夸耀的资本，而对一街之隔的饥寒交迫现象坐视不理；恰恰相反，她可能留下一套作为自己的冬衣，而将剩余几套全部赠予饥寒交迫的贫穷女性②。罗斯金认为唯有这样雪中送炭的理性消费才是无私的、服务于整个共同体的，正如他在《最后来的》一书结尾所言："奢侈的确在未来是可能的——（那时它）纯粹且精致；奢侈是所有人共享的，而且需要所有人的帮助才能实现；但眼前的奢侈只有无知者才能享受；那些当下最残忍的人一定是蒙蔽了自己的眼睛，才能安然坐享盛宴。"③ 罗斯金也借此修正了曼德维尔的奢侈论：奢侈浪费未必能促进公共利益，公众需要"通过趣味训练，发展'理性消费'"④。

在依旧以"生产"为中心的 19 世纪工业社会，罗斯金率先将目光投向了尚处边缘地位的消费者。在质疑个人奢侈行为正当性的同时，罗斯金提出生命（life）才是消费的目标⑤，从而开创了一种有别于古典政治经济学范式的伦理消费观，而其趣味观则是上述消费观的重要组成部分。罗斯金的消费趣味承接他的如画趣味和沉思趣味，核心始终在于道德情感。正如他在《交易》演讲中所言："趣味不仅是道德的一部分或道德的表征，而是唯一的道德。"⑥ 如果说同情是高贵如画趣味的前提，那么罗斯金对消费趣味又提出了更进一步的道德要求——慷慨。具有高尚趣味的消费者需要在同情他人的基础上作出行动，真正担负起自己对他人的守护和帮助之责，贡献自身的社会和经济资源，投入到对共

---

① John Ruskin, *The Political Economy of Art*, p. 54.
② John Ruskin, *The Political Economy of Art*, p. 50.
③ John Ruskin, *Unto This Last*, fifth edition, London: George Allen, 1887, p. 173.
④ [英] 雷蒙·威廉斯：《文化与社会：1780—1950》，高晓玲译，商务印书馆 2018 年版，第 223 页。
⑤ John Ruskin, *Unto This Last*, p. 155.
⑥ E. T. Cook and Alexander Wedderburn, eds., *The Works of John Ruskin*, library edition, Vol. XVIII, p. 434.

第七章　道是无情却有情：罗斯金趣味观背后的伦理美学

同体的改善中去。惟其如此，平衡的社会关系才有可能得以维系。正是在这个意义上，罗斯金指出最"富有"的人并非拥有最多资产之人，而是"能将自己的生命发挥到极致，并通过其本人及其财产对他人的生命产生最广泛影响"之人①。这也正是罗斯金伦理美学的核心要义所在。

　　罗斯金趣味观中对情感的强调传承了沙夫茨伯里的"社会情感论"，体现了18世纪情感主义道德哲学的余音。其趣味观本质上是一个伦理概念。正如罗斯金在《现代画家》中所说："真正的趣味是兼顾他人的，只有错误的趣味才让他人适应自己。"② 应该说，罗斯金的趣味观帮我们回到了维多利亚时期的伦理现场③，并再现了英国社会在转型期所滋生的种种问题。聚焦高尚和次等如画趣味，罗斯金让我们看到了资本主义文明如何美化贫困和贫民窟，并以此来掩盖无情和残酷；聚焦达尔文的功利主义趣味，罗斯金让我们看到了科学物质主义如何遮蔽万物的伦理关系和灵韵之美；聚焦古典政治经济学所推崇的消费趣味，罗斯金让我们看到了奢侈与经济自由主义如何抹杀消费主体所应承担的伦理责任。简而言之，罗斯金的趣味观是伦理焦虑，也是转型焦虑。伊格尔顿曾说："与工业革命同时兴起的是对文明本身的激烈反抗，因为后者在总体上已经精神沦丧了"④，显然，罗斯金的趣味观也不失为"对文明的激烈反抗"。如果说文化即批判，即对"文明"弊端的批评⑤，那么无怪乎威廉斯把罗斯金纳入到英国文化批评的传统中去⑥。

---

　　① John Ruskin, *Unto This Last*, p. 156.
　　② E. T. Cook and Alexander Wedderburn, eds., *The Works of John Ruskin*, library edition, Vol. III, p. 60.
　　③ 聂珍钊：《文学伦理学批评及其它——聂珍钊自选集》，华中师范大学出版社2012年版，第4页。
　　④ 殷企平：《文化批评的来龙去脉》，《英语研究》2020年第2期。
　　⑤ 殷企平：《文化批评的来龙去脉》，《英语研究》2020年第2期。
　　⑥ 威廉斯指出："我们要真正理解罗斯金的思想，有必要把他当作为'文化'这个复杂观念的发展做出了重要贡献的人物来看待。"参见［英］雷蒙·威廉斯《文化与社会：1780—1950》，高晓玲译，商务印书馆2018年版，第207页。

第八章

从"味"到"味":伍尔夫趣味观的印度底色

作为19世纪末到20世纪初最重要的英国作家之一,弗吉尼亚·伍尔夫在文学创作中非常关注"趣味"(taste)这个概念。在《中眉》("Middlebrow",1932)一文中,她曾指出:"欣赏鲜活的艺术需要鲜活的趣味(living taste)。"① 回顾印度传统美学,"味"(rasa)也是一个至关重要的概念。事实上,西方已有学者在探讨"趣味"观念时引入印度"味"论。例如,意大利学者阿甘本在《趣味》(Gusto,2017)一书中指出:在西方有关"趣味"的阐述中,"愉悦与知识高度统一"(pleasure and knowledge are united)②,并认为这非常符合印度"味"论的智慧。同样,美国学者卡罗琳·考斯梅尔认为"趣味"作为美学概念,在欧洲以外的哲学传统中也获得了充分的发展,而其"最精确的理论定位"③源自印度传统。可见,上述学者已经注意到了印度"味"论与西方哲学中"趣味"观念的契合。然而,对于印度"味"论如何影响包括伍尔夫在内的英国作家,他们都未充分展开。

---

① Virginia Woolf, *The Death of the Moth and Other Essays*, New York: Harcourt Brace Jovanovich, 1974, p.184.
② Giorgio Agamben, *Taste*, trans. Cooper Francis, Calcutta: Seagull Books, 2017, p.77.
③ [美]卡罗琳·考斯梅尔:《味觉:食物与哲学》,第58页。

第八章　从"味"到"味"：伍尔夫趣味观的印度底色

伍尔夫的时代适逢印度"味"（rasa）论西传的大背景之下。从印度"味"论在西方尤其在英国的接受史来看，大部分西方学者，甚至印度本土学者都将印度"味"（rasa）论翻译为"趣味"（taste）。例如，作为20世纪初将印度文化引入西方的集大成者，库马拉斯瓦米（Ananda Coomaraswamy，1877-1947）在用英语写成的《湿婆之舞》（*The Dance of Siva*，1918）中详尽介绍了印度"味"论（rasa）的源起以及诗学内涵，书中谈到印度"味"论体现了有别于西方的生命哲学，前者认为"那些已经超脱了单纯的满足感和生活中的愉悦之情的人，无论素养多高，始终还是那些已然品尝（tasted）了生活中所有愉悦的人。"[1] 换句话说，只有经历了"品尝"等感官体验激发的审美愉悦之后，人才得以获得生命的满足感。因此，他将"味"定义为"美学情感"（aesthetic emotion）[2]。可以说，正是"情感"这个切入点将伍尔夫的"趣味"论以及其背后的思想文化传统与印度"味"论相关联。

无论是在日记书信还是小说随笔中，伍尔夫一再提及"趣味"（taste）一词。在阅读弥尔顿时，她感到自己的草率浏览无法"尝到"（taste）其中的"所有滋味"（full flavour）[3]。在布鲁姆斯伯里文化圈中，她评价凯恩斯"趣味糟糕"（bad taste）[4]。在随笔《伯爵的侄女》（"The Niece of Earl"，1932）中，她称赞简·奥斯汀是"具有完美判断力和趣味的作家"[5]。综合来看，她的趣味观主要体现在文学评判方面。国内外虽有学者注意到了伍尔夫创作的"趣味"观，但对其的讨论犹

---

[1] Ananda Coomaraswamy, *The Dance of Siva*, New York: The Sunwise Turn, Inc., 1918, p. 8.

[2] Ananda Coomaraswamy, *The Dance of Siva*, p. 31.

[3] Anne Olivier Bell ed., *The Diary of Virginia Woolf*, Vol. 1, New York: Harcourt Brace Jovanovich, 1978, p. 192.

[4] Nigel Nicolson ed., *The Letters of Virginia Woolf*, Vol. 3, New York: Harcourt Brace Jovanovich, 1975, p. 149.

[5] Stuart N. Clarke ed., *The Essays of Virginia Woolf*, Vol. 5, New York: Houghton Mifflin Harcourt, 2010, p. 530.

如浮光掠影，并未深入。比如，有学者在论及伍尔夫与唯美主义时谈到布鲁姆斯伯里成员以"高雅趣味"来"抗击主流文化对'少数者文化'的侵蚀与吞噬"①。此外，有学者指出：伍尔夫的"'对比和评判'的向导是'趣味'"，"而'趣味'则是一种天性"②，其要义事实上是一种"悟"，从而与中国传统审美思想中的"趣味说"相通③。这一论点虽将我们对伍尔夫趣味观的思索引向东方，但作家对"趣味"的讨论显然并非只停留在中国传统美学的层面。国外亦有学者指出，伍尔夫在长篇小说的创作中"将物的联想与情感的联系贯穿于叙事时间和人物关系当中"④，挑战了读者的传统美学趣味。换言之，伍尔夫的创作旨在呈现情感的流动，而这一点恰恰与印度"味"论不谋而合。那么，究竟伍尔夫所说的"趣味"和库马拉斯瓦米所阐释的印度之"味"有何相通之处呢？伍尔夫的短篇小说创作又是如何体现上述相通之处呢？或者说，为什么伍尔夫的短篇创作具有淡淡的印度底色呢？为了回答上述问题，我们不妨先从印度"味"论与西方"趣味"观念的交集谈起。

第一节　印度"味"论与西方"趣味"观念

伍尔夫作为 20 世纪初的作家，对"趣味"（taste）的关注也并非空穴来风，因为早在 18 世纪，西方在文学与审美领域就展开了关于"趣味"（taste）的讨论，18 世纪也因此而得名为"趣味的世纪"⑤。而远

---

① 郝琳：《伍尔夫之"唯美主义"研究》，《外国文学》2006 年第 6 期。
② 高奋：《批评，从观到悟的审美体验——论弗吉尼亚·伍尔夫的批评思想》，《外国文学评论》2009 年第 3 期。
③ 高奋：《弗吉尼亚·伍尔夫生命诗学》，《英美文学研究论丛》2010 年第 1 期。
④ Ruth Hoberman, "Aesthetic Taste, Kitsch, and 'The Years'", *Woolf Studies Annual*, Vol. 11, January 2005, p. 87.
⑤ George Dickie, *The Century of Taste: The Philosophical Odyssey of Taste in the Eighteenth Century*, p. 3.

第八章　从"味"到"味"：伍尔夫趣味观的印度底色

在东方的文明古国印度，则在更早的公元前就将"味"的概念融于文艺美学之中。

"味"在印度传统文化中是一个重要概念，梵语写作"rasa"，表示味、汁液、精华等意。"汁液"为该词的初始意义。早在公元前十世纪的吠陀时代，《梨俱吠陀》（Rigveda）中主要从人与自然之间的关系上记载了"rasa"的含义，它与"soma"连用，译为"soma juice"[1]，代表集天地日月之精华，饮之带来幸福的甘露。在《阿育吠陀》（Ayurveda）中，"rasa"的含义在讲述医学和人体健康奥妙的领域得以丰富，其作为"味"的意义得以解释，同时引申为生命的汁液（the juice of life），进而衍生出"精华、元气"（sap，essence）等含义。按照《阿育吠陀》的阐述，古印度人认为人的进食器官接触到食物时，产生各种物体的汁液融合，从而生成人能感受到的味，分为"甘、酸、咸、辛、苦、涩"[2] 六种。"rasa"作为"味"的意义由此而来[3]。在吠陀之后的佛教中，"味"仍然是重要的主题，"六根"之下有"六境"，六境之下有"六味"[4]，作为感官体验的"味"在印度文化中得以进一步确立。

味（rasa）进入美学的范畴是在公元前后。在婆罗多（Bharata Muni, 200B.C.—200A.D.）所著的古印度传统戏剧理论《舞论》（Natyashastra, 100 A.D.）中，"味"被视为一种诗学概念和旨趣，由此而成为具有印度特色的东方审美理念，体现了从实体感官上升为抽象思维的美学理念。《舞论》是古印度最早探讨诗学理论的著作，印度诗学的"味"论议题在其中得以系统呈现。其探讨的"味"的核心内涵在于由感官

---

[1] A. A. Macdonell, *Hymns from the Rigveda*, London: Oxford University Press, 1922, p. 10.

[2] Swami Sadashiva Tirtha, *The Ayurveda Encyclopedia*, New York: Ayurveda Holistic Center Press, 2005, p. 20.

[3] Sahara Rose Ketabi, *Ayurveda (Idiot´s Guides)*, Indianapolis: Dorling Kindersley Limited, 2017, p. 184.

[4] Abhidharmakosa-Bhasya of Vasubandhu, *The Treasure of the Abhidharma and its (Auto) commentary*, trans. Gelong Lodro Sangpo, Delhi: Motlal Banarsiddas Publishers, 2012, p. 219.

触发情感之境。该著述将读者对文学作品的情感体验类比为品尝各种香料混合的食物后所产生的味觉。此种品尝过程的三个阶段体现了触发人类情感特有基能的程序，即：对食物添加香料（创作）——品尝（赏读）——消化（情境的融合）。婆罗多把戏剧中的"味"分为八种："爱""喜""怜""怒""勇""惧""憎""叹"（shringar、hasya、karuna、raudra、veera、bahyanak、bibhitsa、adbhuta）[①]。它们通过对"常境"（sthayi）、"瞬境"（sanchari）与"无常境"（sattvika）三种境（bhava）的消化（samgraha）而产生[②]。婆罗多在《舞论》中解释到："正如味道产生于各种香料、蔬菜和其他食材的混合，比如六种味都产生自糖、香料或蔬菜等食材，而常境，当它们与其他的境混合时，便产生了味。"[③] 此种以味生发的情感联想恰恰对应了味与美学的关系。对于味是如何产生情感的，婆罗多做了这样的类比："正如那些健康的人在食用各种用香料烹制的食物，享受其味道，从中获得愉悦和满足那样，有教化的人也在品味常境，他们看到这些境由各种各样的语言、动作和秉性表现出来，从而获得愉悦和满足。"[④]

相较于印度"味"论诗学的古老传统，西方关于"趣味"与审美的联动却是近代以来的事。18世纪以前，在物质—精神二元的思维模式下，西方的"趣味"观念与美之间横亘着难以僭越的鸿沟。"趣味"因其对身体感官的重视被认为与世俗相关，甚至与道德和精神背反。在《牛津英语词典》（*Oxford English Dictionary*）中，"taste"的最初涵义是"触感"（a sense of touch），"味觉这一感官体验很容易使人联想到肉体的放纵与无节制"[⑤]。到了18世纪，以理性主义为规训的启蒙时代反而

[①] Bharata, *The Natyasastra*, trans. Manomohan Ghosh, Calcutta: Asiatic Society of Bengal, 1951, p. 102.
[②] Bharata, *The Natyasastra*, p. 100.
[③] Bharata, *The Natyasastra*, p. 105.
[④] Bharata, *The Natyasastra*, pp. 105-106.
[⑤] 何畅：《19世纪英国文学中的趣味焦虑》，第4页。

第八章 从"味"到"味":伍尔夫趣味观的印度底色

因其对感性的过度贬低激发出以情感作为道德判断的经验主义哲学,从而使趣味、道德、情感三者产生密切联系。埃德蒙·伯克在《论趣味》中将"趣味"(taste)定义为:"大脑中能够被富有想象力的作品与优雅艺术的判断力所影响,或能形成此判断力的官能"[1]。上述定义以"趣味"体验为桥梁,实现了主客体沟通。亚当·斯密的《道德情操论》则以人类情感的共鸣来阐释道德的形成。大卫·休谟在《论趣味的标准》中论及趣味与情感的关系:"我们追问趣味的标准是一件很自然的事;它是法则,人的情感可以由此而得到调和;它至少是一个可获得的决定,以此来确认某些情感的正确,而指摘另一些。"[2] 此处的"趣味"标准显然成为某种道德准绳,是主体提升情感和道德扬弃所需的参照。同时,在沙夫茨伯里倡导的"美善一体论"的影响之下,上述情感判断(或者说道德判断)又不失为一种关于"美"的判断。"趣味"由此走进美学的世界。

18世纪英国人对"趣味"如火如荼的探讨和印度"味"论的西传几乎同步进行。1757年是英国对印度政治经济控制的关键时期,英国对于印度展开了进一步的探索和发现。前文中提到的伯克也在关注着印度局势,他不赞成英国对印度进行同化式的统治,主张保留印度本身的文化体系,珍视和呼吁保存古印度文明。从伯克的作品中可以看出,他接触过东方文学,就东方文明对艺术之美的呈现方式有所领悟。在《论趣味》中,他谈到东方作家对事物相似性的对比及呈现这种相似性具有很强的天赋,认为这是东方擅长类比、对比、比喻、寓言的原因[3]。这说明他已经注意到了东方文明中不同感官的感受力相融的特质。事实上

---

[1] Edmund Burke, *A Philosophical Enquiry into the Origin of our Ideas of the Sublime and Beautiful*, Oxford: Oxford University Press, 1990, p. 13.

[2] C. W. Eliott ed., *English Essays from Sir Philip Sidney to Macaulay*, New York: P. F. Collier &Son, 1757, p. 217.

[3] Edmund Burke, *A Philosophical Enquiry into the Origin of our Ideas of the Sublime and Beautiful*, Oxford: Oxford University Press, 1990, p. 18.

他将这种感受力与古希腊诗人荷马并置，将此视为人类最原初的，没有经过工业文明修饰的一种能力。他认为东方的语言更能传达强烈的情感，比起那些经过精心修饰，自认为高尚的语言而言，那些"东方人的舌头……有强烈的表现力和能量；而这就是自然"①。这符合他在"趣味"论中回归人最原始的感官与情感之间的联系从而产生美与崇高的论述。也许伯克正代表着当时部分先进欧洲思想家对于东方文明中的宝贵财富的态度。在一篇演讲中，他谈道："我们不应该迫使他们（印度）走进我们思想的狭窄圈子里；而是必须拓展我们的思路，吸收他们体系中的主张和习俗"②。在探讨味觉（taste）时伯克说："借此（味觉）我们可以考量所有感官对美的感受的共同效因。"③ 在讨论甜味及其自然时，他指出："人们都期待品尝（tasted）事物的液体状态。"④ 显然，这与上述印度的"味"（rasa）的词源来自汁液，及以"味"作为印度诗学之本质的说法相呼应。

作为18世纪英国对古印度经典英译的第一人，伯克的好友，东方学家威廉·琼斯（William Jones，1746-1794）开启了英国对于印度乃至整个东方的语言文学的兴趣。琼斯自学梵语，1789年翻译了古印度戏剧《沙恭达罗》（Sakuntala，500 A.D.），该剧至今仍被视为表现印度"味"论的代表作。其"主题冲突，即内容，直接引起了味的意识，抑或说是情绪的冲突，一定程度的内容适合一种味的情境及其唤醒"⑤。

---

① Edmund Burke, *A Philosophical Enquiry into the Origin of our Ideas of the Sublime and Beautiful*, Oxford: Oxford University Press, 1990, p. 160.

② Edmund Burke, *The Work of the Right Honorable Edmund Burk*, Vol. 9, Boston: Little Brown and Company, 1877, p. 379.

③ Edmund Burke, *A Philosophical Enquiry into the Origin of our Ideas of the Sublime and Beautiful*, Oxford: Oxford University Press, 1990, p. 113.

④ Edmund Burke, *A Philosophical Enquiry into the Origin of our Ideas of the Sublime and Beautiful*, Oxford: Oxford University Press, 1990, p. 137.

⑤ Edwin Gerow, "Plot Structure and the Development of Rasa in the Śakuntalā", *Journal of the American Oriental Society*, Vol. 99, No. 4, Oct. 1979, p. 567.

第八章 从"味"到"味":伍尔夫趣味观的印度底色

琼斯在《沙恭达罗》译本序中不仅提到了《舞论》的作者婆罗多及其建立的戏剧诗学体系,还从"趣味"的角度对《沙恭达罗》进行了评价:"关于角色和戏剧的表现我不会提任何的评价,因为我坚信人的趣味(tastes)依据他们的情感(sentiments)和激情的不同而不同;而且,在感受艺术之美时,就像嗅到花香,品尝(tasting)果实,展望远景,聆听旋律那样,每个人由自己的感觉和不可传达的联想引导着。"[①] 可见,在18世纪"趣味"大讨论的同时,来自东方艺术中的强烈的感知力已经为英国人所注意,并成为推动"趣味"话题的助力。之后,琼斯在加尔各答发起成立了从事东方研究的亚洲协会(The Asiatic Society),该组织集结了一批对印度、梵语、东方古籍等进行学习和研究的重要的东方学家。他们承担了18世纪及以后对包括《舞论》在内的印度古籍的英译工作,对印度思想文化的西传发挥了重要作用。

琼斯之后的19世纪,西方对印度典籍的翻译逐步兴盛,牛津梵语学家威尔森(H. H. Wilson,1786-1860)开始翻译多卷古印度梵语古籍,其中包括翻译《梨俱吠陀》,评论《阿育吠陀》,及1826年对《舞论》进行部分翻译。1865年,美国东方协会东方学家霍尔(Fitzedward Hall,1825-1901)在翻译印度表演论《十色》(*Dasarupa*,10 A.D.)的同时,在译本中附带上了《舞论》的部分章节翻译。1874年,德国学家海曼(Heyman)发表文章探讨《舞论》的相关研究。1880—1884年,法国梵语学家勒尼奥(P. Regnaud,1838-1910)及学生格罗塞特(J. Grosset)相继翻译了《舞论》的大部分章节,其中包括了第六章对味的探讨。1890年,法国印度学家西尔万·莱维(Sylvian Levi,1863-1935)在《印度戏剧》(*Theatre Indien*,1890)中探讨了他对《舞论》的综合理解,为后续20世纪对印度《舞论》和诗学的研究提供基础。1896年,拉尔夫(Ralph T. H. Griffith,1826-1906)的《梨俱吠陀》译

---

① William Jones, *Works of Kalidasa*, Calcutta: H. C. Dass, Elysium Press, 1901, p. 7.

本面世。马克思·穆勒（Friedrich Max Müller，1823 – 1900）编纂的《东方圣书》（*The Sacred Books of the East*，1879）也在这一阶段得以出版，其中包括了对印度古籍的转译。随着《舞论》的译介逐渐增多，英国对印度之"味"的认识也不断流行起来。《泰晤士报》谈论印度文化艺术的词频增高，除了对梵语和古印度诗集《梨俱吠陀》译本的快讯之外，还多次提到"印度的趣味"（the taste of the Indian）①。当时有制造商给《泰晤士报》的编辑写信时说："如果印度人的见解和趣味能够被更好地得到理解的话，这个国家的出口贸易将会得到巨大增长"②。由此看来，对印度的"味"的研究成为欧洲的东方学者们方兴未艾的一个主题。

　　英国的"趣味"说与印度的"味"论之间既有交叉，也存在不同。"rasa"在英语中有几种译法，分别为"juice"③ "taste"④ "flavour"⑤ "sentiment"⑥ 等。基于前人对印度文化研究的积累，印度之"味"（rasa）在英语中与"趣味"（taste）和"情感"（sentiment）二词的功能对等。换句话说，无论是"趣味"（taste）还是"味"（rasa），两者都会导向对美的情感反应，并由此获得对美的感悟。但印度"味"论并不仅停留在感官愉悦这个层面，它讲求的是对最原初的生命本身的感悟。从对"味"（rasa）在印度古籍中的本意溯源来看，印度"味"论是关于生命的诗学，"味"所代表的最本质含义就是生命的精髓，"味"论的精神和宗旨归根结底是生命的艺术。西方之味强调的是人的"趣味"判断，而印度之味则重在对自然本身的体悟。正是这种对丰盈的生命意志的体悟进一步推动了以伍尔夫为代表的英国思想家对"趣味"的探讨。

---

① "London, Monday, September 23, 1844", *Times*, September 23, 1844, p. 4.
② "Exhibition of Indian Manufactures", *Times*, March 11, 1870, p. 10.
③ H. H. Wilson, *Rig Veda: Translated from the Original Sanskrit*, Poona: Ashtakar, 1928, p. 27.
④ H. H. Wilson, *Rig Veda: Translated from the Original Sanskrit*, p. 56.
⑤ Ralph T. H. Griffith, *The Rig Veda*, London: Global Grey, 2018, p. 499.
⑥ William Jones, *Works of Kalidasa*, p. 13.

第八章　从"味"到"味":伍尔夫趣味观的印度底色

第二节　伍尔夫与印度味论

应该说,伍尔夫对"味"与审美的看法结合了西方的"趣味"传统和印度"味"论。伍尔夫在关于如何读书的评论文章中常常谈到趣味,她在《我们怎样读书》("How should One Read a Book",1926)中阐明了"趣味"在读者和书之间的作用。对于伍尔夫来说,趣味(taste)是"感觉的神经"(the nerve of sensation),同时也是"启示"(illuminant),起着"传递震撼力"(send shocks through us)的作用[①]。而在另一篇随笔《一种永恒》("One Immortality",1909)中,伍尔夫对菲尔丁的印度札记进行了评论,她阐明菲尔丁作为一个先知式人物,发现了西方人对生活的麻木以及对改变这一现状束手无策的现实,指出西方人想从"东方魅力"(Eastern charm)中寻求答案,而这种东方,抑或说印度魅力,即为"生命之真"(the truth of life),也就是一种能够"感知事物到底是什么以及事物将会是什么"(the sense of what things are not and what things should be)[②]的感知力。而"味"论正是基于感知力对生命之真的探寻。"味"(taste)在伍尔夫看来既是人通过感官感知美的标准,也是艺术传递给人的美的气息。她承认趣味的感官和感觉属性,同时也认为这种感觉能够带来某种情感的升华。

需要指出的是,伍尔夫对"趣味"的理解得益于东西方文化交流在20世纪初的深度融入。一方面,伍尔夫传承了18、19世纪英国的"趣味"美学思想。在伍尔夫的藏书中有很多关于"趣味"的主题,包括前述休谟所著的《趣味的标准》,还有约翰·贝利(John Cann Bai-

---

[①] Virginia Woolf, *Collected Essays by Virginia Woolf*, Vol.2, London: The Hogarth Press, 1966, p.9.

[②] Andrew McNeillie ed., *The Essays of Virginia Woolf*, Vol.1, London: Harcourt Brace Jovanovich, 1986, p.255.

ley，1864－1931）的《趣味的问题》（*A Question of Taste*，1926）等。伍尔夫夫妇经营的霍加斯出版社还出版了凯勒（E. E. Kellett，1864－1950）的《趣味的陀螺：霍加斯文学讲座》。从中可以看到伍尔夫的创作受益于18世纪英国经验主义思想家关于"趣味"的讨论。她还在随笔中专门评论伯克思想的继承者威廉·哈兹里特。另一方面，20世纪的英国学者更加深入地挖掘和掌握古印度文化，开始探索富有印度特色的审美趣味，并尝试进一步的理解和融会贯通，此为伍尔夫与印度"味"论产生关联的时代背景。1912年的《泰晤士报》刊登了驻印度英国外交大臣寇松勋爵（Lord Curzon，1859-1925）对英国政府即将在新德里的建筑风格的看法，认为建筑应该保持印度特有的"味"，他写到："在这种东方的精神中，抑或说在当地手工艺人的天赋之下，会产生出一种相对于西方形式来说，更加近似于印度的味道（flavour），抑或说一种本土的风味。"① 1917年，牛津梵文学者麦克唐纳（A. A. Macdonell，1854-1930）编撰《吠陀读者》（*Vedic Reader*，1917），帮助读者学习梵语，理解古印度文化艺术中的重要概念，其中提到"味"（rasa）的意义。他在《梨俱吠陀》（*Hymns from the Rigveda*，1922）译本序中着重探讨了"味"（rasa）的本源之果"soma"的几重含义。同年，英国印裔历史美学家库马拉斯瓦米用英语写成《湿婆之舞》，详尽介绍了印度"味"论的起源以及诗学内涵，将"味"译成"趣味"（taste）或"美学情感"（aesthetic emotion），解释了"味"在印度哲学中受到重视是由于印度哲学思维与西方不同的特性②。

伍尔夫早年就已经对印度文化有所接触，其母系家族有印度血统，母亲在加尔各答出生，使得她与印度之间本就包含了千丝万缕的联系。到1910年左右，她与印度文化的接触更加紧密。她阅读了印度作家科

---

① Curzon of Kedleston, "The New Delhi", *Times*, October 7, 1912, p. 6.
② Anada Coomaraswamy, *The Dance of Siva*, p. 30.

第八章 从"味"到"味":伍尔夫趣味观的印度底色

妮莉亚·索拉布吉(Cornelia Sorabji,1866-1954)的《暮色之间》(*Between the Twilight*,1908),还有菲尔丁(Harold Fielding Hall,1859-1917)根据印度之行所写的小说式札记《一种永恒》(*One Immortality*,1909)并写过相关评论。她拥有许多关于锡兰、印度的书籍,包括法勒(Farrer Reginald,1880-1920)的《古老的锡兰》(*In Old Ceylon*,1908)、麦克唐纳的《梨俱吠陀》译本等。其侄女斯蒂芬·多萝西(Stephen Dorothea,1871-1965)曾经到访过印度,写成《印度早期思想研究》(*Studies in Early Indian Thought*,1918),伍尔夫阅读过此作。更重要的是,伍尔夫的丈夫伦纳德在婚前曾任职锡兰七年,并将这段经历详细记载于札记当中。夫妇俩经营的霍加斯出版社出版过不少印度作家的作品,而印度作家穆尔克·拉吉·阿南德(Mulk Raj Anand,1905-2004)还曾在霍加斯出版社当过印刷助手。这些都是她早期触及印度思想文化的证明。在为姐姐的画展所写的随笔《凡妮莎近期画作序》("Foreword to Catalogue of Recent Paintings by Vanessa Bell",1934)中,伍尔夫写道:"人的思想已经从身体中分离,变成他们周围环境的一部分。人归于何处?佛从何处起?特性就是色彩,色彩就是陶瓷,陶瓷就是音乐。"[1] 印度佛教中的"六根互用"思想即强调眼、耳、鼻、舌、身、意的统一性。可见,伍尔夫对于艺术形式之间的关联与互通性思想与印度的影响不无关系。

对东方思想文化持积极态度的布鲁姆斯伯里文化圈也为伍尔夫对"味"论的接受提供了桥梁。伍尔夫的好友英国作家叶芝对印度文化兴趣盎然,他从少年时期就阅读勃拉瓦茨夫人(H. P. Blavatsky,1831-1891)根据《奥义书》等印度古籍所著的《秘密教义》(*The Secret Doctrine*,1888),接触了很多关于印度古文化的关键词汇。之后他与印

---

[1] Stuart N. Clarke ed., *The Essays of Virginia Woolf*, Vol. 6, London: Harcourt Brace Jovanovich, 1978, p. 25.

度诗人泰戈尔（Rabindranath Tagore，1861-1941）、美学历史学家库马拉斯瓦米等人成为好友，常常谈论文学创作和美学话题。泰戈尔在作品中秉承印度"味"论的思想，而库马拉斯瓦米则是20世纪印度"味"论西传的主要贡献者，他的《镜中势》（*The Mirror of Gesture*，1917）和《湿婆之舞》都曾为叶芝所拜读。伍尔夫与叶芝探讨过印度哲学，还相互评价对方的作品具有印度底色[1]。伍尔夫本人对泰戈尔也颇有了解，她曾经阅读泰戈尔的自传，还在随笔中提到过泰戈尔的文论《生命证悟》（*Sadhana*：*The Realization of Life*，1921）[2]。泰戈尔曾在《什么是艺术》（"What is Art"）一文中探讨了对印度"味"论的看法，将"味"（rasa）定义为"汁液"与情感融合：

> 我们的情绪（emotion）是胃液（gastric juice），它把这个世界的面貌转换成更加隐秘的情感（sentiments）世界。另一方面，这个外部世界拥有自己的汁液，它们的各种属性会激发我们的情绪活动。这就是我们梵语修辞中所讲的"rasa"，它指外部世界的汁液（outer juices）与我们内部情绪世界的汁液（inner juices）间的呼应。[3]

无独有偶，伍尔夫也曾在文本中反复提及"个人的汁液"（personal juice）[4]、"生命的汁液"（juice of life）[5]，以及"自我的汁液"（my own

---

[1] Anne Olivier Bell ed., *The Diary of Virginia Woolf*, Vol. 3, New York：Harcourt Brace Jovanovich, 1977, p. 329.

[2] Anne Olivier Bell ed., *The Diary of Virginia Woolf*, Vol. 1, p. 165.

[3] Sisirkumar Ghose ed., *Angel of Surplus*, Calcutta：Visva Bhrati, 1978, p. 3.

[4] Virginia Woolf, *Collected Essays by Virginia Woolf*, Vol. 2, p. 295.

[5] Anne Olivier Bell ed., *The Diary of Virginia Woolf*, Vol. 2, London：Harcourt Brace Jovanovich, 1978, p. 236.

第八章 从"味"到"味":伍尔夫趣味观的印度底色

juice)① 等概念。我们不妨揣测,伍尔夫关于情感和生命流动的隐喻极有可能脱胎自印度味论。

伍尔夫的另一位好友美学家罗杰·弗莱(Roger Fry,1866-1934)也与印度艺术家和学者交往甚多。他于1910年结识库马拉斯瓦米并与之共事,建立推广印度美学的艺术团体,并促成泰戈尔《吉檀迦利》(Gitanjali,1912)英文版的发行。弗莱曾撰文《东方艺术》("Oriental Art",1910)评论库马拉斯瓦米、劳伦斯·宾扬(Laurence Binyon,1869-1943)等人的作品,并发表在《季评》(Quarterly Review)上。伍尔夫常常与弗莱谈论美学与创作,受到弗莱的很多启发。在日记中,伍尔夫记录了她与弗莱在一家具有印度风格的餐厅一边吃印度菜一边探讨东方艺术的场景,可见印度风情给伍尔夫留下的印象是极为深刻的:

> 我们坐在矮方桌前,桌上铺着扎染花布(bandana),吃着不同的豆子或芹菜:这些美食正好换换口味。我们喝着酒,吃着甜的软奶酪球……聊着文学与美学。……所有艺术都是表现性的。当你说树这个词,那么你就看到一棵树。好吧,也就是说,每一个词都有一种氛围。诗歌就是把这些不同氛围的词按照一定的顺序结合起来……我们还探讨了中国诗;……罗杰把诗比作画。②

弗莱在《印度艺术》("Indian Art",1933)一文中将印度艺术呈现的美学特征称为"感觉逻辑"(sensual logic)③。他强调,西方传统中的

---

① Nigel Nicolson ed., *The Letters of Virginia Woolf*, Vol. 4, London: Harcourt Brace Jovanovich, 1978, p. 188.
② Anne Olivier Bell ed., *The Diary of Virginia Woolf*, Vol. 1, p. 80.
③ Roger Fry, *Last Lectures*, London: Cambridge at the University Press, 1939, p. 151.

"粗糙的感官享受"（gross sensuality）在印度恰恰是"最高的精神状态"①。弗莱认为这种认知曾在古希腊艺术中存在，但是 20 世纪的艺术家们只能从古印度的艺术中唤起如是感受②。事实上，古希腊时期人们对感官相通这一事实深信不疑。产生于柏拉图时代的修辞手法"艺格符换"（ekphrasis）其原初意义就是"以文字来表现绘画"（the verbal representation of visual representation）③，即通过不同的媒介来呈现大脑与感官之间的联系。但是，这种修辞法在 18 世纪晚期之后逐渐淡出人们的视野④。到 20 世纪，"联觉"（synaesthesia）一词首先作为医学术语出现，后衍生至对文学审美的探讨。现代主义文论家瑞洽慈在《美学的基础》（The Foundations of Aesthetics，1922）中探讨了"联觉"，将其与东方艺术中的平衡与和谐感（equilibrium and harmony）相联系，并指出弗莱与贝尔所探讨的"意境"（the state of mind）在本质上与联觉有关⑤。到了 20 世纪中后期，"艺格符换重新引起西方学人的关注"⑥。这恰好说明了现代主义艺术家们对弗莱所说的"感觉逻辑"的重视和对"粗糙的感官享受"的回归。

伍尔夫的另一位作家好友艾略特曾在哈佛大学学习了四年的梵语和印度哲学，对印度文化情有独钟。他认为浸润于西方文明中的诗人们虽努力寻求"精致的感受"（a refined sensibility）⑦，结果往往"弄巧成拙"（conceit）⑧，造成艾略特在《论玄学诗人》（"The Metaphysical Po-

---

① Roger Fry, *Last Lectures*, p. 151.
② Roger Fry, *Last Lectures*, p. 153.
③ James Heffernan, *Museum of Words: The Poetics of Ekphrasis from Homer to Ashbury*, Chicago: The University of Chicago Press, 1993, p. 3.
④ 欧荣：《语词博物馆：当代欧美跨艺术诗学概述》，《上海交通大学学报（哲学社会科学版）》2020 年第 28 期。
⑤ John Constable ed., *The Foundations of Aesthetics*, London: Routledge, 2011, p. 53.
⑥ 欧荣：《语词博物馆：当代欧美跨艺术诗学概述》，《上海交通大学学报（哲学社会科学版）》2020 年第 28 期。
⑦ T. S. Eliot, *Selected Essays by T. S. Eliot*, London: Farber Limited, 1932, p. 289.
⑧ T. S. Eliot, *Selected Essays by T. S. Eliot*, p. 289.

第八章 从"味"到"味":伍尔夫趣味观的印度底色

ets",1921)中所批判的"感受力分离"(disassociation of sensibility)[1]以及"人工感"(artificiality)[2]。因此,他提出诗人要走向"大脑皮层"(cerebral cortex)、"神经系统"(nervous system)、"消化系统"(digestive tracts)[3]。事实上,这是提倡将最原始和最真实的感官感受与深层次的大脑印象相结合。这与印度"味"论中"味"(rasa)与"情"(bhava)之间的结合相符。艾略特在另一篇评论中将印度哲学称之为"现实主义者的情感数据"(sense-data of the Realists)[4],说明他非常认同印度哲学中有关"情感"的讨论。1915年后,艾略特在伦敦结识伍尔夫,并与其成为好友。后者在日记中记录了她阅读艾略特诗作后的感受,并称它们"让人情绪激动"[5]。

从1910年左右起始,英国现代主义作家圈中似乎泛起了一股印度热。身处这样一股东西文化碰撞的热潮中,伍尔夫对于印度"味"论的理解既包含了她对于18世纪以降的英国经验主义"趣味"论的继承,也体现了英国现代主义作家通过借鉴印度之"味"再现生命感官体验的创作冲动。尤其在伍尔夫的短篇小说中,我们得以见证上述冲动。

第三节 感官的弥合与伍尔夫短篇中的"味"

伍尔夫的两部短篇小说《弦乐四重奏》("The String Quartet")和《蓝与绿》("Blue and Green")都创作于1919年,前者以文字描绘音乐,后者以文字再现色彩。它们都被收录在1921年出版的小说集《星

---

[1] T. S. Eliot, *Selected Essays by T. S. Eliot*, p. 288.
[2] T. S. Eliot, *Selected Essays by T. S. Eliot*, p. 290.
[3] T. S. Eliot, *Selected Essays by T. S. Eliot*, p. 290.
[4] Jewel Spears Brooker and Ronald Schuchard, eds., *The Complete Prose of T. S. Eliot*, Vol. 1, Baltimore: Johns Hopkins University Press, 2014, p. 705.
[5] Anne Olivier Bell ed., *The Diary of Virginia Woolf*, Vol. 2, p. 178.

期一或星期二》(Monday or Tuesday) 当中，这部集子中的大部分作品都是伍尔夫短篇中的名篇，包括《墙上的斑点》("The Mark on the Wall", 1917)、《邱园纪事》("Kew Garden", 1919) 等。非常巧合的是，这一创作阶段正是她对东方思想文化产生深刻领悟的时期。相比于这部集子里的其他小说，这两部短篇的创作时间几乎不分先后，并且都以联觉的方式呈现生命的原初体验以及生命之间的情感共鸣。这与印度"味"论不谋而合，后者同样追求基于复杂感官体验之上的情感共鸣。

短篇《弦乐四重奏》再现了刚刚走出一战阴霾的伦敦。百废待兴，人与人之间情感冷漠。虽然音乐唤醒了他们对大自然的向往和记忆，但在音乐结束之后，他们却又退回到各自的冷漠状态。在这篇小说中，伍尔夫以文字"演奏"了一场莫扎特的弦乐乐章。代之以各种形容词来形容音乐的感受，小说以文字将欣赏音乐演奏的过程具象化为一幅幅生动的图景，随着音乐的进程分别展示城市、自然与心理三幅不同的图景，实现听觉、视觉和情感的互联。小说开篇描绘的是一幅城市图景。本是描写人们进入音乐厅的场景，在作家笔下，稀稀疏疏的开场音乐与城市各种车马穿行的声音相映衬，成为伦敦城市熙熙攘攘的动态画面。听众们陆续入场后，演奏正式开始，音乐又把人们带入了一幅自然图景，让听众的思绪从伦敦的城市迁移到大自然当中。此时的文字具有了音符的意蕴，以词汇形成的意义在大脑中来回地跳动来摹仿音乐对大脑形成的映像反射，以文字呈现音乐的节拍和律动。例如在描述一段激流勇进的乐章时，伍尔夫写道："摇曳，跳跃，上冲，发芽！山顶上的梨树。喷泉的水柱；水珠滴落……池里的鱼儿全部聚拢；跳跃，溅起水花，划动着鱼鳍；在这沸腾的水流中黄色的鹅卵石旋转着翻滚，翻滚，翻滚，翻滚"[1]。通过一系列自然的极速运动形态，伍尔夫让听众感受到了音乐的急促声响。

---

[1] Susan Dick ed., *The Complete Shorter Fiction of Virginia Woolf*, London: Harcourt Brace Jovanovich, 1985, p.133.

第八章 从"味"到"味":伍尔夫趣味观的印度底色

在一阵湍急的音符如山涛般泻下之后,伍尔夫接下来又描述了不疾不徐的缓慢乐章:"一切都沉静下来;是的;在玫瑰叶子的覆盖下归于平静,下沉。下沉。啊,但它们都停止了。一片玫瑰叶,从硕大的根茎上掉下来,像一只小降落伞从一个隐性的气球上掉落,翻转,震动,摇摆"[1]。这些文字使音乐在读者大脑中形成了视觉,实现了视、听的相互转换。伍尔夫用"发芽""喷泉""游鱼""鹅卵石翻滚"来将翻腾迭起的乐章视觉化,用"飘落的玫瑰叶"将缓和的音乐视觉化。在音乐演奏的过程中,伍尔夫又将听众之间的心理对话穿插其间,使得人物的心态随着音乐的起伏而波动,让读者在"看"见音乐的同时又"听"见心声,从而形成情感与感官的交互作用。

伍尔夫的这种创作形式,与印度"味"论审美下的拉吉普特艺术非常相似,后者往往以绘画来表现音符。在印度有一种特殊的具象音乐绘画,被称为"拉格"(raga),而事实上,每一个"拉格"代表的是一个音符。现藏于伦敦维多利亚和阿尔伯特博物馆的这幅拉格就是以秋千的画面来呈现拉格中的"摇摆"这一音符,"摇摆"(hindola)是印度古典音乐中的一种调式,根据这个调式所作的绘画一般以人物坐在秋千上来表达具象化的画面:

伍尔夫的圈内好友劳伦斯·宾扬曾经在《亚洲艺术中人的精神》(*The Spirit of Man in Asian Art*, 1933)中提到过这种绘画。他在评论中说:"即使这种艺术对我们大多数来说都是陌生的,但人们还是能从中揣摩出情感的强度(degree of sensibility),情绪的特性以及感悟(quality of emotion and understanding),还有想象的深度(depth of imagination)。"[3] 伍尔夫显然注意到了这种通过融合不同感官体验激发出强烈

---

[1] Susan Dick ed., *The Complete Shorter Fiction of Virginia Woolf*, p. 134.
[2] Sir Robert Nathan, *Raga Hindola Painting*, (June 2009), http://collections.vam.ac.uk/item/O405214/raga-hindola-painting-unknown/

图 8-1　19 世纪早期拉吉普特绘画《秋千拉格》①

情感效果的艺术形式。在写给好友迪金森的书信中，她说道："我现在的目标是洋洋洒洒地随意写出 500 个词汇，它们在顺序、对称性及趣味（order, symmetry and taste）等方面都应朴实无华——无论它们是什么意思。"② 上述词汇训练旨在从不同的感官体验出发描述事物，是伍尔夫联觉创作模式的最佳训练方法。

短篇《蓝与绿》是伍尔夫对于艺术之间跨形式、跨感官再现的进

---

① Laurence Binyon, *The Spirit of Man in Asian Art*, Cambridge: Harvard University, 1935, p. 183.
② Nigel Nicolson ed., *The Letters of Virginia Woolf*, Vol. 1, New York: Harcourt Brace Jovanovich, 1975, p. 248.

第八章　从"味"到"味":伍尔夫趣味观的印度底色

一步尝试。该短篇分为"绿"篇和"蓝"篇,前者描述沙漠绿洲,后者描述汪洋大海,因其情节方面难以拼凑完整意义,初读令人费解。然而仔细推敲后却能发现,伍尔夫在该篇中的写作实验再次与印度"味论"遥相呼应。"绿"篇和"蓝"篇中的用词各有特色,符合伍尔夫认为的词汇呈现趣味的观点。在描写两种色彩时,伍尔夫并没有试图去告诉读者蓝色与绿色的视觉效果,转而以一些触觉词汇来进行写作。例如在"绿"篇中,她描写绿色时,使用了诸如"尖的"(pointed)、"水滴"(drops)、"羽毛"(feathers)、"尖叶"(sharp blade)、"针"(needle)、"坚硬的玻璃"(hard glass)、"边缘"(edge)[1]等词汇,使得"绿"篇给人某种尖锐的触觉。而在"蓝"篇中,伍尔夫则使用了"扁平鼻子"(snub-nose)、"钝的"(blunt)、"柱子"(column)、"珠子"(beads)、"鹅卵石"(pebble)、"钝感的"(obtuse)、"卷曲"(roll)等词[2],使得"蓝"篇传递给人钝圆的触觉体验。绿与蓝的相互映衬,通过尖锐与钝感的相互补充,相得益彰,尽显和谐。正是通过呈现出一副生命气息蓬勃而出的色彩画卷,伍尔夫使读者在阅读文字时感受到了视觉、触觉以及情感的和谐融洽。可以说,只有以印度"味"论反观该短篇,我们才能体会不完整的叙事结构背后的完整情感体验。正因如此,伍尔夫采用这种与印度"味"论相通的联觉手法,不仅充分还原了读者对生命的原始感受和体验,而且是对艾略特所批判的"感受力分离"以及"人工感"等文化现象的有力声援。

实际上,从20世纪20年代开始,以伍尔夫为代表的布鲁姆斯伯里文化圈一直致力于寻求某种感受力的突破。伍尔夫在1919年发表了现代主义里程碑式的评论《现代小说》("Modern Fiction"),阐明现代小说要描写"事物本质"(the essential thing)[3]。两年后,艾略特也在

---

[1] Susan Dick ed., *The Complete Shorter Fiction of Virginia Woolf*, p. 136.
[2] Susan Dick ed., *The Complete Shorter Fiction of Virginia Woolf*, p. 136.
[3] Virginia Woolf, *Collected Essays by Virginia Woolf*, Vol. 2, p. 105.

《论玄学诗人》一文中倡导"感受力统一"（unification of sensibility）概念①。不久后，瑞洽慈在《美学的基础》中探讨了"联觉"。他们都意图通过呈现并恢复现代社会主体的完整感受力来揭示被工业文明所遮蔽的"事物本质"。可以说，"联觉"论不仅继承了伯克在《论崇高与美》中对于各种感官引发崇高感的论述，同时也回应了源自古希腊时期的"艺格符换"。不仅在短篇小说中，而且在长篇小说中，伍尔夫也频繁使用联觉手法。比如，有学者就指出，伍尔夫在《海浪》中使用了联觉，而且将这种联觉称为"记忆符号"（mnemonics）②。无论是"联觉"，还是"艺格符换"，都不失为伍尔夫用以帮助现代主体弥合失落的感受力的有效尝试。

正是在同一时期，古印度"味"论的西传也达到高峰。前文中提到，库马拉斯瓦米的译文与著作向西方比较系统地介绍了"味"论。及至后来的20世纪40年代，苏珊·朗格在探讨情感与形式（feeling and form）时再次提及印度"味"论。她将"味"（rasa）称为"情感知识"（emotional knowledge），称其是对"生命的直接体验和生命内在部分的理解"③。此处，"直接体验"指的是对外在世界的感受，与对"内在部分"的理解一起构成了我们对生命所具有的统一感受力的体悟。可以说，正是这种强烈的弥合感官的生命冲动使印度"味"论在英国获得了一众"知音"，并成为英国文化批评传统的有机组成部分。正如国内学者殷企平所说，"文化意味着和谐性、整体性……意味着对片面性、机械性和功利性的批判"④。印度"味"论从感官对自然的统

---

① T. S. Eliot, *Selected Essays by T. S. Eliot*, p. 288.
② Severine Letalleur-Sommer, "More than a Condition: An Examination of Synaesthesia as a Key Cognitive Factor in the Processing of Reality and in Its Literary and Pictorial Renditions", *Synaesthesia*, Vol. 36, 2015, p. 31.
③ Susanne K. Langer, *Feeling and Form: A Theory of Art*, New York: Charles Scribner's Sons, 1953, p. 323.
④ 殷企平：《文化批评的来龙去脉》，《英语研究》2020年第12期。

第八章 从"味"到"味":伍尔夫趣味观的印度底色

感出发引发情感共鸣的方式,正是工业化进程中的英国(乃至整个西方世界)在面临日益严重的异化问题时所亟需的诊疗手段。对于伴随启蒙理性以及工业革命而来的异化问题,马克思曾直言不讳地说道:

> 在我们这个时代,每一种事物好像都包含有自己的反面。我们看到,机器具有减少人类劳动和使劳动更有成效的神奇力量,然而却引起了饥饿和过度的疲劳。财富的新源泉,由于某种奇怪的、不可思议的魔力而变成贫困的源泉。技术的胜利,似乎是以道德的败坏为代价换来的。随着人类愈益控制自然,个人却似乎愈益成为别人的努力或自身的卑劣行为的奴隶。甚至科学的纯洁光辉仿佛也只能在愚昧无知的黑暗背景上闪耀。我们的一切发明和进步,似乎结果是使物质力量成为有智慧的生命,而人的生命则化为愚钝的物质力量。[1]

换句话说,人的生命异化成了物质,失去了生命本身应有的尊严、活力和感受。也正因为如此,现代生活变得日益机械化、空虚化,让人麻木且腻烦(boredom)。有鉴于此,马克思提出要通过回归生命本身来解决以上困境。可见,在马克思看来,要解决身体与生存困境之间的矛盾,需"着眼于现实的身体,着眼于从资本逻辑回归到真正的身体逻辑,回归生命本身"[2]。

伍尔夫显然看到了这一点。在创作中,她对"鲜活的趣味"这一理念身体力行,尤其重视刻画人物通过鲜活的感官体验获得审美情感,并由情感之境体悟人生的过程。这种对情感的关注一方面得益于18世纪经验主义思想家对"趣味"的讨论,一方面则来自伍尔夫对印度

---

[1] 《马克思恩格斯选集》第1卷,人民出版社2012年版,第776页。
[2] 张金凤:《身体》,第37页。

"味"论的领悟。因此，当我们讨论伍尔夫的"趣味"观时，不应忽视其与18世纪这个"情感时代"（the age of sensibility）的关联。正如诺丝罗普·弗莱指出，他所处的时代（20世纪，也是伍尔夫所处的时代）实际上与18世纪情感时代有着亲缘（kinship）关系[①]。与此同时，我们也应注意到对生命整体经验的追求与体悟始终贯穿于伍尔夫"趣味"观中。从这一点来看，我们无法绕开印度"味"论对伍尔夫创作的影响。雷蒙·威廉斯曾在《文化与社会》一书中对查尔斯·劳伦斯大加赞许，称其对"实际的生命活力本身"的描写将"人类精神从卑鄙而不可抗拒的工业主义"中恢复，并认为这种以生命力对抗工业主义的创作意图使劳伦斯成为英国文化批评传统当之无愧的继承者和发展者[②]。尽管威廉斯并没有提到伍尔夫，但从后者借鉴印度"味"论以呈现鲜活的生命体验这个事实来看，她也完全应被视为英国文化批评传统的实践者。

[①] Northrop Frye, "Towards Defining an Age of Sensibility", *Eighteenth-Century Studies*, Vol. 23, No. 2, Jun. 1956, pp. 144–152.

[②] ［英］雷蒙·威廉斯：《文化与社会》，吴松江、张文定译，北京大学出版社1991年版，第277页。

第九章

令人不快的"好"趣味：贝杰曼趣味观背后的国家意识

20世纪30年代初，英国涌现了一批建筑评论著作。它们或称颂当代建筑①，或追述英国建筑历史②，或预言未来建筑③，可谓热闹非凡。其中一本小书《令人不快的好趣味，或英国建筑兴衰的忧郁史》④显得与众不同。该书作者约翰·贝杰曼爵士（John Betjeman）是桂冠诗人，也是艺术批评家，但更让他知名的是建筑批评家的身份。除了旗帜鲜明地宣告作者的批评立场之外，此书有意识地将建筑与趣味相联系，甚至将主题设为趣味，而非建筑。更有意思的是，题目提出了一个悖论——好趣味反而令人不快。由此产生的问题是：如果好趣味令人不快，那么趣味的罗盘应该指向何方？学者们从书中得出了不同的结论。希斯科克（Karin Hiscock）认为，趣味的目标是恢复英国传统建筑风格⑤。柯廷

---

① 代表作如 F. R. S. Yorke 的著作 *The Modern House*（1934）。
② 代表作如 Nathaniel Lloyd 的著作 *A History of the English House*（1931）、John Summerson 与 Clough Williams-Ellis 合著的 *Architecture Here and Now*（1934）。
③ 代表作如 J. M. Richards 与 Serge Chermayeff 合著的论文 "One Hundred Years Ahead: Forecasting the Coming Century. Building Between 1935 and 2035" 和 "1935–2025. Influences on a Century's Architecture"。
④ 以下简称《令人不快的好趣味》。
⑤ See Karin Hiscock, "Modernity and 'English' Tradition: Betjeman at The Architectural Review", *Journal of Design History*, Vol. 13, No. 3, 2000, pp. 193–212.

（Mary Elizabeth Curtin）的答案是美学联合体，即在传统建筑与现代建筑之间寻求不同风格的协调共存①。米切尔（Philip Irving Mitchell）则跳出传统与现代之争，将建筑视为一种道德表述，认为此书的出发点是植根于英国本土的爱②。米切尔将趣味的罗盘从建筑流派拨向了情感的层面。但是，当米切尔从基督教的视角探讨道德时，他强调从建筑物——特别是教堂建筑——的细节中获得情感的支持，而《令人不快的好趣味》的重点是关注建筑物的整体效果，而非细节。由此来看，米切尔的答案就值得商榷。不过，这个答案倒是提醒我们不应拘泥于建筑本身，而应从更宽阔的层面去审视趣味走向。贝杰曼在成书之后的信件中就提到，此书的特点是将建筑与社会生活相关联，而不只是纯粹的美学之作③。循此路径，当我们透过20世纪30年代英国社会的生活状况，就可发现此书倡导的趣味是作为公共生活方式的建筑趣味。后者具有重塑国家形象的文化内涵，并将趣味的罗盘从建筑师的个体意识提升至民众的国家共同体意识的高度。

第一节 个人趣味与自我意识的膨胀

《令人不快的好趣味》中的共同体意识是在与个体意识的撞击中逐渐显现的。书中出现最频繁的一个词是"自我意识"，专指普通建筑师的个人趣味。然而，贝杰曼对这样的个人趣味颇为不满。有学者指出，不满源自阶级鄙视。罗索（Michela Rosso）认为贝杰曼具有上层阶级对

---

① See Mary Elizabeth Curtin, Dissidence by Design: Literary Renovations of the "Good Taste" Movement, Ph. D. dissertation, Toronto: University of Toronto, 2011.

② See Philip Irving Mitchell, "'Love is Greater than Taste': The Moral Architecture of John Betjeman and John Piper", *Christianity & Literature*, Vol. 63, No. 2, 2014, pp. 257-284.

③ John Betjeman, Letters, Vol. 1: 1926-1951, ed. Candida Lycett Green, London: Methuen, 1955, p. 427.

第九章 令人不快的"好"趣味:贝杰曼趣味观背后的国家意识

专家专业知识的鄙视之意①,希斯科克则认为贝杰曼将普通建筑师视作下层中产阶级②。但是,贝杰曼在陈述本书论点时并未提及普通建筑师的阶级地位,反而强调他们从事的职业。他将普通建筑师称作"总是自视为趣味的实践者(a practical man of taste)"③,而且开门见山地写道,本书写作的一个任务就是"劝阻普通建筑师不要继续他的职业"④。可以说,书中对建筑师职业趣味的嘲讽之意十分明显。那么,贝杰曼鄙视的真实目标是什么?我们或许可以从书中对建筑师自我意识的评论中探得真意。

让贝杰曼如此嘲讽的"自我意识"是怎样的一种意识?我们可以从书中所附的一张建筑谱系图⑤中得到最清晰的解释。该图按时间顺序列出了英国19世纪80年代至20世纪30年代的主要建筑,覆盖了《令人不快的好趣味》成书前半个世纪的重要建筑物。在谱系图的注释中,贝杰曼毫不留情地指出,图中的大部分建筑"迷失在炫耀学识或金钱价值的自我意识中"⑥。在书的正文中,贝杰曼则以谱系图中的建筑为例,批斥了这两类自我意识。谱系图中的第一个建筑——伦敦的法庭表现了第一类炫耀学识的自我意识。这幢建筑是始建于1874年的伦敦新法庭,为建筑师乔治·埃德蒙街·斯特里特(George Edmond Street)的成名作品。斯特里特是维多利亚时代哥特复兴运动的主要实践者。贝杰曼认为,斯特里特"让学识主导建筑设计","在学识允许的范围内表达自

---

① See Michela Rosso, "Between History, Criticism, and Wit: Texts and Images of English Modern Architecture (1933-36)", *Journal of Art Historiography*, Vol. 14, June 2016, p. 21.

② See Karin Hiscock, "Modernity and 'English' Tradition: Betjeman at The Architectural Review", p. 197.

③ John Betjeman, *Ghastly Good Taste, Or a Depressing Story of the Rise and Fall of English Architecture*, London: Faber and Faber, 2012, p. 24.

④ John Betjeman, *Ghastly Good Taste, Or a Depressing Story of the Rise and Fall of English Architecture*, p. 24.

⑤ 见本章末尾处附图9-1。

⑥ John Betjeman, *Ghastly Good Taste, Or a Depressing Story of the Rise and Fall of English Architecture*, p. 88.

己的想法"①。的确,斯特里特试图将两种建筑风格——哥特建筑的不规则力量与古典建筑的纪念碑式对称性——结合在一起,因为后者更适合公共建筑②。但是,贝杰曼觉得"这种学识总有些学究气",而且"未能驯服过任何东西"③。也就是说,单纯地叠加建筑学知识并不能达到理想的建筑效果。这种陶醉于展现学识的自我意识并不能让建筑师有效地完成建筑任务。事实上,斯特里特的确没有成功。法庭还未竣工,他就因为过劳和担忧而去世,享年57岁。其结果是,法庭建筑"毫无生气",在半个世纪后"成为明日黄花"④。贝杰曼由此得出的结论是,伦敦法庭建筑是学院派哥特风格的丧钟。也就是说,卖弄专业知识的自我意识对建筑造成了不可挽回的破坏。

第二类迷失在金钱价值中的自我意识则以谱系图中诺曼·肖（Norman Shaw）的建筑作品为典型示例。肖是英国19世纪80、90年代最具影响力的建筑师,被称作"建筑界的毕加索",影响力超过35年之久⑤。其最具影响力的建筑作品是伦敦街道两旁的房屋⑥。虽然肖没有像斯特里特那样叠加建筑风格,只是钟情于文艺复兴风格,但是贝杰曼对此同样颇有微词。他认为肖喜欢拿专业知识招摇过市,在富人中寻找客户,是一个"轻率、昂贵且做作的建筑师"⑦。贝杰曼没有对肖的建筑做出具体描述,不过我们可以从很多建筑史著作中了解到。如《19

---

① John Betjeman, *Ghastly Good Taste*, *Or a Depressing Story of the Rise and Fall of English Architecture*, p. 82.

② See David B. Brownlee, *The Law Courts*: *The Architecture of George Edmund Street*, Cambridge, Mass.: MIT Press, 1984.

③ John Betjeman, *Ghastly Good Taste*, *Or a Depressing Story of the Rise and Fall of English Architecture*, p. 82.

④ John Betjeman, *Ghastly Good Taste*, *Or a Depressing Story of the Rise and Fall of English Architecture*, p. 82.

⑤ See Henry-Russell Hitchcock, *Architecture*: *Nineteenth and Twentieth Centuries*, 2nd ed., Baltimore: Penguin Books, 1963, p. 206.

⑥ See Henry-Russell Hitchcock, *Architecture*: *Nineteenth and Twentieth Centuries*, p. 215.

⑦ John Betjeman, *Ghastly Good Taste*, *Or a Depressing Story of the Rise and Fall of English Architecture*, p. 85.

第九章　令人不快的"好"趣味：贝杰曼趣味观背后的国家意识

世纪和 20 世纪建筑》(*Architecture: Nineteenth and Twentieth Centuries*)的介绍是"建筑物使用切砖、模制砖、陶土，并全部饰以最鲜亮的红色，四周是巨大的直棂窗，整个建筑物的底部呈不对称造型，而三角形顶部以下的上部楼层却十分对称"[1]。显而易见，肖的建筑作品存在比例失调的问题，而这恰是贝杰曼对英国文艺复兴时期建筑不满意的地方。他在第四章中写道，文艺复兴时期的英国建筑仿效意大利，"做工精细，色彩细致，而比例往往低劣（vile）"[2]。令贝杰曼更不满的是造成比例失调的内因——对金钱的迷恋。他认为它们是"冒险家的产品"。比起建筑，冒险家爱金钱甚于爱建筑，因此他们的建筑用料讲究、做工繁复，表现的是"以钱包为荣"[3] 的思想。在贝杰曼看来，肖的建筑只是沿袭了文艺复兴建筑对金钱的膜拜。鉴于其英国皇家学院全职成员的身份及其巨大的影响力，贝杰曼不无忧虑地说，肖的金钱至上的意识对建筑产生了"毁灭性的影响"[4]。

综上可见，上述两类建筑师的"自我意识"事关如何使用专业知识的问题。建筑师以为仿佛拥有了专业知识就可以随心所欲，不必深究其意义。实际上，无论是为了建立声誉还是发财致富，"自我意识"的出发点都是个人利益。完全建立在个人利益之上的趣味很可能自拆台脚，对建筑业本身而言将是一种灾难。在谱系图中，贝杰曼就旗帜鲜明地揭示了这一点。谱系图的标题与众不同，是双标题，分别置于图表的

---

[1]　Henry-Russell Hitchcock, *Architecture: Nineteenth and Twentieth Centuries*, p. 215. 原文为"Cut brick, moulded brick, terracotta, all of the brightest red, surround very large mullioned windows in a composition that is gratuitously asymmetrical at the base but symmetrical in the upper storeys below the crowning gable"。

[2]　John Betjeman, *Ghastly Good Taste, Or a Depressing Story of the Rise and Fall of English Architecture*, p. 40.

[3]　John Betjeman, *Ghastly Good Taste, Or a Depressing Story of the Rise and Fall of English Architecture*, p. 43.

[4]　John Betjeman, *Ghastly Good Taste, Or a Depressing Story of the Rise and Fall of English Architecture*, p. 85.

最上方和最下方。两个标题分别是"'好趣味'的发展"和"投机建筑物的深坑"①。它们在图中形成两条平行线，产生的视觉效果是两者亦步亦趋，互为因果。谱系图明确指出，标题中的"好趣味"指的是由英国皇家建筑师协会发起的"好趣味"运动。该协会领导英国的建筑教育，并在 1931 年成立英国建筑师委员会（Architects' Registration Council of the United Kingdom，简称 ARCUK），负责组织注册建筑师考试。伦敦法庭的设计师斯特里特曾任该协会主席；谱系图中提到的建筑联盟学校毕业生也与该协会关系密切，时任校长的罗伯逊（Howard Morley Robertson）在 1925 年当选为英国皇家建筑师协会的成员②。贝杰曼口中的普通建筑师就是在这样的教育体系下培养出来的。谱系图将这些"好趣味"的建筑同伦敦法庭和肖的建筑归为同类，属于当时建筑中的多数派，"在新旧风格之间产生的折中趣味毫无奏效"③。可以看到的效果就是如第二个标题所示，建筑艺术被拉入"投机取巧的深坑"，成为投机商的附庸，而且事实上已经"停滞不前"、"自我消亡"④。因此，当贝杰曼劝普通建筑师放弃职业时，他鄙视的是他们在使用专业知识时以自我为中心的趣味，而不是基于阶级出身的趣味。

第二节　公共趣味与时代精神的形塑

罗索认为，《令人不快的好趣味》的焦点是建筑趣味，或者更确切

---

① John Betjeman, *Ghastly Good Taste, Or a Depressing Story of the Rise and Fall of English Architecture*, p. 88.

② See R. E. Enthoven, "Robertson, Sir Howard Morley (1888–1963), architect", revised by Catherine Gordon, in *Oxford Dictionary of National Biography*, Oxford: Oxford University Press, 2007.

③ John Betjeman, *Ghastly Good Taste, Or a Depressing Story of the Rise and Fall of English Architecture*, p. 88.

④ John Betjeman, *Ghastly Good Taste, Or a Depressing Story of the Rise and Fall of English Architecture*, p. 88.

第九章　令人不快的"好"趣味：贝杰曼趣味观背后的国家意识

地说，是建筑师的个人趣味[①]。事实上，当贝杰曼劝说普通建筑师放弃以自我为中心的个人趣味时，已经隐含了他对公共趣味的关注。这也是《令人不快的好趣味》的第二个写作任务，即"劝阻普通人不要相信自己对建筑一窍不通"[②]，而且贝杰曼强调这是本书写作的主要任务。也就是说，贝杰曼批评普通建筑师的个人趣味旨在关注更广泛的公众趣味及其相应的共同体意识。由此产生的问题是，为何需要关注普通人的公共趣味？如何塑造公共趣味？

我们可以再次从谱系图中去寻找答案。谱系图显示，建筑师的"好趣味"已经渗入到普通人的日常生活，成为一种生活方式。图中列出的民用建筑包括都铎风格住宅、老茶馆、路边酒吧、现代工厂、新电影院等。在书的正文中，贝杰曼描述了它们内外部所显示的趣味。内部装饰细节是一个很长的清单：

> 前门的彩色玻璃、铸铁栏杆、赤陶脊瓷砖，前花园的马赛克人行道，竹制家具、桃花心木餐边柜、日本风扇、马鬃毛地毯、用磨具浇筑的古典飞檐、天然大理石和人造大理石壁炉、花瓶、碗、彩色瓷砖、彩色门把手、古典花饰壁纸、哥特式和罗马式的柱顶、窗台花箱、垂直窗框、磨砂或花窗玻璃、温室橡条、黄铜床架和旋钮。[③]

室内装饰物使用了多种异国风格，俨然一盘大杂烩。这里无疑再现了斯特里特那种喜好叠加建筑风格的趣味，并且这种趣味遍地开花。民

[①] Michela Rosso, "Between History, Criticism, and Wit: Texts and Images of English Modern Architecture (1933-36) ", p. 2.

[②] John Betjeman, *Ghastly Good Taste, Or a Depressing Story of the Rise and Fall of English Architecture*, p. 24.

[③] John Betjeman, *Ghastly Good Taste, Or a Depressing Story of the Rise and Fall of English Architecture*, p. 83.

用建筑的外部风格则以新兴的郊区别墅最为典型。郊区别墅的兴起是当时英国建筑的一个新现象。随着工业向郊区扩展，大量人口搬到郊区，郊区的小型别墅应声而建。它们的"每一扇前门模仿教区教堂的窗户""门上的名字用通红的煤气灯火焰照亮""每个字母特别显眼，让人想起英格兰豪宅主人的名字"①。肖的炫富趣味也在小别墅中被推而广之。可以看出，繁复的内饰清单和炫富的外饰描述充满了对"好趣味"的讥讽。贝杰曼分别用了两个词加以追评：前者"冗沉"，后者"装腔作势"，并且直言，日常生活建筑已经到了"非常糟糕的地步"②。当然，让普通人对如此糟糕的建筑趣味趋之若鹜的正是建筑师。贝杰曼在这些建筑名称前加上了"建筑师设计的"一词，甚至称小别墅为"投机建筑物的产品"③。由此可见，普通人也"跌"入了建筑师喜好知识炫富的"好趣味"之中。

那么，普通人如何提升自己的趣味？贝杰曼为此颇费了一番心思。他首先写了一份致辞，旨在帮助普通人建立提升自己的趣味信心。这篇"相信任何人读后都不会因为自己的极度无知而窘迫"④的致辞以一位乡绅家族为例，回顾了私人藏书的历史变迁。历史的起点是1600年，乡绅的祖辈弃掷了旧式庄园，建起一座精致的府邸，随后在各个历史时期往新宅的书房里购入各类书籍。17世纪时，书房里放满宗教册子，同时还有新购置的旅行书籍；18世纪初，印刷精美的古典作品对开本取代了书架上的宗教书籍，保皇党和清教徒的宣传册子被束之高阁，放在书架最佳位置的则是关于透视技术的书籍和镶嵌在铜板上的米开朗琪

---

① John Betjeman, *Ghastly Good Taste, Or a Depressing Story of the Rise and Fall of English Architecture*, p. 83.

② John Betjeman, *Ghastly Good Taste, Or a Depressing Story of the Rise and Fall of English Architecture*, p. 83.

③ John Betjeman, *Ghastly Good Taste, Or a Depressing Story of the Rise and Fall of English Architecture*, p. 83.

④ John Betjeman, *Ghastly Good Taste, Or a Depressing Story of the Rise and Fall of English Architecture*, p. 24.

第九章 令人不快的"好"趣味：贝杰曼趣味观背后的国家意识

罗的素描；到了18世纪末，书房出现的新变化是在蒲柏诗集旁边搁放古币书籍；19世纪30年代之后，书架上零星地放着一些流行小说；到了20世纪，书房里不见新书，主人开始出售藏书，祖先遗物了无踪影。熟悉英国历史的人不难看出，书房藏书的变化与时代变迁同步。17世纪是宗教教派纷争的时代，18世纪古典主义复兴，19世纪是英国小说勃兴，20世纪初经济下跌。书房里的藏书正好与相应时代的英国社会变化相符。揭示这一点正是贝杰曼的用意。为此他花费了一章的篇幅，意图说明有文化阶层的阅读趣味并非高深莫测，而是与社会生活密切相连，普通人完全有能力拥有类似的趣味。

为什么贝杰曼如此费心提升普通人的趣味信心？因为他深知当时声势浩大的"好趣味运动"的影响力[1]。这场运动始于一战，宗旨是"批判性地发展和宣传一种公共认同的美学趣味"[2]。除了英国皇家建筑师协会等官方机构外，各种期刊的装饰栏目和家庭杂志也纷纷参与其中。1933年出版的《你有好趣味吗？——次等艺术欣赏指南》(*Have you Good Taste? A Guide to the Appreciation of the Lesser Art*)一书表明，30年代英国已形成了一股趣味热。该书的目的是让公众选用批评家认为有"好趣味"的家用饰品。此书的附录显示，在趣味测试中，70%的男性和74%的女性作出了"正确的选择"[3]。可以说，20世纪英国经历了一场史无前例的大规模的"趣味典籍化"[4]运动。专业人士在运动中嗅出了潜在的经济利益，于是纷纷加入其中。到20世纪30年代，"好趣味"

---

[1] See Mary Elizabeth Curtin, Dissidence by Design: Literary Renovations of the "Good Taste" Movement, Ph. D. dissertation, Toronto: University of Toronto, 2011, p. 9.

[2] Mary Elizabeth Curtin, Dissidence by Design: Literary Renovations of the "Good Taste" Movement, p. 9.

[3] Margaret H. Bulley, *Have You Good Taste? A Guide to the Appreciation of the Lesser Arts*, London: Methuen, 1933, p. 45.

[4] Mary Elizabeth Curtin, Dissidence by Design: Literary Renovations of the "Good Taste" Movement, p. 9.

已是一项获利商品①。但是,"好趣味"运动向普通人传递的信息是他们自己没有趣味,需要接受专业人士的指导。换言之,普通人被教育成了必须接受"好趣味"的公众。而这是贝杰曼不愿意看到的。他在1935年3月7日的一场晚会发言中说:"如果有人对我说某位夫人的房子具有非常好的趣味,我就知道她一定像什么样。……我可以想象,我的小腿被原木色的橡木桌子蹭破皮,客厅里昂贵的钢制家具会把我绊倒。"② 在举国上下的欢呼声中,普通人张臂接纳"好趣味",即使家中被布置得凌乱无序也欣然接受。

面对普通人被成功洗脑的现状,贝杰曼的对策是提升信心与唤醒潜质,即在给予普通人充足信心的基础上教会他们体味时代精神,并塑造良好的建筑趣味。如上文所示,书中首先专设一章阐明建筑趣味并非一成不变,与阅读趣味一样跟随时代精神而变化。然后,贝杰曼分章逐一示范了如何从时代精神的内涵去审视和培育公共趣味。宗教改革之前是信仰的时代,此时教堂是建筑的主力,建筑风格由教堂决定。高耸入云的哥特式教堂应运而生,体现虔诚的宗教信仰。宗教改革之后,建筑主导权从教会移至上层阶级。这个时期信仰被摧毁,物质与精神分离,社会秩序混乱,建筑则相应地大都比例失调。18世纪是理性的时代,建筑物的比例恢复匀称,风格简洁。在内忧外患的摄政时期,有识之士的整体责任意识强烈,设计的建筑物简洁、实用、体面,而且大力倡导城市建筑总体规划。维多利亚时代是中产阶级和工业家的时代,建筑风格矛盾,"创新与势利同存,实用和天真混搭,虽然看着令人不快,倒也不失善意"③。至此,贝杰曼明白无误地告诉普通人不必在建筑师的趣

---

① Mary Elizabeth Curtin, "'Ghastly Good Taste': The Interior Decoration and the Ethics of Design in Evelyn Waugh and Elizabeth Bowen", *Home Cultures*, Vol. 7, No. 1, 2010, p. 7.

② Bevis Hillier, *John Betjeman: New Fame, New Love*, London: John Murray, 2003, p. 47.

③ John Betjeman, *Ghastly Good Taste, Or a Depressing Story of the Rise and Fall of English Architecture*, p. 81.

第九章 令人不快的"好"趣味：贝杰曼趣味观背后的国家意识

味面前自惭形秽。趣味并非玄奥的抽象产物，而是嵌陷于特定社会生活历史之中。只要摸清时代精神，就不难具有甄别和品鉴建筑的能力，并形成更高级的共同趣味。

第三节 好坏之辩背后的共同体意识

当《令人不快的好趣味》的重心从建筑师的个人趣味转向普通人的公共趣味时，书中的共同体意识已经十分明显。寻求与时代精神相符的建筑趣味要求远离充满过度自我意识的"好趣味"，具有共同的追求，形成有机的整体。那么，20世纪30年代的时代精神应是什么？与之匹配的又应是怎样的趣味？柯廷注意到，贝杰曼意图创立"另一种基督教世界"的精神[1]。但是，柯廷同时认为，贝杰曼拒绝为"另一种基督教世界"命名，因而陷入了"僵局"[2]。柯廷的结论下得有些仓促。因为他的理由是书中的一句话——"新基督教世界是苏维埃共和国联盟、社会主义国家同盟或宗教联盟，这不是由我说了算"[3]。事实上，书中不止一处提到新基督教世界，而且暗示了它与时代精神的关系。当贝杰曼在结论部分重提"另一种基督教世界"时，他写道："我不知道那种基督教世界将采用哪一种形式，因为我不是经济学家"[4]。这句话有两层含义。首先，它提醒读者从英国的经济现状去思考时代精神。事实上，20世纪30年代初英国经济出现剧变，社会生活动荡不安，亟需

---

[1] See Mary Elizabeth Curtin, *Dissidence by Design: Literary Renovations of the "Good Taste" Movement*, p. 183.

[2] Mary Elizabeth Curtin, *Dissidence by Design: Literary Renovations of the "Good Taste" Movement*, p. 183.

[3] Mary Elizabeth Curtin, *Dissidence by Design: Literary Renovations of the "Good Taste" Movement*, p. 183.

[4] John Betjeman, *Ghastly Good Taste, Or a Depressing Story of the Rise and Fall of English Architecture*, p. 90.

新的时代精神稳定时局。第二,它暗示答案在经济学之外。事实上,贝杰曼的确给出了一个高于经济层面的答案——"国家意识(state-conscious)"。这个词在书中只出现过一次,但它是全书的核心,在与以自我意识的不断撞击中廓清视野,引导读者从国家命运的层面把握时代精神,培育具有共同体意识的新时代趣味。

"国家意识"一词出现在第六章《摄政时期建筑》的副标题中。全书共八章,只有两章附有副标题。第六章的副标题为"有教养阶级的国家意识"(The Educated Classes State Conscious),第八章的副标题则是"教养与作养的好趣味"(Refinement and Refeenment Good Taste)。从副标题的内容来看,国家意识与"好趣味"形成鲜明对比,是"好趣味"的对立面。事实上,贝杰曼在第八章的末尾就道明了这一点:"好趣味""扼杀了作为国家风格的英国建筑"①。换言之,"好趣味"不仅破坏了普通人的日程生活,而且严重地损害了国家形象。由此,趣味的罗盘从审美层面直升至国家层面。"另一种基督教世界"的指向开始明晰,它应该是一个以国家形象为凝聚力的世界。

为什么贝杰曼强调建筑塑造国家形象的意识?虽然贝杰曼不愿从经济学的角度命名新的时代精神,但是20世纪30年代前半期受到内外夹击的英国经济状况不可能被忽视,因为它已经严重影响国家形象。1918年至1939年,英国经济经历了突如其来的繁荣和突发而至的衰退,一个接一个,让经济学家困惑,令政治家惊慌②。本书出版的时间正值其中的一个萧条时期(1930—1934年)。当时面临的最大经济问题就是失业。20世纪20年代的长期失业在30年代持续发酵,世界经济大萧条则加剧失业局面。雪上加霜的是,德国银行的突然倒闭引发英镑抢购风

---

① John Betjeman, *Ghastly Good Taste*, *Or a Depressing Story of the Rise and Fall of English Architecture*, p. 81.
② 详见[美]克莱顿·罗伯茨、戴维·罗伯茨、道格拉斯·R. 比松:《英国史》,潘兴明等译,商务印书馆2013年版,第419页。

第九章 令人不快的"好"趣味：贝杰曼趣味观背后的国家意识

潮。1931年7月德国最大的银行之一达姆施塔特银行（Darmstadter）倒闭，造成大约7000万英镑的英国贷款被冻结，引发英镑抢购热潮和次月的英国历史上最大的金融危机。英镑的外国信贷瞬间枯竭，英国政府不得不在两个月后取消英镑的金本位制。英国经济顿时陷入困境，英国的国际地位由此受到重创，亟须恢复旧日辉煌。重塑英国身份成为30年代的时代诉求。如希斯科克所言，即便当时国际主义理想盛行，趣味宣传和英国身份的重塑需求压倒一切[1]。也就是说，此时的趣味被赋予拯救国家尊严的使命。贝杰曼显然也意识到了这一点。他在书中写道："今天的建筑师应该是国家中最重要的人。"[2] 领衔"好趣味"运动的建筑师被摆到了极高的位置，这也意味着它必须跳出一己私利的趣味，置身于更宽阔的家国情怀之中。

那么，如何塑造有助于提升国家形象的趣味？我们可以首先从以"国家意识"为题的第六章中寻找答案。通过剖析摄政时期建筑的特征，贝杰曼提示建筑设计需要具有整体意识。摄政时期建筑有三个特征，分别是简洁、实用和市政意识。希斯科克发现贝杰曼喜爱摄政时期建筑的前两个特征，并且通过它们把摄政时期建筑和现代建筑连接在一起[3]。但是，希斯科克没有发现第三个特征，也未能进一步指出建筑特征内含了共同的整体意识，即整体高于细节的原则。摄政时期的建筑师弃用了18世纪流行的崇尚奢华的古罗马风格，改用以简洁著称的古希腊风格。后者是通过事先的整体设计获得的。建筑师在建造前综合思考整体结构的实际效果，从而规避了此前模仿富人却从未获得过整体效果的情况。建筑物的内部装饰也是如此，被视作建筑的一部分，需服从建

---

[1] See Karin Hiscock, "Modernity and 'English' Tradition: Betjeman at The Architectural Review", p. 209.

[2] John Betjeman, *Ghastly Good Taste, Or a Depressing Story of the Rise and Fall of English Architecture*, p. 89.

[3] See Karin Hiscock, "Modernity and 'English' Tradition: Betjeman at The Architectural Review", pp. 197-198.

筑物的整体风格。同时，对传统风格做的任何改造都是基于改善整体效果的实用性考虑，例如用石材取代古希腊早期建筑的木材，是为了让建筑物更加牢固和持久。除了单个建筑物，城镇建筑群的整体意识显著，大大优于以往时代。最典型的例子莫过于英国著名的摄政街。它的"象限区曲线赋予城市尊严感"①，即便后来街道两边的建筑修整或重建，但街道的整体尊严感保持不变。贝杰曼将城市建筑群中的集体意识称为"市政意识（civic sense）"②，即把建筑才能充分运动到城镇整体规划上，而不是像18世纪那样，"把才能挥霍在舞厅、前门、公园、甚至是一条街道的设计上"③。值得注意的是贝杰曼对 civic 一词的选择。从词源考辨来看，从18世纪开始该词就被用来形容和城市居民有关的公共事物和集体事件。同样值得注意的是，在建筑上建树颇丰的摄政时期并不是一个安宁祥和的时代。受多年英法战争的影响，英国经济萎靡，但同时奢靡之风盛行。这与20世纪30年代的英国经济状况相仿。贝杰曼从摄政时期建筑的整体意识中觉察到了建筑师的时代责任感。他认为，当时的"有学识的人为新兴的工业家树立了责任意识的榜样"④，将自然和不做作视为好趣味的首要条件，提倡简洁，改善城市环境，帮助国家走出经济危机⑤。

在本书的结论部分，贝杰曼进一步提出，需要"一个理想的统一体

---

① John Betjeman, *Ghastly Good Taste, Or a Depressing Story of the Rise and Fall of English Architecture*, p. 68.
② John Betjeman, *Ghastly Good Taste, Or a Depressing Story of the Rise and Fall of English Architecture*, p. 67.
③ John Betjeman, *Ghastly Good Taste, Or a Depressing Story of the Rise and Fall of English Architecture*, p. 67.
④ John Betjeman, *Ghastly Good Taste, Or a Depressing Story of the Rise and Fall of English Architecture*, p. 58.
⑤ See John Betjeman, *Ghastly Good Taste, Or a Depressing Story of the Rise and Fall of English Architecture*, p. 59.

第九章 令人不快的"好"趣味：贝杰曼趣味观背后的国家意识

(a unity of ideals)"[1] 才能让建筑设计的整体意识全面上升至国家意识层面。理由是建筑是一项巨大工程，一个人无法承担，必须由几个人一起完成。因此，贝杰曼重申，建筑永远不可能在允许卖弄专业知识的体制下完成[2]。柯廷曾抱怨本书"没有足够的技术词汇"[3]，显然没有把握本书的要旨。因为在建筑师向专业技术俯首称臣的体制下，即便是最重要的工程师的作品也"被隐藏于自我意识的标记之下"[4]。那么这是怎样的统一体？贝杰曼并非如柯廷所说的那样拒绝回答，而是在结论部分给出了清晰的答案——"理想的联合体"，即如摄政时期或中世纪的工人那样"和谐地工作"[5]。事实上，该答案早已内含于各章之中，如在讨论哥特式建筑时有一句点睛之笔——"哥特建筑师将他们的个性潜藏于信仰之下"[6]。贝杰曼指出，正是由于不进行任何具有自我意识的改造，英国中世纪时的哥特建筑才能"从诺曼建筑或罗马建筑中脱颖而出"[7]。哥特建筑是中世纪建筑师的创新，基于对基督教的绝对信仰，

---

[1] John Betjeman, *Ghastly Good Taste, Or a Depressing Story of the Rise and Fall of English Architecture*, p. 90.

[2] John Betjeman, *Ghastly Good Taste, Or a Depressing Story of the Rise and Fall of English Architecture*, p. 90.

[3] Mary Elizabeth Curtin, Dissidence by Design: Literary Renovations of the "Good Taste" Movement, p. 184.

[4] John Betjeman, *Ghastly Good Taste, Or a Depressing Story of the Rise and Fall of English Architecture*, p. 90.

[5] John Betjeman, *Ghastly Good Taste, Or a Depressing Story of the Rise and Fall of English Architecture*, p. 90.

[6] John Betjeman, *Ghastly Good Taste, Or a Depressing Story of the Rise and Fall of English Architecture*, p. 31. 贝杰曼对无个性的建筑师的赞许难免让我们想起其老师 T. S. 艾略特的影响，后者在《传统与个人才能》一文中提出"非个人化理论"，同样建议诗人应随时不断地放弃当前的自己，成为无个性的诗人。此外，贝杰曼对时代精神和国家意识的讨论也同样让人想起艾略特对诗人的要求，即诗人要有"欧洲的心灵"以及"本国的心灵"才可以成为一个时代的艺术家。贝杰曼在 Highgate Junior School 学习时艾略特曾经担任其老师。

[7] John Betjeman, *Ghastly Good Taste, Or a Depressing Story of the Rise and Fall of English Architecture*, p. 32.

英国文学"趣味"观念探源

认为教堂建筑的高度必须与信仰一样高耸入云①。这种信仰抵挡杂念，造就奇伟壮观的哥特建筑。如果说共同的宗教信仰是让哥特建筑成为中世纪英国形象的秘诀，那么20世纪30年代需要怎样的信仰？贝杰曼在1970年为本书写的序言提示，此时需要的是对共同体的信仰。他自身的政治经历说明英国内部的凝聚力出现了问题。他曾积极参加政治活动，现在却厌倦政治。经济危机要求英国政府做出及时有效的决策。但是，英国政坛纷争迭起，无法同心共力。1931年，执政党领袖麦克唐纳·威廉为了加速决策，与反对党结盟，组建了国民联合政府。但是，威廉所在的工党内部反对声连连，联合政府内部也是分歧重重。在外交事务上，同样鲜有共识，英国从未像国民政府时代这样不团结②。政府与民众之间亦缺乏聚合力，未能戮力同心。后者与政府唱反调，无视国家政策，"不去节俭，而是去消费"，"不愿去为民族事业做牺牲，而是只知改善自身的生活条件"③。与"好趣味"运动相伴的建筑热潮就是其中一例。20世纪30年代，个人在没有政府资助的情况下建设了将近300万套房屋，几乎是20年代在政府资助下建造房屋数量的两倍。其中相当数量的房屋装备奢华。这种高消费与当时还有将近200万失业者生活条件恶劣的状况十分不和谐，不利于英国经济的整体复苏。因此，新时代亟须共同为重振英国形象的理想而努力的统一体。这种具有强大凝聚力的共同体意识理应成为时代精神。唯有以共同体意识为内涵的趣味才能够成为大萧条时期的情感支柱，让英国上下团结一心，重振往日辉煌。

希斯科克指出，贝杰曼使用"趣味"一词隐含了对该词义的戏仿

---

① John Betjeman, *Ghastly Good Taste, Or a Depressing Story of the Rise and Fall of English Architecture*, p. 32.
② [英] A. J. P. 泰勒：《英国史 1914—1945》，徐志军、邹佳茹译，华夏出版社2020年版，第294页。
③ [英] A. J. P. 泰勒：《英国史 1914—1945》，第279页。

第九章 令人不快的"好"趣味：贝杰曼趣味观背后的国家意识

或夸张①。米切尔将这种讽刺的源头归结于对英国本土特色的爱②。这种说法并不全面，因为贝杰曼并不认同所有具有鲜明本土特色的趣味活动，如威廉·莫里斯（William Morris，1834-1896）领导的工艺美术运动。贝杰曼认为莫里斯提倡纯手工的做法无法与已经高度发达的机器工业竞争，是一种"怯懦的逃避"③。贝杰曼推崇的是查尔斯·沃塞（Charles Voysey，1857-1941）的建筑作品。它们敞亮、洁净，充满健康和欢快的氛围，构建成花园城市，为城市规划做出重要贡献④。这正是萧条时期共渡难关需要的共同体意识。因此，贝杰曼戏仿的本意是选择有助于重塑国家形象的本土建筑趣味。不过，需要警醒的是，本书中的国家趣味中包含了帝国情结。贝杰曼在谈论摄政时期建筑时说，该时期创建了一种鲜明的"帝国风格"⑤，而且遍布于所有的殖民地中。即使殖民地里出现了其他国家风格的建筑，英国也不用担心，因为殖民地的背后是"坚实的英国砖墙"⑥。因此，虽然英国昔日的帝国威风并未再现，但是书中的趣味罗盘有必要进行微调，剔除帝国扩张的意图。或许这就是贝杰曼在1970年本书再版序言中为之道歉的"傲慢之意"⑦。

---

① See Karin Hiscock, "Modernity and 'English' Tradition: Betjeman at The Architectural Review", p. 204.
② Philip Irving Mitchell, "'Love is Greater than Taste': The Moral Architecture of John Betjeman and John Piper", p. 269.
③ John Betjeman, *Ghastly Good Taste, Or a Depressing Story of the Rise and Fall of English Architecture*, p. 84.
④ See John Betjeman, *Ghastly Good Taste, Or a Depressing Story of the Rise and Fall of English Architecture*, p. 85.
⑤ John Betjeman, *Ghastly Good Taste, Or a Depressing Story of the Rise and Fall of English Architecture*, p. 70.
⑥ John Betjeman, *Ghastly Good Taste, Or a Depressing Story of the Rise and Fall of English Architecture*, p. 71.
⑦ John Betjeman, *Ghastly Good Taste, Or a Depressing Story of the Rise and Fall of English Architecture*, p. 7.

图 9-1 《趣味的生长》

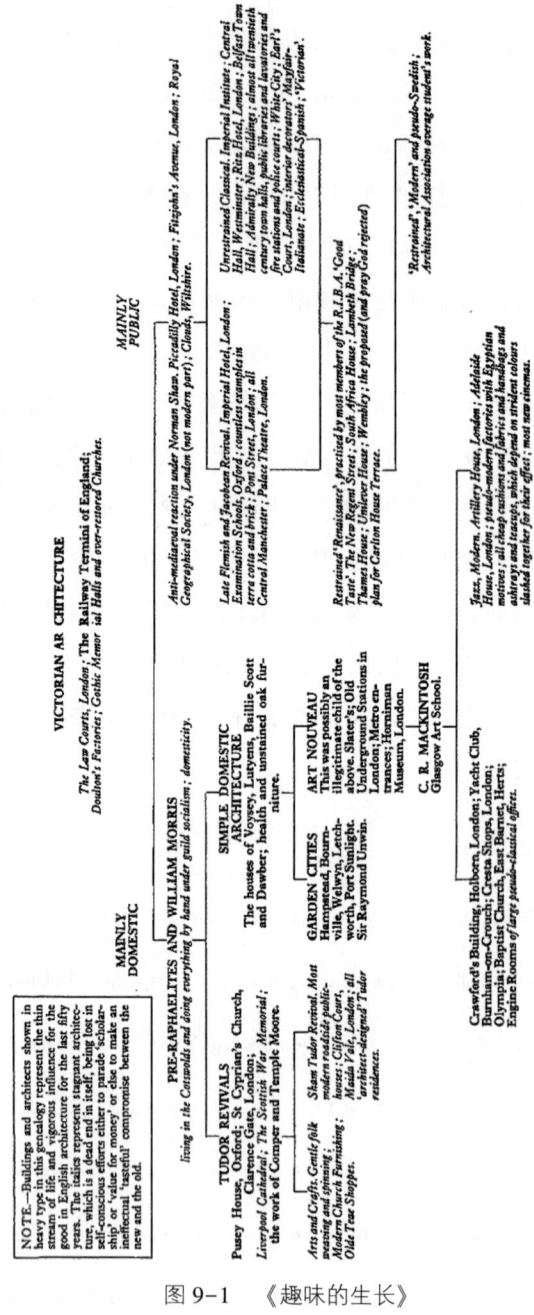

第十章

另一种"伊格尔顿体":
伊格尔顿的趣味观

　　伊格尔顿的趣味观值得研究。迄今为止,学界对伊格尔顿各种学术观点的评论大都停留在理论层面,且鲜有从趣味观切入的专论。我国学者刘晖和翁冰莹曾分别发表以趣味为主题的文章①,其中都简短地引述了伊格尔顿的《美学意识形态》,但是相关文字中都未出现"趣味"一词。事实上,"趣味"不仅几十次地出现在了《美学意识形态》一书中,而且不断出现在伊格尔顿的大多数著作中。不过,他从未系统地就趣味而论趣味,而是常常通过妙趣横生的文字来从事理论分析和文学批评,从而展现了自己的趣味观。虽然在西方美学史上,"趣味"(taste)主要跟"美"(beauty)的辨认和判断有关,但是就其基本含义"鉴别力"②而言,它也可以在各类学术著作中大显身手,更何况在伊格尔顿看来,"撰写评论或理论本身就应该是一门艺术"③。马海良先生曾经指出,伊格尔顿"属于那种少见的具有强烈风格意识的理论家",他的文章品质可以称为"伊格尔顿体"(Eagletonism)④。这里所说的风格,在

---

① 分别参见刘晖《从趣味分析到阶级构建:布尔迪厄的"区分"理论》,《外国文学评论》2017年第4期;翁洁莹《审美趣味的演绎与变迁——兼论布尔迪厄对康德美学的反思与超越》,《厦门大学学报》2015年第3期。
② 朱光潜:《谈美》,第97页。
③ Terry Eagleton, *Saint Oscar and Other Plays*, Oxford: Blackwell Publishers, 1997, p.1.
④ 马海良:《伊格尔顿与经验主义问题》,《外国文学评论》2016年第4期。

很大程度上体现了一种趣味。应该说，这种趣味风格不仅体现于伊格尔顿的理论表述，而且体现于他的文学批评。有鉴于此，本章将从他的理论著述和批评实践两方面入手，探究"伊格尔顿体"含有的趣味。

第一节　甄别的辩证法

在伊格尔顿笔下，"趣味"的涉及面很广，上至信仰、价值观念、意识形态和审美标准，下至日常生活的方方面面，尤其是风俗习惯，不过其核心内涵则是价值判断/鉴别。在《文学批评与意识形态》(*Criticism and Ideology*, 1976)一书中，伊格尔顿曾把"价值问题"(the value-question)与"趣味"相提并论，认为"价值问题""可以被解释为'趣味'"[1]。事实上，"伊格尔顿体"的趣味也就在于它对各种价值问题的甄别艺术。无论是高深的理论辨析，还是具体的作品解读，伊格尔顿都显示了不可多得的鉴别/赏力，而其中的诀窍可以归结为三个字：辩证法。在哲学领域，辩证法的含义相当丰富，本章主要取其"对立统一"[2]之义，即从事物的普遍联系和发展来看待问题，在甄别不同事物和观点时不机械，不片面，不走极端，从而在看似矛盾的事物之间找到内在联系。下面就让我们来看一下伊格尔顿甄别艺术的几个具体实例。

先说伊格尔顿是如何处理艺术和意识形态之间关系的。伊格尔顿的名字常常跟"意识形态"联系在一起，且不说他那流传甚广的不少相关观点，就连他的一些著作也直接用"意识形态"冠名，如《文学批评与意识形态》、《美学意识形态》和《意识形态导论》(*Ideology: An Introduction*, 1991)。然而，学界常有人误解他对"意识形态"这一术

---

[1] Terry Eagleton, *Criticism and Ideology: A Study in Marxist Literary Theory*, London: Verso Edition, 1978, p. 163.

[2] 参见《简明社会科学词典》，上海辞书出版社1982年版，第1100页。

第十章 另一种"伊格尔顿体":伊格尔顿的趣味观

语的界定,误以为他把"意识形态"与"虚假意识"(false consciousness)等量齐观。受这一曲解的影响,一些学者在解读外国文学作品时,一味地挖掘其背后的意识形态,结果总能得出某部作品"为统治阶级服务"这样的结论,几乎给人以千篇一律的印象。事实上,伊格尔顿对艺术/文学作品和意识形态之间关系的理解远不是那样简单。诚然,他认为"一切艺术都起源于在意识形态层面对世界的构想"[1];基于这一立场,他曾批评艾迪生等"精英主义"文人兼批评家,原因是后者的"文化就是帮助巩固英国统治集团的东西,而批评家则是这一历史性任务的承担者"[2];同样,他还批评阿诺德,说他的文学批评使命是"把中产阶级意识形态这一药剂裹上文学糖衣"[3]。然而,这些并非伊格尔顿从意识形态角度从事文学艺术批评活动的全貌,他对其间关系的理解要全面得多。要说明这一点,还得从他对马克思主义文艺思想的继承说起。

伊格尔顿继承了恩格斯在《路德维希·费尔巴哈和德国古典哲学的终结》(*Ludwig Feuerbach and the End of Classical German Philosophy*,1888)的观点,即"意识形态不是一套教条,它意指人们在阶级社会里践行的角色,意指那些把他们束缚于社会功能的价值观、思想和形象,这些东西阻碍他们真正地了解整个社会"[4]。不过,伊格尔顿同时还意识到,"恩格斯的言论表明,艺术跟意识形态的关系比法律和政治理论跟它的关系更为复杂,法律和政治理论更为透明地体现了统治阶级的利益"[5]。那么,艺术和意识形态之间到底是一种什么关系呢?伊格尔顿认为,要辨清它们的关系,就要首先防止两种极端的倾向。第一种

---

[1] Terry Eagleton, *Marxism and Literary Criticism*, Berkeley and Los Angeles: University of California Press, 1976, p. 17.
[2] Terry Eagleton, *The Function of Criticism*, p. 12.
[3] Terry Eagleton, *Literary Theory: An Introduction*, p. 26.
[4] Terry Eagleton, *Marxism and Literary Criticism*, p. 17.
[5] Terry Eagleton, *Marxism and Literary Criticism*, p. 17.

倾向认定"文学仅仅是以某种艺术形式出现的意识形态——文学作品只不过是所在时代不同意识形态的表现而已。它们是'虚假意识'的囚徒,因而无法实现超越而抵达真理"①。在伊格尔顿看来,这一倾向代表了"典型的'庸俗马克思主义'文艺批评立场",是不可取的,因为它"无法解释为什么那么多文学作品事实上对所在时代的那些意识形态设想进行了挑战"②。另一种倾向则坚信"货真价实的艺术总能超越所在时代意识形态的局限,从而让我们洞察现实,不再让现实被意识形态遮蔽"③。这一观点也被伊格尔顿视为过于机械。他认为"文学作品是意识形态结构的一部分",因此批评家们应该"依据意识形态结构来解释文学作品,不过文学作品又通过自己的艺术改造了意识形态结构";更具体地说,文学作品中有一种成分,"它既把作品束缚于意识形态,又使作品跟意识形态保持距离",而批评家的使命就是"搜寻出这种成分"④。就这样,伊格尔顿揭示了文学艺术和意识形态之间的辩证关系,从而也使这种辨析工作平添了不少趣味。

为揭示不同事物之间的辩证关系,伊格尔顿十分注重相关概念的甄别。例如,他对"意识形态"这一术语的多义性保持着高度警觉,而不是像很多学者那样,在了解了它的部分含义后就"果断"地使用它。他清醒地认识到,"关于意识形态,还没有人拿出一个为大家所接受的全面定义,这是因为当初这一术语应运而生时,就是被用来为各种各样的目的服务的,其中许多用法很有用,但是它们并非全都互相兼容"⑤。同样,对于"艺术"这一概念的多义性,他也能恰当地予以鉴别。虽然他认为艺术作品都脱离不了意识形态,但是他同时还看到了艺术呈现

---

① Terry Eagleton, *Marxism and Literary Criticism*, p. 17.
② Terry Eagleton, *Marxism and Literary Criticism*, p. 17.
③ Terry Eagleton, *Marxism and Literary Criticism*, pp. 17-18.
④ Terry Eagleton, *Marxism and Literary Criticism*, p. 19.
⑤ Terry Eagleton, "Introduction", in *Ideology*, London and New York: Longman, 1994, p. 20.

第十章 另一种"伊格尔顿体":伊格尔顿的趣味观

美好生活的一面,这在他的《文学事件》(*The Event of Literature*)里可见一斑:

> 难道每一部文学作品都是强势意识形态的女仆,是用来方便地解决冲突的吗?这样看待文学,实在是太消极了。无论艺术作品有多大能耐与压迫形式共谋,依然只是人类实践的一种实例,因此可以向我们示范如何更好地生活。在这个意义上,政治批评所包含的内容应该不限于怀疑阐释学。它也应该铭记威廉·布莱克对美好生活的憧憬:"艺术,以及有共同之处的一切。"[1]

强调艺术能向世人示范美好生活,就是肯定它的价值。须特别留意的是,伊格尔顿在鉴别事物的价值时,从不简单地行事,而总是有一个较全面的观照。例如,他在肯定艺术价值的同时,还看到其间的复杂性,如上引文字中所说的"与压迫形式共谋",也就是容易被统治阶级的意识形态利用。同理,他在主张"依据意识形态结构来解释文学作品"时,又强调文学艺术有改造意识形态之功,这就肯定了意识形态视角在文学批评中的价值,同时还指出了艺术对它的反作用,从而自然而然地展现了文学批评的趣味。

再来看一下伊格尔顿是如何鉴别"现实主义"、"自然主义"和"形式主义"的,以及他是如何分出它们各自价值高低的。他跟卢卡奇(György Lukács, 1885-1971)一样,把现实主义文学看成一种"辩证的艺术形式"(the dialectical art-form)[2],理由是"这一艺术抗拒异化的、分崩离析的资本主义社会,树立完整的人类形象,具有丰富性和多

---

[1] Terry Eagleton, *The Event of Literature*, New Haven and London: Yale University Press, 2012, p. 224.

[2] Terry Eagleton, *Marxism and Literary Criticism*, p. 31.

面性"①。他还赞赏卢卡奇把现实主义作家看作"最伟大的艺术家":

> 对……马克思主义者卢卡奇来说,最伟大的艺术家是那些能重新捕捉并重新创造和谐的、全面的人类生活的人。资本主义的"异化"日益撕裂了一般与特殊、知性与感性、社会与个人之间的关系。就是在这样一个社会里,伟大的作家辩证地看待那些关系,把那些撕裂了的东西重新整合起来,使之形成一个完整的复合体。②

除此之外,伊格尔顿还强调现实主义的历史条件,或者说"为其形式成就奠定基础的历史'内容'"③。他接着说,"现实主义一旦被剥夺了它赖以产生的历史条件,它就分化并衰退了,要么退化成'自然主义',要么退化成'形式主义'"④。许多拿"现实主义"、"自然主义"和"形式主义"作比较的论著,洋洋洒洒地写上数千字后仍然没把问题说清楚。可是伊格尔顿寥寥数语,就勾勒出了它们的分野,还分出了它们的高低。许多本来艰涩的理论,到了他的手里,就会变得简洁,甚至生趣盎然。例如,他把自然主义描述成"一种异化的现实观,把作者从历史进程的积极参与者变成了诊所里的观察者"⑤。又如,在形式主义作家的笔下,"人被褫夺了历史环境,除了自我,再无现实;人物性格被溶解为心理状态,客观现实沦为一片混沌,无人能懂。就像在自然主义作家那里一样,人的内部世界和外部世界的辩证统一性被摧毁了,结果个人和社会的意义都被掏空了"⑥。在这些清新的文字背后,是不

---

① Terry Eagleton, *Marxism and Literary Criticism*, p. 28.
② Terry Eagleton, *Marxism and Literary Criticism*, pp. 27–28.
③ Terry Eagleton, *Marxism and Literary Criticism*, p. 30.
④ Terry Eagleton, *Marxism and Literary Criticism*, p. 30.
⑤ Terry Eagleton, *Marxism and Literary Criticism*, p. 31.
⑥ Terry Eagleton, *Marxism and Literary Criticism*, p. 31.

第十章 另一种"伊格尔顿体":伊格尔顿的趣味观

无趣味的辩证思想。在下面这段文字中,伊格尔顿再次使用了"辩证的"(dialectical)一词:"如果说自然主义是一种抽象的主观性,那么形式主义就是一种抽象的客观性;二者都偏离了真正辩证的艺术形式(现实主义)。正是现实主义艺术形式在具体和一般、本质和存在、类型和个体之间起着调和作用。"①

在解读具体文学作品时,伊格尔顿也同样会巧用辩证法。例如,他在评论勃朗蒂三姐妹的作品时,一方面强调要注重历史事件,如当时如火如荼的工业革命、蓬勃兴起的棉花厂、圈地运动、饥荒现象和阶级斗争等,另一方面还特别强调当时"正在形成一种全新的情感文化,此时英格兰正破天荒地变成以城市为主的社会,因此那种情感文化很适合它。这意味着学习新的学科,养成新的情感习性,适应新的时间节奏和空间布局,以新的形式克制自己,尊重他人,自我形塑"②。伊格尔顿这样强调的目的,是要防止单方面地从政治、经济的角度来评判勃朗蒂姐妹的作品,主张情感文化同样是(前文提到的)"历史条件",提倡在两者互动的语境下从事作品解读,从中我们可以感受到一种辩证思维,品尝到一种趣味。这在下面的论述中更为明显:"一种全新的人类主观状态正在形成,这就像夏洛特小说中那些自我分裂的主人公那样,既志存高远,又灰心丧气;既流离失所,又足智多谋;既形单影只,又自强不息。"③ 如此鞭辟入里的人物分析,是任何没有趣味的人都无法企及的。

让我们再以伊格尔顿对狄更斯作品的分析为例。关于狄更斯,一个常见的批评是他笔下人物往往缺乏深度,缺乏性格层次上的变化,也就

---

① Terry Eagleton, *Marxism and Literary Criticism*, p. 31.
② Terry Eagleton, *Myths of Power: A Marxist Study of the Brontës*, Palgrave: Macmillan, 2005, p. xiii.
③ Terry Eagleton, *Myths of Power: A Marxist Study of the Brontës*, p. xiii.

是像福斯特（E. M. Forster，1879-1970）所说的"扁平人物"①。诚然，狄更斯小说中人物众多，常常是"你方唱罢我登场"，给人以目不暇接的感觉，自然就谈不上性格上的深度挖掘。然而，这难道是一种缺陷吗？伊格尔顿从历史唯物主义和辩证法的角度，指出上述现象应该放在（工业革命带来的）城市化背景下加以审视：

> 城市加速了生活节奏……城市居住者需要警惕，应变，善于应付生活的多变性和不连贯性。他/她长出了新的身体，演化出了新的感觉器官。逐渐演进的历史让位于一系列互不搭界的瞬间。城市加快了我们感官的反应，但是也使它们捕捉到的东西变得稀薄，因此世界显得既很生动，又二维化，既很真切，又很虚假。我们的身体不得不学着在密集的他人身体堆里迂回穿行，这是一些既亲近又陌生的身体，让我们自己的身体缺乏安全感，不得不加强自我保护。从某种意义上说，乡村的空间是绵延的，而城市空间则变幻不定，不是遭受切割，就是遭受阻隔。②

伊格尔顿的这段分析有一个弦外之音：狄更斯笔下人物之所以扁平，是因为工业化/城市化浪潮下的世界变得扁平了——上引文字中的"二维化"（two-dimensional）即"扁平"的意思；可见，狄更斯塑造的众生相看似没有深度，却精准地捕捉住了历史真实和社会现实。换言之，伊格尔顿对狄更斯刻画的人物做出了悖论式的、不无趣味的价值判断。上引文字中关于身体的那几句评论尤为精彩，简直就是一种艺术创

---

① E. M. Forster, *Aspects of the Novel*, Orlando: Harcourt, Inc., 1955, pp. 67-68.
② Terry Eagleton, *The English Novel: An Introduction*, Oxford: Blackwell Publishing, 2005, p. 144.

第十章 另一种"伊格尔顿体":伊格尔顿的趣味观

造:在城市化的漩涡中,人"长出了新的身体,演化出了新的感觉器官",不得不在"既亲近又陌生的""他人身体堆里迂回穿行"。这是用创造性的文字肯定狄更斯笔下人物形象的价值,读来趣味横生。

不过,伊格尔顿不是为趣味而趣味。他的趣味观服务于一个目的,即提倡公共精神。这将是我们在下一小节所要探讨的内容。

第二节 走向公共精神

上一小节的许多内容,其实都隐含了伊格尔顿对公共精神的诉求。例如,他跟卢卡奇一样,把现实主义作家看作最伟大的艺术家,理由是他们"能重新捕捉并重新创造和谐的、全面的人类生活"(见上一小节第六段),这其实就是依照公共精神来评判作家。又如,他关注狄更斯笔下"扁平人物",就是要揭示工业革命浪潮下普通大众的生活状况,这里面也体现了公共精神。问题也就来了:在伊格尔顿那里,趣味和公共精神究竟是一种什么关系呢?

伊格尔顿常常把"趣味"一词与"公共领域"(the public sphere)、"精神共同体"(spiritual community)、"情感共同体"(community of sensibility)和"普遍共同的感觉"(universal common sense)这样一些词语相提并论。这一做法本身就在告诉世人:他是要在趣味和公共精神之间架一座桥梁。

在《美学意识形态》中,伊格尔顿曾干脆把审美趣味与精神共同体等量齐观:"审美趣味的全部意义在于,它作为精神共同体的模式,是不可能强加于人的。"[1] 在同一本书的第二章,他对 18 世纪英国形成的公共领域进行了分析,并强调"比起道德方面的努力或意识形态方面的说教,趣味、情感和舆论更雄辩地证明,让人产生共鸣的是某种普遍

---

[1] Terry Eagleton, *The Ideology of the Aesthetic*, p. 63.

共同的感觉"①。在同一段落中,他两次直接使用"公共领域"一词,还使用了"情感共同体"一语,这些都说明在他心目中,趣味和共同体/公共精神之间的联系是多么重要。

事实上,无论是投身理论建树,还是从事文学批评,伊格尔顿对趣味的关注最终总要落实到公共精神。例如,他在研究 18 世纪英国文学批评的状况时也曾谈到趣味,不过这里的趣味不是个人的趣味,而是"社会趣味"(social taste):文学批评的历史使命是"把新兴阶级和不同派别在文化层面上团结起来,达成社会趣味方面的共识,建构共同的传统,推广统一的习俗"②。此处,"社会趣味方面的共识"和"共同的传统"以及"文化层面上团结"(cultural unity)紧密相关,其中包含的公共精神和共同体考量不言自喻。在上述引文中,伊格尔顿还强调文学批评"对秩序、均衡和得体的诉求,对社会凝聚力的吁求"③,这也显然与公共精神不无关系。正是本着这一精神,他特别关注文学理论中具有共性的东西。例如,他在《文学事件》的前言里坦言,该书实际上"首次引人关注几乎所有文学理论的共同点"④。之所以要研究所有文学理论的共同点,不光是因为个人的学术兴趣,更是因为要服务于所有文学理论的受众,这自然又体现了一种公共精神。

除了以上所说,伊格尔顿的公共精神还体现于他为普通读者著书立说的实践。他的两部专著《如何读诗》(How to Read a Poem,2007)和《如何读文学》(How to Read Literature,2013)就是明证。在《如何读诗》的前言中,他直言自己写作的对象是"学生和普通读者"⑤。为了帮助普通读者,他在文字/语言的解读方面颇为着力,颇为精细,细到

---

① Terry Eagleton, *The Ideology of the Aesthetic*, p. 32.
② Terry Eagleton, *Criticism and Ideology: A Study in Marxist Literary Theory*, p. 19.
③ Terry Eagleton, *Criticism and Ideology: A Study in Marxist Literary Theory*, p. 19.
④ Terry Eagleton, *The Event of Literature*, p. xii.
⑤ Terry Eagleton, *How to Read a Poem*, Oxford: Blackwell, 2007, p. vii.

第十章 另一种"伊格尔顿体":伊格尔顿的趣味观

语调、音调、节奏、质地、句法、标点,以及行文的速度和情感/声音的强度。所有这些都牵涉趣味话题,如伊格尔顿对维多利亚时期女诗人伊丽莎白·芭丽特·勃朗宁(Elizabeth Barrett Browning, 1806-1861)一首爱情诗的分析。该诗节选如下:

> 我如何爱你?让我细数究竟。
> 我爱你到我的灵魂所能达到的
> 深邃、广阔和高度,同时感到超出了
> 人的目标和理想的恩惠。
> 我爱你到每日最朴素的需要的
> 程度,在阳光和烛光里。
> 我自由地爱你,像人们为正义而战。
> 我纯粹地爱你,像人们拒绝赞美……①

伊格尔顿这样评价这首诗的情感强度:"这对现代趣味来说太热切、太高尚了","不过,可以假定的是,维多利亚人可不会觉得这首诗的情感强度过分了。"② 伊格尔顿这里讨论的,显然是公众的趣味。

事实上,伊格尔顿对文学作品的分析大都有一个着眼点,即该作品的公共性。前文提到,他在文字/语言的解读方面颇为着力,这是因为语言本身具有公共性。一般人提到伊格尔顿,首先会想到他是一个政治倾向十分强烈的文论家,可是他在《如何读文学》的前言中作了这样的强调:"如果一个人对语言没有一定程度的敏感性,那么他/她就提不

---

① 参见[英]特里·伊格尔顿:《如何读诗》,陈太胜译,北京大学出版社 2016 年版,第 175 页。
② Terry Eagleton, *How to Read a Poem*, p. 118.

出关于文学文本的政治或理论问题。"① 可见，他关心语言文字，其实就是关心政治或理论等公共问题。即便是一些多半具有私人属性的文字，在他那里也具有公共性。例如，一些描述苦难的文字通常被视为具有私密性，但是伊格尔顿不会错过其中的公共意义，这在他对奥登（W. H. Auden, 1907-1973）的诗作《美术馆》（"Musée des Beaux Arts", 1940）的分析中可见一斑：

> 在诗的第二节中，奥登明确地把人类灾难的冷漠比作阳光，好像前者与后者一样，都是自然而然的。然而，这首诗发表于1940年，那时欧洲已经经历过西班牙内战（奥登短暂地参与过），正处于反法西斯的全球战争的苦痛中。这种苦难确实并不总是私人的、秘密的事。相反，它可能是一种集体经验。如果死亡和悲痛在人们中间显示出了无法消除的裂隙，那么，它们也是能被公开分享的现实。灾难和日常生活，在不列颠城市的轰炸中一起到来。苦难并不像个人爱好一样是人们私下去面对的事；一定程度上，在受难者与旁观者、士兵与市民之间，有着共同的语言。②

上面这段分析传递的公共精神以及对人世间苦难的悲悯之情，经由"共同的语言"、"公开分享的现实"和"集体经验"等词语的烘托，给人以一种强烈的冲击力。

对伊格尔顿来说，文学作品的公共性跟道德意义紧密相连，而道德意义又跟虚构性或"虚构化"（fictionalise）紧密相连。前文提到，伊格

---

① Terry Eagleton, *How to Read Literature*, New Haven and London: Yale University, 2014, p. ix.

② ［英］特里·伊格尔顿：《如何读诗》，第8页。

第十章 另一种"伊格尔顿体":伊格尔顿的趣味观

尔顿的论述充满着辩证意味,这也体现于他对于真实生活中的道德与虚构化的道德之间关系的阐释。在他看来,虚构化的道德比真实生活中的道德更胜一筹,原因是前者比后者更能惠及公共生活。他曾经举了一个真实生活中有关道德趣味的例子,即从实际生活中撷取的一句道德陈述:"某些王室成员趣味平庸,智商太低,真是愚不可及。"① 由此我们可以追问:这类本来具有道德真实意义的表述一旦进入了诗歌或小说,也就是被虚构化了,是否就不真实了呢?伊格尔顿的回答恰恰相反:

> 所谓"虚构化",就是把一部作品从直接的经验语境中抽离出来,并发挥它更广泛的用途。把某样东西称作一首诗,就是让它广泛流通,这是用一张洗衣单而无法做到的。写诗这种行为,不管素材多么私密,都是"道德的"行为,原因是它隐含了某种反应的公共性。这并不是说,读者的反应会是千篇一律的。单凭纸面上的实际安排,诗歌就提供了可被分享的潜在意义。②

在以上文字中,伊格尔顿一口气连用了"更广泛的用途"(wider uses)、"广泛流通"(general circulation)、"公共性"(communality)和"可被分享的"(sharable)等词语,其间的道德趣味耐人寻味。

也就是说,不从公共精神的角度切入,任何对伊格尔顿趣味观的认识就会大打折扣。这在他跟布迪厄的交集中也可见一斑。二人曾在上世纪末有过一场面对面的讨论,这次对话的文字记录后来以《信念与普通生活》("Doxa and Common Life")为题发表。信念、普通生活以及那场对话中被频频提及的意识形态都跟趣味有关。我们知道,布迪厄曾以

---

① Terry Eagleton, *How to Read a Poem*, p. 31.
② Terry Eagleton, *How to Read a Poem*, pp. 31-32.

挑战康德关于审美趣味的理论出名。康德强调无功利、先验性的纯形式审美，把趣味判断局限于上层建筑，而布迪厄则更重视趣味判断的物质基础和社会历史条件，主张把"趣味"放在人类学意义上的"文化"层面来理解："'文化'的普通用法局限于它的规范意义，除非它回归到人类学意义上的'文化'，除非人们对于最精美物品的高雅趣味与人们对于食物口味的基本趣味重新得以联系，否则人们便不能充分理解文化实践的意义。"[1] 伊格尔顿跟布迪厄一样，也很看重"趣味"的物质性、社会性，尤其重视它的文化实践意义。须在此强调的是，他俩理解的"文化"基本相仿，即威廉斯所说的、体现"普通生活"（the common life）的"共同文化"（the common culture），这在伊格尔顿充满欣赏口吻的赞词中得到了印证："您的工作体现了一种强有力的奉献精神，虽不总是很明显，却一直作为一种感染力而存在，它使您致力于可以称作'普通生活'的东西，不过这样称它或许还不到位。这是您的工作和雷蒙德·威廉斯在这个国家所从事工作相似的许多方面之一。"[2] 不过，在赞扬了布迪厄之后，伊格尔顿口风一转，批评后者的"信念"（doxa）过于消极和悲观——在布迪厄所描绘的"普通生活"中，"行动者"（the actor）往往受制于社会场域（field）、惯习（habitus）和资本（capital）等因素，缺乏反抗社会不公的意愿，更谈不上解放自己乃至全人类的动力，从而沦为被动的、无能为力的、不无讽刺意义的"主体"，因此伊格尔顿当面向他强调"马克思主义思想会要坚守一个观念，即凡是有邪恶出现，行动者就要进行反抗。您的信念让您失去了这种斗争精神；您压根儿没有意识到问题所在——在您的信念里没有求解

---

[1] Pierre Boudieu, *Distinction: A Social Critique of the Judgment of Taste*, trans. Richard Nice, Cambridge: Harvard University Press, 1984, p. 1.

[2] Pierre Bourdieu and Terry Eagleton, "In Conversation: Doxa and Common Life", *New Left Review*, Vol. 191, January/February 1992, p. 117.

第十章 另一种"伊格尔顿体":伊格尔顿的趣味观

放的欲望"①。这里所说的"求解放的欲望"(drive to emancipation),显然是马克思关于解放全人类的诉求。对作为马克思主义者的伊格尔顿来说,这一诉求是"普通生活"和"共同文化"的最高体现,也是趣味的最高体现。

在《文化观念》(The Idea of Culture, 2000)一书中,伊格尔顿曾再次谈到趣味和共同文化之间的关系。该书最后一章——其小标题是"走向一种共同文化"(Towards a Common Culture)——把威廉斯关于共同文化的理论跟"杂糅论者"(hybridists)和"多元论者"(pluralists)的"当代文化主义"(contemporary culturalism)作了比较,其中直接使用了"趣味"一词:

> 威廉斯的共同文化理论……不会受到激进主义杂糅论者和自由主义多元论者无保留的欢迎,这是因为它必然需要一种信仰和行动的公共性,而这几乎是不合他们趣味的。威廉斯的立场是一个悖论:这种复杂的文化发展的条件,只有通过在政治上确保某种手段才能设定——他把后者相当含糊地称作"共同体手段",而实际上他指的就是社会主义的公共机构。这样做就肯定需要公共的信仰、承诺和实践。只有通过充分的民主参与,包括调节物质生产的民主制度,才能充分开放民主参与的通道,从而充分表达这种文化的多元性。简而言之,要确立真正的文化多元主义,就需要齐心协力的社会主义行动。当代文化主义未能明白的,恰恰是这一要点。②

至此,我们已能清楚地看到,合乎伊格尔顿趣味的就是上引文字中

---

① Pierre Bourdieu and Terry Eagleton, "In Conversation: Doxa and Common Life", p. 121.
② Terry Eagleton, *The Idea of Culture*, Oxford: Blackwell, 2000, pp. 121-122.

的"信仰和行动的公共性",或者说"社会主义行动"所体现的"齐心协力",也就是本小节一再强调的公共精神。对于形形色色的自由主义者来说,无论他们如何高唱"民主"和"多元",无论他们显得多么激进,公共精神"几乎是不合他们趣味的"(hardly to their taste)。也就是说,趣味是有高低之分的。对伊格尔顿来说,趣味的最高境界就是公共精神,就是博大的胸怀。

综上所述,伊格尔顿的趣味观既体现于他的理论辨析,也体现于他的(文学)批评实践。在他那里,趣味是一种魅力四射的风格,是一种充满辩证法的鉴别力,更是一种激励人心的公共精神。为进一步理解这种公共精神,我们不妨引用一下他为《马克思主义与文学批评》所写的结束语:"马克思主义文学批评不仅仅是阐释《失乐园》或《米德尔马契》的另类技巧。它是我们反抗压迫,获得解放这一努力的一部分。这就是为什么它值得我们花整部书的篇幅来给予讨论。"[①] 把趣味提升到人类解放的高度,这难道不就是"伊格尔顿体"的精髓?

---

① Terry Eagleton, *Marxism and Literary Criticism*, p. 76.

第十一章

从倭斯弗到严复：中西互译中的趣味观

《美术通诠》于 1906 年首载于《寰球中国学生报》，是晚清译者严复对英国学者倭斯弗（Basil Worsfold）[①] 著作《文学判断力》（*Judgement in Literature*，1900）的译文，罗选民、狄霞晨、皮后锋等学者经孜孜不倦的探索使译文底本得以重现。此前，严复已完成了《原富》（*The Wealth of Nations*，1776）、《群学肄言》（*The Study of Sociology*，1874）、《穆勒名学》（*A System of Logic*，1843）、《社会通诠》（*A History of Politics*，1900）及《法意》（*The Spirit of Law*，1748）等西方政、经、法、史各家经典的翻译，而《美术通诠》则属于西方文论著述。

值得探究的是，严复所译的其他社会科学著作源于西方名家名作，唯文学类目选译英国倭斯弗的《文学判断力》，有违其译《天演论》时"观西人名学"[②] 的选译初衷。严复选译该著的可能性只能在于该著作中具有其需要的文论思想。由于底本的长期缺失，《美术通诠》甚至一度被视为严复借翻译之口自撰的文论[③]，因为读者可以从译文中看到多

[①] 倭斯弗（W. Basil Worsfold，1853－1939）：生于英格兰约克郡，毕业于牛津大学，1891—1900 年间在牛津大学进修部（Oxford Extension Delegate）和伦敦学位辅修部（London Joint Board）任教，教授经济学与文学课程。1904 年任《约翰内斯堡之星》（*the Johannesburg Star*）杂志编辑。

[②] 汪征鲁、方宝川、马勇主编：《严复全集》卷 1，福建教育出版社 2014 年版，第 76 页。

[③] 罗选民：《关于严复〈美术通诠〉底本和原著的发现》，《亚太跨学科翻译研究》2020 年第 2 期。

处中国诗学观念的痕迹。在《译〈天演论〉自序》中，严复表达了"转于西学，得识古之用"①的翻译目的论。他认为"读古书难"，然"彼所托以传之理，故自若"②。因此，他倡导"以其所得于彼者，反以证诸吾古人之所传"，即以西学辅证中国古典文论，并将此法评为"亲切有味"之举③。可以看出，严复译《美术通诠》的目的在以西论中，并最终促进中西文论之间的对话。本文讨论的"味"一词就充分体现了上述意旨。

纵观严译《美术通诠》，可以看到"味趣"、"神韵"④ 等中国诗味论的相关概念，而倭斯弗的原著也多处提及"趣味"（taste）这一西方文论批评中的关键词。在写《文学判断力》之前，倭斯弗已著《批评原理》（The Principles of Criticism，1897）一书，大量援引英国作家艾迪生、阿诺德、罗斯金等人的"趣味"观，并将他们与西方经验主义美学传统代表伯克、康德、黑格尔等人关联。《文学判断力》恰恰脱胎于《批评原理》⑤。无独有偶，由于严复与清代"桐城派"传统密不可分，其对中国文论中的"味"并不陌生。严复的《天演论》《原富》等多部译著皆由桐城大师吴汝纶（1840—1903）作序，其"信""达""雅"兼备的翻译原则也源于桐城派倡导的文风。我们知道，中国诗味论具有悠久的传统，自魏晋南北朝，陆机、刘勰、钟嵘等人开始将"味"作为诗美因素加以探讨，逐渐形成以"滋味""韵味"等为中心的诗歌批评理论。之后，以味论诗者代不乏人，"味"范畴在唐宋时期的中国文学批评理论中不断衍生和发展。在清代桐城派诗学理论中，"味"范畴极受重视，桐城派巨擘姚鼐（1732—1815）的"神理气味"说被奉为

---

① 汪征鲁、方宝川、马勇主编：《严复全集》卷1，第76页。
② 汪征鲁、方宝川、马勇主编：《严复全集》卷1，第75页。
③ 汪征鲁、方宝川、马勇主编：《严复全集》卷1，第75页。
④ 汪征鲁、方宝川、马勇主编：《严复全集》卷5，福建教育出版社2014年版，第553页。
⑤ 皮后锋：《严译〈美术通诠〉及其英文原著》，《学海》2021年第6期。

圭臬。而桐城派的诗味论又与清代"味"论代表王渔洋（1634—1711）的"神韵"说紧密关联。严复曾以"渔洋崛起应新运，如麟独角推一个"[1] 表达对王渔洋的推崇，可见严复与桐城派和王渔洋之间的渊源。通过追溯译本《美术通诠》与底本《文学判断力》之间的关系，我们得以洞见中西诗味论在晚清时期的互鉴与会通。或者说，严复看似在翻译，实际上却促成了中西诗味论在观念、功能和技巧方面的跨文化诠释与对话。

第一节 观念层面的对话：从鉴味到"娱赏"

我们首先以两个"词"来谈谈《美术通诠》和《文学判断力》两书在对译过程中如何实现"味"在观念层次上的对话。

第一个词为倭斯弗底稿书名中的"literature"。严复以"美术"对译该词，令人困惑。有学者就此进行探讨，并提及"以'美术'译'literature'，是严复文学观的一种宣言：'文学是一种美的艺术'"[2]。事实上，"美术"一词频繁出现在近代日本对西方艺术论著的翻译中，其对应的英语词为"art"，较严复此处所对应的"文学"范围要广。然而，如果考虑到桐城派对严复的影响，"美术"一词的选择并不让人意外。早期桐城派名家姚鼐就对文学之美有深刻认识，其倡导的"阳刚之美""阴柔之美""韵味深美"[3] 等文风直至晚清仍被桐城派代表曾国藩奉为楷模。可见，在曾国藩处，审美判断与文学判断是等同的。严复显然继承了桐城派的这一思想。但上述理由并不足以服众。此处，我们不妨将该书译名与中国诗味传统相联系，或许可以进一步解答上述

---

[1] 汪征鲁、方宝川、马勇主编：《严复全集》卷8，福建教育出版社2014年版，第52页。
[2] 狄晨霞、朱恬骅：《严复与中国文学观念的现代转型——以新建〈美术通诠〉底本为中心》，《复旦学报》2021年第3期。
[3] 曾国藩：《曾国藩全集》日记卷，河北人民出版社2016年版，第20页。

困惑。

　　在中国诗味论中,"美"与"味"是相关联的。据《说文解字》言:"美也。甘者,五味之一。羊大则美。"同样,在《法意》的一则复案中,严复曾指出:"夫美术者何?凡可以娱官神耳目,而所接在感情,不必关于理者是已。"① 可见,美术足以娱悦感官,激发情感,而这一过程与以甘味论美是完全相通的。因此,以中国诗味论观之,美学判断即有关"味"的判断。因美即是甘,鉴美即是鉴味。有意思的是,倭斯弗书名中的"判断力"(judgement)一词取自康德的美学著作《判断力批判》,而康德本有意在成书之时将之命名为"趣味的批判"(the judgment of taste)②。可见,在康德的哲学体系中,美学判断也是关于"味"的判断。不同的是,康德的"味"并非停留在以甘味论美这一层面。事实上,他大量借鉴了英国经验主义美学对"taste"这一概念的阐发,将"趣味"视作一种"综合的感知和反思判断过程"③,最终导向人类共同的审美意识。有鉴于此,倭斯弗在《文学判断力》中将"趣味"定义为"人类共有的对感觉官能的真实测试力"④。显然,在倭斯弗的文学批评中,鉴"文"不失为一种美学判断,而后者在本质上是一种经验主义式的趣味判断过程。从鉴"味"到鉴"美"再至鉴"文",三者在本质上是相通的。以此反观严复在《美术通诠》中以"美术"对译"文学",显然非常贴切,并在观念层面回应了倭斯弗在原作中的批评理念。译本和底本虽看似不以"味"为题,然皆意在探讨"味"论要旨。严复此译法不仅揭示了两书在主题上的一致性,而且在观念层面体现了中西文论中"味"与审美相关联的会通。

---

　　① 汪征鲁、方宝川、马勇主编:《严复全集》卷4,福建教育出版社2014年版,第322页。
　　② 何畅:《西方文论关键词:趣味》,《外国文学》2022年第3期。
　　③ 何畅:《西方文论关键词:趣味》,《外国文学》2022年第3期。
　　④ W. Basil Worsfold, *On the Exercise of Judgement in Literature*, London: Bedford Street, 1900, p. 38.

第十一章 从倭斯弗到严复：中西互译中的趣味观

这种文化对译的尝试还体现在严复对倭斯弗笔下"taste"一词的翻译之中。在第一章《艺术》中，倭斯弗写道："so are there certain principles of Criticism…by reference to which we guide our decisions in matters of taste"（就如何鉴别和判断趣味而言，我们需要参考一些批评原则）①。显然，倭斯弗在此处的着力点是批评的原则和标准。这实际上再次回应了英国经验主义美学批评传统中对"趣味"标准的讨论。从沙夫茨伯里到伯克、休谟，甚至到维多利亚时期的阿诺德等人，他们无一不着墨于对"趣味"标准的讨论。事实上，这种试图理性化主观感受力的讨论得益于西方理性主义传统以及滥觞于英国18世纪的科学实证主义精神。然而，有意思的是，严复在《美术通诠》中将"taste"译为"娱赏"②，弱化了对标准的诉求。对于前文中引用的倭斯弗原句，严复的译文如下："凡吾人娱赏之端，其邪正隆污，以合不合于兹为判。"③ 从《说文解字》来看："娱"，乐也，而"乐"则指包括歌舞在内的口头和肢体娱乐活动；"赏"，赐有功也。"赏"字呈现了以"口"食"贝"的动作。"贝"是古代稀有的饰品，也是货币，代指珍稀之物。无论是"娱"还是"赏"，都强调感官激发的愉悦之情。对于严复而言，"娱赏"一词并非首次使用。在《群学肄言》中，严复译到："乃至起居娱赏之事，亦虑民之不知自便。"④这里的"娱赏"与"起居"并置，表示超越于身体日常需求而上升至内心愉悦与满足的审美活动。值得一提的是，在明清诗词中，"娱赏"一词出现较多，如明代夏原吉的"当时不敢自娱赏，持向金门献君长"⑤；孙承恩的"即教此地堪娱赏，敢废

---

① W. Basil Worsfold, *On the Exercise of Judgement in Literature*, p. 2.
② 汪征鲁、方宝川、马勇主编：《严复全集》卷5，第542页。
③ 汪征鲁、方宝川、马勇主编：《严复全集》卷5，第542页。
④ 汪征鲁、方宝川、马勇主编：《严复全集》卷3，福建教育出版社2014年版，第172页。
⑤ 夏原吉：《题傅泽民分桂轩》，《夏原吉集》，岳麓书社2021年版，第23页。

王程一驻车"①。清代又以田雯（1635—1704）的诗中使用较为集中，如"顾盼无人相娱赏"②，"娱赏觉嫣然"③，"此夕成娱赏"④，"更有披襟娱赏处"⑤ 等。可见，严复在译文中不自觉地受到了明清诗词的影响。更重要的是，"娱赏"之端所体现的味是借由感官品尝而上升的高层次感受力，本身就与生命精神、美等观念联系。正如《中庸》言："人莫不饮食也，鲜能知味也"。这个味既是品尝食物之味，也是体悟生命之味。也就是说，"味"的产生需要感官与智识的结合，一旦生成，便拥有了一定的生命精神在其中，成为生命活动的产物与标志。正因为如此，中国诗学中的"味"往往体现了一种积极入世的生活态度，且顺应了中国诗学由品鉴到领悟的实践性批评过程，强调"味"赋予诗的生命精神。明清诗歌中"娱赏"一词的频繁出现，表现了明清诗味论对中国美学传统中的生命体验与生命精神的重视。严复以"娱赏"来翻译"taste"实际上借鉴了中国诗学中的生命传统视角，并在观念层面与倭斯弗笔下强调标准与原则的西方"趣味"概念形成了互鉴对话。

从上述观念对比可以看到，无论是西方的"趣味"观还是中国的诗味论，在观念层面上都与审美关联，二者在主旨上呈现以"味"论美的自觉。严复借由"美术"对译"literature"阐明了中西以"味"论美的观念互通。然而，西方更关注建立衡量艺术之美的趣味标准，而中国则注重识别以"味"为美的生命精神。严复译本《美术通诠》以西

---

① 孙承恩：《林山驿小坐口号三首初咏误谓临水故复足之》，《文简集》卷25，《景印文渊阁四库全书》，台北：商务印书馆2008年影印本，第1271册，第319页。
② 田雯：《登采石矶太白楼观萧尺木画壁歌》，《古欢堂集》卷6，《景印文渊阁四库全书》，台北：商务印书馆2008年影印本，第1324册，第63页。
③ 田雯：《方氏园亭杂诗》，《古欢堂集》卷3，《景印文渊阁四库全书》，第1324册，第30页。
④ 田雯：《三月三十日》，《古欢堂集》卷8，《景印文渊阁四库全书》，第1324册，第97页。
⑤ 田雯：《送侯閬公之官资县》，《古欢堂集》卷12，《景印文渊阁四库全书》，第1324册，第140页。

学为镜，映照出中国清代诗味论中的核心观念的内涵。

第二节 功能层面的对话：从公共口味到"公性情"

除去观念阐发之外，英国经验主义美学家们同样关注"趣味"的社会功能，并"热衷于规范和塑造'公共口味'（public relish）"[1]。倭斯弗同样注意到了上述试图以"趣味"形成社会共识的诉求。在《文学判断力》中，倭斯弗将趣味判断类比行为规范：

> Just as there are certain principles of morality, recognized, if not universally, at least very generally by all civilized men, by reference to which we govern our conduct, so are there certain principles of Criticism of wide, if not universal, validity, by reference to which we guide our decisions in matters of taste.（正如一些道德准则那样，即使它们不被所有人认可，但至少也会被有教养的人认可，我们通过它们来规范行为；亦有一些批评原理，即使并不是完全普世，但至少具有合理性，我们通过它们来进行趣味判断）[2]

在译本中，严复将此句译为："民生有群，因其有群，而复有德行之通义。此虽不必为员与人类所公仞，而文明之众，有共由者。凡吾人之言行，其善恶以合不合于此为分。惟艺林之鉴别亦然，虽无通法，有

---

[1] 何畅：《西方文论关键词：趣味》，《外国文学》2022 年第 3 期。
[2] W. Basil Worsfold, *On the Exercise of Judgement in Literature*, p. 2.

其达理。凡吾人娱赏之端，其邪正隆污，以合不合于兹为判。"①在翻译中，严复不仅译出了原文之意，还增加了"民生有群""为人类所公仞""邪正隆污"等中国文论中的概念来深化其对"趣味"的功能的思考，而这种思考实际上与袁枚在《随园诗话》中所谈及的"公性情"有关。袁枚是清代"味"论中"性灵"说的代表人物，其所说的"公性情"类似于英国经验主义美学家以"趣味"形成社会共识的诉求。在论述小说创作的论文《〈国闻报〉附印说部缘起》中，严复就借鉴袁枚，指出小说家应"从人类普遍性情的角度，拈出'公性情'三字概括小说之主旨"②。而在《美术通诠》中，严复所增加的"民生有群""为人类所公仞"和"邪正隆污"等概念都涉及对人类共同性情的引导和培育。"民生有群"源于《荀子》的群论思想，认为"人能群"，所以能够"和则一，一则多力，多力则强"③。"人类所公仞"④取自章太炎语，用以阐述"能得到公众认同的'公理'数量很少"⑤。"邪正隆污"则分别取自《汉书·刘向传》与《礼记·檀弓上》，"邪正"指好与坏；"隆污"指高低。以上增译表明严复以中国文论中的思想回应经验主义美学思想的尝试。可见，在中西诗味论中，"趣味"都发挥了聚合社会公共情感和意识，培养审美共通感（sensus communis），形塑共同体的教化功能。

那么，究竟应如何培养审美共通感呢？通过译本中严复以"神韵"对译"pleasure"，我们可以看到中西关于公共趣味培育问题的对话。倭斯弗在《文学判断力》中说："It is the characteristic quality which Poetry shares with its sister Arts, the quality of giving pleasure-aesthetic pleasure"

---

① 汪征鲁、方宝川、马勇主编：《严复全集》卷5，第542页。
② 王岫庐：《严复与梁启超的小说观之比较》，《粤海风》2019年第2期。
③ 王先谦：《荀子集解》，中华书局1988年版，第164页。
④ 章太炎：《四惑论》，《民报》1908年第22期。
⑤ 马永康：《章太炎的"公理"批判与"成就感情"》，《开放时代》2019年第5期。

第十一章 从倭斯弗到严复：中西互译中的趣味观

(这就是诗与其他艺术共同拥有的特别品质，一种产生愉悦的品质——一种审美愉悦)①。换言之，诗歌的审美"趣味"来自单纯的愉悦，而非任何功利的目的。上述观点呼应了沙夫茨伯里、康德等人的"审美无利害"观。不可否认的是，正因为审美的无功利性，公共趣味的形成才有利于培育真正的"公性情"。再看严复的翻译："至前说所未及者，亦美术之要素而不可忽，故于文字，其见词曲诗赋为最多，或曰"神韵"，或曰"味趣"。神韵也，味趣也，凡其物之可以怡情悦心者是已。"② 此处，严复将诗歌产生的"审美愉悦"译成"神韵"和"味趣"。"味趣"显然表示单纯的由感官产生的愉悦，而"神韵"这一译法则值得推敲。"神韵"取自清代诗味论代表王渔洋的"神韵"说。作为中国诗味论在清代的集大成者，王渔洋以"神韵"作为论诗的方法和最高旨趣。"神韵"说脱胎于中国诗味传统的众多前人思想，如钟嵘的"滋味"说、司空图的"味外之旨"、苏轼的"寄至味于淡泊"等，可谓是对中国诗味论的梳理与整合。王渔洋在《蚕尾续文集》中写道："诗中佳料，为其风藻神韵，去风雅未遥。"③ 指出辞藻中若有神韵，可成为诗歌绝佳的调味品，诗歌就离风雅不远了。可见，"神韵"之所以能成为风雅之最高境界正因为其"淡泊"，或曰"非功利性"。沈德潜在《清诗别裁集》中云："始则审宗旨，继则标风格，终则辨神韵"，"窃谓宗旨者，原乎性情者也；风格者，本乎气骨者也；神韵者，流于才思之余，虚与委蛇，而莫寻其迹者也。"④ 其语道出了以下事实，即"神韵"既有赖于人的才思，又不为单个人的性情与气概左右。可以说，"神韵"之于中国文论就如同"审美无利害"之于西方文论。因

---

① W. Basil Worsfold, *On the Exercise of Judgement in Literature*, pp. 17-18.
② 汪征鲁、方宝川、马勇主编：《严复全集》卷5，第553页。
③ 王士禛：《蚕尾续文集》，《清代诗文集汇编》，上海古籍出版社2009年影印本，第134册，第789页。
④ 沈德潜：《归愚文钞》卷14，《沈德潜诗文集》，人民文学出版社2011年标点本，第3册，第1360页。

此，严复以"神韵"对译"审美无利害"中的愉悦之说，可谓非常贴切。

除此之外，在《美术通诠》中，严复围绕"神韵"增译了一系列相关术语来言说这种审美无利害带来的愉悦感：

表 11-1　《美术通诠》"神韵"相关概念与底本的对译比较

《美术通诠》	*Judgement in Literature*
神智	knowledge
悦神赏心	原文无对应
神动	原文无对应
官神	原文无对应
移神耸观	vivid impression
神韵	pleasure
机趣	capacity to please
神情	pathos
神品	原文无对应
神移	admire
移神	impress

从上表中，我们可以看到，"神"被赋予多层次的涵义分别与西方"趣味"观中的审美愉悦功能对应：一指感觉神经，例如"官神"、"神品"；二指感官体验产生的感觉与反应，如"神智"、"神动"、"神情"、"神移"；三指无利害的审美愉悦，也就是"神韵"的生成。而好的艺术可以激发这种"神韵"的产生，于是有了"悦神赏心""移神"等激发"神韵"的方法。这一系列表述再现了审美活动中经验如何流动、认知如何获得，以及愉悦如何生成，凸显了西方"审美无利害"这一概念所不具备的动态体验。严复透过对西方"趣味"观中的"愉

第十一章 从倭斯弗到严复：中西互译中的趣味观

悦"这一感觉概念的译介，充分阐释了中国诗味论中的"神"对于"愉悦"的产生过程，再现了其感受力生成的动态机制。

然而，针对应该培养什么样的审美共通感的问题，倭斯弗似乎没有在书中解答，而严复则基于"神韵"说以及桐城派的诗味论观点，继续对此加以阐释。倭斯弗在原著中说：

> "The part of the soul…which craves to weep and bewail itself without stint and take its fill of grief, being so constituted as to find satisfaction in these emotions, is the very part which is filled and pleased by the poets"（灵魂深处的一部分，会禁不住处于哀伤之中，并为此潸然，且自足于此情绪，这一部分灵魂就应该由诗人去填充和取悦）[①]

倭斯弗此处虽然提及了审美共通感得以培育的情感基础，但没有继续论述具体的性情状态。严复在译文中又进行了增译："其灵魂之一部，当欲慷慨悲歌，流涕太息，以自疏其郁久矣。以德育之有验，故常约束之于夷犹冲淡而弗知。乃今所乐观之文字者，若搔痒然，即取其所约束者而振触之者也。"[②] 此处，严复增加了"夷犹冲淡"的性情描述，呼应桐城派及王渔洋"味"论中所倡导的"淡"味。姚鼐在"神理气味"说中提倡的"味"是"无味"，传承于老子的"淡乎其无味"主张[③]。王渔洋同样崇尚清远之美。对于司空图《诗品》中提出的"冲淡"和"雄浑"二品，王渔洋选取"冲淡"作为诗的旨趣以及神韵的注解，认

[①] W. Basil Worsfold, *On the Exercise of Judgement in Literature*, p. 21.
[②] 汪征鲁、方宝川、马勇主编：《严复全集》卷5，第556页。
[③] 周丽：《姚鼐"神理气味"说探颐》，《辽宁工程技术大学学报》（社会科学版）2016年第4期。

— 265 —

为"诗以达性,然须清远为尚"①。严复也赞成以"冲淡"为主的审美共通感培育,并且强调"冲淡"也是一种性情,并非"茶然无气,泊然无味"②。他注意到"公性情"塑造之困难往往在于文学描述中有失"冲淡",因为"险躁之人,其入书也,可以资无穷之变幻;而宁静淡泊之士,言有经而行有恒,不独其性情焉难写也,即写矣,而难喻,即喻矣,而难以动人。是故创意之文家,宁舍此而取彼也"③。取舍之间,文学创作逐渐产生"移情之日深,而养德之日浅"④的弊端。因此,严复再次主张培育"冲淡"性情,并以此作为文学创作者的职责。此举一并呼应了桐城派"文章与性道一"的文道观念。

通过借鉴荀子群论思想、王渔洋"神韵"说和"冲淡"性情,严复试图借助其译文中关于"公性情"、"神韵"和"冲淡"的论述介入并补充西方经验主义美学传统中对"味"的社会功能和作用的系统探讨,并以此凸显中国古典文论对于公共趣味、性情培育等社会话题的关注。

第三节 技巧层面的对话:从理念说到"不可象而为可象"

前述谈及倭斯弗的《文学判断力》和严译《美术通诠》都指向以"味"论美。事实上,关于美的生成与创造问题的讨论,也与"味"的生成密不可分。严复在翻译中继续从创造技巧层面出发,展开中西对话与比较。

在原著第一章《艺术》中,倭斯弗首先谈及什么是艺术,指出:

---

① 王士禛:《池北偶谈》下册,中华书局1982年标点本,第430页。
② 汪征鲁、方宝川、马勇主编:《严复全集》卷5,第554页。
③ 汪征鲁、方宝川、马勇主编:《严复全集》卷5,第556页。
④ 汪征鲁、方宝川、马勇主编:《严复全集》卷5,第556页。

第十一章 从倭斯弗到严复：中西互译中的趣味观

"Art, then, is the presentation of the real in its mental aspect"（艺术，就是大脑层面对现实样貌的呈现）[1]。严复对此句的译文为："美术者何？曰托意写诚，是为美术。又曰美术者，以意象写物之真相者也。"[2] 此译法引发两点关注，一是严复增译了"托意写诚"这一原文并未提及的概念。二是严复以"意象"对译"presentation in mental aspect"。两处翻译恰好体现了严复以中国文论中的艺术技巧对应西方文论的艺术技巧，同时又将二者进行比较的过程。

首先看严复为何增译"托意写诚"概念。倭斯弗认为，艺术即大脑对现实的呈现。他以绘画为例，认为要通过"线条和色彩在平面上展示立体事物"，就需要让图像经过"视觉的认定"（cognisance of the sense of sight）[3]，在比例上要符合"现实事物的轮廓"（outlines of the external objects）以及"光影透视"（colours more or less bright and strong）[4]。这是西方艺术思想中的典型认知，在西方的"趣味"观中体现为"将感官获得形象升华，同时又将头脑中的抽象认知变得更真实可靠"[5] 的过程。事实上，这种思想可以追溯到柏拉图的"理式"说（theory of idea）。柏拉图认为，"理式"是美的最高境界，值得追求，是真理（truth）。"现实"（reality）是对"理式"的摹仿，而"艺术"是对"现实"的摹仿。因此，艺术只有越接近现实，才能越接近理式[6]。倭斯弗对这一部分探讨也确实援引了柏拉图的观点。这一思想寓于西方基于"趣味"的创作技巧中，强调通过"味"这一感官的可靠性来巩固艺术真实，从而实现以真为美的艺术技法创作。

---

[1] W. Basil Worsfold, *On the Exercise of Judgement in Literature*, p. 5.
[2] 汪征鲁、方宝川、马勇主编：《严复全集》卷5，第544页。
[3] W. Basil Worsfold, *On the Exercise of Judgement in Literature*, p. 7.
[4] W. Basil Worsfold, *On the Exercise of Judgement in Literature*, p. 7.
[5] Samuel Taylor Coleridge, *Early Recollections: Chiefly Relating to the Late Samuel Taylor Coleridge During his Long Residence in Bristol*, Vol. 2, London: Longman, 1837, p. 214.
[6] 孟令军：《朱光潜的柏拉图文艺观之现代反思》，《中外文化》2022年第2期。

译本《美术通诠》中，严复在倭斯弗论述的基础上，增译了"托意"与"写诚"，并解释了二者的涵义。译文说："其不背于物则，故曰写诚；亦惟其景生于意中，故曰托意。"① 该句在底本中没有对应。从严复在全文中论及"托意写诚"的概念来看，"意"指"意象"，"诚"指"立诚"，它们均出自中国传统文论观念。"意象"是与"味"范畴相关的概念。南朝宗炳提出"澄怀味象"，指以虚淡空明的心境享受事物，产生审美形象与愉悦的过程，强调审美的主体意识对客观事物的作用产生的"象"的概念。唐代诗味论也将情、物、象与味相关联，王昌龄在《诗格·十七势》中认为："诗一向是言意，则不清及无味；一向言景，亦无味。事须景与意相兼始好。"② "立诚"则脱胎于"修辞立诚"，其最早见于《周易》，在《文心雕龙》中也有记载："凡群言发华，而降神务实，修辞立诚，在于无愧。"③ 上述两文皆强调文辞中所蕴含的情感要与现实事物所承载的真实感情相对应。"修辞立诚"观念为桐城派继承，曾国藩曾论及作文要有"真情"，也要达"义理"，若只是"雕饰字句""巧言取悦"，则失去"修辞立诚"的"本旨"④。可见，"托意写诚"的基本理念中包含了人通过感官体验事物，又结合自身情感，反映物之真实的意义，与西方的"趣味"观中通过感官反映真实的理念有一定的契合之处。在译文第二章《文辞》中，严复进一步用西方概念对"意"与"诚"进行解释性增译。倭斯弗原文只阐释了主观与客观的涵义，他写道："We approach the world, that is, all reality external to ourselves, from two sides—the objective and the subjective"（我们通过客观与主观两个方面与世界接触，而世界即我们自身以外的

---

① 汪征鲁、方宝川、马勇主编：《严复全集》卷5，第545页。
② 张伯伟：《全唐五代诗格汇考》，凤凰出版社2002年版，第158页。
③ 刘勰：《文心雕龙》，中州古籍出版社2008年标点本，第103页。
④ 曾国藩：《求阙斋日记类钞》，朝华出版社2018年影印本，第16页。

第十一章 从倭斯弗到严复：中西互译中的趣味观

现实)①。而严复则在译文中将主客观的概念借用到"托意写诚"当中，说："意，主观也；诚，客观也。是故一切之美术，莫不假客观以达其意境。"② 显而易见，严复尝试使用中国文论中的"意象"、"立诚"等文辞技巧观念来阐释西方文论中艺术、现实、理念之间的关系。

不可否认的是，严复一方面在中国文论中寻找与倭斯弗论述相关联的对译，另一方面也注意到二者的不同。在译文中，严复阐发了一系列与"意象"相关的概念，这一点从下表所列译本与底本中与"意象"相关的概念对译中可以略见一二：

表 11-2 《美术通诠》"意象"相关概念与底本的对译比较

《美术通诠》	*Judgement in Literature*
意象	presentation in mental aspect
意景	idea of the event
意影	mental image
意有所寓	expressive of ideas
于乐而象	原文无对应
置其不可象而为其可象	原文无对应

从上表中相互对译的"意象""意景""意影""意有所寓"中可以看到，严复采用归化法反证中西之间"意象"与"理式"（idea）的相通之处，阐明中西皆关注物、感、象三者的关系。然而，严复又增译了"于乐而象""置其不可象而为其可象"③ 等概念。前者指在音乐中生成意象，后者指将不能生成意象的对象置于可以生成意象的对象中。就"可象"与"不可象"，严复进一步解释："怒涛激电，天海之容色，

---

① W. Basil Worsfold, *On the Exercise of Judgement in Literature*, p. 10.
② 汪征鲁、方宝川、马勇主编：《严复全集》卷5，第548页。
③ 汪征鲁、方宝川、马勇主编：《严复全集》卷5，第546页。

所不可象者也；而精夺神摇，人心之情感，所可象者也。"① 在中国文论中，尽管汹涌的波涛、闪电、天与海之物性因为较为广阔而难以言说，但我们仍可通过言说人的内心情感、精神来把握（或者说，品味）上述不可象之物。此处，严复论及了中国"意象"之重要内核：象外之象，味外之味，即强调真实描写之外的意境。此观念来自唐代诗味论代表司空图，他在《与李生论诗书》中谈到"知其咸酸之外"② 的味外味思想。王渔洋也受此影响，在他的《蚕尾续诗集》中，好友吴陈琰作序写到："余尝深旨其言。酸咸之外者何？味外味也。味外味者何？神韵也。"③ 由此可见，严复的"可象与不可象"的观念仍源于王渔洋的"神韵"说。"置不可象而为可象"体现了中国诗味论中的对物寄寓情感，通过感与情相接，实现心物相接的创作技巧。

可见，相较于中国文论之"置不可象为可象"，西方传统则更聚焦于事物"可象"之物性。因此，严复也在译文按语中谈及了中西方在物感与情感间关系上的观念差异，认为中国的"意象"观念更符合"美术"的要旨。他援引唐代文人孙虔礼的话，说明"托意写诚"的技巧要旨在于"'存真寓赏'，绎其象旨"④，也就是说，要将对真实之物的书写寓于感官对美的品鉴之中，从而呈现物的象外与味外之旨。他由此指出，外国的文艺中有一些尚未达到"美术"标准，原因是"其物仅属观念简号而止，不特非喜怒哀乐所可见，且无所寓其巧智焉"⑤。有鉴于此，"presentation in mental aspect"与"意象"的涵义并不完全对等，因为后者并不止步于"物感"，还强调在"象"诞生之际主体所

---

① 汪征鲁、方宝川、马勇主编：《严复全集》卷5，第546页。
② 司空图：《与李生论诗书》，载郭绍虞主编《中国历代文论选》，上海古籍出版社1979年版，第2册，第196页。
③ 吴陈琰：《蚕尾续诗集序》，《清代诗文集汇编》，上海古籍出版社2009年影印本，第134册，第477页。
④ 汪征鲁、方宝川、马勇主编：《严复全集》卷5，第547页。
⑤ 汪征鲁、方宝川、马勇主编：《严复全集》卷5，第547页。

第十一章 从倭斯弗到严复：中西互译中的趣味观

经历的心物相通、情景交融之瞬间，是一种"味外之旨"。

由以上分析可以看到，严复在转译西方艺术观时，注意到了中西"意象"概念的区别，并试图借鉴中国文论指出，"意象"的最高要旨在于突显象外象，味外味。此外，从技巧层面看，不仅客观事物可以产生意象，情感也可以产生意象，二者又可以相互映衬，以此实现"不可象而为可象"。与西方"理念"说相比，中国文论在讨论象外之旨时增加了"味"论，并因此凸显了更丰富的物感互动体验，再现了物真实之外的心理真实。

从严复《美术通诠》中关于"味"的阐发可以看出，他一方面竭力以中国文论中的"味"对译西方"趣味"观，实现二者的格义与会通；另一方面，他以清代桐城派诗味论为依托，反观倭斯弗原著中的西方趣味观，寻找并深入揭示中国"味"论独有的美学价值。可以说，严复的翻译旨在以中西对话的方式，呈现中国"味"论在观念、功能、技巧三方面的核心理念，并以此实现其对中国古典文论的补充和现代意义上的建构。正如严复在译本复案中对文学理论濒于式微的发问，认为多数人"或者以谓不识西学之故"，然而"其果由于不识西学也耶"？[①]可见，文学理论走向式微的症结不在于中西学任何一方的缺失，而在于二者对话的缺失。正因为如此，他提出"夫读书固有种子，而文字亦待薪传"，并指出"读者反复于倭氏此篇之说，可以憬然矣"[②]。显然，严复希望敦促读者通过对比、会通来反观自身文化范式，并由此实现中国文论内部的创新式建构，而其翻译的《美术通诠》不失为一个绝佳的案例。

[①] 汪征鲁、方宝川、马勇主编：《严复全集》卷5，第551页。
[②] 汪征鲁、方宝川、马勇主编：《严复全集》卷5，第551页。

余 谈

"趣味"还是"品味"?

纵笔至此,我们不妨再回到本书在"绪论"中提出的问题:究竟什么是"趣味"?

这个问题让不少思想家、哲学家困于心,衡于虑,却仍不得而知。比如康德就在写《实用人类学》(Anthropology)一书时,掩卷哀叹:"现代语言竟然会用某个口腔内部的感觉器官来命名审美判断的官能,这究竟是怎么发生的?无论是对美的鉴别还是对美味的选择,都由同一个感官来做决定,这又究竟是怎么回事呢?"[1] 丹尼斯·吉甘特也不无困惑地说道:"味觉比喻的问题在于,它虽为审美体验的愉悦留出了空间,但却有可能使弥尔顿沦落为一锅汤。换句话说,一不留神,弥尔顿的崇高就被直接炖入了汤,以飨口腹之欲。"[2] 而阿甘本则指出,"趣味"本身就是一个无法被概念或认识把握的剩余物。它的存在,用拉康的话来说,就是一个漂浮的能指。这种漂浮的能指的出现,与其说是揭示、澄清了某种具体而真实的内容,不如说是对某种不可能被化约为我们知识框架的内容的遮蔽[3]。对于这样的遮蔽,阿甘本非常不满意。在

---

[1] Immanuel Kant, *Anthropology from a Pragmatic Point of View*, trans. Victor Lyle Dowdell, Carbomdale: Southern Illinois University Press, 1978, p. 144.

[2] Denise Gigante, *Taste: A Literary History*, p. 13.

[3] 蓝江:《译者序》,载吉奥乔·阿甘本《品味》,第 xxviii 页。

余谈 "趣味"还是"品味"?

他看来,"趣味"这样的概念,越定义,越容易生产出大量怪异的"知识的剩余物"。因此,他干脆将"趣味"称为"封印"①。可见,要以有限的篇幅全面还原"趣味"观念的含义及其在英国文学中的流变轨迹,这是一项不可能完成的任务,而本书能做的只能是在避免生产更多知识残渣的同时,无限接近这枚"封印"。

本书以观念史的研究方法,再现"趣味"观念在英国文学中的三次转向,即从18世纪的情感转向,到19世纪的文化转向,再至20世纪之后充分融入关于两种"现代性"的讨论之中。同时,在各个研究部分采用美学、社会学、身体研究、性别研究、伦理批评、西方马克思主义批评等多维角度,将"趣味"观念置于和其他相关重要思想史观念(如"审美无利害""教化/心智培育""感受力""身体")的互动之中予以整体观照,从而较为全面地勾勒出"趣味"观念在18—20世纪之间的整体运动轨迹。本书试图指出,只有通过与其他关联性和衍生性观念相组合,即采用"观念联动"的论证方式,我们才可以看到"趣味"观念在整个历史中的嬗递过程,我们才得以洞见"趣味"观念与原子论、经验主义思潮、美学学科化、文化批评传统、共同体意识、审美现代性等话题之间复杂又微妙的关联,并见证其如何从美学领域延伸至伦理学、社会学、文化研究及其他领域,从而发展成为一个理论热点的过程。"趣味"观念的跨学科复杂性,使其无法被定义,也拒绝被定义,但也因其复杂性,它具有很强的开放性和包容性,是一个极具生命力的文化观念。

还须指出的是,在中文语境中探讨英国文学中的"趣味"观念,其复杂性和艰巨性部分来自Taste一词的不可译性。在整个研究和撰写过程中,笔者始终要回答以下问题:究竟应该将Taste译成"趣味"还是"品味"?我们知道,无论是"趣味"还是"品味",这两个名词都

---

① 蓝江:《译者序》,载吉奥乔·阿甘本《品味》,第 xxviii 页。

有审美判断和品鉴之意。例如，唐代诗人司空图在《二十四诗品》中就以"品"表"品类"和"品鉴"两层意思。《二十四诗品》就是品鉴二十四类诗歌风格。他也谈到了"味"。在《与李生论诗》中，他谈到"愚以为辨于味而后可以言诗也"[1]。换言之，诗应有"味外之味"，第一个味指品鉴具体的艺术形象，第二个味指在具体的艺术形象的激发之下，由联想和想象产生的审美愉悦。可以说，司徒空讨论的"味"非常接近18世纪经验主义美学家对审美愉悦的讨论，也非常接近约瑟夫·艾迪生在《旁观者》中对想象和趣味关系的讨论。然而，英国文学中的Taste一词远不止"品鉴"和审美判断之意。因此，究竟该如何译？——这个问题一直困扰着笔者，直至行将收笔，才不得不勉强应对。

再回到"品味"两字。从《辞源》来看，现代汉语中的"品味"从"品"字发展而来，而"品"则表官吏的等级，也指某种社会约定俗成的标准规格。当某人（无论其道德或行为举止）或某件艺术品没有达到社会期待的标准时，我们也会称其"不入品"。上述价值判断背后实际上隐含着区分高低等级之意。虽然布迪厄在讨论Taste一词时也涉及阶级区分和层级高低之意，但这只是Taste观念多副面孔中的一副。因此，以"品味"译Taste，难免以偏概全，招致偏见。正如本人在"绪论"中所说，无论是将"Taste"视为单一的美学观念（如品鉴），还是将其将视作阶级区分的手段，都是一偏之见。从该词在英国文学中的整体运动轨迹来看，"趣味"两字似乎更为合宜。

首先，"趣味"与位置高下、等级无关。根据《辞源》，"趣"表"旨趣""意旨"。正如李春青所说，就个体主体而言，它（趣味）指一种心理倾向，是人的兴趣之所在；就集体主义而言，则是一种在特定时

---

[1] 司空图：《与李生论诗书》，载郭绍虞主编《中国历代文论选》，第196页。

余谈 "趣味"还是"品味"?

期具有普遍性的精神旨趣与价值关怀①。换句话说,这是一个中性的概念。如果我们以此反观"Taste",就会发现该词的复杂属性使其渐趋中性。尤其从美学的角度看,从古典美学到现代美学的转向就是一部"Taste"变革史。我们见证了从理性到感性的转变,以及审美的民主化过程。进入20世纪以后,伴随着身体/心灵、女性/男性、高级感官/低级感官、高雅/媚俗等二元对立的消解,"Taste"的阶层区分作用更是在不断的定义中被日渐淡化。正如桑塔格所说,我们拥有方方面面的Taste,"既有对人的Taste,视觉Taste,情感方面的Taste,又有行为方面的Taste以及道德方面的Taste",甚至智慧也是一种思想方面的Taste。因此,Taste就是"对一切物品等量齐观"②。

此外,从《说文解字》来看,趣,通"去",表示迅速离开;通"取",有取舍判断之意。而近几百年来的"Taste"变革史,确实也是消逝、演变和创新交融的结果,既包含了个人的选择,也体现了某一社会的普遍选择。因此,以"趣"来体现上述变革并不为过。试想,当英国著名的辉格党政治家坦普尔爵士大谈中国园林趣味时,他不可能预见到几十年之后沃波尔对中国风的攻讦。后者认为,中国园林过度推崇无规则和多样性,反而会威胁真正的"趣味"。这种趣味变革既体现了个人的审美,也折射了百年之内中英关系的微妙变化,以及英国构建自身民族性的迫切愿望;而当吉尔平以如画趣味引领英国人踏遍湖区时,他也未必会预见到上述趣味会成为中产阶层遮蔽贫富差距的美学叙事策略,他更不会预见到罗斯金将上述趣味列为次等趣味,并呼唤以透纳和拉斐尔前派为代表的自然趣味。不可否认,任何文明、国家和地区的趣味都是在历史进程中形成的,与价值观念、宗教信仰和风俗习惯有着盘

---

① 李青春:《趣味的历史:从两周贵族到汉魏文人》,生活·读书·新知三联书店2014年版,第3页。
② [美]苏珊·桑塔格:《反对阐释》,第317页。

— 275 —

根错节的联系，不能用一成不变的本质主义语言来解释。

  还有一点。趣，通"趋"，表示一种普遍的趋势。它首先指在特定时期社会成员体现出来的普遍、共同精神旨趣。从我们对"Taste"这一观念的梳理来看，它在不同时期确实呈现出不同的普遍走势。比如，伴随着18世纪英国经验主义哲学对主体内心和情感反应的重视，大部分与"Taste"相关的讨论都呈现出向"内"转的趋势。以"情"论"味"是18世纪"Taste"的发展总趋势。再比如，从二十世纪后半页的伊格尔顿到世纪末的倭斯弗，甚至到严复的译文，都体现了对这一观念的"公共性"的重视。这种趋势实际上预示了批评家们对在现代性语境中以解构一切的姿态出现的"趣味"观念及其背后暗流涌动的极端个人主义的警惕和惊醒。正是由于不同历史时期的"Taste"具有明显的差异性，而同一时期的"Taste"又呈现出普遍的一致性，故而我们又敢于冒着本质主义的危险"粗暴"地将该词的流变轨迹总结成三次"转折"。

  其次，我们知道，人的心志也是有趋向的，因此"趣"又引申为意向、旨趣。如萧统在《陶渊明传》中谈到"渊明少有高趣"中的"趣"，就是这个用法[①]。而"旨趣"又能引申出乐趣、兴味的意思。如我们常说的"兴趣""趣味"。这就牵涉到人生哲学的问题。事实上，中国文论中的"趣味"观体现的就是对"人生"的观照。比如，以朱熹、陈淳为代表的宋明理学家所谓的"趣味"，指的"就是当人超越功利因素的羁绊，潜心问道求学时所体会到的乐趣、快乐"[②]。这种超功利主义倾向是与人生的道德修养密切相关的。而梁启超的"趣味"论则更注重"生活的艺术化"，即"把人类计较利害的观念，变为艺术的、情感的"[③]，从而使整个人生都充满乐趣、快乐，体现出一种欣欣

---

  ① 萧统：《陶渊明传》，《陶渊明资料汇编》，中华书局1962年版，上册，第6页。
  ② 吴泽泉：《梁启超"趣味"论探源》，《中国文学批评》2019年第1期。
  ③ 转引自吴泽泉《梁启超"趣味"论探源》，《中国文学批评》2019年第1期。

余谈 "趣味"还是"品味"?

向荣的生命状态。上述"生活艺术化"倾向不免让人想起 18 世纪英国经验主义思想家的"美学社会化"论调。同样,我们说的修养、超功利态度也与经验主义思想家频繁提及的"教化""无利害审美"等概念不谋而合。更重要的是,自工业革命开始,出于对抗资本主义文明及其滋生的异化的需要,在英国文学家讨论"Taste"的声音中,我们总能感受到强烈的对生命感受力的渴求,和对欣欣向荣的生命状态的肯定。一言以蔽之,中西思想史之间的种种巧合是笔者选择"趣味"的首要原因。

柯勒律治曾说,在哲学领域,定义总是姗姗来迟。即使是这样,有些观念依然不可言说。它们往往包罗万象,以至于任何定义都终将以不幸的模棱两可告终[1]。"趣味"就是这样的观念。然而,其模糊性却并不妨碍我们揭开"封印"的冲动。虽然非常"不幸",我们无法将其抽象为明晰、全面的定义,但是何其"有幸",我们依然可透过文学文本,细察其产生的社会文化语境,进而揭示其流变轨迹背后的文化逻辑乃至政治意味。这也正是本书的价值所在。

---

[1] Samuel Taylor Coleridge, *Early Recollections*: *Chiefly Relating to the Late Samuel Taylor Coleridge During his Long Residence in Bristol*, edited by Joseph Cottle, London: Longman, Rees & Co. and Hamilton Adams & Co., 1837, pp. 207-209.

引用文献

英文类

Abhidharmakosa-Bhasya of Vasubandhu, *The Treasure of the Abhidharma and its (Auto) commentary*, trans. Gelong Lodro Sangpo, Delhi: Motlal Banarsiddas Publishers, 2012.

Agamben, Giorgio, *The Man Without Content*, Quodlibet, 1994.

——, *Taste*, trans. Cooper Francis, Calcutta: Seagull Books, 2017.

Alfieri, E. V., "L'estetica dall' illuminismo al romanticismo fuori di Italia", *Momenti e problemi di storia dell' estetica*, Vol. 3, 1959.

Anderson, Warren D., *Mathew Arnold and the Classical Tradition*, Ann Arbor: University of Michigan Press, 1988.

Arnold, Matthew, *Selections from the Prose Writings of Matthew Arnold*, ed. Lewis E. Gates, New York: Henry Holt, 1897.

——, *Essays in Criticism: Second Series*, London: Macmillan, 1913.

——, *Lectures and Essays in Criticism*, ed. R. H. Super, Ann Arbor: University of Michigan Press, 1962.

Austen, Jane, *Northanger Abbey*, New York: Bantam Dell, 1999.

Bate, Jonathan, *The Song of the Earth*, London: Picador, 2001.

Bate, Walter Jackson, *From Classic to Romantic: Premises of Taste in*

Eighteenth-Century England, Cambridge: Harvard University Press, 1946.

Beck, Naomi, "Social Darwinism", in Michael Ruse ed. *The Cambridge Encyclopedia of Darwin and Evolutionary Thought*, Cambridge: Cambridge University Press, 2013.

Beito, David T., Peter Gordon, and Alexander Tabarrok, eds., *The Voluntary City: Markets, Communities and Urban Planning*, Academic Foundation, 2006.

Bell, Anne Olivier ed., *The Diary of Virginia Woolf*, 3 vols, New York: Harcourt Brace Jovanovich, 1977-1978.

Bermingham, Ann, *Landscape and Ideology: The English Rustic Tradition, 1740-1860*, Berkeley, Los Angeles and London: University of California Press, 1986.

Betjeman, John, *Letters*, Volume one: 1926 – 1951, ed. Candida Lycett Green, London: Methuen, 1955.

——, *Ghastly Good Taste, or a Depressing Story of the Rise and Fall of English Architecture*, London: Faber and Faber, 2012.

Bharata, *The Natyasastra*, trans. Manomohan Ghosh, Calcutta: Asiatic Society of Bengal, 1951.

Binyon, Laurence, *The Spirit of Man in Asian Art*, Cambridge: Harvard University, 1935.

Bninski, Julia, The Many Functions of Taste: Aesthetics, Ethics, and Desire in Nineteenth-Century England, M. A. dissertation, Chicago: The Loyola University Chicago, 2013.

Boswell, James, *The Life of Samuel Johnson*, Vol. 1, London: J. M. Dent, 1906.

Bourdieu, Pierre, *Distinction: A Social Critique of the Judgment of Taste*, trans. Richard Nice, Cambridge: Harvard University Press, 1984.

——, *Distinction: A Social Critique of the Judgement of Taste*, trans. Richard Nice, London and New York: Routledge, 2010.

Bourdieu, Pierre, and Terry Eagleton, "In Conversation: Doxa and Common Life", *New Left Review*, Vol. 191, January/February 1992.

Broadbent, J. B., "Shaftesbury's Horses of Instruction", in Hugh Sykes Davis and George Watson, eds. *The English Mind*, Cambridge: Cambridge University Press, 1964.

Bromwich, David, *Hazlitt: The Mind of a Critic*, New York: Oxford University Press, 1983.

Brown, Tony, "Joseph Addison and the Pleasures of Sharwadgi", *ELH*, Vol. 74, 2007.

Brownlee, David B., *The Law Courts: The Architecture of George Edmund Street*, Cambridge: MIT Press, 1984.

Bulley, Margaret H., *Have You Good Taste? A Guide to the Appreciation of the Lesser Arts*, London: Methuen, 1933.

Burke, Edmund, *Reflections on the Revolution in France*, ed. Conor Cruise O'Brien, London, Penguin Group Ltd., 1968.

——, *A Philosophical Enquiry into the Origin of our Ideas of the Sublime and Beautiful*, Oxford: Oxford University Press, 1990.

——, *A Philosophical Enquiry into the Origin of Our Ideas of the Sublime and Beautiful*, ed. Adam Phillips, Oxford: Oxford University Press, 2008.

Carlyle, Thomas, *Past and Present*, edited with an introduction and notes by Richard D. Altick, New York: New York University Press, 1965.

Carrigy, Daniel, Gender, Gentry, Petticoats, and Propriety: Addison and Steele's Construction of the Implied Female Reader in *The Spectator*, M. A. dissertation, The Macquarie University, 2015.

Clarke, Stuart N. ed., *The Essays of Virginia Woolf*, Vol. 6, London:

Harcourt Brace Jovanovich, 1978.

——, ed., *The Essays of Virginia Woolf*, Vol. 5, New York: Houghton Mifflin Harcourt, 2010.

Coleridge, Samuel Taylor, *Early Recollections: Chiefly Relating to the Late Samuel Taylor Coleridge During his Long Residence in Bristol*, 2 vols, ed. Joseph Cottle, London: Longman, 1837.

——, *The Notebooks of Samuel Taylor Coleridge*, Vol. 1, ed. Kathleen Coburn, London: Routledge, 2002.

Colman, George, and Bonnell Thornton, eds., *The Connoisseur. By Mr. Town, Critic and Censor-general*, Vol. 4, London, printed for R. Baldwin, 1757.

Constable, Johned., *The Foundations of Aesthetics*, London: Routledge, 2011.

Cook, E. T., and Alexander Wedderburn, eds., *The Works of John Ruskin*, Library Edition, 37 vols, London: George Allen, 1903-1912.

Coomaraswamy, Ananda, *The Dance of Siva*, New York: The Sunwise Turn, Inc., 1918.

Copley, Stephen, and Peter Garside, eds., *The Politics of the Picturesque: Literature, Landscape and Aesthetics since* 1770, Cambridge: Cambridge University Press, 2010.

Craig, David M., *John Ruskin and the Ethics of Consumption*, Charlottesville and London: University of Virginia Press, 2006.

Croce, Benedetto, *Estetica come scienza dell'espressione e linguistica generale*, Bari: Laterza, 1950.

Curtin, Mary Elizabeth, "'Ghastly Good Taste': The Interior Decoration and the Ethics of Design in Evelyn Waugh and Elizabeth Bowen", *Home Cultures*, Vol. 7, No. 1, 2010.

——, *Dissidence by Design: Literary Renovations of the "Good Taste"*

Movement, Ph. D. dissertation, Toronto: University of Toronto, 2011.

Darwin, Charles, *Journal of Researches into the Geology and Natural History of the Various Countries Visited by H. M. S. Beagle under the Command of Captain Fitzroy, R. N. from 1832 to 1836*, Henry Colburn, 1840.

——, *The Descent of Man, and Selection in Relation to Sex*, New York: D. Appleton and Company, 1889.

——, *The Formation of Vegetable Mould Through the Action of Worms: With Observations on Their Habits*, Cambridge University Press, 2009.

Day, Gary, *The British Critical Tradition: A Re-evaluation*, New York: St. Martin's Press, 1993.

Defoe, Daniel, *An Essay upon Projects*, London: The Cockerill, 1697.

Dick, Susan, *The Complete Shorter Fiction of Virginia Woolf*, London: Harcourt Brace Jovanovich, 1985.

Dickie, George, *The Century of Taste: The Philosophical Odyssey of Taste in the Eighteenth Century*, New York: Oxford University Press, 1996.

Dovey, Kim, and Ross King, "Informal Urbanism and the Taste for Slums", *Tourism Geographies: An International Journal of Tourism Space, Place and Environment*, Vol. 14, No. 2, 2012.

Eagleton, Terry, *Marxism and Literary Criticism*, Berkeley and Los Angeles: University of California Press, 1976.

——, *Criticism and Ideology: A Study in Marxist Literary Theory*, London: Verso Edition, 1978.

——, *Literary Theory: An Introduction*, Minneapolis: Minnesota University Press, 1983.

——, *The Ideology of the Aesthetic*, Oxford: Blackwell Publishing Ltd., 1990.

——, *Ideology*, London and New York: Longman, 1994.

——, *Saint Oscar and Other Plays*, Oxford: Blackwell Publishers, 1997.

——, *The Idea of Culture*, Oxford: Blackwell, 2000.

——, *Myths of Power: A Marxist Study of the Brontës*, Palgrave: Macmillan, 2005.

——, *The English Novel: An Introduction*, Oxford: Blackwell Publishing, 2005.

——, *The Function of Criticism*, London: Verso, 2005.

——, *How to Read a Poem*, Oxford: Blackwell, 2007.

——, *The Event of Literature*, New Haven and London: Yale University Press, 2012.

——, *How to Read Literature*, New Haven and London: Yale University, 2014.

——, *Culture*, New Haven and London: Yale University Press, 2016.

Eliot, T. S., "A Review of Brahmadarsanam, or Intuition of the Absolute: Being an Introduction to the Study of Hindu Philosophy, by Śrî Ānanda Āchārya", *The International Journal of Ethics*, Vol. 28, 1918.

——, *The Sacred Wood*, London: Methuen, 1920.

——, *Selected Essays by T. S. Eliot*, London: Farber Limited, 1932.

——, *The Use of Poetry and the Use of Criticism*, London: Faber and Faber limited, 1933.

Elshtain, Jean Bethke, *Public Man, Private Woman: Women in Social and Political Thought*, Princeton: Princeton University Press, 1981.

Engell, James, *The Creative Imagination: Enlightenment to Romanticism*, Cambridge, Mass: Harvard University Press, 1981.

Enthoven, R. E., *Oxford Dictionary of National Biography*, revised by Catherine Gordon, Oxford: Oxford University Press, 2007.

Forster, E. M., *Aspects of the Novel*, Orlando: Harcourt, Inc., 1955.

Fry, Roger, *Last Lectures*, London: Cambridge at the University Press, 1939.

Frye, Northrop, "Towards Defining an Age of Sensibility", *ELH*, Vol. 2, 1956.

Gerow, Edwin, "Plot Structure and the Development of Rasa in the Śakuntalā", *Journal of the American Oriental Society*, Vol. 99, 1979.

Gigante, Denise, *Taste: A Literary History*, London: Yale University Press, 2005.

Gilmore, Thomas ed., *Early Eighteenth – Century Essays on Taste*, New York: Scholar's Facsimiles & Reprints, 1972.

Gilpin, William, *Upon the Gardens of the Right Honourable the Lord Viscount Cobham, at Stow in Buckinghamshire*, London, Printed for B. Seeley, and Sold by J. and J. Rivington, 1749.

——, *Three Essays on Picturesque Beauty; on Picturesque Travel; and on Sketching Landscape*, London; Printed for R. Blamire, in the Strand, 1792.

Griffith, Ralph T. H., *The Rig Veda*, London: Global Grey, 2018.

Hauser, Arnold, *The Social History of Art*, Vol. IV, London and New York, Routledge, 2005.

Hazlitt, William, "On Gusto", in *The Round Table: A Collection of Essays on Literature, Men, and Manners*, Vol. II, Edinburgh: Printed for Archibald Constable and Co., 1817.

Hecht, Roger, "Rents in the Landscape: The Anti-Rent War in Melville's Pierre", *American Transcendental Quarterly; Kingston*, Vol. 19, 2005.

Helsinger, Elizabeth, "Millennial Ruskins", *Victorian Studies*, Vol. 44, No. 2, Winter 2002.

——, "Turner and the Representation of England", in W. J. T. Mitchell ed. *Landscape and Power*, second edition, Chicago and London: The University of Chicago Press, 2002.

Hemingway, Andrew, "The 'Sociology' of Taste in the Scottish Enlightenment", *The Oxford Art Journal*, Vol. 12, No. 2, 1989.

Hillier, Bevis, *John Betjeman: New Fame, New Love*, London: John Murray, 2003.

Hiscock, Karin, "Modernity and 'English' Tradition: Betjeman at The Architectural Review", *Journal of Design History*, Vol. 13, No. 3, 2000.

Hitchcock, Henry-Russell, *Architecture: Nineteenth and Twentieth Centuries*, 2nd ed., Baltimore: Penguin Books, 1963.

Hoberman, Ruth, "Aesthetic Taste, Kitsch, and 'The Years'", *Woolf Studies Annual*, Vol. 11, 2005.

Hume, David, "Of the Standards of Taste", in C. W. Eliott ed. *English Essays from Sir Philip Sidney to Macaulay*, New York: P. F. Collier &Son, 1757.

——, *Of the Standard of Taste and Other Essays*, ed. John W. Lenz, Indianapolis: Bobbs-Merill Educational Publishing, 1980.

——, *The History of England from the Invasion of Julius Caesar to The Revolution in* 1688, Vol. VI, Liberty Classics, 1983.

——, *Essays, Moral, Political, and Literary*, Indiana: Liberty Fund, 1987.

Irigaray, Luce, *Speculum of the Other Woman*, New York: Cornell University, 1987.

Jackson, Noel, *Science and Sensation in Romantic Poetry*, Cambridge: Cambridge University Press, 2008.

James, Heffernan, *Museum of Words: The Poetics of Ekphrasis from Homer to Ashbury*, Chicago: The University of Chicago Press, 1993.

Johnson, Mark, *The Meaning of the Body: Aesthetics of Human Understanding*, Chicago: The University of Chicago Press, 2007.

Johnson, Samuel, *The Lives of the Poets*, Vol. II, ed. John H. Middendorf,

New Haven and London: Yale University Press, 2010.

Jones, Robert, *Gender and the Formation of Taste in Eighteenth - Century Britain: The Analysis of Beauty*, Cambridge: Cambridge University Press, 1998.

Jones, Tod E., "Matthew Arnold's 'Philistinism' and Charles Kingsley", *The Victorian Newsletter*, Vol. 93, Spring 1998.

Jones, William, *Works of Kalidasa*, Calcutta: H. C. Dass, Elysium Press, 1901.

Kant, Immanuel, *Anthropology from a Pragmatic Point of View*, trans. Victor Lyle Dowdell, Carbomdale: Southern Illinois University Press, 1978.

Kelly, Michael ed., *Encyclopedia of Aesthetics*, Vol. 4, Oxford: Oxford University Press, 1998.

——, ed., *Encyclopedia of Aesthetics*, Vol. 6, Oxford: Oxford University Press, 2014.

Ketabi, Sahara Rose, *Ayurveda (Idiot's Guides)*, Indianapolis: Dorling Kindersley Limited, 2017.

Klein, Lawrence E., *Shaftesbury and the Culture of Politeness: Moral Discourse and Cultural Politics in Early Eighteenth - Century England*, Cambridge: Cambridge University Press, 1994.

Koven, Seth, *Slumming: Sexual and Social Politics in Victorian London*, Princeton and Oxford: Princeton University Press, 2004.

Langer, Susanne K., *Feeling and Form: A Theory of Art*, New York: Charles Scribner's Sons, 1953.

Leavis, F. R. ed., *A Selection from Scrutiny*, Vol. 1, Cambridge: Cambridge University Press, 1968.

Letalleur-Sommer, Severine, "More than a Condition: an Examination of Synaesthesia as a Key Cognitive Factor in the Processing of Reality and in Its Literary and Pictorial Renditions", *Synaesthesia*, Vol. 36, 2015.

Levine, George, "Ruskin, Darwin, and the Matter of Matter", *Nineteenth-Century Prose*, Vol. 35, No. 1, 2008.

Lindholm, Philip, Synaesthesia in British Romantic Poetry, Ph. D. dissertation, University of Lausanne, 2018.

Lipking, Lawrence, and James Noggle, eds., *The Norton Anthology of English Literature*, 8th ed., Vol. C, London: W. W. Norton & Company, 2006.

Lloyd, Genevieve, *The Man of Reason: "Male" and "Female" in Western Philosophy*, Minneapolis: University of Minnesota Press, 1989.

Lovejoy, Arthur, *Essays in the History of Ideas*, Baltimore: The Johns Hopkins Press, 1948.

Lowenthal, David, *The Past Is a Foreign Country – Revisited*, Cambridge: Cambridge University Press, 2015.

Macdonell, A. A., *Hymns from the Rigveda*, London: Oxford University Press, 1922.

Mackie, Erin S., *Market À la Mode Fashion, Commodity, and Gender in The Tatler and The Spectator*, Baltimore: Johns Hopkins University Press, 1997.

Marshall, David, "Shaftesbury and Addison: Criticism and the Public Taste", in H. B. Nisbet and Claude Rawson, eds. *The Cambridge History of Literary Criticism*, Vol. IV, New York: Cambridge University Press, 2005.

McNeillie, Andrew ed., *The Essays of Virginia Woolf*, Vol. 1, New York: Harcourt Brace Jovanovich, 1986.

——, ed., *The Essays of Virginia Woolf*, Vol. 3: 1919 – 1924, London, Hogarth Press, 1988.

Milton, John, *Complete Poems and Major Prose*, ed. Merritt Y. Hughes, New York: Odyssey, 1957.

Mitchell, Philip Irving, " 'Love is Greater than Taste': The Moral

Architecture of John Betjeman and John Piper", *Christianity & Literature*, Vol. 63, No. 2, 2014.

Montesquieu, Charles Louis, *Essai sur le goût: dans les choses de la nature et de l'art*, Paris: Berg International, 2012.

Morley, Henry ed., *The Spectator*, 3 vols, London: George Routledge and Sons Limited, 1891.

Morrow, Glenn R., "The Significance of the Doctrine of Sympathy in Hume and Adam Smith", *The Philosophical Review*, Vol. 32, No. 1, 1923.

Newcomb, Thomas, *The Woman of Taste. Occasioned by a late poem, entitled, The Man of Taste. By a Friend of the Author's. In Two Epistles, From Clelia in Town to Sapho in the Country*, London: printed for J. Batley, 1733.

Nicolson, Nigeled., *The Letters of Virginia Wool*, Vol. 1, New York: Harcourt Brace Jovanovich, 1975.

——, ed., *The Letters of Virginia Woolf*, Vol. 3, New York: Harcourt Brace Jovanovich, 1975.

——, ed., *The Letters of Virginia Woolf*, Vol. 4, New York: Harcourt Brace Jovanovich, 1978.

Nightingale, Andrea Wilson, *Spectacles of Truth in Classical Greek Philosophy: Theoria in its Cultural Context*, Cambridge: Cambridge University Press, 2004.

Nisbet, H. B., and Claude Rawson, eds., *The Cambridge History of Literary Criticism: Volume 4, The Eighteenth Century*, Cambridge: Cambridge University Press, 1997.

Norton, Brian Michael, "*The Spectator* and Everyday Aesthetics", *Lumen*, Vol. 34, 2015.

Onions, C. T. ed., *The Oxford Dictionary of English Etymology*, Oxford:

Oxford University Press, 1966.

Pimer, Irwin, "Mandeville and Shaftesbury: Some Facts and Problems", *Mandeville Studies*, Vol. 81, 1975.

Preminger, Alex, Terry V. F. Brogan and Frank J. Warnke, eds., *The New Princeton Encyclopedia of Poetry and Poetics*, New York: MJF Books, 1993.

Regan, Stephen ed., *The Eagleton Reader*, Malden: Blackwell, 1998.

Riesman, David, *Selected Essays from Individualism Reconsidered*, New York: Doubleday Anchor Books, 1954.

——, *The Lonely Crowd*, New Haven: Yale University Press, 1961.

Roberts, David ed., *Lord Chesterfield's Letters*, Oxford: Oxford University Press, 1992.

Rosso, Michela, "Between History, Criticism, and Wit: Texts and Images of English Modern Architecture (1933–36)", *Journal of Art Historiography*, Vol. 14, 2016.

Ruskin, John, *Unto This Last*, 5th edition, London: George Allen, 1887.

——, *Modern Painters*, Vol. III, London: George Allen, 1901.

——, *Modern Painters*, Vol. IV, Edinburge & London: Ballantyne, Hanson & Co., 1902.

——, *Modern Painters*, Vol. II, London: George Allen, 1903.

——, *The Political Economy of Art*, London: George Routledge&Sons Limited, no date.

Russo, John Paul, *I. A. Richards: His Life and Work*, London: Routledge, 1989.

Rykwert, Joseph, *The First Moderns: The Architects of the Eighteenth Century*, Cambridge: The MIT Press, 1980.

Shaftesbury, Anthony Ashley Cooper, *Characteristics of Men, Manners,*

Opinions, *Times*, ed. Lawrence E. Klein, Cambridge: Cambridge University Press, 1999.

Smith, Jonathan, *Charles Darwin and Victorian Visual Cultural*, Cambridge: Cambridge University Press, 2006.

Steele, Richard, *The Tatler, with Notes and a General Index, complete in one volume*, Philadelphia: J. J. Woodward, 1831.

Steinbrink, Malte, "'We did the Slum!' – Urban Poverty Tourism in Historical Perspective", *Tourism Geographies: An International Journal of Tourism Space, Place and Environment*, Vol. 14, No. 2, 2012.

Stone, Donald, *Communications with the Future*, Ann Arbor: University of Michigan Press, 1997.

Tagore, Rabindranath, *Angel of Surplus*, ed. Sisirkumar Ghose, Visva Bhrati, 1978.

Tambling, Jeremy, "Wreckage and Ruin: Turner, Dickens, Ruskin", in *Reading Dickens Differently*, John Wiley&Sons Ltd. , 2019.

Taylor, Charles, "Two Theories of Modernity", *Hastings Center Report*, Vol. 25, No. 2, 1995.

Temple, William, *Upon the Gardens of Epicurus; with Other XVIIth Century Garden Essays: Introduction by Albert Forbes Sieveking, F.S.A.*, London: Chatto and Windus, Publishers, 1908.

Tickell, Thomas, "Tickell's Preface to Addison's Works (1721)", in George Washington Greene ed. *The Works of Joseph Addison*, Vol. 1, New York: G. P. PUTNAM, 1854.

Tirtha, Swami Sadashiva, *The Ayurveda Encyclopedia*, New York: Ayurveda Holistic Center Press, 2005.

Trillingm, Lionel, *The Liberal Imagination*, New York: New York Review Books, 1950.

Twomey, Ryan, and Daniel Carrigy, "Richard Steele's Female Readers and the Gender Politics of the Public Sphere in *The Spectator*", *Sydney Studies*, Vol. 43, 2017.

Veblen, Thorstein, *The Theory of the Leisure Class*, Oxford University Press, 2007.

Vinge, Louise, *The Five Senses: Studies in a Literary Tradition*, Lund: CWK GLEERUP, 1975.

Voitle, Robert, *The Third Earl of Shaftesbury* 1671-1713, Baton Rouge and London: Louisiana State University Press, 1984.

Walpole, Horace, *Essay on Modern Gardening, with a Faithful Translation into French by the Duke of Nivernois*, Lewis Buddy III: The Kirgate Press, 1904.

——, *The Letters of Horace Walpole, Fourth Earl of Orford*, ed. P. Toynbee, Vol. 3, Oxford: Clarendon, 1905.

Williams, Raymond, *Culture and Society: 1780-1950*, New York: Anchor Books, 1960.

——, *Keywords: A Vocabulary of Culture and Society*, London: Fontana Paperbacks, 1983.

——, *Keywords: A Vocabulary of Culture and Society*, New York: Oxford University Press, 1985.

Wilson, H. H., *Rig Veda: Translated from the Original Sanskrit*, Poona: Ashtakar, 1928.

Wollstonecraft, Mary, *Letters Written during a Short Residence in Sweden, Norway, and Denmark*, London: University of Nebraska Press, 1976.

——, *A Vindication of the Rights of Woman*, New Haven: Yale University Press, 2014.

Woolf, Virginia, *Collected Essays by Virginia Woolf*, Vol. 2, London: The

Hogarth Press, 1966.

——, *The Death of the Moth and Other Essays*, New York: Harcourt Brace Jovanovich, 1974.

——, *On Being Ill*, Massachusettes: Paris Press, 2002.

Worsfold, W. Basil, *On the Exercise of Judgement in Literature*, London: Bedford Street, 1900.

"Exhibition of Indian Manufactures", *Times*, Mar. 11, 1870, The Times Digital Archive, link. gale. com/apps/doc/CS168471147/TTDA? u = jiang &sid = TTDA&xid = 0a96080e.

Kedleston, Curzon. "The New Delhi." *Times*, Oct. 7, 1912, The Times Digital Archive, link. gale. com/apps/doc/CS100859719/TTDA? u = jiang &sid = TTDA&xid = 425c594e.

"London, Monday, September 23, 1844. " *Times*, Sept. 23, 1844, The Times Digital Archive, link. gale. com/apps/doc/CS67401527/TTDA? u = jiang&sid = TTDA&xid = 4fd8b14e.

中文类

［英］A. J. P. 泰勒：《英国史1914—1945》，徐志军、邹佳茹译，华夏出版社2020年版。

［英］埃德蒙·伯克：《关于我们崇高与美观念之根源的哲学探讨》，郭飞译，大象出版社2010年版。

［英］马尔科姆·安德鲁斯：《寻找如画美：英国的风景美学与旅游，1760—1800》，张箭飞、韦照周译，译林出版社2014年版。

［荷］伯纳德·曼德维尔：《蜜蜂的寓言：私人的恶德，公众的利益》，肖聿译，中国社会科学出版社2002年版。

曹谦：《论朱光潜的"趣味"文学观》，《首都师范大学学报》（社会科学版）2018年第4期。

引用文献

［加］查尔斯·泰勒：《两种现代性理论》，陈通造译，《哲学分析》2016 年第 4 期。

陈榕：《西方文论关键词：崇高》，《外国文学》2016 年第 6 期。

——：《恐怖及其观众：伯克崇高论中的情感、政治与伦理》，《外国文学》2020 年第 6 期。

狄晨霞、朱恬骅：《严复与中国文学观念的现代转型——以新建〈美术通诠〉底本为中心》，《复旦学报》（社会科学版）2021 年第 3 期。

董志刚：《美感理论的发轫——论洛克美感理论的美学史意义》，《山西师范大学学报》（社会科学版）2009 年第 1 期。

——：《夏夫兹博里美学思想研究》，中国社会科学出版社 2009 年版。

［德］恩格斯：《英国工人阶级状况》，人民出版社 1956 年版。

冯学勤：《梁启超"趣味主义"的心性之学渊源》，《文学评论》2015 年第 5 期。

高奋：《批评，从观到悟的审美体验——论弗吉尼亚·伍尔夫的批评思想》，《外国文学评论》2009 年第 3 期。

——：《弗吉尼亚·伍尔夫生命诗学》，《英美文学研究论丛》2010 年第 1 期。

高建平：《"美学"的起源》，《社会科学战线》2008 年第 10 期。

高晓玲：《诗性真理：转型焦虑在 19 世纪英国文学中的表征》，《外国文学研究》2018 年第 4 期。

葛益信、启功编：《沈兼士学术论文集》，中华书局 1986 年版。

郭家宏：《19 世纪上半期英国的贫富差距问题及其化解策略》，《学海》2007 年第 6 期。

郝琳：《伍尔夫之"唯美主义"研究》，《外国文学》2006 年第 6 期。

何畅：《19 世纪英国文学中的趣味焦虑》，中国社会科学出版社 2018 年版。

——：《"如画"趣味背后的伦理缺场：从吉尔平的〈怀河见闻〉谈

起》,《文学跨学科研究》2018 年第 1 期。

——:《情感·文雅·习俗——沙夫茨伯里的"趣味"观》,《国外文学》2020 年第 3 期。

——:《西方文论关键词:趣味》,《外国文学》2022 年第 3 期。

洪汉鼎:《〈真理与方法〉解读》,商务印书馆 2019 年版。

胡强:《消费社会、生活方式与趣味"追逐"——20 世纪上半叶英国文学中的文化观念变迁》,《外国语言与文化》2019 年第 2 期。

黄淳:《约翰·罗斯金在 20 世纪初的中国》,《新文学史料》2016 年第 4 期。

黄江:《重思"浪漫的律令"》,载娄林主编《弥尔顿与现代政治》,华夏出版社 2021 年版。

[意] 吉奥乔·阿甘本:《品味》,蓝江译,上海科学出版社 2019 年版。

[英] 简·奥斯汀:《傲慢与偏见》,孙致礼译,译林出版社 1993 年版。

《简明社会科学词典》编辑委员会编:《简明社会科学词典》,上海辞书出版社 1982 年版。

荆兴梅:《伊格尔顿的审美和解之梦》,《英美文学论丛》2017 年第 2 期。

[美] 卡罗琳·考斯梅尔:《味觉:食物与哲学》,吴琼等译,中国友谊出版社 2001 年版。

[德] 康德:《判断力批判》,上册,宗白华译,商务印书馆 1964 年版。

——:《康德著作集》,上卷,宗白华译,商务印书馆 1987 年版。

[美] 克莱顿·罗伯茨、[美] 戴维·罗伯茨、[美] 道格拉斯·R·比松等:《英国史》,潘兴明等译,商务印书馆 2013 年版。

[英] 雷蒙·威廉斯:《文化与社会:1780—1950》,吴松江、张文定译,北京大学出版社 1991 年版。

——:《乡村与城市》,韩子满、刘戈、徐珊珊译,商务印书馆 2013 年版。

——:《文化与社会:1780—1950》,高晓玲译,商务印书馆 2018 年版。

李春青:《趣味的历史:从两周贵族到汉魏文人》,生活·读书·新知三联书店 2014 年版。

李明明:《媚俗》,《外国文学》2014 年第 5 期。

梁启超:《生活于趣味》,北京大学出版社 2013 年版。

[美] 列奥纳德·P. 维塞尔:《活的形象美学:席勒美学与近代哲学》,毛萍、熊志翔译,学林出版社 2000 年版。

刘丹凌:《坎普美学:一种新感受力美学形态——解读桑塔格〈关于"坎普"的札记〉》,《西南民族大学学报》(人文社科版)2009 年第 4 期。

刘晖:《从趣味分析到阶级构建:布尔迪厄的"区分"理论》,《外国文学评论》2017 年第 4 期。

刘勰:《文心雕龙》,中州古籍出版社 2008 年标点本。

陆建德:《破碎思想体系的残篇》,北京大学出版社 2001 年版。

陆伟芳:《中产阶级与近代英国城市郊区拓展》,《史学理论研究》2007 年第 4 期。

[美] 诺夫乔伊:《存在巨链:对一个观念的历史的研究》,张传有、高秉江译,江西教育出版社 2002 年版。

罗选明:《关于严复〈美术通诠〉底本和原著的发现》,《亚太跨学科翻译研究》2020 年第 2 期。

马海良:《伊格尔顿与经验主义问题》,《外国文学评论》2016 年第 4 期。

《马克思恩格斯选集》,第 1 卷,人民出版社 2012 年版。

[英] 玛吉·莱恩:《简·奥斯汀的世界——英国最受欢迎的作家的生活和时代》,郭静译,海南出版社 2004 年版。

[英] 玛丽·沃斯通克拉夫特:《女权辩护》,商务印书馆 2007 年版。

[英] 马修·阿诺德:《莫里斯·德·格兰》,载《批评集:1865》,杨

果译,中央编译出版社 2017 年版。

——:《文化与无政府状态:政治与社会批评》,韩敏中译,生活·读书·新知三联书店 2008 年版。

马永康:《章太炎的"公理"批判与"成就感情"》,《开放时代》2019 年第 5 期。

[美] 迈克尔·L. 弗雷泽:《同情的启蒙:18 世纪与当代的正义和道德情感》,胡靖译,译林出版社 2016 年版。

孟令军:《朱光潜的柏拉图文艺观之现代反思》,《中外文化》2022 年第 2 期。

聂珍钊:《文学伦理学批评及其它——聂珍钊自选集》,华中师范大学出版社 2012 年版。

欧荣:《语词博物馆:当代欧美跨艺术诗学概述》,《上海交通大学学报》(哲学社会科学版) 2020 年第 28 期。

欧阳萍:《贫民窟与郊区:19 世纪英国社会分层与城市社会地理》,《学海》2018 年第 2 期。

皮后锋:《严译〈美术通诠〉及其英文原著》,《学海》2021 年第 6 期。

乔修峰:《巴别塔下:维多利亚时代文人的词语焦虑与道德重构》,中国社会科学出版社 2017 年版。

[英] R. I. 阿龙:《约翰·洛克》,陈恢钦译,辽宁教育出版社 2003 年版。

沈德潜:《归愚文钞》卷 14,《沈德潜诗文集》,人民文学出版社 2011 年标点本,第 3 册。

舒丽萍:《19 世纪英国的城市化及公共卫生危机》,《武汉大学学报》(人文科学版) 2015 年第 5 期。

司空图:《与李生论诗书》,载郭绍虞主编《中国历代文论选》,上海古籍出版社 1979 年版,第 2 册。

[斯洛文尼亚] 斯拉沃热·齐泽克等:《图绘意识形态》,方杰译,胡传

胜校，南京大学出版社 2006 年版。

［英］斯密：《道德情操论：英文》，世界图书出版公司 2011 年版。

［美］苏珊·桑塔格：《反对阐释》，程巍译，上海译文出版社 2011 年版。

孙承恩：《林山驿小坐口号三首初咏误谓临水故复足之》，《文简集》卷 25，《景印文渊阁四库全书》，台北：商务印书馆 2008 年影印本，第 1271 册。

［英］特里·伊格尔顿：《美学意识形态》，王杰等译，中央编译出版社 2013 年版。

——：《如何读诗》，陈太胜译，北京大学出版社 2016 年版。

——：《论文化》，张舒语译，中兴出版集团股份有限公司 2018 年版。

田雯：《登采石矶太白楼观萧尺木画壁歌》，《古欢堂集》卷 6，《景印文渊阁四库全书》，台北：商务印书馆 2008 年影印本，第 1324 册。

——：《方氏园亭杂诗》，《古欢堂集》卷 3，《景印文渊阁四库全书》，台北：商务印书馆 2008 年影印本，第 1324 册。

——：《三月三十日》，《古欢堂集》卷 8，《景印文渊阁四库全书》，台北：商务印书馆 2008 年影印本，第 1324 册。

——：《送侯闇公之官资县》，《古欢堂集》卷 12，《景印文渊阁四库全书》，台北：商务印书馆 2008 年影印本，第 1324 册，

［英］托马斯·卡莱尔：《卡莱尔文学史演讲集》，姜智芹译，广西师范大学出版社 2005 年版。

王宁：《消费社会学——一个分析的视角》，社会科学文献出版社 2001 年版。

王士禛：《池北偶谈》下册，中华书局 1982 年标点本。

——：《蚕尾续文集》，《清代诗文集汇编》，上海古籍出版社 2009 年影印本，第 134 册。

王先谦：《荀子集解》，中华书局 1988 年版。

王岫庐：《严复与梁启超的小说观之比较》，《粤海风》2019年第2期。

汪征鲁、方宝川、马勇主编：《严复全集》，福建教育出版社2014年版。

翁洁莹：《审美趣味的演绎与变迁——兼论布尔迪厄对康德美学的反思与超越》，《厦门大学学报》2015年第3期。

吴陈琰：《蚕尾续诗集序》，《清代诗文集汇编》，上海古籍出版社2009年影印本，第134册。

吴泽泉：《梁启超"趣味"论探源》，《中国文学批评》2019年第1期。

[英]夏夫兹博里：《论人、风俗、舆论和时代的特征》，董志刚译，上海三联书店2018年版。

夏原吉：《题傅泽民分桂轩》，《夏原吉集》，岳麓书社2021年版。

萧统：《陶渊明传》，《陶渊明资料汇编》上册，中华书局1962年版。

休谟：《论道德与文学》，马万利、张正萍译，浙江大学出版社2011年版。

徐德林：《作为有机知识分子的马修·阿诺德》，《国外文学》2010年第3期。

许京、方维规：《文学史与趣味史：试论一个新的问题》，《文化与诗学》2013年第2期。

[古希腊]亚里士多德：《尼各马科伦理学》，苗力田译，商务印书馆1999年版。

殷企平：《"文化辩护书"：19世纪英国文化批评》，上海外语教育出版社2013年版。

——：《文化批评的来龙去脉》，《英语研究》2020年第12期。

[英]约翰·洛克：《人类理解论》，上册，关文运译，商务印书馆1983年版。

[英]约翰·罗斯金：《现代画家》，第5卷，陆平译，上海三联书店2012年版。

[英]约翰·穆勒：《论自由》，孟凡礼译，上海三联书店2019年版。

[美] 约翰·斯梅尔：《中产阶级文化的起源》，陈勇译，上海人民出版社 2006 年版。

曾国藩：《曾国藩全集》日记卷，河北人民出版社 2016 年版。

——：《求阙斋日记类钞》，朝华出版社 2018 年影印本。

张伯伟：《全唐五代诗格汇考》，凤凰出版社 2002 年版。

张金凤：《身体》，外语教学与研究出版社 2019 年版。

章太炎：《四惑论》，《民报》1908 年第 22 期。

张意：《信念：从习性机制生成的象征权力》，《中外文化与文论》2009 年第 2 期。

周丽：《姚鼐"神理气味"说探颐》，《辽宁工程技术大学学报》（社会科学版）2016 年第 4 期。

朱光潜：《谈美》，广西师范大学出版社 2006 年版。

——：《西方美学史》，上卷，商务印书馆 2014 年版。

跋　文

　　本书以2016年国家社科基金项目"英国文学中的趣味观念流变"为基础。该项目从酝酿、构思、撰写，直至今日付梓，历时八年。对学者而言，皓首穷经本是学问之乐，因此八年犹如驹光过隙。然而，学者并非我的唯一身份。该书的成集也凝聚了我在学术之外，或者说在学术思考的激发之下，对于个人生活的体悟及回忆。八年之初，我幸得小女佳禾；八年之末，我痛失吾弟何直。有关生命的审视与反思，都与书中对"趣味"这一概念的学术思考水乳交融，并给与该书一种持续的力量。

　　自改革开放以来，中国经历了成功的经济转型，但种种难以避免的现代性问题随之而生：朝名市利的竞争，熟人社会向陌生人社会的转化，资本力量对生命感受力的消弭，以及经济个人主义对群己关系的消解。有关以上种种问题的探索都与"趣味"概念息息相关。本书结合上述概念的发展历程，从多个角度予以分析。虽然本书以英国文学和英国社会为研究对象，但文学本是一面广角镜，聚焦英国并不等于遮蔽镜头中的中国以及世界。或者说，为了获得更清晰的现代社会景观，文学研究中的聚焦与变焦本该并行不悖。可以说，在本书的撰写过程中，面向英国的每一次对焦都旨在向镜头深处的中国致敬。

　　本书虽已付梓，但仍留有不少遗憾，此处略谈一二。在"趣味"概念的嬗变史中，苏格兰启蒙思潮发挥着举足轻重的作用。从某种意义

跋　文

讲，苏格兰启蒙思想家提出的进步观、内在感官论、同情论和联想论都与"趣味"概念密不可分。身处逐步商业化和全球化的英国社会，他们讨论文雅与趣味，其最终目的在于推敲日嚣尘上的物质文明，并积极探索凝聚社会共识的审美力量。休谟与伯克关于"趣味"的争论就是上述讨论的重要环节。对于两者的"趣味"之争，本书虽涉及一二，却止于浅论，不免抱憾。此外，尽管本书在撰写中已经考虑到了性别的视角，但由于篇幅的限制，玛丽·埃斯特尔（Mary Astell）、玛丽·沃斯通克拉夫特（MARY WOLLSTONECRAFT）等女性启蒙主义作家对趣味、性别、社会公共事务三者之间关系的讨论都未能详述。然而，遗憾并非缺憾。"憾"字表感情，"遗"字既表缺少，又表余留。思想的余绪，结合由衷的学术热忱，必当督促我从遗憾出发，进一步推进学术的进展。

　　此书的出版，离不开我的两位老师——殷企平教授和陆建德教授——的教诲与指导。对于审美趣味的关注，始于殷老师的国家社科重大招标课题"文化观念流变中的英国文学典籍研究"。"趣味"一词位列上述课题十大关键词之一。从申报课题，到课题撰写，再到语言的润色，殷老师从未吝惜对后辈的扶持。本书的构思也与陆老师的指点不无关系。陆老师不仅提醒我注意苏格兰启蒙思潮与"趣味"之间的关联，而且多次建议我在动态的观点与争辩之中审视"趣味"概念，体悟概念背后的思想张力与复杂性。此外，耿幼壮教授也曾建议我不要孤立地看待某个概念，而应将其置于谱系和关系之中，予以全面考量。除了上述三位老师以外，吴笛教授、聂珍钊教授等也都在课题论证的过程中从不同视角提供了大量中肯的意见。

　　此书的出版，也离不开课题组成员的鼎立相助。她们是杭州师范大学的应璎教授、郑洁儒副教授、浙江工业大学的闫建华教授、贵州大学的陈思博士和浙江大学的王婉莹博士。我非常感谢她们在课题研究过程中对我的学术假设和学术观点的认同、反驳与争论。正是这些争论滋养了我们，也最终促成了书稿的诞生。此外，杭州师范大学的管南异教授和浙江工业大学的刘建刚教授对本书涉及的部分译文提出过宝贵建议。我也要同样感谢我的研究生——诸桥瑞、孙昌文、黄雨骞和叶漩，他们帮助我查找文献，并完成了书稿的格式修订。

  此书的付梓，还要感谢给予支持和肯定的《外国文学》《外国文学研究》《国外文学》《中国文学批评》等期刊和《光明日报》理论版。上述期刊和报纸见证了我八年来的学术思考。此外，我同样要感谢中国社会科学出版社的责编老师——张湉博士，出版过程中的诸项事宜得益于她的辛苦付出。我们合作多年，彼此之间除了信任以外，还有默契。

  此书的成稿，还要感谢我的家人。感荷高情，匪言可喻。

何 畅

2024年5月于杭州师范大学恕园